HaffmansTaschenBuch 185

ARNO SCHMIDTs WUNDERTÜTE

Eine Sammlung fiktiver Briefe
aus den Jahren
1948/49

Herausgegeben von
Bernd Rauschenbach

EINE EDITION DER
ARNO SCHMIDT STIFTUNG
IM HAFFMANS VERLAG

Die Erstausgabe erschien 1989
im Haffmans Verlag

Veröffentlicht als
HaffmansTaschenBuch 185, Oktober 1992
Konzeption und Gestaltung von
Urs Jakob
Umschlagkarte von
Arno Schmidt

Satz: Farbendruck Weber, Biel
Herstellung: Ebner Ulm
ISBN 3 251 01185 5

1 2 3 4 5 6 – 97 96 95 94 93 92

An den Leser!

Lassen Sie mich Ihnen noch dieses zum Leviathan sagen:
Ich habe der Neuen Ethik, dem »Aufstand gegen Gott« – der Summe von volkstümlich=christlichem »Liebet Euch untereinander« als Basis und frohasketischen Erlöserkämpfen der Buddhas als Krönung – endlich die moderne exakte Begründung gegeben. Nun lebt aber die Hierarchie der drei christlichen Groß=Bekenntnisse völlig von jener unzureichenden Begründung, die vor zweitausend Jahren dem geistigen Mittelstande gerade noch angemessen war. Seitdem wird mit der wachsenden wissenschaftlichen Erkenntnis in jedem Einzelnen und in jedem Jahrhundert der Unwille über den unheilvollen Riß zwischen der anerkannten Notwendigkeit gütiger Menschenliebe und jener unentwegten schamanenhaften Begründung immer größer; ein Dritteil der Schuld an unserer verzweifelten geistigen Gesamtlage trägt dieser auch Sie beunruhigende Widerspruch, der edle Naturen sogar soweit gebracht hat, daß sie in gequältem Zorn dann selbst die Liebe verleumdeten. Es ist nun endlich an der Zeit, die christliche Mythologie mit all ihren Göttern, Halbgöttern, Höllen und Himmeln dahin abzustellen, wohin sie historisch und wertmäßig gehört, nämlich neben die römische und griechische: dann wird es ruhiger werden in und um Sie.

Eine Bitte: sollten Sie Eines der nachstehend aufgeführten Bücher besitzen und selbst nicht benötigen, so würden Sie, es mir zur Verfügung stellend, meine künftigen Arbeiten recht fördern:

1.) Joh. Gottfr. Schnabel: Die Insel Felsenburg (jedoch nur eine alte Ausgabe, nicht den Tieckschen Nachdruck von etwa 1825)
2.) Fouqué: Schön Irsa, Die 4 Brüder von d. Weserburg, Allwin, Ritter Galmy, Denkwürdigkeiten über Friedr. Wilh. III.

Und versuchen Sie bitte nicht, meine Bekanntschaft zu machen; ich würde Sie äußerlich und auch im Auftreten enttäuschen; das Beste was ich bin und habe, gebe ich Ihnen ohnedies nach mancher Arbeit konzentriert und gereinigt in meinen Büchern: Der Mensch Schmidt ist von diesen nur eine Verwässerung, die Sie sich klug ersparen sollten. Und bedenken Sie auch, daß, wenn ich Gutes für Sie schreiben soll, Sie nicht an mich schreiben dürfen:

Ich grüße Sie, und wünsche Ihnen ein leichteres
Schicksal als es sein wird
Ihr:
Arno Schmidt

Herrn
Dante Alighieri
B e r l i n
Reichssicherheitshauptamt
Abt. : Einrichtung von Lagern.

Verehrter Meister !

Ich habe mit größtem Interesse Ihr großangelegtes »Inferno, Handbuch für KZ-Gestaltung« gelesen, und erlaube mir, Ihnen meinen tief gefühlten Dank dafür auszusprechen : der schmucke Band gehört auf das Bücherbrett jedes Redlichdenkenden. Der reizende Einfall, Ihre Anregungen unter der Einkleidung einer Führung durch ein ideales KZ vorzutragen, die überall hervortretende einwandfreie Gesinnung, sowie die eindringliche Gestaltung des durchaus originellen Stoffes, sichern dem apart bebilderten Büchlein weiteste Verbreitung. –

Da es immer gut und sogar nötig ist, das Höchste, wonach man streben soll, wenn man es gleich nie erreichen wird, wenigstens zu kennen, lassen Sie das Lager, wie billig, »ewig« sein (III,8); denn Sie betonen ja sogleich, daß es von der höchsten Weisheit, Gerechtigkeit und Liebe (III,18) eingerichtet worden ist (»Gerechtigkeit trieb meinen hohen Schöpfer« – nebenbei : hätten Sie doch den verehrten Namen ganz offen genannt; ich habe gerade dies schon von vielen Seiten bedauern hören !), und daß nicht nur grobe Verbrecher, sondern vor allem auch jene Unbelehrbaren, »die der Erkenntnis höchstes Gut verloren«, hier der »ew'gen Gerechtigkeit graunvolle Kunst« (XIV,6) zu spüren bekommen sollen. Nachdem Sie so die zureichende Begründung für die Einführung der Anstalt gegeben haben, gehen Sie dann in's bedeutend Einzelne :

Wie muß es auf die »Nackten und Müden« (III,100) wirken, wenn sie, noch die Donnerworte des Eingangstransparentes »... laßt, die Ihr eingeht, alle Hoffnung fahren !..«, im Ohr, von Charon gleich mit dem Ruder eine erste anständige Auffrischung erhalten (III,111). Auch die Aufstellung von Bienenkörben am Eingang mag einen nicht zu verachtenden weiteren Vorgeschmack geben (III,65–69 : »Sie waren nackt und wurden viel gestochen / von Bremsen und von Wespen, die hier schwärmten; / ihr Antlitz netzten ihnen die mit Blute, / das, tränenuntermischt, zu ihren Füßen / von ekelhaften Würmern ward gesammelt.«) – Ja; das ist nun einmal der Stand, »der jedes Menschen harrt, der IHN nicht fürchtet.« (III,108). Die Brausen mit schmutzigem Eiswasser, die derben Hundebisse (V,10–21); von fern sieht man im

Steinbruch das Volk »mit lautem Geheule Lasten wälzen mit den Brüsten« (VII,26–29) – gleichem erzieherischen Zweck dienen wohl auch die erst später (XXIII,58–68) erwähnten »Bleimäntel« ? – und dann die köstliche Episode am Lagergraben (VII,109–120/VIII,31–60) : Es wälzt sich »schlammbedecktes Volk in dieser Lache, nackt insgesamt«, und der Führer versichert, auf Ehrenwort, man könne getrost annehmen, daß auch »unter'm Wasser Volk ist, welches seufzet«, man sähe ja die Luftblasen noch ! Beim Übersetzen will sich nun ein Sinkender was Weniges am Kahn halten; aber »der Hund« wird zurückgestoßen, und Sie wünschen ihm in gerechter Entrüstung »weiteres Weinen und Klagen« und »sehr begierig wär' ich / in diesen Schlamm versenken ihn zu sehen / bevor wir aus der Lache uns entfernen«; und gleich darauf sehen Sie ihn solche Qualen leiden, »daß Gott ich noch darüber lob' und preise«. Brav, sehr brav ! Mit Recht umarmt Sie der Führende, lobt Sie als »Feuerseele«, und »segnet die, so Dich empfangen«.

Die Kunst der höchsten Weisheit und ihre »Kraft, wie sie gerecht verteilet« (XIX,10–12) offenbart sich gleich darauf auf's Eindringlichste, wenn man sieht, wie die »Irrtumsstifter, mit ihren Jüngern aller Sekten« in glühenden Särgen sich winden (IX,118–133/X). Möchte doch dies jedem Vorwitzigen ein letzte heilsame Warnung sein; die Wahrheit ist doch nun einmal erkannt, und wer von ihr freventlich abweicht oder sie auf's Neue suchen will, kann nur entweder ein Rasender oder ein Böswilliger sein, und vor Beiden muß die Gemeinschaft der Rechtgläubigen geschützt werden ! Wie schön und faßlich haben auch Sie dies durch die Ulysses=Episode (XXVI,89–142) versinnbildlicht : die Säulen des Herakles sind als Warnung aufgestellt, daß man eben nicht weiter westwärts fahren solle; Odysseus übertritt diese gottgesetzte Schwelle in erkenntnislüsternem Kitzel, und wird folglich durch einen Sturm vernichtet. – Auch sind die von Ihnen vorgeschlagenen Varianten der Feuerpein recht bemerkenswert : da sind Viele mit halbem Oberleib in die Erde eingegraben, und den in Todesangst Erstickenden werden noch zusätzlich die Sohlen verkohlt (XIX,13–30). Anderswo kocht durch des Lagerschöpfers »Kunst ein dicker Pechbrei« (XXI,16–57); Wachmannschaften mit langen spitzigen Haken zerkrallen die gurgelnden Sünder, und tunken sie wieder unter, wenn sie sich den Rücken kühlen wollen – »nicht anders läßt der Koch das Fleisch mit Gabeln in den Kessel drücken...« – habe recht lachen müssen. Andre Posten haben »gewalt'ge Peitschen, / von hinten unbarmherzig jene schlagend« (XVIII,34–39); wieder Andere schießen mit Pfeilen auf Jeden, der sich aus dem »blutroten Sude« aufzutauchen unterfängt (XII,55–76). Unvergeßlich auch das glutfunkelnde Sandmeer (XIV,13–39), mit seinem Regen der »breiten Feuerflocken« – leider haben Sie die Vorrichtung hierzu nicht detailliert : gelt, Sie geben's uns noch ?! – und wie zum Scherze verwenden Sie das Bild der sinkenden Kühle als Vergleich »wie auf den Alpen Schnee an stillen Tagen – come di neve in Alpe senza vento...« : das ist groß; das ist erhaben !

Bevor Sie an die Jauchegruben geleiten, müssen wir uns erst an den furchtbaren Gestank gewöhnen (XI,11–12); dann aber »sehn wir von da unten / im Graben Volk in einen Mist versenket, / wie man ihn leert aus menschlichen Aborten« (XVIII,103–114). Gleich daneben hocken mit Aussatz, Eiter und Grind Gestrafte (Injektionen : hab' ich Sie erraten, Meister ?!), die sich vor Jucken, »dem nimmermehr wird Hilfe« (XXIX,46–84), mit den eigenen Nägeln zerfleischen – hier auch das unvergängliche Bild des elefantenhaft aufgeschwollenen Wassersüchtigen, der vor Durst vergeht, und dessen gespannter gluckender Riesenwanst wie eine Trommel dröhnt, wenn man darauf schlägt (XXX). Zwischen Schlangengruben (XXIV,81–96) rennen Verstümmelte (XXVIII, ab 22) ohne Nasen oder Ohren, und Geschlachtete treten ins eigene Eingeweide.

Mit der grandiosen Schau der Eingefrorenen (XXXII, ab 22) schließen Sie unübertrefflich : bis zum Halse stehen die Elenden im Eise; vor der ungeheuren Kälte sind ihnen die Ohren abgefallen, blaurot bebeult die metallstarren Häupter, und immer noch – ewig, (III,8) – leben Sie ! (Verzeihung : »sie« natürlich klein !) Von Einem, dem Sie ins Gesicht treten, und der seinen Namen nicht nennen will, wickeln Sie das Haar um Ihre Hand und reißen es dem Fluchenden in großen Locken aus (XXXII,103–105) – wer versteht nicht Ihren edlen Unwillen über das unverbesserliche Pack (und wem juckte es wohl nicht in den Fingern, ein bißchen mitzumachen !). Manche sind schon völlig vom Eise bedeckt und schweben darin wie in Glas, in den seltsamsten Stellungen (XXXIV,10–15). Einem sind die Augenhöhlen mit Eisklumpen angefüllt »wie mit kristall'nen Brillen« (XXXIII,97 – schön !!), und er bittet Sie, ihn zu erleichtern, damit er weinen könne; Sie versprechen es ihm für seine Geschichte; Jener erzählt und schließt mit der Bitte, nun auch Ihr Wort einzulösen, und ihm die Augen zu öffnen, »und ich öffnet' sie ihm doch nicht; / denn edel war's zum Schelm an ihm zu werden... !« (149–150) –

Wie dankenswert selbstlos ist es doch von der heiligen Kirche – mit ihrer jahrhundertelangen Erfahrung und Praxis in solchen Veranstaltungen – gewesen, gerade Sie aus der großen Schar ihrer Könner uns zur Verfügung zu stellen. Nie werden die Denkmale Ihres reichen Geistes –

Auschwitz, Dachau, Buchenwald, Belsen – im Gedächtnis der Nachwelt untergehen ! Sollte man diese auch einst schließen, werden doch Ihre genialen Anregungen immer wieder anderswo auf empfänglichen Grund und Boden fallen, und stets auf's Neue zeugen von dem, was der Menschengeist vermag !

Möge die Vorsehung Sie uns noch lange erhalten :

Gelobt sei Jesus Christus / mit deutschem Gruß /

Ihr Arno Schmidt

An die
Uno
(Derzeitiger Tagungsort)

In Anbetracht der ungeheuren Zerstörungen, welche alle Kriege von jeher, zumal aber der letzte, in den Kunst- und Büchersammlungen der Menschheit verursacht haben, und der noch weit größeren Gefahren, denen diese im unvermeidlichen nächsten und allen folgenden bewaffneten Konflikten ausgesetzt sein werden, erlaube ich mir, (obwohl Deutscher) der hohen Versammlung folgende Anregung zu unterbreiten :

§ 1) An mehreren Stellen der Erde (jedoch mindestens 3) unverletzliche, von allen Staaten gemeinschaftlich anzulegende, zu unterhaltende und zu verwaltende Kulturfreistätten zu errichten. Es werden hierfür kleine, von allen politischen und wirtschaftlichen Konflikträumen möglichst fern gelegene, sonst nutzlose Inseln – z. B. Tristan da Cunha, Südgeorgien, St. Helena, Osterinsel – vorgeschlagen, auf welchen, nach Errichtung geeigneter Räumlichkeiten, möglichst große Büchervorräte sowie die wertvollsten unwiederholbaren künstlerischen Werke der Menschheit zu sammeln wären. – Keine Waffe irgendwelcher Art darf im Umkreise von ..... Meilen angewandt werden.

§ 2) Ergebnisse oder Modelle der Technik oder sonst der angewandten Wissenschaften sollten, um jeden Mißbrauch dieser Freistätten unmöglich zu machen, und keiner Macht eine scheinbare Handhabe zu bieten, nicht aufgenommen werden.

§ 3) Zukünftig erscheinende Bücher sind von jedem Verlage in je einem Exemplar an jede der »Kunstinseln« einzusenden, ebenso von Bildwerken die Originale oder gleichwertige Wiederholungen möglichst ihres Schöpfers selbst.

§ 4) Den größten der lebenden Künstler und Geisteswissenschaftler gewähre man hier nach ihrer Wahl, oder im Alter oder im Kriegsfalle die persönliche Sicherheit und ungestörte Arbeitsmöglichkeit (die Entscheidung über Würdigkeit der Einzelnen könnte etwa das Nobel-Komitee fällen, oder besser eine noch zu schaffende »Künstler-Uno«). – Auch könnten hier in Zukunft die Grabstätten aller bedeutenden Menschen zu Weltheiligtümern vereinigt werden.

§ 5) Jungen hoffnungsvollen Talenten, welche ihre Begabung dargetan haben, gebe man zur Förderung die Erlaubnis, für eine bestimmte Zeit sorgenfrei auf jenen Inseln zu leben, wo ihnen die Kulturgüter der Menschheit so mühelos zugänglich sein würden, wie es der Künstler und Denker braucht.

§ 6) Als gelegentliche Besucher sind für einige Tage auch andere geistig Schaffende zur Belohnung zuzulassen; nicht aber Physiker, Chemiker, Techniker, Politiker, Berufssoldaten, Filmstars, Boxweltmeister, reiche Gaffer, usw., oder solche, die in Kriegszeiten lediglich dort Zuflucht suchen wollen. – Die Erlaubnis zu solchen Gelegenheitsvisiten erteilt gegen bar die Inselverwaltung selbst. –

In Anbetracht der großen zu leistenden Vorarbeiten, (Einsetzung einer Kommission, Wahl und Ankauf der Inseln, Errichtung der Gebäudekomplexe, Auswahl des Personals, Transport der Kulturwerte, Versorgung mit Wirtschaftsgütern etc) die, selbst bei mäßiger Veranschlagung, Jahre in Anspruch nehmen dürften, müßte mit dem Werke sofort begonnen werden; vielleicht ist noch Zeit dazu. –

Ich bin überzeugt, daß sich gegen ein solches Unternehmen kein Veto eines der hohen Versammelten erheben kann; die Menschheit wird Ihnen einst ehrfürchtig die Erhaltung ihrer heiligsten Güter verdanken. –

Ich unterzeichne mit vorzüglicher Ergebenheit : Arno Schmidt.

P. S. : Unter Bezugnahme auf § 4) erlaube ich mir zugleich, einen Antrag auf Gewährung eines lebenslänglichen Freiplatzes zu stellen. Der Hinweis auf meinen »Leviathan« (Rowohlt, Hamburg, 1949) dürfte eine weitere Begründung ersparen; ich bin Ende dreißig, 185 cm groß, glaubenslos, frei von ansteckenden Krankheiten, und, zwar Deutscher, aber zu keiner Zeit Mitglied der NSDAP oder ihr angegliederter Organisationen (außer DAF) gewesen.

Herrn Professor
Johann Gustav D r o y s e n
B e r l i n
Universität

Sehr geehrter Herr Professor!

Ich habe in meiner Jugend mit tiefem Interesse Ihren »Alexander« gelesen, und ihm mannigfache Belehrung und Erbauung verdankt; auch später hat mich das Thema wiederholt beschäftigt, obwohl ich ihm nie meine volle Arbeitskraft zuwenden konnte oder wollte. –

Ich habe das Glück gehabt, an der letztjährigen Expedition der Egyptian Archeological Society, Kairo, welche sich die Fixierung des Karawanenweges von Koptos nach Berenike zum Ziel gesetzt hatte, teilnehmen zu dürfen. Noch liegt der offizielle Bericht, der etwa drei Bände Text und einen Bild- und Atlasband umfassen dürfte, nicht vor; ich habe jedoch von Dr. Hassanein Ibn Achmed, MRAS, die Erlaubnis erhalten, Ihnen, als einem der besten Kenner des Gegenstandes, vorweg eine Kopie des Papyrus 11 vorzulegen.

Meiner – obwohl wie bereits oben begründet: laienhaften – Ansicht nach, liegt hier ein äußerst wichtiges Dokument vor, zumal das (beim Hydreuma des Apollon aufgefundene) Original nach dem Urteile unserer Fachleute aus den ersten Jahren der Regierung des Ptolemaios Philadelphos stammen soll. Ich habe, nach verhältnismäßig flüchtiger Einsichtnahme, nichts feststellen können, was Zweifel an der Echtheit des Stückes zu erwecken vermöchte. Höchst bemerkenswert ist aber wohl die durchaus negative Tendenz des Ganzen, gemäß welcher Alexander in wahrhaft schwefligem Lichte erscheint; doch haben mich die politischen Ereignisse der letzten Lustra immerhin soweit vorsichtig gemacht, daß mir auch diese subjektive Perspektive vertretbar erscheint. Aus dieser Stimmung heraus habe ich den Untertitel hinzugefügt. –

Ich bitte Sie, Herr Professor, zunächst noch nichts Öffentliches hierüber zu verlautbaren; wohl aber fühlte ich mich verpflichtet, Ihnen diese neue Quelle als Erstem zugänglich zu machen; damit Sie dann, nach dem Erscheinen unseres Berichtes, sogleich entscheidend Stellung zu nehmen vermögen.

Ich verbleibe inzwischen
mit vorzüglicher Hochachtung
Ihr sehr ergebener
Arno Schmidt

An die Exzellenzen
Herren
Truman (Roosevelt),
Stalin,
Churchill (Attlee)

Jalta, Teheran, Potsdam.

8 c 357 8xup ZEUs !

id 21v18 Pt 7 gallisc 314002a 17 ? V 31 GpU 4a 29, 39, 49 ? mz 71Fi16 34007129 pp 34 udi19jem 13349 bubu WEg !

Muff 19 exi; 16 enu 070 zIm 4019 abs12c 24 spü, 43 asti siv 13999 idle 48, 19037 pem 8 pho 36. 1012 sabi FR26a FlisCh 26 : iwo – 18447 g7 gg !

Glent 31, glent 14 Po

Arno Schmidt

Herrn
Theodor von Tane
Hohen – Vietz
Märkisches Adelsarchiv.

Sehr geehrter Herr Archivrat!

Erlauben Sie mir vor allem, Ihnen meinen ergebensten Glückwunsch zur nunmehr erfolgten Nobilitierung auszusprechen; langjährigen selbstlosesten Verdiensten ist damit endlich die Anerkennung geworden, die wohl schon jeder Ihrer Leser bisher mit Befremdung und Bedauern auf der Titelseite Ihrer Bücher vermißt hat. –

Umso penibler ist es mir, daß ich nun gerade heut der Übermittler der pedantischen Beschwerden eines Herrn David Crantz (geb. 1765 in Barby bey Heinrich Detlef Ebers, 8 vo, 1132 Seiten und Register) – eines eigensinnigen alten Herrnhuters – werden muß, dem ein böser Wind den Knaur'schen Neudruck Ihres meisterlichen »Vor dem Sturm« zugeweht hatte. Vergebens stellte ich ihm vor, daß das besagte Buch bei jedem deutsch=redlich Gebildeten doch geradezu als Nachschlagewerk neben dem Gothaer und Meyers Lexikon stehe; vergebens las ich ihm laut die vielen herrlichen homerisch rauschenden Stammbäume vor (darf man den Schiffskatalog hier überhaupt noch nennen ?!); vergebens deutete ich ihm leise das Primat der märkischen Angelegenheiten über die göttlichen an : er blieb gefühllos bei seinem altmodischen Spruch, »daß Wahrheit nicht allein ein gutes Ding sei, sondern sogar das Allerbeste«. – Ich beginne also, – zögernd – bitte jedoch zuvor nochmals versichern zu dürfen, daß ich lediglich die Ansichten des alten Menschen referiere, welche sich natürlich in keiner Beziehung mit den meinigen decken ! :

Schon den Namen Schorlemmer ließ er kaum passieren; wies mir nach, daß ein solcher Bruder damals nie, weder in Neu-Herrnhut noch in Lichtenfels, amtiert habe, und lachte nur, als ich etwas von Rücksicht auf noch Lebende sagen wollte; das sei nichts als Menschenfurcht, meinte er, und brachte einiges Schlagende vom Grafen Zinzendorf vor. – Sein eigentlicher Zorn jedoch galt der von Ihnen so rührend schlicht erzählten Geschichte des Eskimo Kajarnak (S. 229–232), die wohl jeden Ihrer Leser schon recht gelabt hat; hier die Einzelheiten :

1.) Daß Sie (S. 229) das Johannesevangelium von Matthäus Stach übersetzen und den Grönländern vorlesen lassen, nannte er eine bare Lüge : das sei der Bruder Johann Bek gewesen (DC. S. 490)
2.) Daß Kajarnak gesagt habe : »Wie war das ? Ich will das noch einmal

hören ?« (S. 230) sei nur halb richtig; denn K. habe als unbefangenes ehrlich-begehrliches Naturkind noch dazu gesetzt : »Denn ich möchte auch gern selig werden !« (DC. 491)

3.) Als er dann mit seiner Großfamilie zurückblieb, seien dies nicht 14 Personen (S. 230) gewesen, sondern nur 9 (DC. 493) !

4.) Als nach einem halben Jahre die Taufe der ersten 4 Grönländer erfolgte, sei dies nicht am 2. Ostertage (S. 230), sondern am 29.3., also dem 1. Feiertage, geschehen (DC. 508), wie Euer Edlen nebenbei unschwer mit der Gauß-Hartmannschen Osterformel nachprüfen könnten.

5.) Sie geben (S. 230) den Taufnamen der kleinen Tochter vornehm mit Anna an; sie habe aber immer Ännel geheißen (DC. 509).

6.) Nachdem Kajarnak aus Furcht vor seinen Landsleuten die Siedlung hatte verlassen müssen, kam er erst nach über einem Jahre wieder; und Sie berichten in Ihrer gedrängten epischen Art (S. 231) : »..da feierten wir, es war eben Johannistag, die Hochzeit von Anna Stach und Friedrich Böhnisch...« – und wen ergriffe hier nicht die tiefe, recht eigentlich preußisch exakte Symbolik, daß am Lichtfeste der erste grönländische Zeuge des Lichtes wiederkehrt ! Und nun kommt dieser, dieser – oh pfui : Augenzeuge ! – und will das herrliche Faktum mit seinem Bettel von Urkunde ruinieren ! Mit spitzen Fingern nur habe ich die Blätter entgegengenommen, mit denen er dartat, daß die besagte Hochzeit und Wiederkunft am 4. Juli 1740 stattgefunden habe (DC. 518). »Süßlich frisiert« nannte er Ihren Text (Oh, diese Krämer haben keinerlei Tournure; aber, gottlob, ihr Gezänk dringt nicht bis in den Äther von Hohen-Vietz !)

7.) Sie erwähnen (S. 231), daß der arme K. »sich in seiner Treue nicht genug tun konnte, und daß er sich (er war nur von schwachem Körper) in seinem Eifer übernahm..« Anstatt von diesen, doch ganz in seinem Interesse erzählten, rührenden Zügen ergriffen zu sein, bemerkte der Barbar nur, von einem schwachen Körper sei ihnen nichts bekannt gewesen, wohl aber, daß er ein »Meister im Tanz« (DC. 526) gewesen sei, was bekanntlich bei Wilden eine ziemlich anstrengende Übung ist.

8.) Zu der fast wortgetreu zitierten Rede (Sie haben natürlich schicklich gekürzt !) nickte er nur grimmig, und als ich – tränenerstickt; ich muß es Ihnen gestehen; ich war immer von weicher Natur – die Worte las (S. 232) »danach schlief er ein, während unsere Gebete seine scheidende Seele dem Erbarmer empfahlen ...« – schlug er mit der Hand auf den Tisch, und wies mir seine Seite 532, aus welcher allerdings hervorging, daß jene Rede am 25.2. gehalten worden, der Tod aber keineswegs »danach« sondern erst am 27. erfolgt sei. – Ich fragte ihn etwas scharf, ob er denn selbst gar nicht fühle, daß es doch wohl ganz einfach Kajarnaks Pflicht gewesen wäre, sogleich nach solchen Worten zu verscheiden, und daß Sie lediglich dies unverständliche Verhalten in dankenswertester Weise berichtigt hätten – ich hätte nie geglaubt, daß ein Christ derart ungehalten werden könne; ich erspare Ihnen seine Ausdrückungen. –

9.) (Und endlich : Letztens) beanstandete er noch, daß Sie (S. 232) sagen : »Seine Frau bestand darauf, ... daß er nach christlicher Weise begraben würde ..« Er berichtete, Frau und Anverwandte seien »gegen der Grönländer Gewohnheit« ganz gelassen geblieben, und sagten »wir sollten es mit dem Begräbnis halten, wie es unter den Christen gebräuchlich wäre.« (DC. 532). Und das sei dem Sinne nach wohl etwas ganz Anderes, Passiveres, als Ihr »bestand«. – Wenn Goethe (er schlug ein verstohlenes Kreuz) aus dem alten Familienvater Egmont einen jungen Springinsfeld gemacht habe, so sei das schon schlimm genug; denn der Dichter dürfe (nach seiner Ansicht !) allenfalls historische Lücken ergänzend ausdeuten; wer aber seine Bücher mit einem so gußeisernen Maßwerk von Namen und Zahlen versehe, wie Sie, müsse sich dann auch schon als ambitiöser Halbgelehrter der entsprechenden Kritik stellen. Sie hätten jedenfalls aus der alten ehrlichen Episode der Brüderchronik einen rührselig-effektvollen Reißer gemacht ! Ob die grauseidenen adeligen Einzelheiten stimmten, wolle er sich nicht die Mühe geben zu untersuchen, dazu sei ihm der Stoff nicht wichtig genug, er glaube es aber gern (»wes Brot ich eß'«). Als ich ihm seine respektlosen Äußerungen gegen unseren Adel verwies, erwiderte er, schon im Gehen, – wer eine Feder in redlicher Hand führe, brauche keine auf dem Hute; und es sei auch unter ihnen recht wohl bekannt, wie der Storm mit seinem Wollschal dem feinen Herrn bei Kranzler mit seinem Offizierspublikum so peinlich gewesen sei, daß er gleich einen langen, langen Brief darüber habe säuseln müssen. – Dann empfahl er sich – d. h. nein; er empfahl sich nicht : er ging nur ! Oh ! –

Ich bitte Sie, Herr Archivrat, das Vorstehende nicht mir anzurechnen; ich mußte versprechen, es Ihnen ausführlich mitzuteilen, da der fromme Plebejer drohte, es sonst durch den Druck öffentlich bekannt machen zu wollen. Vielleicht gewinnen Sie es über sich, ein paar unverbindliche Zeilen zu schreiben; recht einfach, volkstümlich – aber Ihr unvergleichlicher Takt wird schon die vornehmst=angemessene Lösung herbeiführen. –

Immer ergebenst, Ihr :

Arno Schmidt

Herrn Professor Doktor
K. Bremiker
Potsdam
Geodätisches Institut – Helmertturm.

Sehr geehrter Herr Professor !
Ich erlaube mir, Ihnen, dem Herausgeber der bisher besten siebenstelligen Logarithmentafel, den Entwurf zu einer neuen vorzulegen – vergeben Sie mir, dem Unbekannten, den Stolz, daß ich hinzuzufügen wage : einer Neuen und weit Vollkommeneren; deren Erfindung mir aber möglich war, weil ich, im Gegensatze zu Ihnen, dem führenden Fachwissenschaftler, jahrelang Scharfsinn und Arbeitskraft auch an dies untergeordnetere Problem der Mathematik wenden konnte.

Die kurze Vorrede und drei charakteristische Probeseiten mit einem Rechenbeispiel werden für Sie völlig hinreichen, um sich in wenigen Viertelstunden über den Wert meiner Neuerungen klarzuwerden, d. h. zumal der Einführung von sigma und tau, und der neuen horizontalen Proportionalteile. – Das viele hundert Seiten starke zum Druck fertige Manuskript liegt in meinem Schreibtische.

Ich habe bisher zweimal versucht, einen Verleger für meine Arbeit zu finden : K. Wittwer in Stuttgart, und Charles T. Powner in Chicago (Lektor William W. Johnson, Cleveland, Ohio); Beide mußten, unter voller Anerkennung meiner Leistung aus finanziellen und technischen Schwierigkeiten ablehnen.

Um unserer großen wissenschaftlichen Tradition gerade auf diesem Gebiete willen, und in Anbetracht der Lücken, welche der letzte Krieg auch hier in den Tafelbeständen gerissen hat, bitte ich Sie, Herr Professor, wenn Sie die Überzeugung gewonnen haben werden, daß mein Buch die Vervielfältigung durch den Druck in hohem Maße verdient, Ihre entscheidende Stimme für es zu erheben. – Ich erwähne noch, daß ich Ihnen natürlich nur die entscheidenden großen Erfindungen hier vorlege; die Zahl der kleinen Verbesserungen ist ebenfalls ganz erheblich. –

Ich verbleibe in Erwartung Ihrer Antwort
Ihr Ihnen sehr ergebener
Arno Schmidt

1.) Beilage

Vorwort

Seit über 150 Jahren ist an der Anordnung der siebenstelligen Logarithmentafeln fast nichts Wesentliches mehr geändert worden. Das Zahlenmaterial war bereits durch Gardiner unverbesserlich fixiert worden; Buchformat, Ziffernschnitt und -größe und Seitenzahl (600–700) durch die Bedürfnisse der Praxis aufs Handlichste festgelegt, und im trigonometrischen Teil das Intervall von 10″ als das Übersichtlichste und Günstigste erkannt worden; obgleich oftmals Klagen darüber laut wurden, daß dann der größte Teil der die Interpolation so außerordentlich erleichternden PP-Täfelchen entfallen mußte. Um diesem Übelstand wenigstens zum Teil abzuhelfen, und für sehr kleine Winkel die S/T-Methode einführen zu können, wurde das Intervall in den ersten Graden auf 1″ vermindert; dennoch mußte selbst der gewissenhafte, für seine ausgezeichnete Tafel jeden Umstand mit größter Sorgfalt erwägende, Bremiker zugeben, daß er sich eine völlig befriedigende Lösung der Interpolationsfrage nur durch Fortführung des 1″-Intervalles durch den ganzen Quadranten denken könne. Es blieb also praktisch nur die Wahl zwischen einem unhandlichen und unübersichtlichen Buch (Taylor) oder den klassisch klaren 700 Seiten Bremikers, denen aber im trigonometrischen Teil gut zwei Drittel der erforderlichen PP-Täfelchen fehlten. Durchdrungen von diesem Übel edierte Schrön – leider in schlechter Type – seine Tafel und hängte ihr eine ausgedehnte Interpolationstafel an; wo aber wiederum, des nun unausgesetzten unmäßigen Suchens und Blätterns wegen, kein Rechenvorteil entsteht. Alle Folgenden (z. B. Bruhns) fügten dem Bremikerschen Standardwerke lediglich bald einen trennenden Querstrich mehr hinzu, dehnten das 1″-Intervall um einen Grad weiter aus, gaben S und T mit 8 Stellen an, oder gebärdeten sich ähnlich originell; ohne jedoch auch nur einen Schritt weiter zur Lösung des doch klar erkannten Hauptproblems zu tun, nämlich :

> im trigonometrischen Teil unter Beibehaltung des Intervalles von 10″ (und also annähernd gleicher Seitenzahl des Buches !) für jede außerhalb des Zuständigkeitsbereiches von S und T auftretende Differenz auf der betreffenden Seite selbst ein gut lesbares PP-Täfelchen zu geben. –

Überdies blieben noch einige kleinere Übelstände zu beseitigen;

z. B. war – trotz S und T – im Falle daß der Logarithmus einer Funktion gegeben und der zugehörige extreme Winkel gefordert sei, der Lösungsgang wegen des zweimaligen umständlichen Suchens (Im Irrgarten der ersten trigonometrischen Seiten, und anschließend in den amorphen Fußrahmen der Seiten des Zahlenteiles) noch viel zu schwerfällig und zeitraubend; für Winkel unter 1000″ erschienen S und T unverständlicherweise viele Seiten (bis zu 180) von der Stelle getrennt, wo der genaue siebenstellige Sekundenwert entnommen werden muß, usw. usw. –

Die Einführung der neuen Hilfsfunktionen sigma und tau, durch welche das ganze S/T-Verfahren erst seinen organischen Abschluß findet, ermöglichte es, die bisher raumverschlingenden Seiten der extremen Winkelbereiche des Quadranten ganz entfallen zu lassen. Da alle 4 Reihen der Hilfswerte S, sigma, T und tau von Sekunde zu Sekunde angegeben werden, entfällt nun auch jede Interpolation; für Winkel unter 1000″ gelten die Werte unter dem Doppelstrich, und zwar für die ganze betreffende Seite.

Von 2°–12° (bzw. 78°–88°) wurden, um endlich für jede Differenz ein PP-Täfelchen geben zu können, anstatt der alten starren Zehnteilung der Differenz, die genauen Abstände der einzelnen Sekunden (die ja der alten PP-Reihe fast genau gleich sind) eingeführt. Hierdurch hat die Tafel nicht nur höheren Rang gewonnen – da einfache Addition eines einzelnen der »neuen« PP ja den exakten siebenstelligen Wert der Sekunde ergibt – sondern es wird auch, da das PP-Täfelchen unmittelbar daneben steht, (also auch keine Differenz mehr abgelesen zu werden braucht, und jedes Suchen entfällt) eine ganz wesentlich größere Rechengeschwindigkeit erreicht. – Von 12°–78° wurde die schon seit langem vom Zahlenteil her gewohnte, weit straffere Anordnung der Logarithmen eingeführt, die keinerlei Nachteile gegenüber der alten raumvergeudenden Manier mit sich bringt; auch hier wird natürlich für jede auftretende Differenz ein PP-Täfelchen gegeben, was in den alten Tafeln erst ab 26° der Fall ist.

Da die Wahrscheinlichkeit, mit einer siebenstelligen Tafel ein der Wahrheit möglichst angenähertes Resultat zu erreichen, mit der Anzahl der auf 7 Stellen abgerundeten Werte steigt, wurden, wie in allen älteren Tafeln, konsequenterweise auch abgerundete PP verwendet, welche nicht nur die Interpolation beschleunigen, sondern auch größeren, bequemer ablesbaren Druck ermöglichen. Die Rechengenauigkeit gewinnt kaum durch die scheinbare Verfeinerung der seit Bremiker eingeführten dezimal unterteilten PP. –

Wohl jeder Rechner, der einmal mit der einzigen leidlich brauchbaren zehnstelligen Tafel – Vega's Thesaurus Logarithmorum – arbeiten mußte, hat die Notwendigkeit der Kombination der zehnstelligen Logarithmen mit einer großen siebenstelligen Tafel eingesehen; denn nur so kann bei den hier auftretenden stets sieben- oder sechsstelligen ersten Differenzen rasch und sicher genug interpoliert werden. Nun aber sind – abgesehen von der praktisch bedeutungslosen geringen Unsicherheit der Vega'schen Endziffer – die von ihm gegebenen Formeln zur Berücksichtigung der zweiten Differenzen nicht nur abstoßend schwerfällig, sondern zum Teil sogar falsch ! (Siehe Thes. Log. S. 630, Formeln II und IV der zweiten Abteilung); die Behandlung kleiner Winkel unzulänglich, und zumindest völlig veraltet. Aus diesen Gründen, und vor allem auch infolge der Unzugänglichkeit des allmählich schon selten werdenden Buches, mußte das immer wertvolle Zahlenmaterial gerettet, und mit korrekteren und (soweit auf dem ungleich begrenzteren Raume möglich) auch brauchbareren Rechenhilfsmitteln versehen werden. Auch diese Aufgabe ist, wie jeder Vergleich mit dem Thes. Log. zeigen kann, völlig befriedigend gelöst worden. –

Die Hilfstafeln sind auf ein Mindestmaß reduziert. Zur Kritik des Thes. Log. sei besonders auf die Tafel der neuen Hilfsfunktionen, Log F S – F tau, hingewiesen, welche für etwa 70 der alten Folioseiten steht. Die herausnehmbare doppelseitige Tafel wird im Gebrauch als äußerst wertvoll empfunden werden. –

Das Zahlenmaterial wurde folgenden Quellen entnommen :

1.) siebenstellige Logarithmen aus Bruhns und Bremiker,

2.) zehnstellige aus Vega und Vlack,

3.) alle neuen Werte wurden sorgfältig durch Reihen berechnet. –

Das Ergebnis aller Verbesserungen ist, daß der Benützer an Stelle der bisherigen ungenügend durchdachten, völlig unzureichend mit PP-Täfelchen versehenen und in schwierigen Winkelbereichen schwerfälligen 700 Seiten starken Tafel, auf ganz wesentlich geringerem Raume (500 Seiten !) zwei nunmehr vollständige sieben- und zehnstellige Tafeln erhält, ein wahrhaft »Neues Handbuch«, durch welches zumindest die bisher erstarrte Entwicklung der hochstelligen Tafeln wieder in Fluß gebracht werden dürfte.

1000 - 1050

n.	0	1	2	3	4	5	6	7	8	9
100	000	775	215	330	128	618	807	706	321	662
101	738	556	125	454	550	422	079	529	780	840
102	718	421	958	337	566	654	608	436	147	748
103	247	653	973	215	388	498	554	564	535	476
104	393	295	190	084	987	904	845	817	826	882
105	991	160	398	712	109	596	182	873	677	601
106	653	839	167	645	280	078	047	194	527	052
107	777	708	854	220	814	643	713	033	609	447
108	555	940	608	566	822	382	253	441	954	798
109	979	506	384	619	220	192	541	276	401	924

+d	0	1	2	3	4	5	6	7	8	9
3.3	368	359	350	342	333	324	316	307	298	290
	281	273	264	255	247	238	230	221	213	204
	195	187	179	170	162	153	145	136	128	119
	111	102	094	086	077	069	060	052	044	035
	027	019	010	002	$\bar{9}94$	$\bar{9}85$	$\bar{9}77$	$\bar{9}69$	$\bar{9}60$	$\bar{9}52$
3.2	944	935	927	919	911	902	894	886	878	870
	861	853	845	837	829	821	812	804	796	788
	780	772	764	756	747	739	731	723	715	707
	699	691	683	675	667	659	651	643	635	627
	619	611	603	595	587	579	571	563	555	548

N.		0	1	2	3	4	5	6	7	8	9
1000	000	0000	0434	0869	1303	1737	2171	2605	3039	3473	3907
01		4341	4775	5208	5642	6076	6510	6943	7377	7810	8244
02		8677	9111	9544	9977	$\bar{0}411$	$\bar{0}844$	$\bar{1}277$	$\bar{1}710$	$\bar{2}143$	$\bar{2}576$
03	001	3009	3442	3875	4308	4741	5174	5607	6039	6472	6905
04		7337	7770	8202	8635	9067	9499	9932	$\bar{0}364$	$\bar{0}796$	$\bar{1}228$
05	002	1661	2093	2525	2957	3389	3821	4553	4685	5116	5548
06		5980	6411	6843	7275	7706	8138	8569	9001	9432	9863
07	003	0295	0726	1157	1588	2019	2451	2882	3313	3744	4174
08		4605	5036	5467	5898	6328	6759	7190	7620	8051	8481
09		8912	9342	9772	$\bar{0}203$	$\bar{0}633$	$\bar{1}063$	$\bar{1}493$	$\bar{1}924$	$\bar{2}354$	$\bar{2}784$
1010	004	3214	3644	4074	4504	4933	5363	5793	6223	6652	7082
11		7512	7941	8371	8800	9229	9659	$\bar{0}088$	$\bar{0}517$	$\bar{0}947$	$\bar{1}376$
12											
13											
14											
15											
16											
17											
18											
42											
43											
44											
45											
46		5317	5732	6147	6562	6977	7392	7807	8222	8637	9052
47		9467	9882	$\bar{0}296$	$\bar{0}711$	$\bar{1}126$	$\bar{1}540$	$\bar{1}955$	$\bar{2}369$	$\bar{2}784$	$\bar{3}198$
48	020	3613	4027	4442	4856	5270	5684	6099	6513	6927	7341
49		7755	8169	8583	8997	9411	9824	$\bar{0}238$	$\bar{0}652$	$\bar{1}066$	$\bar{1}479$
1050	021	1893	2307	2720	3134	3547	3961	4374	4787	5201	5614
N		0	1	2	3	4	5	6	7	8	9

	435	434	433
1	43	43	43
2	87	87	87
3	131	130	130
4	174	174	173
5	217	217	217
6	261	260	260
7	305	304	303
8	348	347	346
9	391	391	390

	432	431	430
1	43	43	43
2	86	86	86
3	130	129	129
4	173	172	172
5	216	215	215
6	259	259	258
7	302	302	301
8	346	345	344
9	389	388	387

	429	428	427
1	43	43	43
2	86	86	85
3	129	128	128
8	336	335	334
9	378	377	376

	417	416	415
1	42	42	41
2	83	83	83
3	125	125	125
4	167	166	166
5	209	208	207
6	250	250	249
7	292	291	291
8	334	333	332
9	375	374	373

S 4.685	$+\sigma''$	T 4.685	$-\tau''$
5732	0,004	5783	0,008
5732	0,004	5783	0,008
5732	0,004	5783	0,008
5732	0,004	5783	0,008
5732	0,004	5783	0,008
5731	0,004	5783	0,008
5731	0,004	5783	0,008
5731	0,004	5783	0,008
5731	0,004	5783	0,008
5731	0,004	5783	0,008
5731	0,004	5783	0,008
5731	0,004	5783	0,008
5731	0,004	5784	0,008
5731	0,004	5784	0,008
5731	0,004	5784	0,008
5731	0,004	5784	0,008
5731	0,004	5784	0,008
5731	0,004	5784	0,008
5731	0,004	5784	0,008
5730	0,004	5786	0,009
5730	0,004	5786	0,009
5730	0,004	5786	0,009
5730	0,004	5786	0,009
5730	0,004	5786	0,009
5730	0,004	5786	0,009
5730	0,005	5786	0,009
5730	0,005	5786	0,009
5730	0,005	5786	0,009
5748	0,0000	5749	0,0000

LOG CTD   P.P.   2°

Sin	Cos
639	589
868	231
743	863
281	485
509	097
446	698
120	289
547	870
757	441
770	001
606	551
288	091
839	621
282	141
638	650
933	149
180	638
014	645
799	735
344	815
678	885
814	945
773	994
569	033
Cos	Sin

1	2	3	4	5	6	7	8	9
603	1205	1808	2411	3013	3616	4218	4820	5423
602	1204	1806	2408	3009	3611	4213	4814	5415
601	1202	1803	2404	3005	3606	4207	4807	5408
601	1201	1801	2401	3001	3601	4201	4801	5401
599	1199	1798	2397	2997	3596	4195	4794	5393
599	1198	1796	2395	2993	3592	4190	4788	5386
598	1196	1794	2391	2989	3586	4184	4781	5378
597	1194	1791	2387	2984	3581	4177	4774	5370
596	1192	1788	2384	2980	3576	4172	4768	5363
595	1191	1786	2381	2976	3571	4166	4761	5356
558	1117	1675	2234	2792	3350	3909	4467	5025
558	1116	1673	2231	2789	3346	3904	4461	5018
557	1114	1671	2228	2785	3342	3899	4455	5012
1	2	3	4	5	6	7	8	9

'	"	Sin	Cos	"	'
0	0	8.542 8192	9.999 7354	0	60
	10	8.543 4217	9.999 7346	50	
	20	8.544 0234	9.999 7339	40	
	30	8.544 6242	9.999 7331	30	
	40	8.545 2243	9.999 7324	20	
	50	8.545 8234	9.999 7317	10	
1	0	8.546 4218	9.999 7309	0	59
	10	8.547 0194	9.999 7302	50	
	20	8.547 6161	9.999 7294	40	
	30	8.548 2120	9.999 7287	30	
	40	8.548 8071	9.999 7280	20	
	50	8.549 4013	9.999 7272	10	
2	0	8.549 9948	9.999 7265	0	58
	10	8.550 5874	9.999 7257	50	
	20			40	
	30			30	
	40			20	
	50			10	
3	0			0	57
	10			50	
	20			40	
	30			30	
	40			20	
	50			10	
4	0			0	56
	10			50	
	20			40	
	30			30	
	40			20	
	50			10	
5	0			0	55
	10			50	
	20			40	
	30			30	
	40			20	
	50			10	
6	0			0	54
	10			50	
	20			40	
	30			30	
	40			20	
	50			10	
7	0			0	53
	10			50	
	20			40	
	30			30	
	40			20	
	50			10	
8	0			0	52
	10			50	
	20			40	
	30			30	
	40			20	
	50			10	
9	0			0	51
	10		9.999 6934	50	
	20	8.575 3341	9.999 6926	40	
	30	8.575 8932	9.999 6918	30	
	40	8.576 4515	9.999 6910	20	
	50	8.577 0091	9.999 6902	10	
10	0	8.577 5660	9.999 6894	0	50
'	"	Cos	Sin	"	'

P.P.

	7
1	1
2	1
3	2
4	3
5	3
6	4
7	5
8	6
9	6

	8
1	1
2	2
3	2
4	3
5	4
6	5
7	6
8	6
9	7

P.P.   87°

2°

'	"	TAN	CTG	"	'	1	2	3	4	5	6	7	8	9	TAN	CTG
0	0	8.543 0838	11.456 9162	0	60	604	1207	1811	2414	3017	3621	4224	4827	5430	050	950
	10	8.543 6871	11.456 3129	50		602	1205	1808	2410	3013	3615	4217	4820	5422	637	363
	20	8.544 2895	11.455 7105	40		602	1204	1806	2407	3009	3610	4212	4813	5415	880	120
	30	8.544 8911	11.455 1089	30		601	1202	1803	2404	3005	3605	4206	4807	5407	796	204
	40	8.545 4918	11.454 5082	20		601	1201	1801	2401	3001	3601	4201	4801	5400	412	588
	50	8.546 0918	11.453 9082	10		599	1199	1798	2397	2996	3595	4194	4793	5392	748	252
1	0	8.546 6909	11.453 3091	0	59	598	1197	1796	2394	2992	3591	4189	4787	5385	831	169
	10	8.547 2892	11.452 7108	50		598	1195	1793	2391	2988	3585	4183	4780	5377	677	323
	20	8.547 8866	11.452 1134	40											316	684
	30	8.548 4833	11.451 5167	30											769	231
	40			20											055	945
	50			10											197	803
2	0			0	58										218	782
	10			50											141	859
	20			40											988	012
	30			30											784	216
	40			20											542	458
	50			10												
3	0			0	57											
	10			50												
	20			40												
	30			30												
	40			20												
	50			10												
4	0			0	56											
	10			50												
	20			40												
	30			30												
	40			20												
	50			10												
5	0			0	55											
	10			50												
	20			40												
	30			30												
	40			20												
	50			10												
6	0			0	54											
	10			50												
	20			40												
	30			30												
	40			20												
	50			10												
7	0			0	53											
	10			50												
	20			40												
	30			30												
	40			20												
	50			10												
8	0			0	52											
	10			50												
	20			40												
	30			30												
	40			20												
	50			10												
9	0			0	51										369	631
	10			50											064	936
	20			40											529	471
	30	8.576 2014		30											793	207
	40	8.576 7605	11.423 2395	20		559	1117	1676	2234	2793	3351	3909	4468	5026	869	131
	50	8.577 3189	11.422 6811	10		558	1116	1674	2231	2789	3347	3904	4462	5019	779	221
10	0	8.577 8766	11.422 1234	0	50										536	464
'	"	CTG	TAN	"	'	1	2	3	4	5	6	7	8	9	CTG	TAN

P.P. — LOG CTD.

87°

P.P.

Rechenbeispiel

(Es wird nur das von den bisher üblichen Methoden abweichende sigma-tau-Verfahren erläutert)

siebenstellige Logarithmen – extreme Winkelbereiche – Log. F alpha gegeben, alpha″ gesucht.

7.688 8478 – 10	=	log tan alpha
4.685 5749 – 10	=	K
3.003 2729	=	log x″
1007,564	=	x″
– 0,008	=	tau
1007,556	=	alpha″ = 16′ 47,556″

Von dem gegebenen Log wird stets stereotyp die Konstante K = log arc 1″ = (4.685 5749 – 10) subtrahiert; der Rest ist der Log des Näherungswertes x in Sekunden, wozu aus der Zahlentafel der siebenstellige Numerus bestimmt wird. Von diesem wird der der gleichen Zeile rechts ohne Interpolation zu entnehmende Wert von tau subtrahiert; das Ergebnis ist alpha in Sekunden. (Die Verwandlung von Sekunden in Grad, Minuten, etc. erfolgt mit Hilfe der erwähnten herausnehmbaren Tafel). –

Im Falle, daß der gegebene Log hätte Log sin alpha bedeuten sollen, wäre lediglich sigma = 0,004 zu addieren gewesen, d. h. alpha = 16′ 47,568″.

Ein Vergleich mit dem bisher üblichen Verfahren zeigt den durch die Einführung der neuen Hilfsfunktion erzielten großen Zeitgewinn.

Herrn
Johann Gottfried Schnabel
(∞) Felsenburg
Albertsraum

Hochverehrter Herr Schnabel !

Als ich, ein junger Mensch noch, zum ersten Male Ihr großes Buch gelesen hatte – und es war nur der Tieck'sche Textauszug – fühlte ich sogleich : hier war mir Etwas für's Leben erschienen ! Immer seitdem habe ich vergeblich versucht, mir das Original zu verschaffen, um es den zwei Dutzend der Bücher, die mich stets begleiten sollen, hinzuzufügen; nie seitdem hat mich die Erinnerung an jene von Ihnen geschaffene Welt verlassen, und oft habe ich in guten Träumen die Fahrt über die Meere der Finsternisse zu ihr angetreten.

So stark wurden schließlich diese Bilder in mir, daß ich die beiliegende Erzählung schreiben mußte, die ich nun als Zeichen meiner dankbaren Ergebenheit in Ihre Schöpferhände legen zu dürfen bitte. Wohl ist es eine Jugendarbeit, und niemand kann deutlicher als ich all ihre Flecken und Fehler sehen; ich muß deshalb nur auf Ihre lächelnde Nachsicht rechnen. Nehmen Sie das Büchlein aber als ein flüchtiges Zeichen, wie stark Ihr Werk noch in Einzelnen lebt, wie Ihr Name noch immer ehrfürchtig genannt wird, und hoffentlich dauern soll, bis die Kenntnis der deutschen Sprache erlischt.

Ich verharre in tiefer Verehrung

Ihr ergebener
Arno Schmidt

Die Fremden.

1.)

»Das sind verwünscht viele Worte, mein lieber Kauff.« sagte der Alte mürrisch und blies einen dicken wirbelnden Rauchkegel von sich »meinen Siė wirklich, daß Sie nun endlich ‹festgestellt› haben, warum dieser Claude Lorrain – «, er brach ab und fuhr verstohlen streichelnd mit der breiten Hand über den Rand des Bildes. Dann stand er verdrießlich auf, und ging ein paarmal in dem schon dämmrigen Zimmer auf und ab. »Passen Sie auf!« knurrte er zu dem kleinen, fast zierlichen jungen Manne hinüber, der, auf die Lehne des Sessels gestützt, ihm ruhig zusah; der Förster fing den Blick auf, und fuhr sich in komischer Verzweiflung durch das gesträubte eisengraue Igelhaar : »Kauff !« bat er erschöpft atmend, »machen Sie ein anderes Gesicht – meinetwegen glühend in heller Entrüstung – aber wenn ich Sie so sehe, habe ich immer das Gefühl, als käme ich in ein – hm, – in ein weiß und kalkblau angestrichenes kreisrundes Wartezimmer, wo bloß ein Stuhl ohne Lehne mitten auf den breitrissigen sorgfältig gescheuerten Dielen steht –«. Er mußte selbst, obwohl kopfschüttelnd, über das Bild lachen, und auch der Junge stieß munter die Luft durch die Nase : »Das ist ausgezeichnet, Niebelschütz !« sagte er, anerkennend mit dem Kopfe nickend, »Alle Achtung ! – Ja, sehen Sie, das ist unser Unterschied : ich hätte gesagt – etwa – leer und unfruchtbar –;«. »Nein !« seufzte der Förster und hob abwehrend die Hand : »Sie hätten bestimmt ‹steril› gesagt, oder ‹infertil› –.« Er nickte dem lachenden Gegner wehmütig zu, der den Faden wieder aufnahm : »– nun ja – und Sie setzen dafür ein Bild, genial und für mich vernichtend – aber bitte : Claude Lorrain ‹Ruhe auf der Flucht› –«, er hob erwartungsvoll den Kopf und sah den Alten an, der eine abfällige Grimasse schnitt, und dann seine Wanderung wieder aufnahm; »Kauff« sagte er, : »ich weiß, daß Sie gern disputieren, und ihre Gegner lieber mit Nähnadeln als mit dem Hammer erlegen – na ja – also : zurück –«, er sann einen Augenblick lang nach, und begann dann langsam und fast schwerfällig : »Es gibt Stunden, wo die Elemente in gleicher – Stimmung – sind; wo sich die Gebilde in Luft, Wasser, Erde und Feuer – und diese vier selbst – zu einer neuen höheren Einheit und Schönheit zusammenschließen. Wo dann das Einzelne dem Vielen und Umgebenden so sehr gleicht –,« er atmete tief ein und sprang zu dem Tisch : »Kauff«, befahl er »stellen Sie sich hier diese mittlere Baumgruppe in Regen und Wind vor, oder den Bach lehmgeschwollen und gelbgrau – wissen Sie nun, was ich meine ? – Also nicht Ihre verfluchte Farbenharmonie – sondern weil ich sagen kann, daß das goldene Luftmeer wie dieser Baum ist – und bald wird die kühle silberne Nacht über dem Kap heraufziehen – ach, und mein Herz ist wie dieser Quell – und dann bin auch ich ein Teil der göttlichen Landschaft; und wenn Sie eine Weile in diesen Abend gesehen haben, muß er sich in Ihren Augen spiegeln. – Wissen Sie, daß ein Spiegel ein magisches Instrument ist ?! –« Da er eine Pause machte, fragte Kauff gelassen : »Also : Verfließen des Ich im All – ? –.« »Unsinn, mein Lieber,« versetzte kaltblütig der Förster, »klingender Unsinn, nichts weiter. Verfließt denn etwa diese Baumgruppe im All ? Nein, sie steht göttlich und klar wie zuvor, ja, erhöht noch –. Na, erledigt. – Wir müssen uns auch langsam fertig machen; bald wird die Dämmerung hereinbrechen, und Er wartet gewiß schon.«

Er legte die Blätter wieder achtsam in die breite rotlederne Mappe, verschloß sie umständlich und hob sie in den tiefen dunklen Eichenschrank, der fast so groß wie ein winziges Stübchen war, und in dessen guten warmen Schatten viel verworrenes wunderliches Gerät verborgen sein mußte, alte geprägte Folianten, messingne Büchschen und Vieles, was Kauff weder sehen noch ahnen konnte, obwohl er sich höflich in den spitzen Schuhen reckte. Der Förster nickte seinem Besuch wohlwollend und spöttisch zu : »Vielen Dank für die Aufmerksamkeit, Kauff !« sagte er zwinkernd, aber lassen Sie nur – ich weiß, daß Sie außer diesen Herren Kant oder Bach nichts interessiert; außerdem sind Sie auch viel zu klein für die obersten Fächer. – Sind Sie eigentlich jemals richtig neugierig gewesen in Ihrem Leben ? Neugier ist nämlich Sache der Phantasie – untersuchen Sie doch einmal das Verhältnis genauer.« Er verschloß die schweren Türen, nahm Hut und ein warmes Wams vom Nagel, und fuhr während des Ankleidens fort : »Sie müßten einmal den Kleinen vom Baron sehen, den Friedrich – nur schade, daß sie ihn so fromm machen, aber trotzdem : Sie werden später einmal sehen; hoffentlich erlebe ich es noch – .«

Der junge Mann hatte sich unterdes sorgfältig in seinen altmodischen Pelz gehüllt – das Einzige, was dem Förster heute an ihm gefiel – und schüttelte den Kopf : »Ich glaube, Niebelschütz,« sagte er, »Sie haben Unrecht mit Ihrem ständigen Wettern auf die christliche Religion – schon weil sie Ihnen ein so frappierendes Argument für die Wichtigkeit Ihres Berufes leiht –«, und Beide lachten über die elegante Wendung; denn Niebelschütz hatte einmal am Honoratiorentisch im Ratskeller des Städtchens gar tiefgründig den Satz verteidigt, daß das Christentum seine Ausbreitung wohl im imperium romanum dem Sklavenüberfluß, in Germanien dagegen dem Mangel an Förstern verdanke, welche dem Bonifatius und ähnlichen Waldschädlingen schon das Handwerk gelegt haben würden. Seit jener denkwürdigen Nacht datierte die Feindschaft zwischen ihm und dem Superintendenten Mylius, der dem rauhen Förster mit mildem Lächeln zwar selbst die hitzigste Leugnung und Verdächtigung der christlichen Wunder vergab, in der erwähnten verblüffenden Begründung aber eine unzarte persönliche Anspielung auf seinen Frei-Weihnachtsbaum hatte sehen wollen, der, wie er vorgab, ohnehin jedes Jahr seltsamer und dürrer werde. Niebelschütz hatte mit echt heidnischem Freimut erwidert, daß dies lediglich geschehe, um den Gegensatz zum Empfänger hervorzuheben, und zum Überfluß hinzugefügt, daß er fürchte, schon im nächsten Jahre mit der Entwicklung nicht mehr Schritt halten zu können. Kauff hatte sich damals in tödlicher Verlegenheit betrunken gestellt, um nicht Partei ergreifen zu müssen; erfuhr aber in den folgenden Tagen zu seinem unbeschreiblichen Entsetzen, daß man ihn, dank geschickt ausgesprengter ungreifbarer Gerüchte, nun im Städtchen für einen ausgemachten Trunkenbold und heimlichen Schlemmer hielt; umsomehr, da der Förster dafür gesorgt hatte, daß die bekanntesten mächtigen alten blaunäsigen Zechbrüder ihn wohl einen Monat lang, zumal an Markttagen, schon von weitem mit so fataler Sicherheit und Lässigkeit grüßten, daß selbst ein Fremder auf einen langjährigen vertrauten Umgang geschlossen hätte. –

Sie traten zusammen vor die Haustür; Niebelschütz, nachdem er verschlossen hatte, sah prüfend zum klaren hellgrünen Himmel, an dem soeben die Sonne versunken war, und horchte in das leise Rauschen der tiefen Forste, die sich weit umher erstreckten.

»Ich habe einen so zeitigen Frühling noch nicht erlebt, so lange ich den Wald hier kenne,« sagte er, während sie den schmalen Tannenpfad nebeneinander hergingen, und Kauff nickte bestätigend : »Es ist erstaunlich – Ende Februar ! –« Dann schritten sie eine Zeitlang schweigend auf dem nadligen dunklen Wege fort, in dem oft unsichtbare winzige Wässerchen geschäftig schwatzten und zwitscherten.

Zuweilen sah um eine Wegbiegung ein hellgrüner Garten artiger kleiner Tännchen, die ungemein bedeutend in ihren blanken Nadelmäntelchen einander anstaunten; aber gleich daneben stand schon wieder der hohe braune Wald mit den großen Ameisenhaufen am Wegrande, der sich von hier wohl eine gute Tagereise weit ununterbrochen hinzog.

Über den schon stillen silbergrauen Wiesen hingen schwebende Nebeltafeln; ein Eichkätzchen fuhr wie ein rostroter spiraliger Blitz um eine Kiefer herab und las ein Fäustchen vorjähriger Bucheckern auf; Hexeneier sahen schmutzig aus dem Nadelgewirr, und auf kleinen schläfrigen Grasflecken konnte man die Elfenringe von voriger Nacht sehen. Eine Igelfamilie trippelte um ein breitästiges Tannengebüsch, und der Förster nickte wohlgefällig den kleinen eifrigen Leuten zu. Dann trat er zu einem stattlichen Baume und brach behutsam ein loses Stück Rinde herab, welches er dem Begleiter hinhielt. »Borkenkäfer« sagte er kurz, »denken Sie einmal, welch ein seltsames Leben hier mitten im Walde unter der Rinde –.« »Wenn es ein Mensch wäre ! – « sagte gelassen der Kleine; Niebelschütz grunzte verächtlich und entrüstet : »Wenn es ein Mensch wäre, würde man ihn im Ratskeller schwelgen und lallend seine Freunde verleugnen sehen,« versetzte er boshaft, »aber lassen wir das Thema; darüber werden wir uns nie einigen. Mich wundert nur, daß Sie dabei so sehr an Flick hängen –.« »Sie ja auch,« entgegnete Kauff, »und mit Recht; denn es ist ein wunderlich bedeutender Mensch, obwohl – «, er zuckte nachdenklich die Schultern, und schob fröstelnd die Hände in die Taschen. Der Förster öffnete den Mund, schloß ihn aber wieder, und hob indigniert die buschigen Augenbrauen; dann sagte er brummig und dunkel : »Es ist der ‹Oberon› – aber der Name stimmt noch nicht, auch nicht der Begriff –.«

Kauff mußte hell auflachen über die rätselhafte Ausdrucksweise des Älteren, wurde aber sogleich wieder ernsthaft, und biß sich mit einem Seitenblick auf die schmalen Lippen. »Typisch !« sagte Niebelschütz mit ingrimmigem Kopfnicken, »Gelächter – Erkenntnis – Neid –. Hoffentlich haben Sie gemerkt, wie genau man sich ausdrücken kann; Sie hätten vor fünf Tagen dabei sein müssen, wie wir feststellten, daß die Erdscheibe der Griechen ‹unendlicher› war als Euer Universum : da hätten Sie schon rein sprachlich Manches lernen können.« »Ist denn das Thema ‹Elementargeister› schon erschöpft ?« fragte der Kleine spöttisch, indem er umsichtig einer großen Wasserlache auswich und den Pelz breiter um die Schultern zog, weil sich von fern einige Häuser, die ersten Vorläufer des Städtchens, zeigten, »– was haben Sie denn, Niebelschütz ?!«

Der Förster hatte sich zum Rande der Wiese niedergebeugt, und richtete sich nun langsam auf, während ein kleiner bräunlicher Frosch mit drei grünen Tupfen auf dem Rücken, eilfertig in den nahen Bach hüpfte und gluckend verschwand. »Ich habe ihm gesagt, daß er den nächsten Elementargeist verständigt, was sonst ?« entgegnete schnippisch der Alte; dann wurde er ernst. »Kauff !« sagte er eindringlich, indem sie auf einer kleinen Brücke mit schon schiefem altem Geländer stehen blieben, »ich habe sie selbst gesehen – die Sonnenfrau ! – Sie wissen ja – «

Der Kleine schüttelte stumm und ungläubig den schmalen Kopf, worauf der Förster heftiger wurde : »Wenn Sie den Bach hier entlang fahren,« er wies auf die verblauenden Wälder in der Ferne und seine Hand zitterte ein wenig in der Abendkühle, »– hinten teilt er sich und bildet kleine Inselchen und Teiche; dann kommt ein breiter Moor- und Schilfgürtel – es war ein Julimittag und die Einsamkeit so schön. Der Nachen wollte nur langsam vorwärts in den hohen Röhrichtbüscheln, aus denen Libellen schwirrten. – Ach, und das graue alte Holz des Kahnes, wie es in der sengenden Sonne mit winzigen matten Körnchen flimmerte und schillerte, und flinke Fischchen schossen in den schmalen Kanälen, – stundenlang.«

Er schwieg eine Zeitlang, während welcher sein Begleiter geduldig wartete, und fuhr dann mit heiserer Stimme fort »– eine Waldinsel hebt sich aus dem einsamen Wasser mit alten hohen Bäumen; inmitten eine Lichtung – ich stieg mit leisem Tritt aus dem schlafend wankenden Kahn, und ging den schmalen Uferhang empor. Zwischen den mächtigen Stämmen – ach ihr, schöner als Menschen – brannten lautlos in grüner Glut die Farnfedern, lautlos liefen Käfer – da sah ich es. – In dem kleinen glühenden Rund lag eine schlanke Gestalt in glasblauem Kleide, das goldene Haar sprühte reife grelle Funken wie ein Weizenfeld. – Spielte mit den Gräsern. – – Und sang. –«

Die Stimme des Alten war zu einem kaum verständlichen Flüstern geworden; die Nacht war fast völlig hereingebrochen und der Mondspan glomm blank in einer Wolkenschleife. Auf den fernen Teichscheiben entstand Flüstern und Wasserschwatz.

Kauff fröstelte in dem Wind, der aus den weiten Wäldern trat – »– und dann – – ?« fragte er vorsichtig. Der Alte wandte sich langsam, und warf einen Blick wie ein Speer durch den Fragenden, warnend und schamvoll : »Dann ? –« erwiderte er mit greller fast feindlicher Stimme, »dann gingen sie beide zum Freunde Flick, mein Sohn !« Und er begann so hastig auszuschreiten, als wolle er allen weiteren Fragen entkommen. Auch Kauff ging hastig neben der hohen Gestalt seines Begleiters her, so daß sie in kurzer Zeit die kleine Anhöhe, schon dicht vor den Toren der Stadt, erreicht hatten. Vor ihnen lag eine Gruppe von einigen Häusern im schwachen Mondschein, die meisten von ihnen leicht und fast villenartig gebaut; nur eines davon, das Letzte in der kleinen Reihe, stand alt und wunderlich hoch, auf zwei seiner Seiten völlig fensterlos, so daß die mächtigen, schier schwarzen Wände wie Felsmauern aus dem unerkennbaren Untergrunde auffuhren.

Niebelschütz hielt seinen Begleiter für einen Augenblick am Ärmel zurück, und die zwei standen mitten auf der feuchten pappelgesäumten

Straße, nachdenkliche Wanderer in der rauschenden Windnacht. Unruhiger Frühling war schon in der dunklen lauen Luft, die scheu und hastig durch die dünnen Ruten der Sträucher strudelte, und mit schlanken kühlen Fingern durch das Haar griff, sehnsüchtig und unentschlossen. Von den aufgebrochenen Äckern kam ein leiser Ruch von brauner Erde und sickerndem Wasser; es flüsterte in allen vier Winden, und der gebogene Mond segelte eilig durch die milchig schmelzenden Wolkenschollen.

»Sehen Sie nun den Augenblick der höheren Einheit, Kauff?« fragte flüsternd der Förster, der den Hut aus der Stirn gestrichen hatte, und der Kleine nickte nach kurzem Zögern tapfer; aber während er schon zu einer knappen Zustimmung den Mund öffnete, reckte sich neben ihm sein Begleiter auf den Zehen und hielt prüfend die Hand über die gerunzelten Brauen. »Nun sehen Sie sich *das* an!«, sagte er verblüfft, und wies auf einen gelben Lichtschein, der sich hinter der breiteren, von ihnen aus nicht sichtbaren, der fensterlosen Mauern hervorblähte, bald heller und bunter, bald schwächer, wie von vielen Lichtern, und wenn man angespannt lauschte, konnte man fröhliche Stimmen vernehmen, Gelächter und feines, lustiges Kindergeschrei.

Niebelschütz sprang über den rieselnden Straßengraben, und lief, von Kauff gefolgt, quer über das Feld auf das Haus zu, so schnell, daß der Jüngere Mühe hatte, mit ihm Schritt zu halten. Als die Beiden um die Ecke bogen, blieben sie schwer atmend und erstaunt stehen, und sahen sich verblüfft an. Der Erste, der sich erholte, war Kauff: »Hm –« begann er, aber er wurde jeder Mühe einer weiteren Satzbildung durch den Förster enthoben, der zwar nur halblaut aber mit solcher Innigkeit einen Stammbaum der sich hier ansiedelnden ‹Landstreicher› entwarf, daß selbst der Junge, der den Wort- und Bildreichtum seines Freundes annähernd zu ahnen geglaubt hatte, betroffen, aber mit höchstem Interesse lauschend, einen Schritt zur Seite wich.

Es war aber in der Tat ein überraschender und lustiger Anblick; in mehreren kleinen Gassen waren lampige Zelte aufgeschlagen, an denen zum Teil noch Handwerker oder Gaukler munter arbeiteten; schon gingen prächtig in Flitter und Scharlach gekleidete Ausrufer gewichtig auf und ab, Süßigkeitenhändler priesen hellstimmig und singend ihre bunte winzige Ware an, und um die noch verhängten Buden und Auslagen drängten sich die Kinder der Stadt, ein Fingerchen oder ein schönfarbiges Eckchen Zuckerwerk im Munde. Auch einzelne Bürger und Ehepaare wandelten schon ernsthaft und behaglich in dem fröhlichen Schwarme, kraus und quer, und der schnauzbärtige Korporal der Stadtwache gab seinem einzigen Untergebenen mit der baumelnden Trommel und der gewaltigen Muskete gar gebieterisch ungemein bedeutende und dunkle Befehle; hieß ihn wohl auch ab und zu auf dem nahen Felde achtsam das Gewehr lösen, und erwartete mit düster gekreuzten Armen im Kreise der ehrfürchtigen Kleinen den schwächlichen Knall.

Was den Förster aber am meisten erregt hatte, war ein hohes und breites Gebälk, an die Mauer des Hauses gelehnt, welches sich unter den Händen der flinken Gehilfen mit unbegreiflicher Schnelligkeit zu einer prächtigen Halle dehnte; mit schwerem Rauschen rollten bebilderte Teppiche an den Seiten herab, wurden an den Dielenbalken befestigt; eine artige Halbkuppel wölbte sich lampenschnürig aus der finsteren Rückmauer, und schon trugen zwei kleine derbe Gesellen in tüchtigen blauen Schürzen ein funkelndes Schild herbei, auf welchem mit seltsam nebelgrün strahlenden Leuchtbuchstaben das Wort ‹Globe – Theatre› zu lesen stand.

Der Förster tat drei Schritte auf die Träger der Inschrift zu, fing sich aber wieder, und stöhnte nur zu seinem Begleiter : »Unser armer Hans !«. »Ja, es ist ärgerlich !« bestätigte Kauff »er wird unter dem Lärm und Geschrei leiden; es sieht ja ganz erträglich aus, aber mir ist dieses Komödianten- und Charlatanvolk auch äußerst unangenehm. Schon von Kindheit an. – Übrigens, den Namen da oben muß ich schon einmal gelesen haben – Globe, Globe, Globe –« wiederholte er lauschend und grüblerisch; dann zuckte er die Achseln, schüttelte im vergehenden Nachsinnen noch einmal den Kopf, und ging langsam neben dem Alten durch die wirbelnden Zeltgassen.

Hier und da wurden sie von den begegnenden Bürgern gegrüßt, und griffen wiederum höflich an die breiten Hüte. Sie konnten nur langsam vorwärts kommen in dem heiteren zierlichen Lärm und Stimmengebrause. Gerade dem Eingange des Theaters gegenüber blieb Niebelschütz stehen, und wies flüsternd auf eine kleine Gruppe auffallend gekleideter Männer, die in eifrigem Gespräch mitten unter dem rot und goldenen reich geschnitzten Torbalken standen : »Das scheinen die Besitzer zu sein«, meinte er nickend und nachdenklich : »– seltsame Anzüge, das ! –«. Kauff blickte in die angezeigte Richtung und sah einen schlanken schwarz gekleideten Herren von mittlerer Größe, mit dünnem Knebel- und Spitzbart, der um den Hals eine breite gefältelte Krause trug, und mit weiten aber freien und schönen Bewegungen auf die beiden Anderen einredete. Der Eine von diesen war von hohem, dabei fast hagerem Wuchse; über sein scharf geschnittenes edles Gesicht huschte dann und wann ein feines ironisches Lächeln und das schmale Kinn lag beim behaglichen Lauschen in den dünnen vornehmen Fingern der Rechten; der linke Ärmel schien Kauff leer herab zu hängen, doch konnte er es im Augenblick nicht deutlich erkennen; seine Kleidung ähnelte sehr der seines Gefährten.

Der dritte wandte den beiden Beobachtern den Rücken zu, so daß sie sein Gesicht nur flüchtig und unvollkommen zu sehen bekamen. Er trug ein bunt geschlitztes samtblaues Wams, über dessen Kragen eine Fülle weicher blonder Haare herabfiel, und enganliegende Hosen aus dem gleichen Stoffe. Über eine Schulter hatte er einen dunklen gefalteten weiten Mantel gelegt und debattierte heftig mit dem Kleineren, wobei er oft geschwungene Linien in die Luft zeichnete, auch einmal blitzschnell etwas auf ein Endchen Papier zu skizzieren schien.

Kauff fiel es auf, wie der Alte neben ihm lebhaft die Gruppe betrachtete, ja sogar, wenn auch vergeblich, hinhorchte, und er wollte eben eine diesbezügliche Frage an den Freund richten, als er heftig mit einem federnden knirschenden Gegenstand ans rechte Knie gestoßen wurde. Er wandte sich verdrießlich und vornehm um, und erblickte ein schmächtiges Männlein, noch eine Handbreit kleiner als er selbst, welches sich gar fleißig und mühselig mit einem schweren verdeckten Weidenkorbe durch die Menge zu arbeiten versuchte. Der Winzige setzte sogleich erschreckt seine Last zu Boden, und machte ein ehrbares und bescheidenes Kratzfüßchen, wobei er so artig mit beiden Fäustchen dienerte, daß die große, altmodisch bepuderte Perücke schier ins Wanken geriet : »– submissester Diener –« bat er mit feinem Stimmchen, »wollen der Herr dero Serviteur pardonieren – –.« »Schon gut – laß Er nur !« warf ihm der entrüstete Kauff zu, und betrachtete, ohne einen Finger zu rühren, den kleinen Grauen, wie er geschäftig sich weiter durch die Reihen bat und dienerte. Als der große Blonde sich zufällig einmal umwendete, und kurz über die Menge hinsah, wobei man erst bemerkte, daß er selbst noch seinen hageren Gefährten überragte, entdeckte er in dem schiebenden und drängenden Volk den unermüdlichen Kleinen und war mit zwei Schritten bei ihm. Das Männchen setzte rasch aber behutsam seinen Korb nieder und schlug freudig in die Hände : »Ach, Ihr seid es, Leonhard !« rief er ihm begeistert und eifrig winkend entgegen, und schüttelte ihm gar heftig die Hand, während der Angeredete schon den Korb wie eine Feder aus dem Gewoge hob, und neben seinen Freunden niedersetzte. »Wilhelmi !« sprach der Kleine feierlich und entzückt. »– und gar der Herr Harnisch !! –« Mehr konnte Kauff nicht verstehen, nur den Namen ‹Brückner› oder ‹Bruckner› meinte er noch unterscheiden zu können; dann ertönte wieder der bescheidene Knall des Gewehres, und wurde schier übertönt von dem Jauchzen der Kinder, die mit seligen Augen überall umherhüpften.

Breite Ampeln blühten bunt an allen Zelten auf, daß es noch einmal so hell zu werden schien; blanke Glöckchen klingelten lustig und baumelnd, und irgendwoher kam eine so tüchtige Musik, als wenn außerordentliche Mohren trefflich auf silbernen Trompeten und Pauken spielten.

Kauff sah betreten den Förster an, der mit ihm um die Ecke bog, und noch an der Haustür zurücksah : »Nur gut, daß wenigstens die Wände dick sind, Niebelschütz; meinen Sie nicht – ?!« fragte er kopfschüttelnd; aber der Alte hatte schon die Klinke niedergedrückt, und die Antwort klang wie ein resigniertes »Na ja,« oder ähnlich. Es konnte jedoch eben so gut Alles andere geheißen haben.

Gleich darauf fiel die Tür schwerfällig hinter ihnen ins Schloß.

2.)

Der Förster blieb in der nur schwach erleuchteten breiten Diele stehen, sah – wie immer – mißbilligend auf die derbe blaugraue Tünche, welche die schönen tiefbogigen Kreuzgewölbe der Decke häßlich und fast schattenlos machte, und warf geschickt seinen grünen Hut auf einen der breiten gedrehten Messinghaken an der Wand. Kauff knöpfte langsam und methodisch an seinem Pelz, und trat dabei wie zufällig vor einen kleinen sechseckigen Spiegel, welcher tief in die dunkele Täfelung eingelassen war. Niebelschütz fand keine Zeit mehr zu einem anerkennenden Wort für den neuen Narzissus; denn außerdem, daß er noch immer auf das feine Musizieren zu lauschen schien, kam auch soeben aus der rechten Seitentür eine ältliche Frau, in einfachem langen Hausgewande, mit einem leise klirrenden Schlüsselbund am Gürtel, und der Förster schüttelte ihr derb die Hand : »Guten Abend, Frau Barbara,« sagte er vergnügt, » – und der Tannennadelaufguß kommt morgen früh mit dem Kohlenbrenner Butz –«. Die Frau lachte leise auf, »– und Hans sitzt oben ganz allein in der Dämmerung,« sagte sie, »– guten Abend Herr Kauff – gehen Sie nur hinauf; Sie wissen ja, der Leuchter steht auf dem Schreibtisch, neben den beiden geschnitzten Holzmännchen. – Sie bleiben doch über Nacht ? –« und sie sah fragend von Einem zum Anderen.

Niebelschütz fuhr sich mit der Hand über das stachlige Haar und sagte hastig : »Nicht doch, Frau Flick, nicht doch – es würde zu spät werden – ich muß noch mit dem Dirigens wegen der Kahlschläge sprechen – und wegen des Wildschadens, ja, natürlich, der Wildschaden; und neue Tränken müssen im Mützelholz eingerichtet werden –«. »Apropos, Tränken,« bemerkte Kauff scheinheilig, nachdem der Förster sich gewaltig mit der Aufzählung seiner Sorgen angegriffen hatte, »– Der Ratskeller soll doch auch im kommenden Herbst vergrößert werden – ja, ich bleibe gern hier, wenn es Ihnen nicht zu viel Arbeit macht, Frau Flick –.« Der Alte hob in das Gelächter der Beiden vornehm die Augenbrauen, und blies wegwerfend die Luft durch die Nase : »Kauff !« sagte er bedächtig, »hüten Sie sich vor der Rache der Götter – mit dem kleinen braunen Quäkerling haben Sie es ohnehin schon verdorben – ich würde mich an Ihrer Stelle immerhin in den nächsten Tagen doch lieber vor Gewässern aller Art hüten – no ! – tun Sie, was Sie nicht lassen können –«, stieg mit den schweren Stiefeln behutsam die breite geschwungene Holztreppe empor, zu den oberen Räumen, und öffnete langsam die Tür für sich und den Begleiter.

Es war so dunkel in dem Zimmer, daß man kaum die größeren Möbel erkennen konnte, und der Förster tastete sich vorsichtig nach rechts, wo er den Schreibtisch wußte. Da kam aus den tiefen Schatten eine müde schwingende Stimme : »Balthasar – ?«. »Ja – und Kauff auch !« antwortete Niebelschütz mit so warmem und behutsamem Tone, wie ihn sonst selten jemand sprechen hörte, und Kauff nickte registrierend und mit einem merkwürdigen Gefühl aus Neid und Gespött gemischt. »Guten Abend, Hans.« sagte er in das Huschen der Lichter und Schatten hinein, die sich unter den Händen des Försters an den Wänden emporreckten und hastig niederkauerten. Der Alte stellte den vierkerzigen Leuchter auf ein Wandbrettchen neben der Tür, von wo er die einfache bräunliche Täfelung beleuchtete, die aber nur an wenigen Stellen sichtbar war; denn um fast zwei ganze Seiten des Raumes zogen sich tiefe, über sieben Fuß hohe Regale, in denen lange Reihen von hellen Pergamentbänden und bräunliche Goldrücken schienen und blinkten.

In einem einfachen hochbeinigen Holzsessel an dem breiten Schreibtische saß ein noch junger Mann mit vollem, welligem Haar, und hatte in einem eigenartig konstruierten Holzrahmen ein großes Blatt Papier vor sich liegen, auf welches er, wie es schien, in seltsam wirrer und schiefer Schrift einige Worte gemalt hatte. Als der Förster auf ihn zu ging, erhob er sich langsam und tat seinerseits einige Schritte auf die Besucher zu, denen er suchend eine Hand entgegenstreckte.

Erst jetzt sah man, daß er blind war, und das eigentümlich angespannte Lauschen in seinem klugen und nachdenklichen Gesicht. Da er den Kopf leicht geneigt auf lässiger schlanker Gestalt trug, schien er nur wenig größer als der kräftige Niebelschütz, aber wenn er sich aufrichtete, sah man, daß er noch gut über sechs Fuß messen mußte. Er trug ein schwarzes fließendes Gewand, mit einem einfachen Gürtel, und weiche bunte Schuhe mit dünnen Sohlen, die wunderlich lustig und lebhaft unter dem dunklen Saume hervorsahen. Der Blinde ging wieder zum Schreibtisch zurück und auch die beiden Freunde zogen sich die letzten zwei Stühle heran.

Kauff sah den Förster ermunternd an, und räusperte sich, um keine Pause entstehen zu lassen, aber der Alte horchte wieder kopfschüttelnd wie zuvor und sagte: »Seltsam, wie deutlich man es hier oben hört –« und die drei lauschten angespannt auf das feine Singen und Jubeln, das flink und selig durch die Mauer kam. »Hier an der langen Rückwand muß gerade das ‹Globe Theatre› sein,« meinte Niebelschütz verlegen, »– hast Du Dir schon erzählen lassen, was draußen vorgeht, Hans?« Der Blinde nickte rasch und erwiderte: »Ja; ist es sehr bunt, Balthasar? – Und ‹Globe›: das ist ausgezeichnet, nicht wahr, Julius?« Der Angeredete zögerte nur kaum merklich mit der Antwort, aber Flick wandte schon den Kopf: »Eheu: Julius! – läßt das Gedächtnis nach? – Aber Du hast ihn ja eigentlich immer nur auf Kredit hin ein wenig verehrt –«, er erhob sich, und ging auf das Regal an der Türwand zu, befühlte rasch und geübt die gepreßten und glatten Rücken, vergewisserte sich noch einmal, und hielt dann dem leicht verlegenen Kauff einen starken roten Band hin – »Here is neither bush nor shrub to bear off any weather at all –« zitierte er »– nun? – immer noch nicht? – Also es ist natürlich Shakespeare; –« Er stellte das Buch behutsam wieder an seinen Platz, und ging leicht und vorsichtig tappend zurück.

»Ich habe wiederum lange in der ‹Insel Felsenburg› gelesen,« sagte er, »– Ihr wißt schon – vorgelesen – natürlich – Du kennst sie ja auch, Balthasar. Ich werde es demnächst noch einmal tun, und die Bruchstelle möglichst genau festlegen; es muß jedenfalls meinem Empfinden nach noch vor dem Besuch der Brüder Horn beim Statthalter sein. Es war ein sehr plumper und ungeschickter Fortsetzer, der da dem großen Schnabel – ja, aus welchem Grunde? – ins Kunstwerk gepfuscht hat, und es ist mir völlig unbegreiflich, wie diese Schandtat so lange unbemerkt bleiben konnte. – Die unmögliche Bevölkerungszunahme; die läppische, und im schärfsten Widerspruch zu der alten tüchtigen Gesinnung der ersten Inselbewohner stehende Strumpfbandszene; die albernen Beschwörungen, welche an Grobheit und eilfertiger Unsinnigkeit nicht zu übertreffen sind, und endlich die übel im Stile erbärmlichster französischer Feenmärchen, – der Prinzessin Babiole unpräjudizierlich – zusammengeschmierte Geschichte der Prinzessin Mirzamanda – hier muß irgend ein Geheimnis liegen; wenn wir nur mehr von Schnabels Leben wüßten. – Ich nehme an, daß die seltsam aufregende Beschreibung des heidnischen Höhlentempels auf Klein-Felsenburg so ziemlich das Letzte von seiner eigenen Hand ist – denn hier haben wir noch Schönheit und rätselvolle Erfindung, ebenbürtig den höchst geistvollen und in Wahrheit ein fast unbegreiflich vollkommenes Bild der Zeit malenden Biographien der ersten Teile, dazu der Reiz der Robinsonade und des Staatsromanes – es ist eine ganze Welt, und das alte Buch eines der bedeutensten unserer älteren Literatur. Schmach und Spott über eine Zeit, die dieses treffliche Werk wie einen Stein in Vergessenheit sinken ließ. – Ja, ja, Julius : warum kennst Du es noch nicht ? Da mußt Du Dir schon dergleichen gefallen lassen –«.

Er unterbrach sich, denn die Tür ging auf, und seine Mutter kam herein mit einem kleinen Tablett, auf dem zwei Gläser und eine grüne bauchige Flasche standen. Sie setzte es vor den Gästen nieder, und sah sich prüfend in dem Zimmer um, als habe sie noch eine Arbeit vergessen; dann ging sie zu der großen Sanduhr auf dem Schreibtische, in der gerade die letzten Körnchen fielen, wartete geduldig, und drehte sie dann mühsam mit beiden Händen um. Der Blinde hatte den Kopf zu ihr gewendet und horchte aufmerksam zu; dann fragte er : »– schon nach neun ? –«.

Der Förster sprang überrascht auf und grub hastig seine dicke gravierte Messinguhr aus der Tasche : »Wirklich, Hans : nach neun !« rief er, »man sollte es nicht denken – sei nicht böse, wenn ich für heut fort muß; ich schau morgen früh noch einmal mit herein, und übermorgen Nachmittag komme ich auf mindestens fünf oder sechs Stunden her. – Ich erwarte mit der Post eine neue Rarität – nein, nein; ich sag' nichts ! Ich nicht !! – Hoffentlich ist sie dann da !« Er schüttelte Allen nickend die Hand, flüsterte Flick noch zu : »Du, über die Insel Felsenburg sprechen wir übermorgen noch mal eingehend; ich möchte Dir da eine Hypothese unterbreiten wegen der aufgefundenen Götterbilder, und wie weit ich mit der Interpolation der Karte bin – Wiedersehen, Hans, Wiedersehen !« Dann lief er eilig aus der Tür, gefolgt von der Mutter, und die Freunde hörten ihn schnell die Treppe hinunterpoltern.

Eine Weile war es still im Zimmer, dann begann Kauff lächelnd : »Heute hat er mir die Geschichte von der Sonnenfrau erzählt; kennst Du sie ? –« Der Blinde neigte langsam den Kopf, erwiderte aber nichts, bis der Andere, leicht verletzt durch das Schweigen, wie es schien, kurz vorschlug : »Schach ?« »Ja, aber bitte nur Eine heut,« sagte Flick, »ich weiß nicht, ich bin an diesem Abend zerstreuter als sonst. – Der zweite Frühling, den ich nicht sehen werde. Das ist – – hart ! – Die Linke –« unterbrach er sich wählend, »– Schwarz ? – also ganz stilecht – Bitte !« Kauff, der unterdes die Figuren aufgestellt hatte, lehnte sich ein wenig zurück, hob mit gespitzten Fingern die schlanke Hand, hielt sie einen Augenblick über dem Brett und begann : »d2 – d4.« Der Blinde lachte ein wenig spöttisch : »immer tricky and twisted, nur nicht den Königsbauern bewegen – aber wie Du willst.« Er stützte den Kopf in die Hand und entgegnete : »d 7 – d 5.«

So begann der Kampf – einer von Vielen – und war lang und schwierig wie alle, denn beide spielten mit ungewöhnlicher Meisterschaft und kannten sich genau; doch konnte Kauff, dessen Angriff außerdem scharf erwidert wurde, heute nur mit großer Mühe das Spiel halten, und nach zwei Stunden, als sie die Partie abbrachen, hatte er bereits zwei Bauern verloren, und sah mit Schrecken einem neuen Vorstoß auf dem rechten Flügel, wohin sein König rochiert hatte, entgegen. Dennoch nahm er sich vor, die Stellung zu Haus auf's Sorgfältigste durchzuarbeiten, um nicht eine weitere Partie in den Rückstand zu geraten; denn das Ergebnis dieses Jahres stand bereits wie 23½ zu 20½.

Eine Weile saßen sie noch entspannt einander gegenüber; die Lichter standen unbeweglich wie dünne silberne Pfeile mit goldenen Spitzen vor der Wand. Kauff hatte die Hände ermüdet auf die dunklen Sessellehnen gelegt, und sah eine Weile gedankenlos, wie in der Sanduhr sinnschwer die Stäubchen fielen, ein lautloser rötlicher Regen aus der Zukunft in rätselhafte Vergangenheit huschend, from the Alone to the Alone. Durch eine stille Bewegung des Blinden aufgeschreckt, begann er zu erzählen; von seinen Studien und dann, mit einem Seitenblick auf das rote Buch von vorhin, von den drei Fremden : »Ja, eigentlich waren es ja vier,« meinte er, sich erinnernd : »es war noch so ein ganz Kleiner da, in einem grauen Röckchen – was meinst Du dazu, Hans ?« fragte er abwesend und eigentlich keine Antwort erwartend. Flick schüttelte stumm den Kopf : »Wie kann man sich nur in Menschen täuschen, Julius – in Göttern schon eher – oder vielleicht *auch* nicht ! Ja, siehst Du : Niebelschütz hat die Sonnenfrau gleich gekannt. Weißt Du nun, warum es heißt : *die* Sonne – ?«. »Und : *der* Mond ?« fragte lächelnd der Andere. »Hm,« machte der Blinde scheinbar gleichgültig und leise abwehrend, und fuhr – dankbar über den Einfall – schnell fort : »Kennst Du übrigens – ach, es ist ein tolles Stück – die Quelle der Kraft unseres Stadtpoeten Fabricius ? Aber jetzt habe ich ihn; nimm doch bitte einmal den 1. Band der neuen englischen Sterne=Ausgabe von 1775 – ja, die 5. Auflage des Tristram Shandy – hast Du ? – Seite 62, Zeile 25 – halt : Du kennst doch seine Bemühungen, eine neue krampfhafte Mythologie zu ersinnen und wie er in schlaflosen Nächten die unsinnigsten Namen erfindet, und diesen dann Bedeutungen unterlegt : – es ist unglaublich ! – Aber lies nur laut vor; lies nur !«

Kauff schlug die so genau bezeichnete Stelle auf und las stockend : »Thel east hint – – was heißt denn *das* !? –« Der Blinde lachte müde auf : »The least hint –« antwortete er; »es ist natürlich nur ein Druckfehler –« Kauff klappte in maßlosem Erstaunen das Buch auf und zu, und pfiff durch die Zähne, schrill und geschäftig : »Ach, daher stammt der Name aus seiner letzten Ballade ‹Thel›, die er neulich in der Harmonie vorlas –.« »Natürlich,« erwiderte Flick, »seine Freude über diesen Fund war unbeschreiblich; er hatte gerade noch so viel Besonnenheit, »east« in »west« zu ändern – dann war es geschehen. Frage ihn doch einmal vorsichtig, wie ihm good old Lawrence gefallen hat – aber es ist wirklich fast mehr traurig als lustig – was schreibst Du denn ?« »Ich notiere mir nur rasch die Stelle,« murmelte der in sein Taschenbuch kritzelnde Kauff, »– so, das hätte ich. – Nun in 14 Tagen, mein Söhnchen, – da kommen wir nämlich wieder zusammen, Hans, weißt Du ?!« »Kommt nur immer fleißig zusammen,« erwiderte spöttisch der Blinde, »vox viva docet – und lest nur ja nicht zuviel die älteren Dichter, die wunderlichen, die lieblichen –« seine Stimme wurde zu so leisem Murmeln, daß man nichts mehr verstehen konnte. Der Kleinere sah ihn scharf von der Seite an : »Hans,« sagte er plötzlich, »Du bist sehr stolz – mußt Du nicht immer Mitleid fürchten ? –« Der Mann im Sessel hielt den Angriff unbeweglich aus; »Dazu bin ich noch nicht arm genug –« erwiderte er langsam und, wie es schien, unberührt, »– und zuweilen sehe ich noch – im Traum und in der Phantasie. Auch in der Erinnerung; 811 4145;« er nahm fast ohne zu tasten ein paar Blätter von der Tischplatte und hielt sie Kauff hin : »– willst Du Kenntnis nehmen ?« – Jener las :

<u>Der Rebell.</u>

1.) Die gute Stube war nicht verschlossen; denn man konnte, obwohl es selten genug geschah, durch sie hindurchgehen, in der derben Dämmerung der häßlichen fleischfarbenen Vorhänge, auf den harten körnigen Balkon, der wie eine kahle Steinkiste aus dem zweiten Stock des Mietshauses ragte. Er war so schwer und trübe mit seinen über handbreiten undurchbrochenen Seitenwänden, daß man ihn nur auf den Zehenspitzen betreten mochte, und stets noch das schnell zweifelnde

Herz bekämpfen mußte, das zagend den freiwilligen Sprung in die felsige Tiefe vorschlug, um nicht zwischen den rauhen klobigen Lasten hinabzupoltern.

Zwar der lange grüne Blumenkasten vorn war anziehend genug; doch er stand am Rande. Mit der dürftigen Wildnis seiner winzigen Unkräuter, welche die sinnlosen Erwachsenen sorgfältig ausrissen, mit tauben Händen und ungestraft; fäustiges Volk.

So wurde der »Balkon« zum Anfang seltsamer Flugträume, in denen man die gedämpft schreienden und scheltenden Eltern hinter sich ließ und mit wehenden Armen weit um die Häuserecken dicht über den menschenarmen nachtgrauen Straßen schräg nach unten glitt – nicht allzuweit, meist faßte man Fuß zwischen dem Kentzlers- und Louisenweg, und schritt dann schwebend unter den graulockigen Wipfelballen der vormorgendlichen Allee dahin (Richtung Schule Hammerweg).

In der Stube selbst standen die Möbel still und gelassen längs an den Wänden; die wenigen gelockerten hellbraunen Nußbaumsachen und die schweren fremddunklen Eichenmöbel (sie waren erschienen, nachdem man vom Lehrer Brand – oh, Du Hund; könnte ich Dich töten ! – die furchtbaren ungerechten Prügel empfangen hatte !), mit dem hohen Ausziehtisch in der Mitte, auf dem gewöhnlich eine knappe gestückelte Decke aus dem verblichenen dünnen Vorhangstoff lag, dessen hungrige fahle Rotheit dürftig und billig aussah. Doch mochte es wohl so sein müssen; denn außerdem daß er unheilvoll und berechtigt da war – so schien man etwas zu nennen, was alle Leute sahen – so konnte man ihn auch als den gewollten Gegensatz deuten zu einer anderen weißen und kostbaren Bedeckung, die er einmal, zu anderer Jahreszeit anlegte.

Zwar gab es mehr Jahreszeiten, als die Großen – die Beschäftigten – einem mechanisch und fließend aufzählten, wenn sie mit dürren Augen und sicherlich längst in viel zauberhaftere Dinge vertieft, einem die vier klappernden leeren Worthülsen zuwarfen. Am besten war es, wenn man große wißbegierige Augen zu ihnen erhob, und mit seiner hellen Kinderstimme möglichst gleich tonlos und rasch die merkwürdigen Lautfolgen, die irgendwer erfunden haben mochte, wiederholte. Besonderen Wert schien man auf das »und« zu legen; Alle flochten es ein. Einmal hatte der Kleine nach tagelangem Ringen und Grübeln gewagt – es war in der Dämmerstunde, als der Vater am Ofen saß und rauchte – unter prüfenden Seitenblicken vor sich hin zu sprechen : »Frühling, Sommer, Herbst – Winter«; dann hatte er kalt und wartend auf den Wasserhahn gegenüber geblickt, aus dem er erst nach einer Ewigkeit wieder den regelmäßigen Tropfenfall vernahm, und der Vater hatte aufmunternd und beifällig gebrummt. Der Kleine saß straff aufgerichtet und nickte leise vor sich hin : man konnte also das »und« weglassen ! –

Natürlich gab es vielmehr Jahreszeiten als diese vier; die Einteilung in 12 Monate gefiel ihm schon besser; sie war feiner und tiefer und vielfältiger, voll bunter Einzelheiten.

Frühling war es im März, wenn ein unmündiger blühender Wind eilig über den hellblauen Himmel sprang, und es zuweilen noch dicken weichen Schnee aus ergrauenden Wolken blies oder schüttete. Frühling war es im hellgrünen Mai, dessen Name wie ein zärtlicher Schrei war, bei dem man an schlanke Leute in spitzen bebänderten Hüten denken mußte.

Juni und Juli klangen wie hohe dunkle Glocken aus heißem Schwarzerz; der Sand auf den Spielplätzen strahlte hell und erstickend, und Staubschleier wankten müde über dem trockenen Pflaster. Draußen, »auf dem Lande«, schlief das pralle grüne Gras an den glühenden Knicks, graue Erdbrocken bröckelte man in der Hand; über den dampfenden Niederungen stand die Hitze und dünstete lautlos.

Unmerklich kam der Herbst auf gläsernen Sohlen, braune und goldene Früchte raschelten im fliegenden zauberfarbenen Laube, und am Abend ging man auf den klaren Straßen staunend in die zartkalte Weite. Vereinzelte Garben standen wie aus nickendem Golddraht gebündelt auf den Feldern; zur Nacht strich der tönende Wind durch die roten Zweige, zwischen denen blitzende bläuliche Funken fröstelten. In langen Reihen zogen die Kinder, meist von den größeren Mädchen geordnet (eine Schwester war dabei), auf den stillen blanken Straßen, vor dem grün und gelben Himmel entlang mit den bunten Kugeln ihrer gerippten Papierlaternen, in denen schlanke Lichter schienen. Licht. Licht.

Einmal wurde der Abend fremd und eisscharf und so hoch, daß der Himmel, die schützende schöne Wölbung, verschwand. Teilnahmsloser als Stein waren die unzählbaren glitzernden Sterne, die miteinander flinke spöttische Strahlnadeln tauschten; warum wechselten sie zierliche und eiserne Blicke, wenn man mit gefrorenen Händchen am Laternenpfahl lehnte ? Alles verfremdete sich. –

Silberblaue Kälte prallte vom Hochmond nieder, daß man horchend seinem eigenen Hallschritt nachlief.

Oben war die Küche warm und hellgelb und es gab heißen Tee, den der Junge am flachen eisernen Ofen trank, während bei den Anderen – den Erwachsenen – ruhiges Gespräch und matter Scherz wechselten. Es blieb immer seltsam genug, wie sie darüber hinwegsahen – mit basaltenen Seelen und sicheren großen warmen Händen – daß sie sich, um das Leben zu ertragen, von der Welt kleine enge Stücke – Stuben – abtrennten. Was war es, das ihnen diese entsetzliche Sicherheit, dies gespenstische Vergessen gab, daß sie nicht hörten, wie es im Ofen eilig und singend rief, wie draußen die edlen Bäume sich im fahrenden Eiswind kummervoll und sehnig nach rückwärts warfen, wie goldene Sternpfeile in herrlichem und tödlichem Bogen abschossen aus Nichts in Nichts. From the Alone to the Alone.

Sie hatten Grenzen in sich und um sich gezogen; sie maßen und wogen. – Aber das Maßlose ? Das nicht zu Wiegende ?

(Da er keine Grenzen in sich fand, haßte er alles, was Grenze und Grenzpfahl war, und wer sie errichtet hatte; die Kugel mehr als die Fläche. Obwohl er in späteren Jahren ein eifriger Rechner wurde, war es doch bezeichnend, daß er nur die geheimnisvollen unendlichen Zahlen – Logarithmen – liebte; und im tiefsten Herzen stets der Erdscheibe der Griechen zugetan blieb.)

Nachdem er sorgfältig den dünnen Tee, der beim letzten Schluck einen winzigen spitzen Zuckergeschmack gab, ausgetrunken hatte, stellte er die Tasse auf den Kindertisch und sah in das spärliche Feuer, in dem sich ein länglicher Brikett aus einem stumpfschwarzen bedruckten Ziegel still in ein Anderes verwandelte. Feine rote Risse drangen von allen Seiten in ihn hinein, und darüber am Außenrand lag schon eine blättrige weiße Aschenschicht, aus der sich zuweilen noch lautlos winzige bläuliche Flämmchen mit hellgelber Spitze blähten, wenn aus dem dunklen unbekannten Berginneren les indes noir die feinen Gasfäden strömten. Für einen Augenblick konnte man am Fuße der felshohen Wand stehen, und tief in die wilden stumm glühenden Klüfte hinein schauen; aber obwohl es noch verhältnismäßig früh war, wurde man, wie stets seit einiger Zeit, unterbrochen, und gebieterisch und lächelnd ins Bett geschickt. (Weihnachtstun.)

So trollte der Kleine stumm über den schwarzen Korridor in sein dunkelbraunes großes Bett – früher hatte er lange Zeit in einem Gitterbettchen geschlafen – das bald darauf, weißbesegeltes Schiff, mit ihm von dannen zog in ein seidenkaltes Nachtmeer. –

Am nächsten Morgen konnte er ungewöhnlich lange schlafen; denn der 23. Dezember war der erste schulfreie Tag, den er dankbar begrüßte. Obwohl er erst dreiviertel Jahr lang zur Schule ging – fürchterlich waren die ersten Tage gewesen, da er den Grenzpfahl sah – hatte er doch genug darin erlebt, sie um nichts besser zu finden, als die meisten anderen Einrichtungen, die man den Großen – den älteren Leuten – verdankte.

Nach dem Frühstück, das er in der jetzt ganz morgenhellen blanken Küche aß, stand er auf und setzte sich auf den Stuhl, der zwischen Schrank und Fenster stand – seinen Thron. Die große Sonne war rein gelb und rot aufgegangen und schien durch die gefrorenen Scheiben, auf denen sich, da die Küche noch nicht recht durchheizt war, ein wundersames Schauspiel entfaltete, dem er, sich freudig fast vergangener Bilder erinnernd, staunend und erregt zusah.

Einmal wandte er den Kopf, und rief seine Mutter, die eifrig kochte und gelben süßen Teig in einer großen Schüssel drehte : »Du !«; dann wies er auf das Fenster, an dem die Eiskräuter schlank und gebogen in den silbernen Schatten standen. Sie kam hastig herbei – bis an den Grenzpfahl – sah einen Augenblick in das kleine helle Gesicht, sagte schnell : »hm; Eisblumen,« und blickte dann wieder gespannt, einen Finger am (...) hahn, in das wallende Wasser. Der Kleine sah es auch, wie es mit feinen heißen Blasen aus der unergründlichen verschleierten Tiefe des großen Topfes emporstieg, mit schraubigen Wellen an den Rändern nach der Mitte zu strömte und leise brausend wieder versank.

Dann ging er wieder in den bereiften Garten, unter den wie dünne Reifen gebogenen und mächtig gefiederten Blattwedeln entlang, einen engen weißen Pfad, der – man sah es ganz deutlich – bis ans flache Ufer eines weiten gefrorenen Sees führte, auf dessen Rand die rosige Sonne rollte.

Er hätte gern gewußt, wie die stolzen fremden Pflanzen hießen – nicht wie sie genannt wurden – das war etwas ganz Verschiedenes; denn er hatte wohl gemerkt, daß man manche Dinge richtig und manche falsch rief. »Eisblumen« war falsch; sicher hatte auch jede davon ihren eigenen Namen, aber recht wohl war ihm bei dieser Vermutung nicht, denn er erinnerte sich mit Schrecken daran, daß ja auch die Blumen, Gräser, selbst die hohen Bäume des Sommers, angeblich keine eigenen Namen hätten. Oft begegnete ihm im Treppenhause ein großer leicht warziger Mann, mit einem lauten roten Gesicht, der Herr Pfeiffer hieß; warum hieß er Herr Pfeiffer, und warum hatten die sechs schlanken geliebten Pappeln am Bauerberg mit ihren schwatzenden kleinen Blättern und den langen schönen Zweigen keine Namen ? Er wollte ihnen keine »geben«; er wollte nur ihre Richtigen hören !

Er sah wieder auf das Fenster und bemerkte mit Erstaunen, daß er nicht mehr in dem Garten herum lief, sondern wieder auf seinem Stuhle saß; steif und mattsilbern stand in der Ferne der Zauberpark und wartete.

Er rutschte herunter und begann ein behagliches untätiges Umherschlendern in der Wohnung : – frei ! – Er lief in die Schlafstube, in der noch die Betten wild um- und untereinander lagen und das Fenster weit offen stand. Ein kalter eisfrischer Morgenwind kam herein und ließ ihn niesen, bis er lachte. Unten sah man den »Grund«, der jetzt hart gefroren und mit bläulichen reifigen Schatten dalag; die steilen fast fensterlosen Wände der Hinterhäuser standen wie schmutzige fleckige Tafeln, aber die blaue frische Luft war so klar, daß Alles jung und ganz neu erschien. Er hielt den kurzgeschorenen Kopf aus dem Fenster, so daß der Wind durch sein Gesicht hindurchwehte, als sei es aus Glas; er schmeckte wie reinstes unsichtbares Quellwasser, so kalt, daß man nicht wußte, ob man Tod oder Leben trank.

Mit einem plötzlichen Entschluß lief er zur Korridortür, rief aber, ehe er sie öffnete und ging, rasch in die Küche hinein : »Ich komm gleich wieder, Mám«, hörte noch, wie die ärgerlich und ergötzt lachte und stieg dann leise, um Niemandem zu begegnen, die hohen düstren Treppen hinunter.

Draußen rannte er rasch um's Haus, dorthin, wo an der anderen Seite der dürftige schmale Garten der »Kneipe« sich erstreckte. Er fühlte, daß dies ein häßliches Wort war, voll Geschrei und schwerer süßlicher Luft, aber er wußte nichts Anderes; der Vater gebrauchte es.

Er wich seinen Kameraden aus, unter denen er nur äußerlich heimisch war – später einmal wurde der Unterschied grell, als er sich mit zwölf Jahren eine kleine (wieder kam eine Lücke) zu Weihnachten gewünscht hatte, worüber sie und auch seine Eltern sinnlos lachten, was er beiden nie vergaß und sich gramvoll noch weiter in seine Seele zurückzog – und ging prüfend an dem dicken grünen Zaun entlang, den man auf eine etwa kniehohe gedunkelte Ziegelmauer gesetzt hatte. Das Holz war morsch und feucht, und nichtsnutzig=fleißige Jungenhände hatten schon hunderte Späne herausgerissen. Viele winzige Höhlungen waren darin, mit feinem Holzpulver am Boden, in denen man gut heimisch werden konnte. Wenn man im Regen davor kauerte, konnte man zuweilen hineingehen, und ein weltfernes Einsiedlerleben in der milden Höhle führen, während draußen die Nebel durch die tropfenden Wälder schwammen.

Aber heute war Alles klar und frisch, selbst die schönen blauen Morgenschatten leuchteten; die ganze Welt war wie ein Bild; von guten Meisters Händen.

Der Laden des Schlachters Spalteholz war schwarz von Menschen; auch auf den Straßen wimmelten sie, mit Einkaufstaschen und aller Regsamkeit, so daß er sich vorsichtig wieder davonschlich. Er war am liebsten allein und mochte die Erwachsenen nicht, auch wenn sie lachten. Wenn die Götter lachen, weinen die Menschen.

Zu Mittag gab es eine fette gelb-grüne Nudelbrühe, wie sie der kräftige Vater so liebte, und der Kleine so haßte. Er sah mit grausendem Interesse, wie der dicke lärmende stinkende Mann neben ihm mehrere Teller aß, und schlang hastig die letzten quellenden Löffel hinunter.

Am Nachmittag saß er in einer dunklen Ecke und spielte mit einigen Würfeln und bunten springenden Zelluloidplättchen auf einem Stückchen Stoff; manches gesellte sich dazu, kriegerische Halmaheere und eine alte Pappschachtel mit tiefen Schluchten und fahnenrauschenden Zinnen, und vieles erlebte er bis zur Dämmerung, wohl wert zu beschreiben. Dann begann man Vorweihnachtslieder zu singen, mit denen man sich den nächsten Abend verdienen mußte, und die von merkwürdigen Dingen handelten, obwohl es viel schöner gewesen wäre, stumm dem flockenden Feuer zuzusehen und den Lais der Winde zu lauschen. Der Tag verglomm unter dem ergrauenden Himmel; stampfend trat auf einige Minuten der Vater in Uniform herein und sagte, daß es ganz nach Schnee aussähe, aber vergeblich spähte der Junge aus dem schwarzspiegelnden Fenster : nichts begann wirbelnd zu wehen.

So ging er in tiefen Gedanken zu Bett, an der verschlossenen Tür vorbei, aus derem Schlüsselloch ein feiner Lichtstrahl kam und immer dieses leise knisternde Hantieren. Für morgen !

Als er erwachte, war es noch immer dämmerig im Zimmer, obwohl er sehr lange geschlafen zu haben glaubte; aber schon kam die Mutter herein und sagte beim Aufräumen befriedigt: »Na, das schneit aber tüchtig !« So sprang er mit einem Satze heraus und tappte in seinem geflickten dicken Nachthemdchen ans Fenster, vor dem draußen unablässig ein lichtgrauer silbergestickter Vorhang niederzusinken schien. Schon lagen die Schneeflocken handhoch auf der Fensterkehle, die Laute der Großstadtstraßen kamen gedämpft durch das wollige Wirbeln, und es schien, als lege sich eine versteckende Schicht um alles Rohe und Schreiende.

Der Vormittag verging im Anstaunen der unerschöpflich neuen Lufterscheinung; emsig und übermütig tollten die Weißröckchen durcheinander, Heile, Tire und Glibri, und setzten sich mit baumelnden Silberbeinchen auf die winzigsten Ecken und Vorsprünge, bis man wirblig und sehnsüchtig wurde und sinnlos erregt vor hoffnungsloser Liebe zu den zierlichen Fremdchen.

Es war nur gut, daß es heute nach alter Sitte kein Mittagessen gab. Nur ein paar dicke Schnitten mit Effka und Käse, die man im Stehen essen konnte; aber als schon im frühen Nachmittag unendlich langsam die zarte Schneedämmerung begann, verwirrte der flinke Tanz draußen, daß man Anderes auf sich zukommen ließ.

Er rückte sich den niedrigen Kindertisch ans Fenster und das kleine Holzstühlchen; dann ging er noch fast unlustig zum Küchenschrank, wo in einer Ecke neben Quirlen und Holzlöffeln seine Spielsachen standen und sah unentschlossen eine Zeitlang hinein, bis er den großen Baukasten vom vergangenen Weihnachten herauszog und mühsam auf sein Tischchen hob.

Es war ein prächtiger Baukasten »Münchner Kindl« mit weiß lackierten Hölzern und Klötzchen, mit abgeschrägten grellroten Dächern und dunkelgrün gemalten Fenstersteinchen. Alle Bauklötzer waren nach einer strengen, auf Kastenboden und -deckel vorgezeichneten Ordnung eingelegt; denn sonst hätte man die viel-hundert Einzelteile gar nicht mehr hineinbekommen. Oben auf lag eine Menge farbiger Vorlagen und grünschraffierter Grundrisse, aber der Junge hatte sich schon von ihrem Zwange frei gemacht, und baute lieber für sich.

So nahm er auch heute zögernd ein Steinchen heraus und legte es vor sich hin; nach einer Weile schob er es ein Stückchen fort und setzte ein spitzes rotes Dächelchen darauf : das blinkte artig in der feinen silbrigen Dämmerung.

Er sah sich behutsam nach seiner Mutter um, die am Ofen saß und langsam und mit feiertäglichen Pausen strickte; dann zog er vorsichtig aus der Schublade – nicht aus der Hosentasche, denn er hatte keine, da seine Mutter ihm selbst seine kleinen Sachen nähte, und noch stets erfolglos mit dieser Schwierigkeit gekämpft hatte – den alten grünspanigen Griff einer Türklinke, die der Vater auf »dem Lande« gefunden hatte. Sie wäre alt, hatte er entschieden gesagt, »Rotguß« : welch ein Wort, und in der Tat sah sie heimisch und altmodisch genug aus, mit ihrem fein ziselierten Linienmuster und der gutmütig häßlichen Maske am Knauf des Griffes.

Der Junge legte sie dicht vor das Haus, das nun eine Klinke hatte, und baute dann bedächtig aus einfachsten Klötzchen und Dächern eine ganze Stadt mit einem tiefen hallenden Tor, einem verschlafenen Marktplatz und so winkligen und putzig verworrenen Gäßchen, wie sie in keiner Baukastenvorlage standen; er ging mit den Augen in seiner Stadt spazieren, und entdeckte bald die Post und ein freundliches Gasthaus, zu dem sicher zwei Stufen hinaufführten. Dann lehnte er sich ein wenig zurück, ohne die ernsten Augen von den kleinen Häusern zu lassen.

Es war schon fast dämmrig in der Stube geworden; die Mutter saß mit leicht klingenden Nadeln in den Händen und zählte nur manchmal flüsternd vor sich hin : ob sie wußte, wie alt die Klinke war ?

Draußen fiel der Schnee immer dichter, nur daß ein leichter Wind mitunter die Kleinen (der Holetschkagasse) spaßig umeinander trieb. Der Vater war noch einmal hinübergegangen in das verschlossene Zimmer, und die Schwester schwärmte noch mit ihren altklugen Freundinnen unten in den glatten schon weiß gestampften Straßen umher.

Der Kleine hob langsam die Hand in die graue Dämmerung und legte sie um die alte Türklinke; kühl lag das alte feine Metall in den dünnen Fingern, die es tastig streichelten.

2.) Er hob den Kopf und stand vor einem schmalen hohen Fachwerkhause mit kleinen butzenscheibigen Fenstern, dessen Tür er vergeblich zu öffnen versucht hatte. Er trat einen Schritt zurück und sah empor zum geschnitzten Gesims und dem spitzen Dach, das, weit vorgeschoben, wie ein winterliches Wichtelmützchen darauf saß.

Wohlig baumelte der Mond im wirbelnden Gestiebe, und der silberbeladene Wind fuhr in munteren krausen Bogen um die verschnörkelten Treppchen und vorgebauten Giebel. An dem zweistöckigen wunderlich geschnitzten Erker an der Straßenecke hing die matt leuchtende große geschmiedete Laterne und wiegte sich langsam und ehrbar in der lustigen weihnachtlichen Luft; so spitze, schön gezogene Ranken hatte der Junge noch nie gesehen, wie hier an dieser hohen hängenden Eisenblüte, mit ihrem schmiegsamen Blattwerk. Kleine Leute liefen geschäftig am unteren Rande hin und her, mit breiten Hüten und kurzen faltigen Mäntelchen; Einer davon beugte sich mit einer dicken Schneeflocke in den winzigen Fäustchen über den zierlichen Eisenkranz, und ließ sie dem Jungen kichernd auf das staunende Näschen fallen; dann kletterte er wichtig an den gerollten Fiederblättchen einer Glockenblume in die Höhe, setzte sich behaglich in den tiefen Kelch, und begann ihn eifrig mit dem Zipfel seines Mäntelchens zu putzen, so daß der Junge wohl sah, warum der Kluge Schmied die Lampenleutchen dort hatte wohnen lassen.

Erregt lachend schüttelte er den Kopf und stapfte weiter durch den prickelnden Silberschaum.

Die Tür des behäbigen kleinen Gasthauses war weit offen, so daß sich breite gelbe Lichtbahnen auf den Schnee legten; oben stand breitbeinig der dicke Wirt in seinem blauen Wams und mit der hellen Pudelmütze : »Du. Junge – « sagte er mit seiner tiefen Stimme : »willst Du ein Glas Glühwein ?!«, und während noch der Kleine zweifelnd seine blaugefrorenen Händchen besah, rief er schon lachend und keuchend in den Flur, und gleich darauf kam die junge Magd in lustig klappernden Holzschuhen und gab dem Jungen das heiße funkelnde Glas in beide Fäuste. Das schmeckte süß und würzig. Dann machte er einen unbeholfenen Diener und der Wirt lachte schallend und rief munter : »Na, da lauf, Du Schneemann !«

Und der Kleine klasperte weiter, ein Gäßchen rechts, ein Gäßchen links, geradewegs auf den kleinen Markt, über welchen der Wind den Schnee klug und seltsam hin und her trieb. Der blanke Brunnen hing voll der wunderlichsten scheinenden Eiszapfen und tropfigem Maßwerk, so daß er wie mit Kristall besponnen dastand, wenn der Mond in den hellen Wolkenschollen auf- und abtauchte.

In einem der hohen spitzgegiebelten Häuser brannte noch Licht im Erdgeschoß; der Junge lief schnell darauf zu und drückte das Gesicht an die kalten Scheiben; wenn er auf den Zehenspitzen stand, konnte er ganz gut in die Stube hineinsehen. Sie war hoch und geräumig. Die Wände waren mannshoch mit einer wunderschönen braungepreßten Ledertapete überzogen, deren Vergoldung prächtig im Lampenlicht schimmerte. Goldiges volles Geranke wob sich durcheinander und umrahmte große bebilderte Flächen, auf denen breite vornehme Schiffe segelten und kleine Dörfer in leise wogenden Feldern schliefen. So etwas hatte der Kleine noch nie gesehen. Und Bücher standen an den Wänden in kleinen flachen Schränkchen oder lagen vor dem alten Manne, der am Tisch saß und langsam schrieb. Er hatte ein freundliches kluges Gesicht unter dem weiß bepuderten Haar, und der Kleine hätte ihn gar zu gerne gebeten, ihm zu öffnen, daß er sich alles besehen könnte.

Schade : nun beschlug die Scheibe von seinem warmen Atem.

Er drehte sich um, und fragte schüchtern einen stattlichen dicken Mann, der einen hohen Stock mit einer kristallenen Kugel als Knauf in der Hand hatte : »Bitte, wie heißt er ?« Der Herr sah ihn gewichtig mit hochgezogenen Brauen an und antwortete bedeutend : »Nun, kleiner Mann, das ist der.........«, aber in demselben Augenblick fuhr peitschenknallend und klingelnd ein Schlitten vorbei, mit singenden schleifenden Kufen, so daß der Junge den Namen nicht mehr verstand.

Einen Augenblick zögerte er noch, aber dann lief er auf die hohe, bogig geschnitzte Tür zu und legte die Hand um die Klinke; er versuchte vergeblich, sie herunterzudrücken, auch wurde der Wind stärker, und eine Stimme rief ihn beim Namen, so daß er sich hastig wendete. –

Sein Vater trat in die Küchentür, und hinter ihm stand ein zauberheller weiß und goldener Schein, daß dem Jungen die Klinke entglitt und er lachend zur Tür drängte, die den strahlenden festlichen Tisch freigab.

Kauff stand auf und tat einen Schritt auf die stille Gestalt zu : »Hans«, sagte er verlegen : »vielleicht wird es doch noch einmal – ich habe eigentlich noch Hoffnung –« Der Blinde neigte zierlich und spöttisch den Kopf : »Oh, wirklich ?! –« antwortete er mit so höhnender und biegsamer Stimme, daß der Andere zusammenzuckte, und dann begann, im Zimmer auf und ab zu gehen. Nach einer Weile räusperte er sich geschäftsmäßig, und bot dem Freunde eine gute Nacht : »Ich komme morgen früh noch einmal auf ein Stündchen 'runter«, fügte er hinzu, »Niebelschütz wollte mich abholen – mein Zimmer ist doch oben, neben dem Treppenaufgang – ? – Also : gute Nacht !« Er drückte Flick hastig die Hand, und zog die Tür leise zu, nicht ohne vorher noch die Lichter zu löschen, welche die feinen blau und goldenen Flammenköpfchen lustig zusammengesteckt hatten.

Der Blinde drückte sich tiefer in seinen harten Stuhl und legte den Kopf an die Lehne. Eine Zeitlang hörte er noch den behutsam tupfenden Schritt Kauffs über sich, Glas klirrte verhalten in suchenden Händen; dann wurde alles still.

Von draußen kam noch immer die leichte silberfüßige Musik; das Lachen und Jubeln war seltener geworden, denn es mußte schon auf Mitternacht gehen. Ein leichter Wind pfiff verliebt und suchend an jedem Fenster, rüttelte ein bißchen an den Riegeln, und schlenderte dann sehnsüchtig weiter durch die leeren Gassen. Von der fernen Turmuhr kam ein verschlafenes Schlagen, und Flick erinnerte sich trübe nickend des alten Wächters, wie er wieder genießerisch über dem Brockes sitzen und die »Wintertage in Ritzebüttel« verfolgen würde; dann summte wieder die ewige Dunkelheit.

Er hatte vor vielen (Vielen !) Monaten begonnen, – wenn er ganz allein war, und niemand ihn sehen konnte – sich in wundersame Welten zu verlieren, und seine sehnsüchtigen Gedanken und Träume zu so tiefen Gebilden zu gestalten, daß er sich völlig in diesen neuen Wirklichkeiten fühlte.

An manchen Abenden hatte er in mühevoller Arbeit ein neues Luftschiff ersonnen, und fuhr nun mit ihm von Stern zu Stern, maß, rechnete und beschrieb die bunten Fabelküsten. Aber es war keine Fabel. Es war.

Zuweilen baute er an einem Theater, schön und wunderlich zu schauen, und sah nie gehörte Märchenspiele und graue Dramen in Sturm und Regen.

Ein Anderes gab es noch; und der Blinde nickte erregt und gespannt, und als er den Kopf hob, war das Zimmer verschwunden. –

Lange war es her, daß ihr Schiff zertrümmert worden war; nur Wenige hatten sich retten können, auf ärmlichen Flößen. Sturm war blaugrau über das Meer gerast; aber SIE hatte schlank und stolz auf den rissigen Brettern gesessen. Und er hatte mit zusammengebissenen Zähnen gerudert und gearbeitet, und gleichmütig den grausamen Hunger verborgen. Dann war das Ufer gekommen, mit weiten kühlen Wäldern und sonnenheißem Strand : tief drang die Bucht in das Land, mit enger Einfahrt, um die mächtige Felsen ragten, von einer breiten Brandungslinie umsäumt.

Er hatte mit unsäglicher Mühe ein Häuschen aus Bäumen und schwer zurechtgehauenen Brettern erbaut, in dem sie schlief, während er jagte und ein Boot zum Fischfang zimmerte. Er war ihr so gleichgültig, wie es schien, daß er sich in vergeblich zur Schau getragenem Stolz verquälte. Einmal hatte er ihre Hand berühren dürfen, als sie zufällig strauchelte, aber das war schon lange her. Nun saß sie unter einem Baum am Strande, rot klomm der Abend im wehenden Laube, und gegenüber, auf der anderen Seite des Hafens fielen die Wasserstürze an den schon düsteren Klippen wie rasselnde zerschlissene Silberbänder. Er hatte in verzweifelter Anstrengung seine Augen ruhig und still gemacht, wie er glaubte, und sah sie doch bei den wenigen Worten, welche er sprach, so scheu und verloren an : das weiche dunkle Haar und die geliebten Augen, und die Hände, in denen ein kühles Blatt lag. Sie nickte gleichmütig und sagte : »Meinen Sie – ?«, aber er erwiderte nichts mehr. Er saß und lauschte noch immer ihrer klaren Stimme, und dachte : wie mag es sein, wenn sie sagen wird ‹geh› oder ‹Tod› – es ist ja wohl dasselbe – und wenn sie zu einem Anderen ‹Du› sagt ! – Er trat auf sie zu, und begann hastig und unbeholfen zu erzählen, mit tiefer bebender Stimme von einigen Büchern, und wie schön sie sind. Er schwieg eine Weile, neigte den Kopf und wiederholte in unsäglicher Kühnheit : »– – wie schön Sie sind !« Er hob hilflos die Hand und ließ sie verlegen und plump wieder sinken.

Sie stand rasch auf, klopfte den braunen Blätterschmuck von dem einfachen Röckchen, und sagte flüchtig im Fortgehen : »Gute Nacht –«. Er konnte nichts entgegnen, blickte nur immer der zierlichen Gestalt nach, die über die winzige grüne Wiese lief, und in der roh gefügten Tür verschwand. So legte er sich, bitter nickend, vor die Schwelle, und sah in den blanken Himmel, wo eben die ersten Sterne aus den Wäldern aufzogen; ein windgeschüttelter Wolkenriese hob den Mond wie einen silbernen Sturmhut über die schartigen Tannenspeere. Er dachte nach : »Morgen muß ich Holz spalten – für den Winter – !«

Gleich darauf lag er in düsterem Schlafe.

3.)

Kauff hatte vergnügt das kluge Köpfchen aus dem Fenster gesteckt und berichtete eifrig über die Schulter seinem Freunde zurück, der wieder wie Gestern an seinem Schreibtische saß, und aufmerksam der Schilderung lauschte. »Hm,« sagte der Kleine behaglich, »ein ausgezeichnet schöner Morgen; ganz klar und der Himmel merkwürdig durchsichtig – ich muß zu Hause gleich einmal den Kyanometerwert feststellen; interessant – sonst nichts Neues – – nicht wahr, Frau Flick,« wendete er sich zu der Mutter des Blinden, die neben ihm an's Fenster getreten war, »– der Brunnen blitzt fast zu blendend, und weit drüben im Städtchen vor der Rathaustreppe scheint ein Bäckerjunge zu stehen : man sieht nur den weißen Anzug – hm !« Die Frau beugte sich weit vor und legte schützend die Hand über die Augen : »Nun –«, meinte sie bedächtig, »man kann es nicht genau sehen – die ganze Mühlenwiese blitzt und dampft – aber er wird es schon sein; Herr Niebelschütz nämlich !« Kauff reckte sich interessiert, und schaute auf den halb verwachsenen Wiesenweg, auf welchem eben hastig eine Gestalt auf das Haus zu lief : »Ah, optime –« rief er in das helle bunte Zimmer hinein, »Hans, er kommt –« und trat, sich die Hände reibend, erwartungsvoll vor die Bücherregale. Frau Barbara war hinausgegangen, und die Freunde hörten sie im Flur hastig und erstaunt mit dem Eintretenden sprechen, der gleich darauf die Treppe heraufsprang, die Tür aufriß, und sich schwer atmend in einen Sessel fallen ließ.

Kauff wollte eben einen spitzfindigen Morgengruß beginnen, aber als er das verstörte Gesicht des Alten sah, sprang er besorgt hinzu und füllte schnell ein Glas mit Wasser, das er dem scheinbar Erschöpften an die Lippen führen wollte. Der Förster schob es jedoch mit solch kräftigem Ausdruck der Entrüstung und des Widerwillens beiseite, daß der Kleine sich über den Zustand Niebelschützens bedeutend beruhigte und schon wieder munter fragte : »Aber was ist denn nun eigentlich geschehen; der Herr scheinen alteriert – ?« und sah ihn gar schlau von der Seite an : Auch der Blinde hatte sich vorgebeugt und runzelte beunruhigt die Stirn : »Erzähle doch, Balthasar –« meinte er hastig, »was ist Dir denn begegnet – ?«

»Danke, Frau Barbara« sagte tief atmend Niebelschütz, und stellte das stattliche Stehaufmännchen, welches eine ihm wesentlich tüchtigere Flüssigkeit als Wasser enthalten hatte, wieder auf das dargereichte Tablett, »– nein – nicht doch,« wehrte er schwach ab, als sie es ihm auf's Neue füllte, aber er setzte es gehorsam noch einmal an, und schloß in augenblicklichem Vergessen genießerisch die Augen. Sofort öffnete er sie jedoch entsetzt wieder und schüttelte wie erwachend den Kopf.

Dann sah er sich im Kreise um, zog seine Uhr heraus, und hielt sie nach kurzem Betrachten Kauff hin : »Nicht wahr,« sagte er, »– es wird sofort 8 Uhr und 22 Minuten sein. – Sie haben den oberen Knopf an Ihrem Rock kokett geöffnet – nein nein, es ist kein Tadel; sagen Sie nur, ob es stimmt. – Der Likör war Edelkirsch, nicht wahr, Frau Flick; Edelkirsch, und ein paar Tropfen Grenadine und Rossoli darin – ausgezeichnet gemacht, nebenbei – nicht wahr, nicht wahr ?!« er nickte erfreut. »Hans«, bat er, »stelle mir eine möglichst verzwickte Frage aus unserer älteren Literatur – ja ?« Der Blinde überlegte einen Augenblick, dann fragte er ruhig : »Der erste Bewohner von Felsenburg ?« der Förster stieß verstimmt die Luft durch die Nase : »ich hatte ‹verzwickt› gesagt, Hans –« erinnerte er, »– immerhin : Cyrillo de Valaro – noch einmal !« Wieder kam die Frage : »Reussing – ?«

Der Alte sprang auf und starrte eine Zeitlang den Freund an; dann setzte er sich schwerfällig wieder und sagte : »Wie kommst Du darauf, Hans – gerade jetzt – also : ich weiß ! Glaube mir : ich weiß !! – seltsam, daß Du mich jetzt gerade daran erinnern mußt ! – aber gut; ich bin also wach ! –« Er schlug mit der flachen Hand auf die Sessellehne und wurde wieder lebhaft : »Ich weiß gar nicht recht, wie ich anfangen soll – am besten, ich beginne dort, als ich von Euch wegging – nein, Frau Flick, lassen Sie sich nicht aufhalten; ich gehe auch gleich wieder – und recht schönen Dank; war eine prächtige Mischung – ja !« Er wartete sorgfältig, bis sie die Tür geschlossen hatte, und begann dann aufgeregt und sich immer mehr im Berichten erwärmend zu erzählen. –

»Ja, also : Als ich – gegen Abend – vor die Haustür trat, blieb ich noch eine Weile stehen, und horchte auf das lustige Lachen um der Ecke. Der Mond war nun ganz hell und blank, und nur über den Havelwäldern waren ein paar feine Wolkenstriche zu sehen. Als ich den Wiesenpfad hinabging, raschelten die hohen Gräser so fein und fremd im Nachtwind, daß ich fast traurig wurde, und von fern schlug die Turmuhr langsam und wie aus Brunnentiefe.

Die Straßen waren meistens schon leer; ein paar Handwerker saßen noch halbschlafend im hellen Mondschein auf den Bänken vor ihren

Häusern und dahlten halblaut in die kühle Nacht. Nur der Ratskeller war noch schön erleuchtet, und vor der Tür traf ich mit dem Dirigens Beringer zusammen – hm! – Drinnen waren eigentlich wenige Tische besetzt – eben unsere; die Anderen mochten wohl draußen bei den fremden Komödianten gewesen sein. – Gerbermeister Drömer saß bei uns und der neue Postmeister – er sammelt Moose: da hab ich ihm gleich den Hederichtsteich unten empfohlen; bis an die Schultern soll er drinstecken! – Am Nebentisch sprach Mylius über das Thema ‹Gott in der Natur›, und konnte sich nicht genug darüber wundern, daß der Erde der Mond als Leuchte beigegeben sei; »wie weise! – wie zweckmäßig!« rief er immer mit ölig scheinenden Augen aus, und trank dazu den roten Burgunder, daß ihm der Bauch den Tisch wegrückte. Einmal hörte ich, wie er zu Fabricius äußerte, der Wald sei ‹der laubgewordene Inbegriff des Schattens› – lacht doch nicht; ich sage Euch, als ich eine Viertelstunde über diesen Satz nachgedacht hatte, war mir, als sei ich von Sinnen, und ich will verwünscht sein, wie ich heute schon gewesen bin, wenn ich ihn jetzt besser verstehe. Beringer war in nachdenklicher Laune; denn er hatte im Wochenblatt gelesen, der Türke werde sich demnächst wieder regen, und erörterte deshalb mit mir etwaige Verteidigungsmaßnahmen. Er war gerade mit dem Plane herausgerückt, das Bischofswäldchen als erstes Gebiet zu räumen und zu unterminieren, und beschrieb alle Maßregeln derart eingehend und liebevoll, daß Mylius hätte christlich bersten mögen, als die Tür noch einmal aufging, und zu unserem höchsten Erstaunen vier neue Gäste eintraten – Ihr müßt bedenken, daß es fast Mitternacht war! – Sie setzten sich an den entferntesten Tisch – dort, wo das Bild des Generals Fouqué hängt – und als die es sich bequem gemacht und nach Wein gerufen hatten, begannen sie ein eifriges Gespräch in fremder Mundart.

Ich erkannte sie natürlich gleich wieder; – es waren die vier Herren, die wir gestern Abend gesehen haben, Kauff! – Sie trugen noch dieselben absonderlichen Kleider wie zuvor, und schienen keinerlei Interesse an uns Anderen zu zeigen.

Mylius zog natürlich sogleich halblaut mit frommen Anspielungen auf die Sittenverderbnis der Zeit los und den Anteil des fahrenden Volkes daran im Besonderen, zumal solch unchristlicher Hüte; allerdings wurde er, dank des Burgunders, so tiefsinnig, daß selbst Fabricius ihm endlich nicht mehr folgen konnte, und sich darauf beschränken mußte, die rätselvollen Satzgebilde zu späterer Ausdeutung wenigstens schriftlich festzuhalten. Dennoch wurden die Fremden allmählich aufmerksam;

und ich sah, wie der große Hagere unter Seitenblicken etwas mit dem grauen Männchen besprach.

Unterdessen war der Keller allmählich leerer geworden; Fabricius und einer seiner Verehrer hatten den noch immer klanglos wispernden Leichnam des Kirchenfürsten ehrerbietig aufgerichtet und zur Tür hinausbewegt; auch der Herr Postmeister war mit grünem Gesicht und angstvoll gedrehten Augen unter unverständlichem Raunen aufgebrochen. Noch auf der Straße hörte man, wie die vier einen einförmigen feierlichen Gesang erhoben, der allmählig in der Ferne verklang.

Nur der Dirigens, Drömer und ich hielten noch aus, und sprachen gar schön und gedankenvoll vom Wein, und allem Kühlen und Feuchten in der Welt; erwähnten auch Deine Hypothese von der Insel Felsenburg, Hans, womit aber der Gerbermeister, der das Buch noch vor der Bibel schätzt, und es alle seine Kinder und Gesellen lesen läßt, gar nicht einverstanden war.

Der Wirt hatte alle Lampen bis auf eine gelöscht, so daß wir recht zauberisch und nekromantisch in einem bunten Lichtkreis saßen; nur von dem Tisch der Fremden kam ein matter aber ungemein klarer bläulicher Schein.

Es hatte eben Mitternacht geschlagen, und Beringer war eiligst hinausgehastet; auch Drömer hatte mir, obgleich durch meinen Widerspruch verstimmt, derb die Hand geschüttelt, und ich saß allein bei meinem noch halbvollen Glase.

Mir war recht trübe und unzufrieden zu Sinn; ich mußte – ganz natürlich; sie saßen ja in der Ecke – immer an die Komö – – hm; die fremden Herren denken, wie sie so frei und leicht vor dem prächtigen Gerüst gestanden hatten. Aber dann fiel mir wieder der Wald ein, und die alten lustigen Bücher, und mir wurde wieder froher zu Mut. Wie ich noch so da saß und in den rubinenen Schein des Weines hineinstarrte, hatte sich einer der vier, der Kleine, erhoben, trat an meinen Tisch heran, und lud mich ein, doch bei ihnen Platz zu nehmen. Er fügte höflich hinzu, er habe da eine recht bemerkenswerte Ansicht über die Insel Felsenburg gehört und würde gern noch mehr davon erfahren. Ich zögerte ein wenig, aber ehe ich noch recht zur Besinnung kam, saß ich schon in dem Blauwinkel, zwischen dem Winzigen und dem blonden Helden, und legte, gewiß ein wenig verwirrt und unbeholfen, Deine Ansicht dar, Hans; nannte auch Deinen Namen, den der Kleine sofort in ein gar dickes kleines Würfelheftchen mit pergamentenem Deckel notierte. Wir kamen dann auf Staats- und wissenschaftliche Romane im Allgemeinen, und ich muß Dir sagen, Hans – ich wußte nicht den zehnten, ach, was sage ich ! den hundertsten Teil von dem, was diese merkwürdigen Leute als ganz selbstverständlich voraussetzten : da hättest Du dabei sein müssen ! Oft warfen sie auch eine rasche Bemerkung in der unbekannten klangvollen Sprache dazwischen, von welcher ich nur ab und zu einen Namen verstand – Holberg und Burnett und einmal kam Ramsay, Andrew Ramsay –, Du weißt ja : der Cyrus; – Dann schenkte der mittelgroße, der Wilhelmi, aus einer länglichen hellroten Flasche, die er aus einer verborgenen Tasche holte, wieder ein, und wir saßen und diskutierten und tranken, fast noch eine Stunde lang.

Der Wirt war am Schenktisch eingeschlafen und schlug nur manchmal traumhaft mit der Hand nach der Brotfliege, die ihm hellwach um die dicke schön gemaserte Nase schnurrte. Erst als die Pendeluhr zum Schlage ausholte, wurde Leonhard – das war der Blonde – aufmerksam; sah in das getriebene Zifferblatt und sprang lebhaft auf : »Jetzt wird es aber Zeit, Brucker !« rief er mit schöner seltsam hellklingender Stimme; und zu mir gewandt, fügte er hinzu : »Sie kommen doch mit, Herr Niebelschütz !? – Nur einen kleinen Nachtspaziergang; wir müssen doch noch sehen – .«

Ich war von dem glasklaren eisfrischen Getränk hellwach geworden, und willigte mit Freuden ein; denn man konnte lernen, Hans, lernen – : wenn Du sie doch einmal sprechen – – tja, hm, – nun, höre erst einmal.

Während sie schwungvoll und gewandt ihre Umhänge überwarfen, sprang ich in mein Wams, war mit zwei Schritten neben ihnen, und wir traten vor die Tür, die mit schläfrigem und wunderlichem Klappen hinter uns zu fiel.

Draußen war es kalt und sternenhell geworden; der Mond versank in einem fernen Weiher, und unsre Tritte hallten einsam und diebisch in den leeren hohen Winkeln und Torbogen wieder. Auf dem stillen glänzenden Marktplatze, der durch die Einsamkeit weiter und schöner erschien, sprang nur noch der Brunnen eilig und glitzernd, die Fenster spiegelten schwarz und verschlossen, und die Menschen lagen in ihren verhangenen Kammern.

Am Eingange zum Müllergäßchen blieb Leonhard stehen, sah sich interessiert um und sagte : »Ach, wir kommen gerade mitten hinein : sehen Sie nur !« Wir standen eben vor dem Hause unseres Stadtpoeten, welches aber merkwürdig breit und überladen erschien; aus einem noch nie gesehenem bauchigen Fenster im obersten Stock lehnte sich eine dicke, recht rot und hoffärtig aufgeputzte Dame, mit einem flachen Saiteninstrumente in der Hand, das täuschend einer silbernen Tortenform ähnlich sah, und sang asthmatisch und schmachtend – wo habe ich denn den Zettel; also das *müßt* ihr hören : –

»Der gelbe Spielraum von den Königen,
Du Herz, geflöte. –
Betrüblich nächst dem blassen Schönigen :
Ergebenst ! folgt !
Sensen sie erst der klöppeln Glockelei…«

und so ging es weiter; jedenfalls zum Schluß kam :

»Heil in dem fürstliche mir ! –«

Mir war, als müßte ich toll sein; Fabricius wohnt doch mit seiner alten Wirtschafterin ganz allein dort im Haus – und dann das Lied ! Aber der Hagere neben mir nickte nur, und besprach sich eifrig mit seinen Freunden, indem er bald nach dem Fenster, bald hinüber zur Druckerei wies, und ein paarmal hell dazu auflachte. Im Weitergehen fragte er mich : »Wohnt hier nicht der Herr von vorhin; vom Nebentisch, der immer den feisten Burschen anhimmelte ?« Ich wollte ihm gerade antworten, aber wir waren unterdessen in die Steinstraße eingebogen, wo der Südfruchthändler seinen Laden hat, und ich konnte eben meinen neuen Freund noch mit einem Schrei zurückreißen, ehe er in – also denkt Euch : an Stelle der alten Steinstraße zogen sich mondgrüne bleiche Kanäle hin, über welche hohe fensterlose Häuser mit flachen Dächern treppige Schatten warfen; aus schmalen finsteren Wassertoren schossen dünne gebogene Gondeln mit lautlosem Kiel wie huschende Raubfische.

Zuweilen stach der hagere Verschwörermond einen spitzigen Strahlendolch auf eine staubig erblindete Butzenscheibe; durch schmiedeeiserne Spitzendecken war feiner Silberdraht schräg zum schwarzen Marmorboden gespannt, und auf dem holprigen Pflaster lagen gebogene gelbe Mondscherben. Aus einer tiefen Nische sprang blitzschnell eine lange gekrümmte Gestalt in groteskem weitem Schwarzmantel und wiegendem Spitzhut, und wies mit höflich flatternden Armschwüngen auf seinen Gondelsarg. Der Blonde nickte zurück und wandte fragend den Kopf zu mir : »Wollen Sie ?!« fragte er listig lächelnd, während ein matt glimmender Meteor träge zwischen den Häusern heranzog und mit hohlem Schallen in dem unergründlich gurgelnden blinden Wasser versank. Ich wehrte natürlich entsetzt ab, denn mir war nicht wohl in den steilen Schattenwürfeln; mein neuer Bekannter hatte unterdessen ein breites gerolltes Skizzenbuch aus der Tasche gezogen und setzte sich behaglich mit übereinandergeschlagenen

Beinen auf einen morschen umgestürzten Kahn, der auf einer glatten mondigen Treppenstufe schlief. Eine Zeitlang spielte er nachdenklich mit den blasigen fahlen Tangbüscheln, die voll bleicher unfruchtbarer Beeren hingen; dann rief er dem lasterhaft heranschleichenden Schwarzen ein paar Worte zu, daß er wieder in das Häuserdunkel zurück tänzelte, und begann endlich, mit wundersamer Schnelligkeit und Kunst, das nächtliche Spiel zu zeichnen; seltsamerweise mit der linken Hand, die den dünnen Silberstift so genau und mühelos führte, als ziehe er nur die schönsten Linien und Schatten auf einer Vorlage nach.

Schon nach wenigen Minuten schob er das Heft nachlässig in die bauschige weiße Seidentasche, und wir gingen mit den plaudernden Anderen wieder die enge Gasse zurück.

Ich wollte den Mund zu einer Frage auftun, aber die Vier lachten nur freundlich und ein wenig belustigt, und der Kleine sagte behaglich : »Kommen Sie nur, Herr Niebelpütz, oder Niebelschütz – wenn es auch heute ein wenig anders aussieht –« und sie lachten wieder so hell und merkwürdig, daß ich mir vornahm, nichts mehr zu fragen.

Als wir beim ‹Hirsch› um die Ecke bogen, die mir aber toll verziert und viel höher schien, mit ganz schmalen Fenstern und einem mannshohen baumelnden Messingschild, blieb der Kleine stehen, nickte verblüfft und anerkennend zum Hause unseres Professors Bäumler hinüber, und sagte leise zu Herrn Wilhelmi : »Ist denn so etwas möglich ? Nun denkt man, man hat so ziemlich – also sieh Dir *das* an !«

Aus der erwähnten Tür trat ein ganzer Zug so unsinnig gekleideter Menschen, daß ich zuerst dachte, es sei ein Maskenball in der Stadt – ich hatte aber doch gar nichts im Kreisblatt gelesen – !

Der Erste war ein dicker kurzer Geselle, der einen grellroten Überwurf trug – als habe er einfach ein Loch in eine Tischdecke geschnitten und den feisten hängebackigen Kopf hindurchgesteckt, auf dem er einen winzigen blechernen Kammhelm mit gar stolzen Hahnenfedern hatte. Dabei wurde er mit jedem Herzschlage dem alten Bäckergesellen vom Slupik ähnlicher, und hatte auch schon, ehe wir's uns versahen, ein prächtiges Waffeleisen mit langem dreikantigem Stiel in der Hand. Die zwei Anderen hinter ihm sahen den Buben im Kartenspiel zum Verzweifeln gleich, und dann kam die ältliche Witwe Zimmerle vom Markt, verschämt in ein paar bunte durchbrochene Gardinen gehüllt. Der Kleine neben mir prustete hellauf und flüsterte kichernd zu Herrn Wilhelmi hinüber : »Das nenne ich noch eine schöne Helena, was ? – Und der Agamemnon vorn ist auch nicht übel – also in was für Hände die heutige Jugend gegeben ist – !«, er schüttelte den Kopf und trippelte weiter vor uns her, um den Gymnasialplatz herum, wo die dunklen Bäume kühl und verschwiegen oben flüsterten. Lautlos klomm der wilde Wein in der nahen Allee, winzige Nebelflöckchen saßen in den Astgabeln und kicherten lustig miteinander; ab und zu lief wirbelnd ein vorjähriges Blatt vor uns her auf den kalten trockenen Steinen, bis es raschelnd zur Seite sprang und sich flink durch die eisernen Gitterstäbe des Schulgartens klammerte.

Unterwegs begegneten uns vereinzelte huschende Gestalten; meist junge Mädchen und Burschen, die verlegen grüßend aneinander vorbei stolzierten. Das Sonderbare war nur dabei, daß sie alle Augenblicke fließend Gesicht und Gestalt und Kleidung veränderten, so daß sie bald dem bald jenem ähnlich schienen; so sah ich die beiden Töchter vom Drömer in einer einzigen vereinigt – lacht doch nicht; wenn man in ihr Gesicht schaute, fühlte man sich sowohl an die Eine als an die Andere erinnert, als seien es Mischwesen.

Über den alten Dächern der Häuser sah man noch ein winziges gelbliches Lampenlicht, das einzige in der Runde, oben beim Torwächter, der wieder lesen mochte; aber es verschwand bald hinter den schwarzen klaren Giebeln.

Aus einem Keller hörten wir eine dünne feine Musik von Streichinstrumenten, die eine mir völlig unbekannte reine Weise spielten, welche aber so leise heraufkam, daß ich mich zu dem Gitter hinunterbücken mußte, um sie verfolgen zu können. Während ich noch so kauernd den Kopf neigte, riß mich auf einmal der große Blonde am Arm hoch, und zwar mit solcher Kraft, daß er mich dabei förmlich ein Stück vom Boden hob : »Da oben –« zeigte er nach dem kleinen gemauerten Balkon, auf welchem soeben die weiß lackierte hölzerne Tür aufging, und ein junger Mensch mit schönem leichtem Schritt an die Brüstung trat. Er sah eine Weile in's Weite, und als wir seinen Blicken folgten, lag dort, wo eben noch das Gymnasium gestanden hatte, ein stiller umbüschter Wiesengrund im ersten Morgengrauen. Ein rauher schmaler Bach floß schnell und lautlos schäumend durch die Gräser; auf den nahen Hügeln sah man noch=nachtdunkle Tannen schwanken, und über dem Ganzen lag eine so wundersam aus dichtem milchigem Grün und Reifgrau gemischte Tönung, daß Leonhard sogleich das Skizzenbuch herausriß. In demselben Augenblick hörten wir vom Balkon her ein traumhaft gedämpftes Sprechen und Schelten, und sahen, daß die Eltern des Jünglings langsam heraustraten und die Hände nach ihm streckten; er aber klomm heiter und schlank auf die körnige Brüstung, breitete stumm und ganz in sich geschäftig die Arme, und flog in weitem schönen Schwunge, in das erwachende Tal hinein, schräg nach unten, so daß er trotz seines Bemühens am Tannenhang Fuß faßte, wo er weiter talabwärts in ein gelbliches Felsengewirr klomm, welches im Hintergrunde, schon morgendlich besonnt, aus dem Boden sproßte.

Leonhard hatte mit prüfendem Auge den Flug verfolgt und hielt dann Harnisch – dem großen Hageren – das Blatt hin : »Siehst Du !,« sagte er eindringlich, »wieder schräg nach unten – Gleitflug, wie ich immer sage; und mit ganz stillen, kaum bewegten Armen. Es wird schon so sein – glaube nur –«. Der Andere kniff die Lippen ein und nickte zweifelnd : »Wir müssen noch – bewegten sich denn die Haare oder die Hände ? – – Hoppla !«, unterbrach er sich, und wich einem alten rotnäsigem Küfer aus, der, ohne ihn zu beachten, mit einem Weintablett in das Haus des Bürgermeisters ging. Als er an dem Kleinen vorbeikam, hob dieser blitzschnell eine Flasche herab und drehte sie geschickt so, daß er das Schild lesen konnte : »Natürlich : roter Burgunder !« murmelte er mißbilligend, »kriegt der Mann denn nie genug ?!« Damit gab er die Flasche wieder dem genießerisch lächelnden blaugeschürzten Burschen in die Hand, und ging voran, an der Kirche vorbei, zum Hause des Superintendenten, wo er sich am Fenster auf die Zehenspitzen stellte und eifrig hineinsah. Wilhelmi guckte ihm über die Schultern und nickte ingrimmig : »Natürlich – Nichts !« meinte er verächtlich, und im Weitergehen fragte er mich : »Wie hieß der Kerl ? – Mylius ? – Werde mal bei Gelegenheit einen – – Jemanden herschicken ! –« Während er noch sprach, und zufrieden um sich sah, hörte ich in der Herrenstraße einen schweren Schritt, und der Nachtwächter Rasehorn tappte schläfrig um die Ecke, blieb, ohne uns, wie es schien, zu bemerken, neben Leonhard stehen, rief ihm heiser die Stunde ins Gesicht, schneuzte die große Laterne, und ging langsam davon, mitten durch einen flachen, leise wellenden Teich, in dem er mir bis an die Hüften zu verschwinden schien. Noch an der Ecke hörten wir ihn gleichmütig ins Horn stoßen, und den dicken Spieß träge auf dem Pflaster nachklappen.

Auch der reisige Mond schritt hallend in silberner Rüstung seine Runde über Marmortreppen und an weißen Palästen; in weiten Portalen lehnte flüsterndes Luftvolk in Seidenmänteln; unter schattigen Wolkenbrücken strömte der wogende Nachtwind.

Aus den Häusern am Fischerstand kam wüstes Geschrei und Röcheln, und meine Begleiter verzogen abfällig den Mund, »Lassen wir das Pack nur weg –« sagte Harnisch mit gerunzelter Stirn : »wird ohnehin nichts Brauchbares dabei sein – aber hier, Brucker, hier !« unterbrach er sich lebhaft, und wies auf eine breite, so blendend erleuchtete Straße, wie sie sich derart wohl in der Hauptstadt ausdehnen mögen, welche sich unvermittelt neben uns zur Rechten aufgetan hatte. Wir sprangen rasch hinein, und ich konnte mich nicht genug über die strahlenden roten und weißen Inschriften und Lichtranken wundern, die die Fassaden der Gebäude schmückten. Besonders schienen es dem Kleinen die Geschäfte angetan zu haben; denn er lief behende von einem zum anderen; schaute hier in eine prächtige Blumenauslage und dort in eine Schuhhandlung, wurde dabei aber immer verdrießlicher, bis Wilhelmi ihn endlich lachend am Röckchen faßte und auf ein riesiges, fünf Stock hohes Gebäude mit einer schier nicht enden wollenden Reihe hellst erleuchteter Fenster wies : »Komm –«, sagte er, »vielleicht finden wir hier etwas – scheint ein Kaufhaus hingestellt zu haben – interessant, wie Herr Niebelschütz ?!« Ich beteuerte ihm, indem wir die breite steinerne Freitreppe hinaufgingen, daß ich ein solches Bauwerk überhaupt noch nicht, vielweniger in unserer Stadt, gesehen hätte; er mochte wohl merken, daß mir der Kopf schwindelte, und ich wagte ihn vorsichtig zu fragen, ob ich vielleicht träume, oder – –. Er sah mich merkwürdig von der Seite an : »Hm.« sagte er langsam, »*Sie* träumen nicht –« wobei er das ‹Sie› ganz deutlich betonte, aber er konnte nicht mehr weiterreden; denn ich blieb bereits auf's Höchste überrascht in der prächtigen Halle stehen – denkt Euch : inmitten des unabsehbar großen Hauses war ein wohl hundert Fuß langer und breiter Lichtschacht, um den sich, in vier oder fünf Reihen übereinander, lange lichterstrahlende Galerien zogen; der helle Schein kam dabei aus seltsam gestalteten gläsernen Körpern, die bald wie strahlende Röhren, bald wie weiß glühende Birnen geformt waren und ein unsägliches Funkeln und Blitzen auf und in den großen glasgedeckten Schaukästen verursachten.

In manchen lag billiger Tand; Bleistifte und Schwedenhölzer und kleine Messerchen; in anderen war wohlriechende Seife, schrille Spiegel und sauber ausgerichtetes Schreibpapier; dann wieder sahen wir reiche bunte Stoffe und viele schöne Tische und Sessel in Reih und Glied – also : endlos ! –

Viele Menschen drängten und schoben sich langsam und unaufhörlich plaudernd um uns, so daß ich ganz wirbelig wurde vor dem summenden Gespräch und den Lichtern. Keiner schien Notiz von uns zu nehmen; einmal kamen wir an einem großen Raum vorbei, wo wohl an die Hundert an kleinen Tischen saßen, welche statt der Beine Stahlrohre hatten, und schmausten und tranken beim Teller- und Gabelklappern um die Wette.

Auf einmal schrie der Kleine freudig auf, und lief mit beiden Beinchen auf einige große Regale zu, welche sich endlos und kompliziert ineinanderschoben, und voller Bücher standen. Hier war es fast menschenleer; das Männchen klomm blitzschnell ein Leiterchen hinauf und machte sich mit fliegenden Fingern an die Durchsicht. Auch die Anderen gingen rasch näher, und nach einigem Zögern wagte selbst ich es, den einen und anderen der Bände herauszunehmen. Es waren meist neue Scharteken in grell bedruckten Papierumschlägen mit schreiend bunten Titelbildern und wilden, zum Teil sinnlosen Überschriften, so daß der Kleine sie achtlos wieder hinein warf. Ich ging weiter nach hinten und fand in einer düsteren staubigen Ecke – das Andere hatte Alles von Sauberkeit geblitzt – ein paar Reihen alter Folianten und Quartanten, so daß ich ihn rasch herbeirief. Er fing sofort eifrig an, in einem der dicksten zu blättern, und betrachtete selig ein paar vergilbte schöne Kupfer, die seltsame Landschaften und Geräte zeigten. Meine Begleiter hatten ebenfalls andere Exemplare zur Hand genommen und lasen aufmerksam darin, wobei sie oft mißfällig die Köpfe schüttelten, selten anerkennend brummten. »Hier – die Ausgabe vom Don Sylvio nehme ich mir mit –« sagte auf einmal Harnisch lebhaft, und winkte uns herbei, uns das Büchlein zu zeigen. Es war ein kleiner Oktavband mit braunem, reich mit Goldgerank verzierten Lederrücken und dunklen Pappdeckeln. Ich bat es mir höflich auf einen Augenblick aus und schlug eine Seite auf; der Text war aber recht sonderbar, und ob ich auch alle Augenblicke Wieland zu lesen vermeinte, fand ich doch so viel abweichende Stellen – allerdings manche von großer Schönheit – darin, so daß ich es kopfschüttelnd zurückgab. Harnisch, der mein Zögern bemerkt hatte, sagte freundlich : »Nicht wahr, – die Varianten sind zum Teil ausgezeichnet – das ist Etwas für meine Bibliothek ! – Schön ! –«

Indem er noch so sprach, war es mir auf einmal, als verdüsterten sich die Lichter in auffälliger Weise; ich sah nur noch, wie der Kleine seinen Folianten fest in die Ärmchen nahm und zu uns heran trat, dann verschwand mit einemmale das Bauwerk in gestaltlose Dunkelheit. Ich fühlte, wie mich Leonhard bei der Hand nahm, wir tappten eine stockfinstere Treppe hinunter und traten gerade gegenüber Deinem Hause, Hans, aus einer engen gewundenen Pforte, die sich pochend hinter uns schloß.

»War ganz nett, ja – ?« fragte Wilhelmi und die Anderen nickten beifällig; besonders das graue Männchen, das tapfer an seinem Buche schleppte.

Wir blieben eine zeitlang auf der nachtkalten Wiese stehen, und sahen uns, die reine erquickende Luft atmend, langsam um. Ein leichter Wind hatte sich erhoben und fuhr meinem Gefährten durch das lange weiche Blondhaar. Plötzlich mußte ich seinen Arm umklammern, um mich zu halten und deutete sprachlos – ja, Hans – ich – Du – ich kann's nur so erzählen, wie ich es – ja – ob ich es erlebt habe ?« – Der Förster starrte ratlos im Kreise umher, gab sich dann einen Ruck, und fuhr mit gepreßter Stimme fort.

»Also; aus Deinem Haus tratest Du, Hans, Hand in Hand mit einem jungen Mädchen, welches ich sofort wieder erkannte. Es war Fräulein Wolf – Eva Wolf – und um Eure Gesichter war ein weißer silberner Schein von so unsäglichem Glück – und Du konntest sehen, Hans, bestimmt ! Denn Du zeigtest auf ein nahes Gehölz, und dann lieft ihr wie die Kinder über die Mittagswiese durch den klaren heißen Sonnenschein.«

Er nahm seine große altväterische Briefmappe aus der linken Innentasche der Joppe und zog ein kleines Blatt daraus hervor. »So, Kauff –« sagte Niebelschütz erschöpft, »sehen Sie sich das an ! – Ich bat Herrn Leonhard – äh – zu zeichnen, und mir das Blatt zu schenken – hier – !«

Der junge Mann griff hastig nach dem Papier und betrachtete es lange, wobei sich sein spöttisches Gesicht bemerkenswert verlängerte. »Meisterhaft !« murmelte er überrascht – »ich verstehe doch auch etwas von Handzeichnungen – aber so etwas habe ich noch nicht gesehen, geschweige denn besessen ! – Merkwürdig !«

»Kann ich es auch – bekommen –« bat der Blinde mit ungewöhnlich zitternder Stimme, und der Förster gab ihm stumm das Blatt in die Hand. Flick sah es lange mit den toten Augen an, und sein Gesicht wurde vor dem Willen, den Mädchenkopf zu sehen, zu einer erzenen Maske. »Das Blatt gehört selbstverständlich Dir, Hans !« unterbrach der Förster die Stille und hüstelte verlegen.

»Ja, Herr Niebelschütz –« erinnerte Kauff, » – und weiter – ?«

»Ja, weiter ! –« erwiderte der Alte gereizt und pikiert, »es ist wohl gerade genug ! – Wir haben uns dann verabschiedet; sie gingen angeblich in ihre Herberge, und ich fand mich, als ich mich recht umsah, in der ersten Morgendämmerung schaudernd vor Kälte auf der Rathaustreppe sitzen. – Ich bin dann gleich noch einmal durch die Stadt gegangen, um mich zu überzeugen – hm ! – Nun, was sagt Immanuel Kant dazu, Herr Julius Kauff ?!«

Der Angeredete überlegte kurz einen Augenblick; dann sagte er, indem er die Unterlippe vorschob : »Ja, Herr Niebelschütz – ich weiß nichts Anderes – Sie werden ja verletzt sein – aber Sie *müssen* geträumt haben ! –« Der Alte sprang wütend auf, »das müssen *Sie* mir sagen ! – ! –« rief er, »– und hier –?« Er wies herausfordernd auf das Blatt auf dem

Tische, um welches der Blinde wie zufällig die Hände gelegt hatte. Kauff fuhr sich betroffen über das glatte Haar : »– Allerdings! –« gab er zu, »Daran hatte ich im Augenblick nicht gedacht – hm, wäre es nicht –« – »Es klopft –! «, unterbrach der Blinde hastig, und schob schnell aber behutsam die Zeichnung weiter aus dem Sehbereich der Freunde; dann rief er mit angespanntem Gesicht : »Herein – ?! –« –

4.)

Die Tür wurde behutsam halb geöffnet, und das Erste, was die Freunde sahen, war ein kleiner gedeckelter Weidenkorb, der mühsam über die Schwelle geschoben wurde. Hinter ihm, noch beide Händchen auf den Rand gestützt, erschien angestrengt keuchend eine kleine grau gekleidete Gestalt, welche wichtig die Tür hinter sich zuzog und eine artige Reverenz machte.

Der Förster war beim ersten Anblick des Eintretenden aufgesprungen und sah sich verstört um; auch Kauff trat überrascht einen Schritt zurück, musterte aber sofort den höflichen Kleinen scharf und durchdringend. Der Blinde hatte sich aufgerichtet und trat langsam herzu : »– Mit wem habe ich die Ehre – ?« fragte er, unruhig den Kopf regend, und durch das Schweigen der Freunde aufmerksam geworden.

Der Kleine dienerte eifrig neben seinem Körbchen, und rief mit feiner Stimme : »Wenn der Herr gestatten : Brucker – mein Name; Brucker – habe ich das Vergnügen Herrn Flick zu sehen ?« – Er zog geschäftig das Pergamentwürfelchen aus der Tasche, um sich zu vergewissern, und las noch einmal sorgfältig den Namen ab : »Herr Hans Flick ?! – Guten Morgen, Herr Niebelschütz; bin auf dero Empfehlung hin so frei gewesen –«. Der Alte trat gefaßt auf ihn zu und schüttelte ihm zögernd die Hand; dann wies er auf den lässig auf eine Sessellehne gestützten Kauff, und nannte dessen Namen. So bescheiden auch das Männchen mit dem kleinen Fuß auskratzte und mit dem Fäustchen die Luft schlug, so kalt und beiläufig nickte der junge Mann ihm zurück, und ließ einen gleichgültigen Blick aus dem Fenster gleiten, als rechne er mit einem möglichst raschen Gehen des unerwünschten Besuches.

Herr Brucker schien es jedoch gar nicht bemerkt zu haben; er wehrte den Förster, der ihm einen der Sessel heranschieben wollte, ängstlich ab und bat, auf seinem Korbe Platz nehmen zu dürfen, da er nicht lange bleiben könne, und hauptsächlich gekommen sei, um den

Herrn kennen zu lernen, der so aufmerksam und mit so seltenem Judizium seinen – den Herrn Schnabel gelesen habe – wenn's erlaubt wäre. Und er habe auch – er sei Bücherfinder, =sammler und =liebhaber – einige gar rare Kuriosa und prächtige Editionen mitgebracht, um sie den Herren zu zeigen, vielleicht auch, wofern das Eine oder Andere Beifall fände, dies zu mäßigem Preise abzulassen.

Dann sah er sich mit erwartungsvollem und lächelndem Gesichtchen im Kreise um, sprang auf ein Nicken des Försters hin sogleich auf, öffnete pustend den schönen leichten Rohrdeckel und trippelte mit dem ersten Bande vertrauensvoll auf den Blinden zu, dem er den starken Quartanten in die vorgestreckten Hände gab und mit innigem Vergnügen zusah, wie jener behutsam und ehrfürchtig den gepreßten Einband befühlte und über den alten abgeschabten Rücken strich. Flick wandte sich zu dem Alten, der neben ihn getreten war : »Balthasar – was ist es denn ?«, bat er mit erregtem jungem Gesicht und horchte mit rührender Freude auf jedes Wort, das der Förster vorlas.

»Burnett – Theoria telluris sacrae !« sprach Jener prüfend und nickte bedeutend, »es ist die englische Ausgabe –.« »Von ihm selbst übersetzt –«, winkte hastig der Blinde, »ich weiß – sie ist selten geworden. – Wenn ich sie doch nur sehen könnte –.« Er blätterte ganz vorsichtig und streichelnd in dem alten Buche, »ist der Titel denn schwarz und rot – ?! – Ach ! –«

Der Kleine rieb sich zufrieden die Hände, und sah andächtig in sein Körbchen hinein : »– Pseudodoxia epidemica – deutsch,« sprach er feierlich. »Sir Thomas Browne –« brummte Niebelschütz und Flick nickte : »Knorr von Rosenroth, der große Kabbalist, hat es übersetzt –«, sagte er lebhaft : »auch das ist jetzt rar genug –.«

Der Fremde hatte aufmerksam zugehört, die Händchen auf dem Rücken und wandte nun den Kopf zu dem Blinden : »Der Herr haben schöne Kenntnisse – haben wohl früher gar fleißig die Älteren gelesen ? –« Der Blinde wandte ihm das erlöschende Gesicht zu : »Ja – früher ! –« sagte er heiser und hob das Buch langsam auf den Schreibtisch; »früher – da kannte ich sie Alle – Jöcher und Ramsay und Ziegler und Brockes und Lohenstein; und dort drüben, links neben der Tür steht der Brucker –« er riß den Kopf zum Fenster herum; auch die beiden Anderen sprangen erschreckt auf, und sahen noch das zuckende bläulich schwingende Licht, dem ein leichter, wie unterirdischer Donner folgte, welcher rasch unter dem Hause hinrollte und in der Ferne wunderlich zu verhallen schien. »Seltsam – ein Gewitter – jetzt im März ! –« murmelte Kauff erstaunt und guckte betroffen in den fröhlichen seidenblauen Himmel, in welchem auch nicht die Spur eines Wölkchens zu erblicken war; er notierte sich sogleich Ort und Stunde der unerklärlichen meteorologischen Erscheinung und trat, noch immer kritzelnd, vom Fenster zurück.

Der Kleine hatte sich durch nichts stören lassen, und unbeirrt weiter mit Flick gesprochen. Niebelschütz hörte gerade, wie er unbefangen sagte : »Ah, mein Namenskollege – ja, ja – ist er nicht eigentlich schon etwas veraltet – ?« Kauff nickte vielmals und zutiefst überzeugt, aber der Blinde hob entrüstet die Hand : »Es wundert mich eigentlich, Herr Brucker,« sagte er hart, »daß Sie so urteilen können. Ich gäbe alle neueren Geschichten der Philosophie für einen einzigen Band von meinem Brucker –.« Er erhob sich und ging rasch auf die Bücher zu, indem er wie tröstend und beschützend über die gelbweißen Pergamentröckchen strich : »Sehen Sie,« fuhr er strahlend fort, »ich habe auch den artigen 8. Zusatzband – hier ist er !« Er tastete rasch die kleine Reihe entlang und zog das Büchelchen ein wenig heraus; dann lehnte er sich in all seiner Größe an das Regal : »Sehen Sie,« begann er, »es ist ja eigentlich ganz falsch, so ein Buch in einem Zuge mit anderen Werken, welche vielleicht denselben oder doch einen ähnlichen Stoff behandeln, zu nennen. Ebenso wie es falsch ist, in der Literaturgeschichte ganze Gruppen zu bilden. Der ‹Barockroman› schwatzt man : aber es sind ja so weltenweite Unterschiede zwischen den einzelnen Dichtern – oder die ‹Klassiker›, die man jetzt erfinden will, indem man Lessing und Wieland und Klopstock und Herder in denselben Topf wirft; Goethe werden sie sicher auch noch einmal dazu zählen, denn das wird anscheinend einer der Großen – aber was ist damit getan? – Es müßte in der Literatur eine – ja, gut ! – eine »astronomische« Betrachtungsweise eingeführt werden, die nur Einzelsterne kennt und Individuen staunend beschreibt. Die Sternbilder sind ja auch nur ganz willkürliche gewaltsame Orientierungskrücken, die ein guter Sternseher nicht mehr benützt – ach – wenn ich nur lesen könnte und lernen –,« er brach erschöpft ab, und drehte beschämt das Gesicht zur Seite, daß er sich vor dem Fremden so weit hatte hinreißen lassen.

In das Schweigen der Freunde hinein räusperte sich vorsichtig der Kleine. »Sind der Herr schon lange erkrankt – ?« fragte er behutsam; »ich hätte gerade einen Bekannten hier – einen sehr erfahrenen Arzt; vielleicht dürfte er dem Herrn einmal seine Aufwartung machen – Herr Leonhard nämlich –« wandte er sich erklärend zu Niebelschütz, der große Augen machte, als er den Namen hörte. »Ich denke, das ist der Maler ?!« fragte Kauff scharf, »war es nicht so – ?« Der Fremde dienerte höflich und lächelte gar abwesend : »Gewiß : auch Maler – auch Maler ! – aber darf er einmal –.« Flick lächelte müde und sagte, um den Winzigen nicht zu kränken : »Es waren schon viele Ärzte hier; auch aus der Hauptstadt –

aber wenn Sie meinen, Herr Brucker – was haben Sie denn noch mitgebracht ?« Der Förster kniete schon vor dem Korbe und sah begierig hinein, wagte aber nichts zu berühren, ehe der Kleine die Bände herauslangte. »Hier, Kauff, sehen Sie !« rief er begeistert, »diese Schriftzeichen – darf man fragen – ?«, wandte er sich zögernd an den Händler, der nur flüchtig hinsah und einen so schwierigen Namen nannte, daß Niebelschütz Mühe hatte, nur die ersten vier Silben zu wiederholen. »Was ersehen Sie sich denn eigentlich an dem Zeug ?« fragte Kauff spöttisch und verächtlich, »Sie können es ja doch nicht lesen – !« »Ach, Sie ledernes Gemüt,« rief der Alte über die Schulter zurück und hob das aufgeschlagene Buch dicht an die Augen, »– so eine Seite ist ja geradezu wie ein Freifahrtschein nach Malabar oder O'Wahu für die Phantasie – – oder gar nach Neu-Holland !«, fügte er nach kurzem Überlegen, genießerisch den Kopf auf die Seite legend, hinzu, und roch wehmütig und glücklich an dem stark gerippten gelblichen Papier. Herr Brucker rieb sich wieder vergnügt kichernd die Händchen und sah mit unbeschreiblichem Behagen wie der Förster und Flick sich zärtlich über den Korb beugten.

Aber Kauff war schon nähergetreten und wollte eines der alten Bücher mit dem Fuße beiseite schieben, wobei er mit zusammengekniffenen Augen fragte : » – ist denn das von heute Nacht auch dabei – ?!« Der Kleine raffte mit erstaunlicher Behendigkeit das bedrohte Werkchen auf, legte es ordentlich in den Korb und räumte auch die anderen rasch hinein : »Ich komme wohl besser ein andermal wieder, wenn die Herren allein sind –«, meinte er, zu Flick und Niebelschütz gewandt, indem er ihnen freundlich die Hand hinreichte, »– und bringe noch schönere Sachen mit – hihi !« flüsterte er dem Blinden ins Ohr, schob sein Körbchen gewandt hinaus und war schon hinter der Treppenbiegung verschwunden, ehe sich der Förster noch aufgerichtet hatte.

»So, Kauff !« sagte er verdrießlich, »na, für diese Heldentat wünsche ich Ihnen alles Schlechte – anstatt zuzuhören : denn Sie haben noch verwünscht viel zu lernen, mein Lieber ! – Kant und Schachspielen allein genügen noch nicht – nun, Sie müssen ja wissen, was Sie tun – kommen Sie nur; können mich noch ein Stück begleiten. Wer weiß, wie bald Sie stärkenden Zuspruch brauchen können – mit dem Fuß nach einem Buch von 1628 zu stoßen : nach einem Duodezbändchen noch dazu ! Schämen Sie sich ! – Wiedersehen, Hans; ich will Dir den jungen Mann abnehmen, und mich noch auf eine Viertelstunde opfern. – Ich komm' sicher morgen wieder !« Mit diesen Worten reichte er dem Blinden, der vor dem Schreibtisch Platz genommen und, eine Hand wie unabsichtlich auf der Zeichnung, in seinem Rahmen zu schreiben begonnen hatte, die Hand, nahm den halb erzürnten halb verdutzten Kauff am Ärmel und zog ihn so, mürrisch pfeifend, durch das ganze Haus. Im Vorbeigehen rief er noch der Frau Barbara in die Küche hinein : »Also 10 Tropfen Grenadine und das doppelte Quantum Rossoli auf den halben Liter, nicht wahr ?! – Gut, gut – werde gleich beim Apotheker mit vorbeigehen – Guten Tag so lange !« Dann traten sie auf die Wiese hinaus, an derem Rande wippend zwei Bachstelzen entlang schritten und die Köpfchen gar lustig in der frischen goldigen Sonne drehten.

Eine Weile gingen sie schweigend nebeneinander her, über den hellen Plan und durch die ersten Gassen der Stadt; auf dem Markt blieb der Förster erfreut stehen und bemerkte leise zu seinem Begleiter : »Da kommt ja Beringer – sehen Sie nur, wie er den Kopf hängen läßt; ob er sich noch immer mit dem Türken herumschlägt –« und laut sprach er zu dem trübe Näherschreitenden : »Submissester Diener – Nun, ein schöner Tag, das !«

Der Bürgermeister blieb schwermütig und unwillig auffahrend stehen : »Ach, Er ist es, Niebelschütz,« sprach er dann gramvoll, »– Guten Morgen, Kauff – Niebelschütz, laß' Er mir diese leichtfertigen Bemerkungen an einem so schweren Tage !« Er schüttelte weise und trübsinnig den Kopf, und begann gedankenvoll auf's Neue, während sie an den kühlen Fenstern der Zell'schen Weinstuben entlang schritten, indem er seinen Begleitern bedeutend zunickte : »Ach, Er hat es gut, Niebelschütz; Er schwärmt nur so in Feld und Wald umher – –« wiederum brach er finster ab, und blieb wie zufällig vor der schönen Eichentür der Ratsstube stehen, tastete auch schon seufzend nach der Klinke. Noch einmal hob er den gesenkten Kopf : »Niebelschütz !« sprach er halblaut und eindringlich, »sieht Er nicht die Zeichen der Zeit ? – Wir alle stehen hilflos in der Hand einer geheimnisvollen dunklen Macht ! – – Niebelschütz !!«

Der Förster hob geschickt und verständnisvoll die rechte Augenbraue und nickte mehreremale : »– hat Sie schon wieder Wäsche – ?« fragte er dann vertraulich; der Dirigens schlug mit der Hand in die Luft, und verschwand schnaufend hinter den schweren fröhlichen Eichenranken.

Kauff, welcher das Letztere nicht mehr verstanden hatte, machte betroffen zu seinem Begleiter : »Was hatte der gute Beringer denn heute ? Er sah ja ganz –« Der Alte wies mit dem linken Auge raffiniert und unauffällig nach dem Hause des Genannten, aus dessen Fenstern im Erdgeschoß des halb sichtbaren Hinterhauses, ein weißer dichter Dampf quoll, und eine ältliche schwarzhaarige Frau mit einem schweren Rührscheit in der geübten Hand, unaufhörlich in den feuchten Qualm hineinschalt.

»So, nun gehen Sie, Kauff,« sagte Niebelschütz brummig, »und lassen Sie sich wenigstens *das* eine Warnung sein – also : – !« Er tippte nachlässig an seinen grünen abgetragenen Hut und ging in Richtung zur Löwenapotheke quer über den schwatzenden Markt, und Kauff sah eine Weile hinter dem bärbeißigen Alten drein, wie er so tiefsinnig in dem warmen Sonnenschein dahinschlenderte. Dann wandte auch er sich kurz auf dem Flecke um, und begann, methodisch seinen Tagesplan zu entwerfen.

»Die neuen Stoffe mustern und auszeichnen –« murmelte er, und schob grüblerisch die Unterlippe vor, »dann die Briefe nach Halle und Frankfurt –«, er lehnte sich einen Augenblick lang an den Brunnen und sah abwesend in den durchsichtigen wirbelnden Schatten des Strahles, in dem die Lichter wallten und steigend quirlten. » – Am späten Nachmittag – oder Abend – zu Beringer wegen der Stadtbleiche – holla !!« Er sprang gerade noch zur rechten Zeit beiseite, um dem schönen funkelnden Wasserschleier auszuweichen, welchen ein plötzlicher Windstoß genau auf ihn zu getrieben hatte, aber es war noch einmal gut gegangen. So schüttelte er nur sorgfältig die wenigen glitzernden Tropfen von seinen modisch spitzen Schuhen und der doppelten Weste und ging rasch weiter über den Platz, an den Häusern entlang, hier und dort mit geschäftsmäßigem Lächeln den und jenen Kunden grüßend.

An der Ecke der Post hielt ihn Zollinspektor Geisler mit wichtigem Winken auf und zog ihn in den schattigen Torweg, wo die Postknechte und Briefausträger die schweren Ballen und Pakete schoben und trugen, Fässer rollten und die großen schwerfälligen Planwagen geübt damit beluden. »Haben Sie gehört, Kauff –,« begann der Eifrige vertraulich, »es sind sogar Ausländer darunter – ach, Sie wissen doch, unter den Komödianten natürlich ! – Ein Engländer, ein Italiäner und der dritte scheint gar ein Spanier zu sein. Haben zwar gute sächsische Pässe mit verdeutschten Namen, auch sonst scheint Alles in gehöriger Ordnung; aber – aber –. Hören Sie, Kauff, Sie sind doch, wie ich mir habe sagen lassen, des Englischen gar mächtig, vielleicht auch des Italiänischen – so etwas spricht sich doch herum – nein, Ehre wem Ehre gebührt ! – Also : könnten Sie vielleicht – unauffällig, beiläufig, so en passant – Sie verstehen. – Wer weiß, was sie herführt; das Land wimmelt von Verdächtigen. Wollen vielleicht gar die Feinheiten unserer bewaffneten Macht – – ich habe jedenfalls unserer Stadtwache durch den Dirigens schärfste Anweisung zugehen lassen, Waffen und alle Politica streng geheim zu halten. – Die Stadt rechnet auf Sie, Herr Kauff – !« schloß er pathetisch und schritt besorgt nickend um die Ecke.

»Das fehlte noch !« dachte Kauff indigniert im Weitergehen, »daß ich mich an die Landfahrer heranmachen sollte – lächerlich, wie viel Aufhebens man aller Orten von drei oder vier Gauklern macht. Freilich, von Niebelschütz und Flick wundert es mich nicht, bei ihrer exotischen Richtung. – Ach, es geht doch nichts über einen klaren Kopf –« und nicht ohne selbstgefällig zu lächeln, betrat er seine große Handlung in der Winklerstraße, und war bald in Zahlen und Geschäfte vertieft, und hieß Stoffproben bringen, und schaute den Gehilfen scharf auf die Finger, oh, bedeutend !

Erst als der späte Nachmittag in die großen Ladenscheiben sah, war er mit der heutigen Arbeit zufrieden, und lehnte sich, nur noch leicht Gewinn und Verlust überschlagend, zurück. Dabei fiel ihm wieder der heutige Vormittag ein, und die alten Bücher, welche der Fremde ihnen gewiesen hatte, und er erinnerte sich dunkel, daß irgendwo in einer Bodenkammer noch eine Kiste mit Gebetbüchern und anderen alten Scharteken stehen müsse. Er ließ sich von der Haushälterin den Schlüssel heraussuchen, und begab sich treppauf unter das alte Dach, wohin noch gelb und schräg die letzten Sonnenstrahlen fielen.

»Hm, meist Plunder ! –« murmelte er suchend, indem er gleich einmal einen Haufen zum Verbrennen beiseite legte, »Hier – David Crantz – Historie von Grönland – Herrenhutische Mission, oh weh – na, wollen mal sehen.« Er blies mit gerunzelter Stirn den Staub von den sorgfältig gepflegten Händen, und sah sich nach einer Waschschüssel um. Aber dann griff er wieder, mit Selbstüberwindung in die rissige Truhe, holte mit gespitzten Fingern die zwei letzten Bücher hervor und schlug sie vorsichtig auf : »Hm, das ist –« er stand auf und trat an das schräge Kammerfensterchen, das von der untergehenden Sonne kupfern gerändert war, und dessen kleine vergessenen blinden Scheiben gar tapfer und putzig die geschwungenen goldenen Giebel wiederzuspiegeln versuchten. »– allerdings erstaunlich !«, vollendete er und schüttelte gezwungen den Kopf : »nun, da – ich kann es ja einmal durchblättern.« Er nahm in jede Hand einen der Bände der Insel Felsenburg und ging in sein Arbeitszimmer hinab, wo er sich an den Tisch setzte, und, nachdem er einen Blick auf die Standuhr getan, und sich versichert hatte, daß er noch gute zwei Stunden Zeit habe, begann, flüchtig mit den Seiten zu spielen.

»Hm,« führte er sein gewohntes Selbstgespräch weiter, »ziemlich trocken, wie ? – Pietismus allerorten – Liebesgeschichten – halt : hier scheinen Nachrichten von einer Insel – Besiedlung – ach, natürlich : Artista und Goldmacherei ! Das glaube ich, daß solche Transmutationsgeschichten etwas für den Alten sind; der glaubt doch sicher auch *daran !* – Aber sonst ganz weltklug, im großen Ganzen, – wenn man die überflüssigen Phantastereien wegließe – was nur die Beiden daran finden mögen – ?«

Er schob die Bücher endlich beiseite und griff mit vergnügtem Kichern nach Kant; wählerisch spielte er mit den »Träumen eines Geistersehers« und mit der »Kritik der reinen Vernunft«, nahm endlich die letztere, und begann gespannt, den verquollenen narrierenden Text zu enträtseln.

Als die Häushälterin die Lampe ins Zimmer trug, und den Abendtisch herrichtete, erwachte er aus dem Grübeln, stellte rasch das Buch an seinen Platz, aß hastig und fast im Stehen, und griff dann nach Mantel und Hut : »Lassen Sie sich nicht stören, Frau Martha,« rief er noch zum Abschied zurück, »es kann Mitternacht werden, ehe ich heute heimkomme – gesellschaftliche Verpflichtungen – Sie wissen ja !«

Draußen war es unfreundlich und kalt geworden; aus einem dunklen Wolkenreifen am Horizont fuhr der Wind in kurzen heftigen Stößen, und trieb zuweilen sprühenden Regen über die Plätze. Es war fast ganz dunkel; nur manchmal erschien der Mond weiß und frierend in einem verschleierten Wolkenfenster, und erhellte für huschende Sekunden den Weg des hastig Ausschreitenden, der mißmutig den Kopf einzog und die Hände in die schon feuchten Taschen drückte.

Er schätzte die Verhandlungen mit dem Bürgermeister nicht eben sonderlich; denn er mußte stets eine oder gar mehrere Flaschen des schweren Burgunders bei ihm leeren, und trug meistens Kopfschmerzen und unwürdige Übelkeit davon. So stieg er, von finsteren Vorahnungen gepeinigt, die Treppe zum Dirigens empor, wurde in die gute Stube geführt und begann, hastig seinen Plan zu entwickeln.

Doch schien ihm heut dies nach Wunsch gelingen zu wollen; denn ob er zwar mehrere Stunden zu sitzen genötigt war, fand er den Herrn Beringer in recht gedrückter Stimmung, und zu Verträgen nicht abgeneigt, obwohl merkwürdig zerstreut und bei jedem Geräusch schuldbewußt zusammenfahrend. Als Kauff sich endlich empfehlen konnte, war es schon weit nach 10 Uhr, und er beeilte sich, den Weg nach seinem Hause einzuschlagen.

Der wettergraue Mond lag wie ein moosiger Steinbuckel im stillen rauhen Wolkenmoor, und auf den Dächern glitzerte fahle Nässe. Zuweilen sang es im Winde, und eine geschäftige Traufe schüttete dem einsamen Spaziergänger klopfende Tropfen auf Hutrand und Schultern.

Er zog unbehaglich und schaudernd den Kopf in den klammen Kragen, und bog hastig, am Ratskeller vorbei, auf den verlassenen Markt ein. Auch hier traf er Niemanden; nur der Brunnen rauschte halblaut den Regenböen entgegen, und aus den matt erleuchteten Fenstern der ‹Harmonie› klang abgerissenes Geprobe von Geigen, Violen und Flöten.

Plötzlich fuhr er zurück und spähte scharf die Rathaustreppe hinauf, auf der sich, wie ihm deuchte, raunende Gestalten geregt hatten; einen Augenblick war wieder alles ruhig, dann hörte er auf's Neue ein Flüstern. Ein Mann trat an das Geländer, beugte sich herunter, und Kauff erkannte in dem schwachen jagendem Licht den großen Hageren der fremden Komödianten.

Der junge Mann pfiff vielsagend durch die Zähne und trat auf den ihm spöttisch lächelnd Entgegenwinkenden zu; »– Und – ?«, fragte er scharf und fast überlaut, »darf man erfahren, was Sie hier zu suchen haben ?!«

Er hatte ertapptes Erschrecken oder doch Verlegenheit erwartet, und war nun doppelt erstaunt, als der Große ihn unbefangen musterte und zurückfragte : »Wollen Sie es sehen ? – Einen Augenblick, bitte; wir müssen nur noch die Tür öffnen. – Haben Sie etwa zufällig den Schlüssel bei sich – ?« Kauff war über dieses vertrauliche Ansinnen derart verblüfft, daß er nur stumm den Kopf schütteln konnte; »Oh –« machte Herr Harnisch bedauernd, dann rief er in die Schatten zurück : »Er hat auch Keinen; also mach nur auf –,« und der näher tretende Kauff sah in dem schwachen, langsam wechselnden Mondlicht, wie sich der große Blonde, welchen der Förster mit Leonhard bezeichnet hatte, eben von den schweren eisernen Riegeln, die er prüfend betastet hatte, aufrichtete, und die langen schmalen Hände um Anfang und Ende der kräftigen Eisenstange legte. Kauff sprang hastig und stolpernd die wenigen Stufen empor : »Was wollen Sie denn; das heißt : wie – – ,« er brach verwirrt ab, da ihn Wilhelmi und Brucker, an welche er im Dunkel unsanft angestoßen war, leicht zur Seite zogen, und stumm die Köpfe schüttelten. In der eben wieder lautlos herabsteigenden Grauhelle sah er, wie sich der matte Erzstab in den federnden Fäusten des blonden Recken zu biegen begann, bis er, bogig gekrümmt, mit kurzem glockigem Klingen aus den Führungen sprang. Dann schwang die Tür leise halb auf, und die Fremden schlüpften gewandt in den keilförmigen Schattenspalt, den völlig verschüchterten Kauff mit sich ziehend.

Er fand sich, nachdem die Tür wieder zugeklappt war, in tiefer Schwärze, und hörte nur ein leichtes Hantieren hinter sich, dessen Meinung er nicht erfinden konnte. Nach wenigen Augenblicken sah er jedoch rötlich gegitterte Lichter neugierig über die Tische und Regale gleiten und erkannte, sich umwendend, daß der schöne verwunschene Schein aus einer gar merkwürdigen Lampe kam, wie er dergleichen noch nie gesehen hatte.

Der Kleine, der den jungen Mann ungemein spöttisch und belustigt musterte, trug auf dem Kopfe eine hohe geschwungene Krone aus leichtem silberhellen Metall, deren breiter Reif mit einem Gestaltenkranz in getriebener Arbeit umschlungen war, dessen Bedeutung Kauff aber nicht sogleich zu enträtseln vermochte; auch schien es ihm, als gewahre er wechselnde Bewegung in dem wundersam vollendeten Fries : Kommen und Gehen, Sitzen und Schreiten, Tanzen und Fliegen. Zwischen dem reichen Rispenwerk der Zacken und Spangen lag eine leicht nach unten gewölbte Schale aus goldkörnigem Rubinglas wie starres funkelndes Seidenfutter, aus welchem das glühende Rätsellicht die selig streifenden glückhaft sich neigenden Schattendolden warf.

Der Lampenfürst sprach zu seinen Gefährten ein paar klangvolle unverständliche Sätze, und alle vier schlugen ein so helles eisiges Gelächter an, ohne Kauff dabei eine Sekunde aus den Augen zu lassen, daß den Ratlosen ein schier unheimliches Gefühl von Verlassenheit und hilfloser Unzulänglichkeit überfiel. Er kam sich in dem Kreise der geheimnisvoll Schönen und Starken zum erstenmal in seinem Leben so unbedeutend und ärmlich vor, daß er beschloß, sich durch scharfes herausforderndes Auftreten seine Selbstachtung wieder zu verschaffen.

Er trat auf den Einarm zu, der ihm noch am ungefährlichsten schien, und fragte, indem er seine Stimme so gelassen wie möglich machte : »Herr Harnisch – oder wie Sie heißen mögen – ich bitte Sie und die Anderen, dieses Archiv unverzüglich zu verlassen –.« Er verstummte, da ihm einfiel, daß er unseligerweise »ich bitte« gesagt, und sich so eine Blöße gegeben hatte. Der Angeredete sah ihm ruhig und ohne sich zu rühren in die Augen, mit so ironischem Lächeln in dem hageren edlen Gesicht, daß Kauff beschämt und erbittert die Blicke niederschlug. »Sie dürfen uns begleiten –« erwiderte der Fremde endlich verbindlich, und, schon zum Gehen gewandt, fügte er über die Schulter hinzu, »– nur nicht bis zum Wolkenstein – Sie dürften ja nicht einmal bis über die Heide kommen, nicht wahr, Brucker ?!« Und wieder hörte es Kauff, diesmal schon hinter und zwischen den Regalen, lachen.

Er folgte unwillkürlich dem vorangetragenen Licht und schaute stumm den vier seltsamen Besuchern zu, welche mit klugen flinken Händen die alten Bände und vergilbten Handschriften prüften und durchsahen. Zu seiner Entrüstung bemerkte er, wie der Kleine mit dem leuchtenden Arbeitshut zwei oder drei der aus dem Staub hervorgezogenen Manuskripte ohne weitere Umstände zusammenrollte, und in den seidengrau glänzenden Falten seines gar langen Mäntelchens verbarg. »Was fällt Ihnen denn ein – ?« begann er verzweifelt und schüchtern zu stottern, aber der Angeredete fiel ihm kurz und unwirsch ins Wort: »Ach was !« rief er mit gerunzelten Brauen aus, »Sie haben ja selbst gesehen, daß Ihr hier unten den Staub fingerdick auf den artigen Berichten sich niedersetzen laßt – wißt ja doch nichts damit anzufangen – und wer es wüßte, dem sind sie ohnehin später zugänglich – !« Damit ging er schon unbekümmert wieder zu der nächsten Reihe, wo die Freunde standen, und der verwirrte Kauff lief ratlos und außer sich hinter ihnen her.

Er sah, daß die Wunderlichen vor zwei altväterischen dicken Bänden die Köpfe zusammensteckten, hörte im Gewirr der unbekannten Laute einige Male den Namen Flick's, und erkannte in den goldig erblaßten Zeichen des Rückentitels die Worte ‹Insel Felsenburg›. Wilhelmi, der sich suchend nach Kauff umzuschauen begann, trat auf ihn zu, und fragte ernst aber nicht unfreundlich : »Da Ihr Freund, oder Bekannter, oder – gleichviel – die ältere Literatur so gut kennt, haben Sie ohne Zweifel dieses Buch –« er deutete auf die ehrbaren Quartanten, »– ebenfalls gelesen – ?« »Oh ja !«, erwiderte Kauff, wesentlich erleichtert und den günstigen Zufall heimlich preisend, »ich hatte es noch heut Nachmittag vor mir liegen – !« Er verstummte jedoch unter dem immer verächtlicher werdenden Blick des Fremden, der ohne Mühe in ihm zu lesen schien, und endlich leicht den Kopf schüttelte. »Sie wollen so klug sein,« sagte er, aber, wie der junge Mann brennend empfand, mit eigentlich mehr Mitleid als Ironie, »– und haben dabei verlernt, die einfachsten Fragen überhaupt nur zu sehen. Was denken Sie eigentlich, was nun geschieht, wenn so ein schönes altes Buch – eine solche Welt – von seinem Schöpfer lächelnd aus der formenden Hand gegeben worden ist und losgelöst schwebt. – Am Anfang schuf Gottfried Schnabel Himmel und Erde – Sie schaudern ? Weil ein Stern entsteht ? – Weil eine neue Welt begonnen hat, und sich nun nach den ihr vom Meister gegebenen Gesetzen für die Ewigkeit weiter entwickelt, im Spiel nur ihrer eigenen Kräfte ? Und jedes würdige Buch ist eine goldschwellige Pforte in seinen eigenen Kosmos !«

Er trat langsam zur Seite, und Kauff erblickte zwischen den tiefen braunen Regalen eine schmale vor Alter gedunkelte Tür, welche er noch nie zuvor in den wohlbekannten Räumen gesehen hatte. »Was ist das ?«, fragte er mit zitternder Stimme, aber nur das Schweigen der Vier antwortete ihm. Der Fremde hatte stolz und glücklich das Haupt gehoben und breitete freudig die Arme nach dem wunderlichen halbversteckten Eingang. »Oh, Du heilige, gerechte und allmächtige Phantasie – !«, rief er hallend, und die drei sprachen es ehrfürchtig und bejahend nach : »Oh, Du heilige, gerechte; und allmächtige Phantasie – –.« Kauff fühlte sich in der folgenden kurzen Stille unwiderstehlich am Arme gefaßt und zu der verdächtigen Tür hingeschoben; er schüttelte verzweifelt die haltende Hand ab und stürzte hinaus. –

Zuerst sah er nichts; seine Augen, des hellsten Lichtes ungewohnt, schlossen sich unwillkürlich, und die ersten Schritte tat er geblendet. Als er sie wieder öffnete, war er seltsamerweise mehr erstaunt als bestürzt. »– Das Meer !« rief er.

»Hm – gewiß !«, antwortete eine behagliche Stimme hinter ihm, und als er herumfuhr, sah er Herrn Harnisch neben sich an einen mannshohen scharfkantigen Felsblock gelehnt, während die drei Anderen schon in dem weißen sprühenden Sande weiter wateten.

Er befand sich auf einem schmalen mit Granittrümmern übersäten Strandstreifen, an den von der einen Seite das blaublitzende unendliche Meer brandete, und immer neue feine Rippelmarken in dem hellbraunen Sande des feuchten Untergrundes bildete. Auf der anderen Seite, kaum 200 Fuß entfernt, ragte eine schier senkrechte wildhelle Felsenwand in, wie ihm schien, unabsehbare Höhe; so steil und kühn geschwungen waren die muschlig gehöhlten Flächen, daß er nicht verstehen konnte, warum seine Führer ohne Zögern bis zum Fuße der goldenen und rostroten Abstürze vordrangen.

Sie blieben endlich vor einer mächtigen Grotte stehen, aus welcher schäumend und rasend ein Wassersturz hervorbrach, und mit seinem unsichtbaren – nicht unfühlbaren – Sprühen, die von den Steilwänden zurückprallende Hitze erträglicher machte. Der Blonde sah sich suchend um und tat dann ein paar lange Schritte auf eine leere Muschelschale zu, die am Strande schlief, brach geschickt einen Teil der gewundenen Spitze ab, und stieß mit aller Kraft hinein : der tiefe klangvolle Ruf brach sich lieblich und feierlich an den fernen und nahen Steilwänden und scharfkantigen Vorgebirgen, deren kühne und einsame Umrisse sich in Meerglanz und Sonnenwind flimmernd am Horizonte verloren; dann warteten sie eine Weile, froh und des unvergleichlichen Anblicks genießend.

Eben als Kauff sich ungeduldig an Herrn Wilhelmi wenden wollte, hörte er, daß das Brausen des Wasserfalls zu seiner Rechten merkwürdig schwächer wurde und, sich umsehend, gewahrte er, daß nur noch leise, langsam versiegende Wellchen über die glatten glänzenden Steine flossen. Während er noch zu tiefst erstaunt das seltsame Schauspiel anstarrte, traten aus dem dunkelzackigen Grottentor zwei Männer in einfacher aber fremdartig wirkender grauer Tracht, welche, als sie die Fremden gemustert hatten, freudig auf seine Begleiter zueilten und sich ehrerbietig vor ihnen verneigten.

»Nun, Wolfgang, alter Meerfreund !« rief Wilhelmi heiter den Beiden entgegen : »wie steht es in Albertsraum – seid mir gegrüßt, Litzberg : arbeitet ihr an den stürmischen langen Winterabenden noch immer an der großen Karte – ah, dacht' ich mir's nicht – Aber kommt nur; ich möchte gern einmal wieder am Hügel des Altvaters dem Sommerwind lauschen ! –«, damit winkte er fröhlich seinen Begleitern zu, und alle schritten in die düsteren hallenden Windungen des Bergstromes hinein.

Der Boden war glatt und ging an manchen Stellen so steil aufwärts, daß Kauff die Hände zu Hilfe nehmen, und sich an unsichtbaren Zacken und Vorsprüngen festhalten mußte, um nicht gefährlich auszugleiten; stieß sich auch mehrmals schmerzhaft Kopf und Schultern an den rauhen Graten der Decke. Dazu murmelten die Stimmen seiner vor ihm lustig plaudernden Führer in den engen gewundenen Schatten so wunderlich, daß er, um nur bald wieder ans Licht zu gelangen, ihnen blind und hastig nachtappte.

Die seltsame Wanderung hatte nur kurze Zeit gedauert, und schon hinter der nächsten Biegung des Weges erblickte er einen an Stärke schnell zunehmenden Schein, bis er nach wenigen Schritten aufatmend ins Freie trat. Er fand sich auf einem sanft abwärtsführenden durch ein kleines Steinmäuerchen an der Außenseite geschützten Pfade, der, in den Felsen gehauen, sich an der Innenseite der durchstochenen Bergwand hinzog. Während er den Voranschreitenden nacheilte, vernahm er wieder das Tosen stürzender Wässer, und sah, vorsichtig über die Brüstung lugend, wie der wieder zugeleitete Wildstrom auf's Neue rauschend in seine Bahn strömte, und, grün und klar aufschäumend, in dem unterirdischen Gange verschwand.

Als er den lebhaft mit den beiden Unbekannten scherzenden Wilhelmi erreichte, hörte er gerade, wie der Letztere fragte : »Jetzt muß es aber doch gleich so weit sein – nicht wahr ?!« Der Weg machte eben eine scharfe Krümmung um einen riesigen Felsenpfeiler, welcher bisher die Aussicht verwehrt hatte, und erweiterte sich dabei zu einem kleinen Platze, auf dem Alle in schweigender Bewunderung stehen blieben.

Unter ihnen lag ein weites unabsehbares Tal, von lieblichen Gehölzen und Hainen durchzogen, zwischen denen die matten heißen

Farben der Frucht- und Blumenfelder heraufschimmerten. Dünne Silberbänder flatterten an den Hängen der leichten Anhöhen, und in der Ferne glaubte man in den weiten glühenden Wäldern neue seltsame Felsgruppen zu sehen; im schmetternd goldenen Licht hörte man die hellen spitzen Schreie unsichtbarer tanzender Vögel.

Harnisch wies auf eine halb in einer Lindengruppe versteckte Anzahl niedriger Holzhäuschen und fragte neugierig : »Habt ihr in Davidsraum schon wieder gebaut – etwa gar für mein Patchen ? – Man sollte es doch nicht für möglich halten ! –«, und er rieb sich vergnügt die Hände.

Kauff konnte sich nur schwer von dem schönen und heiteren Anblick losreißen, aber er mußte, wollte er sich nicht verirren, seinen Begleitern folgen, die rasch den Pfad hinunterschritten, und, eine reinliche Landstraße kreuzend, den nächsten Feldweg zu der nahe gelegenen Ansiedlung einschlugen. Die ungewohnte Anstrengung ermüdete ihn über die Maßen; der schwere Sommerwind schlang sich wie ein heißer blausamtener Schal um seine erhitzte perlende Stirne, und als sie die Anhöhe emporgestiegen waren, flirrte und flimmerte die Luft so vor seinen Augen, daß er sich erschöpft auf eine schmale, aus Birkenstämmchen gezimmerte Bank niederließ, welche an dem ersten der Häuser mit einem runden Tischchen davor, in einem duftigen Syringengebüsch stand.

Die Anderen, an denen er keine Spur von Ermüdung zu entdecken vermochte – selbst an dem ältlichen Manne nicht, der Kapitän Wolfgang genannt wurde – nahmen neben ihm auf den ländlichen Sitzen Platz. Litzberg verschwand auf wenige Minuten in dem nahen Häuschen, und kam mit einem ehrwürdigen greisen Ehepaare, begleitet von zwei jungen Mädchen, wieder zurück. Die Töchter trugen jede auf einer großen flachen Holzschale mit einfach gewölbtem Rande einen breiten irdenen Krug und hohe hölzerne Becher, in welche sie einen gelben blanken Beerenwein füllten, der so frisch und süß nach Kraut und Gehölz und Sommerluft schmeckte, daß Kauff meinte, noch nie etwas Prächtigeres getrunken zu haben. Auf einen Wink des Alten brachten die Mädchen einen Teller leichter bräunlicher Kuchen, mit rotem funkelndem Mus gefüllt, so daß sich der junge Mann bald auf's Neue erfrischt und gekräftigt fühlte.

Während des Schmauses hörte er, wie Wilhelmi den Alten fragte, ob wieder neue Ansiedler gekommen seien; Besucher doch gewiß ? Der Greis sann eine Zeitlang ernsthaft nach; dann schüttelte er den weißhaarigen Kopf und entgegnete langsam : »Selbst Besucher sind lange nicht hier gewesen; es weiß wohl keiner mehr von uns –« er lächelte klug und glücklich, dann fuhr er fort, »Zwei kommen in den letzten Jahren ab und zu; ein junger Mensch, Flick –«, Kauff fuhr herum und starrte den Nickenden an, der ohne ihn zu beachten weitersprach, »– und einmal hatte er noch einen Älteren, einen tüchtigen Waidmann, mitgebracht – sie sahen gut aus und rein – sie werden sicher noch oft wiederkommen. Neue Ansiedler – ?«, er runzelte leicht die gebräunte Stirn und wiegte nachdenklich den Kopf, »– seit zwanzig Jahren keiner mehr; es war ein guter Leser, ein Mann in mittleren Jahren – a world-worn heart – – ich denke mir oft, : so nach zweihundert Jahren wird uns die Welt vergessen haben –« er neigte sich zu Leonhard und flüsterte bedeutsam, »und es wird gut sein ! –«

Der Blonde nickte mit klaren Augen und entgegnete : »Und wenn dann doch noch jemand zu euch findet, werdet ihr ihn schon daran erkennen –« Kauff versuchte, sich bescheiden in das ihm unverständliche Gespräch zu mischen : »Wie denn ?« fragte er, zu Herrn Wilhelmi gewendet, »Hans Flick war auch hier ? –« Der Greis, erst jetzt den Kleinen aufmerksam musternd, wandte sich in einem gar altmodischen, mit vielen fremden Worten gemischten Spanisch an Herrn Harnisch, und dieser antwortete ihm, scheinbar gleichgültig, jedoch meinte Kauff dabei einen flinken spöttischen Seitenblick aufgefangen zu haben, und auch der Alte schien bald milde und belustigt nickend zu lächeln.

Gleich darauf erhoben sich die Vier, begleitet von Wolfgang und Litzberg, und Leonhard rief im Fortgehen lässig über die Schulter : »Wir werden in wenigen Stunden zurück sein – Sie bleiben wohl solange am Besten hier –«. Kauff sprang auf, erst jetzt verworren das Unbegreifliche seiner Lage wieder fühlend und rief ängstlich zurück : »Aber Sie kommen bestimmt wieder – ?«

Alle lachten ergötzt und kopfschüttelnd, und Brucker erwiderte anzüglich : »Das würde Ihnen wohl so passen, wenn Sie hier bleiben könnten – für Sie sind ganz andere Lokalitäten reserviert ! –« Damit verschwanden sie hinter den Rosenbäumchen des kiesbestreuten Gartenweges, und Kauff sah sie bald darauf in dem nahen Wäldchen verschwinden.

Er rückte eine Zeitlang unbehaglich auf der Bank hin und her, und tat ab und zu verlegene Seitenblicke zu dem Ehepaar und den beiden Töchtern hinüber, von denen zumal die Jüngere ihm von ungewöhnlicher Schönheit schien. Er versuchte ein Gespräch mit dem jungen Mädchen anzuknüpfen, welches ihn unbefangen ansah, und ohne Scheu antwortete. Nur stießen sie alle Augenblicke mit ihren Ansichten zusammen; denn Kauff fand die guten Leutchen gar zu einfach und unwissend, und wenn er die Rede auf neuere Dichter oder Philosophen zu bringen versuchte, schüttelten sie verständnislos den Kopf. Das Letzte was sie gelesen habe, entgegnete sie treuherzig, seien zwei gar schöne und nachdenkliche Bücher gewesen, die der Herr Holberg einmal mitgebracht habe, nämlich der Robin Crusoe und der Aristipp, ob er die auch kenne; und sie sah ihn so erwartungsvoll an, daß er fast einen zu tiefen Blick in ihre braunen Augen tat, und erst nach einer unziemlichen Pause antworten konnte.

Er wollte eben zu einer herablassenden Belehrung ausholen, als auf dem Rasen kräftige Schritte hörbar wurden und eine Anzahl munterer Schnitter und Binderinnen aus dem bräunlichen Abendsonnenduft hervortraten. Die Kleine an Kauffs Seite sprang mit einem fröhlichen Schrei auf und lief auf einen der ländlich gekleideten Burschen zu, dem sie schmeichelnd die Sense von der Schulter nahm, und sie hurtig in die wohlgezimmerte Scheuer hinter dem Hause trug.

Dann kehrte sie eilig mit einem reinlichen einfachen Leinentuche zurück, welches geschwind über den Rasen gebreitet und mit Speise und Trank besetzt wurde. Die Heimgekehrten lagerten sich lustig plaudernd und scherzend darum, und labten sich an der kräftigen Kost; nur wollte es Kauff gar nicht gefallen, daß seine hübsche Nachbarin sich mitten unter die Schmausenden gemischt hatte, und auch nicht einen Blick mehr für ihn fand. So zupfte er mißmutig an seiner lang geschwänzten modischen Weste, und wandte sich endlich an den höflich lauschenden Alten, dem er in fein ersonnenen Worten einen kurzen Überblick über die neuesten Erfindungen in der Erkenntnistheorie gab, wobei ihm aber gar nicht gefallen wollte, daß jener schweigend und freudig nur über die weite goldene Talschale hinwegschaute, die in der roten Abendsonne duftig und funkelnd vor ihm lag. »Ja, ja –« erwiderte er endlich lächelnd und wie man zu Kindern spricht, »– nicht Jedem gefällt Weinbaum und Sumpftamariske –.« Kauff rückte entrüstet ein Stück von ihm ab : »mein Gott !« dachte er entsetzt, »wie ist der Alte schon stumpf !«, aber in demselben Augenblick fiel ihm ein, daß jener wörtlich aus dem Virgil zitiert hatte, und er machte große Augen zu dem Greise hinüber, der eben den jungen Leuten winkte und ein paar Worte dazu rief.

Sogleich hoben flinke Hände das Holzgerät empor, rollten das Tafeltuch ein, und zwei der jungen Burschen – darunter auch derjenige, welchem die Kleine so freudig entgegengesprungen war – zogen einfache Hirtenschalmeien aus der Tasche, auf denen sie so lieblich und klar bliesen, daß bald Alles im fröhlichen Schnittertanze um sie herumhüpfte.

Aus den wiegenden Büschen rauchte der leichte Blütenduft, und hinter den Sträuchern begann eine Nachtigall singend und gedehnt zu schlagen. Um die Hausecke hingen die mattgrünen samtigen Kugeln der Stachelbeeren; ein gelb und weiß geschecktes Kätzchen spazierte bedächtig im Spalierobst, und roch vergnüglich an Trauben und Aprikosen.

Als die Tänzer eine Weile mit heißen Wangen sich kühlten, und Kauff schon auf's Neue zur Tochter des Wirtes treten wollte, sah er, wie sich die Wanderer, Wilhelmi, Wolfgang und Harnisch an der Spitze, dem Häuschen wieder näherten; sie kamen ernst und gemessen aus den abendkühlen Wiesen, in denen die Grillen geigten und der gelbe Abendschein in den hohen Gräsern spielte.

Sie traten, von dem jungen Volke ehrerbietig bewillkommnet, zu dem sinnenden Alten, der sich grüßend zu erheben suchte, aber Leonhard drückte ihn lächelnd wieder auf seinen Platz. »Nun, Meister ?« fragte bescheiden der Greis, »hat es Euch auch diesmal bei Uns gefallen ?«. »Wir waren am Grabe eines guten Mannes«, erwiderte Harnisch, ihm voll ins Gesicht schauend, und so liebreich lächelnd, wie Kauff es den scharfen Zügen des Hageren niemals zugetraut hätte.

In den blauen Blütentrauben der Syringen standen schon die hellen weißen Sterne, und der weiche Sommermond leuchtete sanft aus einer milchigen Wolkenschale.

Nach wenigen Minuten der Rast erhoben sich die vier Gäste und schritten langsam, von Herrn Wolfgang, Litzberg und dem Alten geleitet, über den frischen Rasen hin, der fernen Felsenwand zu. Kauff lief, sich bedrückt unnütz und gar lächerlich vorkommend, hinter und neben den geruhsamen Gestalten her; einmal drehte er sich nach dem nahen Hause um, und sah die schlanken rüstigen Burschen, schon undeutlich im zarten Mondschein, flötend unter den Bäumen sitzen.

Als er sich wieder vorwärts wandte, bemerkte er zu seinem Erstaunen, daß Leonhard und die drei Andern sich zum Rande eines kleinen glänzenden Weihers niedergebückt hatten, und mit Etwas im Grase zu sprechen schienen. Er trat hurtig herzu, so schnell seine arg ermüdeten Beine es erlaubten, und sah in dem schwachen gespiegelten Lichte, wie ein kleiner brauner Frosch mit drei grünen Tupfen auf dem Rücken munter quakend von einem breiten feucht schimmernden Blatt ins Wasser hüpfte. Leonhard tat einen raschen Blick nach dem kopfschüttelnden Kauff, zog Herrn Wolfgang ein Stück beiseite und begann in halblautem Tone schnell auf den zuerst ungläubig mit den Achseln Zuckenden einzureden. Endlich aber lachte der Seemann hell auf, und Kauff war es, als reibe er sich vergnügt die Hände in der kühler werdenden Nachtluft.

Am Fuße der Felswand angelangt, reichten sie dem Greise freundlich verabschiedend die Hand, welche Jener lange hielt, und freudig in die Gesichter seiner Gäste sah. Dann nahm er bedächtig sein flaches Samtkäppchen ab, und sagte bewegt : »Kommt nur recht bald wieder; wir danken Euch von ganzem Herzen, Meister, für die hohe Ehre – wir denken auch oft an Euch; lebt recht wohl !« Damit wandte er sich, den Kopf murmelnd geneigt, zum Gehen, ohne Kauff eines Blickes zu würdigen, und war bald den Augen der Nachschauenden entschwunden.

»So –«. rief auf einmal Leonhard mit unvermittelter Hastigkeit, »die Wolkenlampe schwebt schon hoch über dem Tale – es wird Zeit !« Und die Sechs begannen mit solch geübter Schnelligkeit und Gewandtheit den Anstieg, daß Kauff schon nach den ersten hundert Schritten zu keuchen begann. Sie klommen still und geschmeidig an dem silberweiß kochenden Wassersturz entlang, und standen nach kurzer Zeit vor dem Felsentore. Litzberg trat geschäftig in eine schattige Nische und schien mit großem Kraftaufwande dort zu hantieren. Dann kam er wieder hervor und bot ehrerbietig die Hand zum Abschied; auch Wolfgang war kichernd zurückgeblieben und rief den in den Schlund Hinabsteigenden noch nach : »Also auf das Signal hin öffnen wir den Fall wieder –«; dazu lachte er abermals so wunderlich, daß Kauff, der als Letzter einstieg, sich eines Schauers nicht erwehren konnte, zumal er auch vor sich, aber scheinbar schon in weiter Ferne, das Gelächter erwidern hörte. Er war überdem von den ungewohnten Klettereien und Anstrengungen dieses Tages so ermüdet, daß er fast auf allen Vieren die, wie es ihm schien, unermeßlichen und wilden Klüfte langsam hinabrutschte.

Auf einmal war es ihm, als vernehme er von unten den dröhnenden sieghaften Schrei des Muschelhorns; einen Augenblick stand er wie versteinert, denn er wußte die schreckliche Bedeutung des Rufes. Dann begann er mit verzweifelter Kraft das treppige Gestein hinabzuspringen, wobei er sich einmal so derb die Nase stieß, daß, nach seinem Urteil, sein ganzes Gesicht zermalmt sein mußte; schon hörte er das anschwellende Rauschen der orgelnd stürzenden Flut : wie ein Bewohner der unterirdischen Spalten und Gänge flog er in mächtigen Sätzen davon, wobei ihn seine ermüdeten Beine so schmerzten, daß er vor lächerlicher Wut gleich hätte unsinnig werden mögen. Der schwache Schein des Sternenlichtes zeigte ihm den Ausgang des Tores, aber schon traf ihn eine gelächterhafte Welle so schelmisch im Rücken, daß er ausglitt, sich mit letzter Anstrengung zur Seite werfend über ein paar eben nicht weiche

Blöcke rollte, und schließlich mit Oberleib und Armen in einer mit eisfrischem Wasser gefüllten Felsenwanne liegen blieb. –

Er hob sprudelnd und niesend den Kopf, und sah, wie eben der Mond hell und listig auf dem Hause Beringers entlang klomm; der Markt lag leer und kühl in dem leichten Nachtwind, der flink aus einer dunklen Seitenstraße kam, und den Strahl des Brunnens noch einmal genießerisch und sorgfältig über den Knieenden blähte, welcher sich endlich mühevoll und stöhnend erhob, die Arme schwerfällig und ausdruckslos aus der weiten Schale zog, und sich triefend und wie betäubt umsah.

Eine Weile betrachtete er verständnislos seinen tropfenden Schatten, dann tat er zwei Schritte auf die Silhouette des Rathauses zu, wobei er gepreßt : »oh, oh – ach !« keuchte; denn seine Füße und Beine waren ein einziger Krampf. Endlich erhob er die Arme wie betend zum Himmel, aber es war ein Irrtum; er betastete tupfend seine absonderlich verformte Nase, die von allen Seiten so zerschunden und geschwollen war, daß ihn unsägliches Mitleid mit sich selbst überkam.

Wieder kam der kalte Nachtwind und ließ den Einsamen unbarmherzig erschauern, der sich mit zusammengebissenen Zähnen zur Tür des Archives hinübertastete, und kopfschüttelnd den unverletzten Riegel befühlte. »Es muß das eine Glas Eierlikör beim Beringer gewesen sein,« dachte er stumpf, »oder war es schlecht; es schmeckte mir gleich so komisch. Und dazu dies Gefasel vom Niebelschütz : da muß man ja auf abwegige Gedanken kommen –« –

In der Ferne hörte er wieder den einförmigen schläfrigen Schritt des Nachtwächters, und am fröstelnden Himmel schienen die Sterne schon zu erbleichen.

Da schüttelte sich Kauff noch einmal und begann hüstelnd und ächzend davon zu humpeln, während er schon einen Heilungsplan entwarf : »– heiße Zitrone – – ach, dieses Pflaster – und Essigumschläge – und schlafen ! – Ffff –«. Es flüsterte in der Nacht, erheitert und zierlich; der Mond gaukelte weiter allein und ungemein geschäftig auf dem leeren Platze, und die Wolken zogen lautlos über die kleine Stadt, die in dem weiten Waldlande lag und schlief.

5.

Der Morgen des nächsten Tages war rein und fast frühlingshaft warm angebrochen. Flick saß in tiefen Gedanken vor seinem selbst erfundenen Schreibrahmen, und versuchte mit immer wieder berichtigenden

Fingern Etwas niederzuschreiben. Es mußte etwas Schmerzliches und Schönes sein; denn er lächelte zuweilen schief und traurig vor sich hin, und strich mit ganz leichten Händen manchmal um ein fast quadratisches Stück dicken weichen Zeichenpapieres, welches immer neben seinem Platze lag.

Von draußen kam ein junger blühender Wind, der die Gardine blähte, und das leise Zwitschern der Spatzen vom Vorplatze herauftrug.

Aus seinem Lauschen wurde er durch einen Schritt aufgeschreckt, der die Treppe heraufging und vor seinem Zimmer unschlüssig halt machte. Er schob geschwind den Bogen beiseite, und versuchte recht munter zu rufen : »Komm nur herein – was ist denn ?!«

Seine Mutter trat in die Stube und machte sich unter allerlei flinken und gleichgültigen Worten am Fenster und an den wenigen Bildern zu schaffen; einmal lachte sie in der Erinnerung hell auf und sagte : »Weißt Du, Hans, was ich eben von dem Bäckerjungen vom Wiesner gehört habe ? – – Kauff soll heute Nacht in der Stadt gesehen worden sein, kurz vor Tagesanbruch; und in einem Zustande ! – Der Altgesell, der aber unzuverlässig und selbst oft betrunken ist, ja, auch schon einmal belauscht haben will, wie zur Nacht aus unserem Hause drei winzige putzige Mohren herausgeklaspert kamen, und ohne ihn zu beachten, auf ein weißes Kätzchen im gewölbten Torweg des Gewürzhändlers zugelaufen seien – nun, jedenfalls, der hat gesehen, wie Kauff, schon weit hinter Mitternacht, sich vor der klobigen häßlichen Brunnenfratze mit süßem Lächeln gar artig gekrümmt, und der Grämlichen ein Kompliment nach dem anderen gemacht hat. Er selbst habe im Schatten des Rathauses gestanden und sich nicht gerührt, aber aller Mühe ungeachtet kein Wort verstehen können; auch sei es wohl fremde Sprache gewesen; aber der alte Mensch und auch der völlig verwirrte Junge schworen mir, sie hätten ganz deutlich beobachten können, wie das moosige Steinmaul sich schwerfällig verzogen und langsam geantwortet habe, und die wunderlichen Schatten der Giebel hätten wie mit langnäsigen Gesichtern drein gekichert. – Ich muß ihn wirklich einmal fragen; dabei hält er sich doch immer so über Niebelschütz auf –«.

Sie wischte wieder eine Weile an den Bücherrücken herum; dann begann sie aufs Neue, mit scheinbar gleichgültiger Stimme : »Ja, und denke nur, was noch in der Stadt geschehen ist – es gibt doch zuviel Unglück im Leben ! Vor einer Woche habe ich sie noch an der Post getroffen, und sie schien ganz gesund. Wirklich. – die Tochter von der geschiedenen Frau Wolf, – die Eva – erinnerst Du Dich – ?« Sie schwieg einen Augenblick, ohne jedoch ihr hastiges absichtlich lautes Hantieren zu unterbrechen, und blickte scharf nach dem Sohne hinüber, der unbeweglich am Tisch saß und vor sich nieder sah, aber nach wenigen Herzschlägen begann seine ganze hohe Gestalt leicht zu zittern und seine Hand schlich unbeholfen zu dem Blättchen hinüber. »So – !« kam es heiser und gepreßt aus dem blutleer gewordenen Munde, auf dem die goldigen Frühlingslichter spielten, und Frau Barbara beeilte sich, weiter zu sprechen, wobei sie vor sich hin nickte, wie Jemand, der für eine längst gehegte Meinung eine neue Bestätigung gefunden hat : »Ja, – und vor sechs Tagen – oder waren es gar nur fünf – sie wird jedenfalls krank, der herbeigerufene Arzt kann nichts feststellen : das tut Bollig ja nie; wahrscheinlich Nervenlähmung oder so, meinte er ! – Und gestern Nachmittag war ich einmal drüben – ist Dir nicht gut Hans ? Du siehst so blaß und mager aus; Du mußt Dich wieder einmal in die Sonne setzen, Ja ?! – Ach so. – denke nur : sie ist gelähmt ! Das heißt, sie kann nicht mehr gehen ! Da saß sie nun in ihrem Stuhl, mit ihrem wunderlich blassen Gesicht und dem dunklen Haar. Und die Mutter schluchzte, und war ganz außer Fassung; sogar der Bruder, der sonst so freche Kerl, stand dabei und machte bedrückte Jungenaugen –«. Sie schüttelte bekümmert den Kopf und trat zu dem Sohne, der das Gesicht von ihr fort zum Fenster wandte, und erstarrt dem Windspiel zu lauschen schien. »Und wie tapfer sie war, Hans. *Sie* war es, die uns tröstete, und mit zuckenden Lippen zu scherzen versuchte. Ich bin fast den ganzen Abend dageblieben, und habe auch von Dir erzählt, wie so geduldig Du bist, und immer noch lernst und arbeitest – wenn ich auch natürlich nichts davon verstehe. Ich weiß, daß es Dir sicher nicht recht war, Hans, aber, bestimmt : es hat dort Allen in ihrem Kummer geholfen; denn Du hast es doch sicher noch schwerer – !« Sie fuhr ihm verlegen und unwirsch mit dem Staubtuch über die Hand; denn Zärtlichkeiten waren stets etwas Unbekanntes in der Familie gewesen.

Sie verstummte wieder einen Augenblick; dann lächelte sie heimlich und zweifelnd, und begann wieder, unter Stuhlrücken und Fegen : »Heut Nachmittag kommt Frau Else zu uns heraus. Vielleicht bringt sie auch Eva mit – Hans, sei nicht gleich ungehalten; ich weiß ja, daß Du außer Niebelschütz und Kauff sonst niemanden sehen willst; ich kann es ja auch verstehen. Aber denke einmal : es wird ihnen bestimmt Alles leichter sein, vor allem der armen Eva, wenn sie sehen, wie gefaßt Du bist. Es kann viel von Dir abhängen, ja, Alles ! – Ich weiß ja auch noch nicht genau, ob Frau Wolf wirklich heute kommt, und ob sie überhaupt Eva mitbringt; ich denke eigentlich nicht – ach, bestimmt nicht – sie muß sich doch erst sammeln; vor einem Vierteljahr wohl kaum. – Es ist nur, damit Du Bescheid weißt, und das arme Ding nicht etwa zu – seltsam behandelst. Tu' mir den Gefallen; wie gesagt : es wird ja höchstens einmal sein, Du kannst ihr ja auch einfach von Büchern erzählen. Da wird sie abgelenkt. – So, und nun muß ja auch gleich der Milchhändler kommen. –« Sie schlug noch einmal leicht mit dem Lappen an den Bilderrahmen über dem Schreibtisch, in welchem ein Kupferstich Callot's hing – eine französische Ruine im Mondlicht, mit winzigen tanzenden Bäuerchen davor – und ging dann rasch hinaus.

Der Blinde hörte reglos die Tür ins Schloß fallen, und wandte dann erst langsam den mächtigen Kopf zurück. Eine Weile bewegte er nur lautlos die Lippen; dann wurde sein gewohntes Selbstgespräch zu einem hastigen Flüstern. Er lachte verzerrt und voll Selbstekel und sprach voll Verachtung : »Also Du freust Dich noch, Du – Bündel ! Oh, die Erbärmlichkeit ! Weil Sie krank und hilflos ist – die Schöne, die Liebliche – und Du wagst noch zu denken, daß Du jetzt eher –«. Dann sah er sich selbst im Sessel sitzen, und wie immer faßte den sich Betrachtenden unsägliche Verwunderung : »Seltsam,« murmelte er, »erst erstarrt in Verzweiflung; dann wechselnd Abscheu vor sich selbst, und die ganz schüchterne Hoffnung, daß sie doch käme !« Er erhob sich zitternd und verwirrt : »Sie kommt; Sie kommt !« rief er in so rührender Dankbarkeit, daß er, sich hörend, über sich selbst lächeln mußte. Er griff aufgeregt nach dem Rahmen und schob ihn planlos beiseite; dann setzte er sich ruhig wieder, zog ihn wieder heran, und malte langsam und mit gerunzelter Stirn weiter. Aber seine Hand war zu unruhig, und bei jedem Klingeln der Haustür begann sein Herz dumpf und unsinnig zu hämmern.

Nach dem Mittagsmahl, bei welchem er so wenig aß, daß seine Mutter schelten mußte, tastete er sich wieder in sein Zimmer hinauf, gleichmütig dazu über die Schulter hinabrufend, daß er noch arbeiten müsse. Er versuchte jedoch vergeblich, sich an den Tisch zu setzen, und alle Augenblicke ertappte er sich dabei, wie er schon mit ihr sprach und verloren auf ihre Antwort lauschte. Seine Träume mischten sich wunderlich dazwischen, und er geriet immer mehr in solche Erregung, hob zuckenden Mundes den Kopf und lächelte so glücklich und taumelig, daß er mit gebreiteten Armen an den Regalen lehnte.

Dann wieder begann er hastig mit besorgtem Tasten die Gegenstände zurechtzurücken, und sich einige Bücher auf den Tisch zu legen, als habe er sie später dort zufällig zur Hand. Er kauerte sich ratlos in den Sessel und strich verschämt über seine dünnen billigen Schuhe, die er möglichst zu verbergen beschloß; dann sprang er auf und erfühlte im

Schubfache des Schreibtisches die schmale schwarze Binde, daß Sie nicht vor seinen Augen erschrecken möge. Aber er legte sie wieder unschlüssig hinein, und befahl sich verzweifelt, ehrlich zu sein, und das sehnsüchtige Herz widersprach aufs Neue und trieb ihn in dem alten stillen Raume hin und her.

Als er, da es ihm zu kühl schien, das Fenster schloß, und die Gardine in unbeholfene Falten legte, hörte er in der lauen klaren Luft die ferne Rathausuhr vier schlagen, und gleichzeitig die Stimme seiner Mutter, schon mitten auf dem Wiesenpfade, welche, hausmütterlich aufgeregt, Jemandem Etwas entgegen zu rufen schien. Gleich darauf begann, bereits ganz in der Nähe, ein betrübtes ältliches Plaudern von Frauenstimmen; dann fiel wiederum die Haustür ins Schloß.

Er neigte mit halbgeöffnetem Munde den Kopf, denn er hatte die Stimme der alten Frau Wolf erkannt, wie sie ihrer Freundin den Willkommen geboten hatte. Nun mußte es sich ja entscheiden. Er ging zu seinem altgewohnten Platz, legte aus dem Tischregal einen neuen weißen Bogen in sein Rähmchen, und nahm in sinnloser Geschäftigkeit die Bleifeder zur Hand.

Unten war eine Zeitlang alles still, und er lachte voll Hohn über sich selbst, als empfinde er grimmige Schadenfreude über einen Fremden. Da hörte er eine Tür gehen, ein Schritt klang im öden Hause, aber dann vernahm er nur, wie Wasser aus einem Gefäße gegossen wurde, und er hätte hinunterschreien mögen, daß man ihn nicht so quälen solle. Er legte erschöpft ein paar Minuten den Kopf auf das harte Holz des Tisches, und versuchte – ach, an irgend Etwas zu denken.

Und wiederum wurde es laut im Hause; diesmal konnte er aber deutlich mehrere Stimmen unterscheiden; und es war, als würde Etwas langsam die Treppe empor getragen. »So, so –« hörte er seine Mutter sagen, »– ach, Sie sind so leicht, Fräulein Eva, wie ein Kind – – nicht wahr, Else ! – So, nun noch ein Stückchen; Sie sollen doch gleich das ganze Haus kennen lernen –«. Damit wurde die Tür aufgestoßen, und die Mutter sagte vorsichtig : »Hans – ?« in den Raum hinein. »Ja«, erwiderte er eilig und erhob sich fast stolpernd, so daß er sich leicht auf den Tisch stützen mußte, sich im Innern seiner Plumpheit und Unbeholfenheit schämend, und wie ein Knabe errötend.

»So, Hans,« rief seine Mutter mit krampfhafter Fröhlichkeit, »Du bekommst Besuch – ja, ja ! – Hier ist Frau Wolf –«, sie schob die kleine stattliche Freundin derb zur ausgestreckten Hand des Blinden hin. »– Und hier ist noch Fräulein Eva – Du weißt ja ! – So, Else, komm, wir stellen den Stuhl einfach hier hin – nein, auf den Teppich : da ist es nicht so kalt an die Füße; – gelt, das sind Bücher, Fräulein Eva ?! – Nun, lassen Sie sich nur alles von Hans erklären. – So, Hans, das Übrige ist Deine Sache – nein, Dein Stuhl steht jetzt hier. Wir müssen in den Garten hinunter, wegen den Waldmeisterpflanzen. – Wenn ihr irgend etwas wollt, dann brauchst Du ja nur zu rufen, Hans, oder zu singen – er kann nämlich wunderbar singen; aber seit – seit der letzten Zeit hört man ihn gar nicht mehr. – So – –«, damit waren die Beiden schon aus dem Zimmer, und ihre Stimmen klangen noch eine zeitlang aus dem Kellergewölbe herauf, und kamen dann von weit her, aus dem sonnigen Garten durch das wiedergeöffnete Fenster herein.

Flick stand noch immer an der Tür, und wagte nicht, sich zu rühren; irgendwo, in der Schwärze vor ihm, ganz nahe, mußte Sie sein, immer noch unsichtbar und traumfern : wurde es denn nicht Licht !

Das Mädchen saß ganz still in dem leichten Rohrstuhle und sah auf die schlanke übergroße Gestalt in dem langen schwarzen Kleide, die, leicht geneigt, die Hände in den Türrahmen geschlagen hatte. Und sie sah in das blasse, ach so hagere Gesicht mit dem breiten trotzigen Munde und dem welligen blonden Haar über der breiten kantigen Stirn, und die großen blauen Augen, über denen es wie ein ganz leiser grauer Schleier lag. Ein paarmal schloß sie die Lider, und dachte daran, wie oft sie ihn in ihren Träumen gesehen hatte; schon einmal, früher, waren sie nebeneinander hergegangen, scheu und so herb, daß sie sich nur in Bitterkeiten verständigen und trennen konnten. Und nun stand er vor ihr, und sie war in seinem Zimmer; sie wurde aufmerksam; denn er hob den Kopf und setzte mit spielenden Backenmuskeln ein paarmal zum Sprechen an. »Wo sind Sie ?« fragte er mit unsicherer Stimme, und löste gewaltsam die Hände von dem dunklen Holze. Sie horchte ungläubig lächelnd der seltenen vertrauten Stimme, und zögerte ein wenig, wie um einen unsinnigen, wohl allzu leichtfertigen Einfall zu unterdrücken. Dann hob sie ihm aber doch mit schmerzlich verspieltem Lächeln ein wenig die Arme entgegen, und sagte leise : »Hier bin ich !«, und dachte »Er sieht es ja doch nicht – ach, wenn Er es sehen könnte ! – aber dann würde ich auch mit gestrengem Gesicht – dann wär' ich ja auch gar nicht gekommen ! – Daß ich hier bin !! –«

Da er hilflos ein paar Schritte in die Richtung der Stimme tat, rückte sie mühsam ein wenig an seinem Stuhl, und sagte spröde : »Hier.« Er tastete verlegen nach der Lehne, und wußte nicht, wie nahe sie war; denn sie saß ganz still, ein Händchen in den Falten der Decke, die über ihren Schoß gebreitet war, und sah ihn an, mit scheinenden Augen. Dann schalt sie sich wieder, daß sie zu ihm gelaufen war, und warf zierlich den Kopf in den Nacken.

»Ich habe nur Bücher,« hörte sie ihn sprechen, »ja, ich habe sie sehr gern; darf ich Ihnen einiges zeigen –?« »Bitte,« versetzte sie aufmerksam und kalt, und nahm ihm höflich einen der Bände aus der Hand, den er hastig vom nahen Tisch gezogen hatte. Er langte noch einmal hinüber und fühlte verlegen nach dem Einband : »oh, –« machte er unbeholfen lächelnd, »es ist Homer, kennen Sie ihn –?« Sie hatte atemlos den alten Einband betrachtet und ihn verstohlen gestreichelt, daß sie nun endlich Etwas hatte, was sein war; dann schlug sie die erste Seite auf mit dem gebräunten Kupferfrontispizium und dem feierlichen, schwarz und roten griechischen Text, und atmete verlegen. Dann gab sie ihm mit einer schnellen Bewegung das Buch wieder : »Nein,« sagte sie hart, »natürlich kenne ich es nicht – ich bin nämlich dumm,« sie starrte ihn in böser Aufrichtigkeit an, »ja, ganz dumm !« wiederholte sie haßvoll, um sich selbst und ihn zu quälen, und hoffte doch mit wildschlagendem Herzen, daß er sie dennoch nicht verstoßen werde. Sie wollte noch hastig hinzufügen : » – aber ich lerne so gern ! –« Doch schon verbot es ihr Stolz.

Er hörte die Worte, wußte jedoch, daß es nicht so sei, wie sie sagte, und begann mit zaghafter Stimme von Homeros zu sprechen, und übersetzte ihr seine Lieblingsstellen, das Ende des 8. Gesanges der Ilias, und den Schild des Achill, und den hallenden Schiffskatalog, und wurde zum ersten Male frei und begeistert.

Sie saß und horchte beglückt, und trank die fremden nie gehörten Namen ein, wie eine Verdurstende; das also konnten Bücher sein, und er wußte das Alles : das war das Glück; wenn man in diesen Welten heimisch sein würde; mit ihm. Und sie las stockend in dem zweiten alten Bändchen »den vergen sach doch niemen, wie sêr es schifffel vloz«; so hallend und klangvoll war seine Stimme geworden, daß er zu Zeiten vor seiner eigenen Kühnheit erschrak, und wieder mühsam neu beginnen mußte. Sie hörte das starke Schwingen und wußte, warum er nach Worten suchen mußte; aber niemand konnte es schon sagen.

Einmal stand er auf, und holte mit tastenden Händen einen Stoß neuer Bände aus dem Regal; und sie las ihm befangen aus dem kleinen pergamentnen Brucker von seltsamen Büchern vor, während er zitternd lauschte, und schlug eifrig im Jöcher nach, wobei sie stets auf's Neue das unerschöpflich scheinende Gedächtnis des Blinden heimlich bestaunte. Wenn sie ihn bisher ohne Grund geliebt hatte, lernte sie es nun aus tausenden.

»Ja, ich muß ihm vorlesen –,« dachte sie beglückt, »da helfe ich ihm; und vielleicht komme ich dann oft –« sie griff nach der alten deutschen Ausgabe des Robin Crusoe von 1734, und er neigte sich eifrig zu ihr hinüber. Einen Augenblick fühlte er ihre Finger in den seinen, und ihr Haar berührte ganz leicht sein Gesicht, daß sie bebend schwiegen, und einer fernen Melodie zu lauschen schienen. Er fing an mit verlöschender Stimme zu erzählen, von der einsamen Insel und der heißen sonnigen Landschaft : »Denken Sie –«, sagte er, »– ganz allein – !«

»Ganz allein – !« wiederholte sie leise und so seltsam, daß er nicht wußte, was zu tun sei, und ziellos die Bücher ineinander schob. »Hier«, sagte er mit Überwindung »hier ist noch Etwas. Ich weiß nicht, ob Sie es lesen können. Ich war damals klein; nur ein Junge.« Er hatte sich zur Tischplatte gefühlt und kam mit ein paar grob beschriebenen Blättern zurück, die er vor sie hinhielt. »Vielleicht wollten Sie es lesen ?« fragte er schluckend, »hm« machte sie möglichst zögernd und gleichmütig, zog ihm nach gemessener Pause das Papier aus den Fingern und las. Es war aber dies

Das Kraulemännchen.

1.) Der Herbsttag war rauh und regnerisch gewesen; erstarrende Bäume hatten dem unwilligen Wind die letzten morschen Blätter hingeworfen, und die steinigen Straßen zogen leer und schwarzgrau durch den glatten feinen Regen, der glasig um die Laternenscheiben und Eckfenster klirrte.

Noch eine Woche vorher waren alle Wege mit sanftem weichem Blattgold belegt gewesen. Spaziergänger zogen durch die blanken Alleen, und eine klare blaßblaue Luft weitete schmerzhaft den Horizont. Weiße ruhige Villen lagen hinter abwehrend umgitterten Gärten an den kahlen Vorstadtstraßen; raschelnd wandelte man im kühlen Abendgold. Und wenn man eins der großen gelben Blätter am weichen kalten Stiel aufnahm, lag eine rote funkelnde Kastanie darunter. Ein klares, geschlossenes, fremdes Wesen, von dunkel glühenden Landschaften und unsäglich schönen Linienschwüngen überlaufen. Lag mit dem ruhigen schönen Rot ferner Hölzer kühl und gelassen auf dem herbstlich düstren Boden. Der schlanke Geist im roten Seidenmantel hatte ein edles Haus.

So hell und leer war die Welt mit großen Räumen und reinem kalten Farbenspiel. Von breiten hölzernen Brücken sah man hinab auf die (hier war ein Wort unleserlich) die in erregender Unerbittlichkeit schnurgerade auf den erbleichenden Himmel zu liefen; schollige Felder gingen in's fernste Blau; Mehlbeeren hingen wie traubiges Feuer in drahtstarren Dornenbüschen. Dann kam ein kurzer kalter Windstoß, der die schleifenden Blätter drehte, und man wußte, daß er ein Wesen für sich war, deren viele diesen großen, rauschenden Vorort bewohnen mußten.

Aber nun war es rasch anders geworden. Über den Himmel zog stetig und sicher die blasende, streifige oder flockig trübe Wolkenschicht; alle Bäume standen sprachlos mit erschütternd gerungenem Astwerk an den grauen Plätzen. Den ganzen Tag schien es Abend zu werden.

Der kleine Junge ging in dem hohen gewölbten Ziegeleingang des steilen Mietshauses zurück und stieg langsam die leicht gehöhlten Holztreppen empor. Hier war es dämmerig und voll knackender Stille; es war nicht gut, daran zu denken, daß das ganze Haus unterkellert war : Hohle, schlaffe Räume voll ummauernder Dunkelheit.

Sehr viele fahl grüne Türen standen glatt lackiert und steif an den Gängen; da war das lange schmale Messingschild, bei dem er stets mechanisch und ergeben daran denken mußte, ob er das »i« im Namen Voigt mitsprechen mußte oder nicht. So ging er lange und bedächtig bis in's zweite Stockwerk, in dem es noch ein wenig heller war, weil sich oben ein Lichtschacht befand, ein durchscheinendes gläsernes Giebelstück, von handbreiten Flacheisen durchzogen.

Darunter kam, das wußte er, nach atemausschöpfendem Steigen der Boden; endlose komplizierte Holzkammern von großer Höhe. Manchmal lag glänzendes Teer in langen Tropfen oder matten dicken Scheiben auf den Holzdielen, in verdämmernden Winkeln schwankten Spinnweben. Tickende Tierwelt im splittrigen, unnahbaren Holz.

Der Junge fühlte, daß beide gleich beklemmend und grau einhüllend waren, Keller und Boden.

Als er vor der Tür stand, wo seine Eltern wohnten, klappte er mehrere Male mühselig mit der gelben Briefklappe im unteren Teile der Tür; seine Mutter, eine schlanke, noch junge Frau mit gebauschtem Haar öffnete, und er tappte hindurch, über den auch am Tage dunklen Korridor, in die Küche.

Dies war ein langer schmaler Raum mit nur einem zweiteiligen Fenster am Ende der rechten Längswand. Von hier aus sah man, wenn man den Kopf sehr weit nach links wandte, ein Stückchen Himmel und darunter den »Grund«, ein noch unbebautes mit schmutzigem Abfall und trüben Wasserlachen bedecktes Stück Hofraum. Gegenüber dem Fenster, nur drei Meter entfernt, ragte steil und finster die fleckige wolkige Mauer des Nachbarhauses; rechts sah man, nach oben und unten ziehend, in einer noch näheren Wand eine lange Reihe kleiner, blasiger Speisekammerfenster.

Zwischen dem Fenster und dem einfachen grauen Küchenschrank, der, wenn der Kleine allein war, aus den rhombischen Glaseinsätzen seiner Fensterflügel Augen machte, stand der Bretterstuhl, auf dem er oft sein Kinderstühlchen zu bauen pflegte, und dann hoch wie auf einem Throne saß. Aber der Vater sah das nicht gern.

So ging er zu dem flachen eisernen Küchenherd, in dessen dunkler Ringöffnung ein paar Flämmchen woben, und wollte eben auf den Stuhl daneben klettern, um mit seinen schlechten Augen in das dürftige Feuerspiel zu sehen, – stundenlang konnte man so in roten felsigen Hochländern und funkelnden Sandwüsten wandern, oder behutsam winzige Papierschiffchen auf ein noch schwarzes Stück Kohle setzen, und mit vergehendem Herzen warten, bis das rote Meer lautlos an die verkohlenden Planken schlug (aber die Zaubermannschaft rettete sich) – als er sah, daß seine Schwester neben der Mutter stand, und in einem alten staubigen Pappkarton kramte, der vom Boden geholt worden war.

Schnell lief er darauf zu, stieg auf das grau gerippte mottenzerfressene Sofa und sah zu, was da hervor kam. Alte matte Messingringe mit dunklen Stellen, bunte Flicken, ein paar stockfleckige Zeitungen, ein Stückchen Kaninchenfell, Knöpfe vom Uniformrock des Vaters; weiter war wohl nichts darin. Oh.

Der kleine Junge nahm das winzige Fellstückchen in die Hände und befühlte es bedächtig : mildes, dünnes Leder, einige Löcher darin und das weiche, teils graue, teils hell gespitzte Pelzwerk darauf.

Dann sagte er zur Mutter : »Kann ich es nicht kriegen ?«; und sah sie still und ernsthaft an. Noch ehe sie fragen konnte, was er denn damit wolle, mischte sich die Schwester ein und rief mit schriller, vornehm sein sollender Stimme : »Nein, ich will es – als Pelz !«. Und schon lehnte sie sich zu dem Kleinen hinüber und streckte damenhaft befehlend die Hand aus; aber er klomm langsam und nicht besiegt in die hinterste Ecke des leise knarrenden Sofas und versteckte sich, zu stolz, noch einmal zu fragen, und selbst noch nicht im Klaren über den Wert seines neuen Besitzes. Aber die Mutter sagte, unbewußt was sie gab, zu dem achtjährigen Mädchen : »Laß doch.«; flocht ihm, um es abzulenken, die Zöpfe neu, band ein Schnürband hinein und fügte lockend hinzu : »Schöne Haarschleifen hab' ich heute bei Struve gesehen !« Worauf die Unterhaltung sogleich lebhaft wurde, und der Junge seinen Schatz vor sich hin auf den Tisch zu legen wagte.

Selbst wenn er wie jetzt auf dem abgerissenen Polster kniete, hatte er den Tisch fast in Kinnhöhe; denn er war noch sehr klein. Wieder betrachtete er das Fellchen lange und aufmerksam, aber ohne es anzurühren; es war nicht größer als seine Hand, und ärmlich durchlöchert, mit vielen Ecken und Einrissen.

Die Schwester war noch einmal auf die Straße gegangen, mit ihren Freundinnen zu spielen; nur die Mutter wirtschaftete leise in der Küche.

Der Junge fuhr mit der ganzen Hand vorsichtig in das Fellchen hinein und fühlte zwischen den Fingern und an der Innenfläche der Hand die weichen Härchen. Er lauschte und sann. Dann zog er den Arm vorsichtig zurück und sah, wie sich die feinen Spitzchen wieder aufrichteten, als sei nichts geschehen. Es schien, als wolle er das Spiel noch einmal wiederholen, aber er hielt inne; seine Hand begab sich eine Strecke weit von dem Pelzchen fort, und begann, sich langsam von ferne wieder zu nähern.

Die Dämmerung war eingebrochen, und das Feuer knisterte eifriger als zuvor; leise klirrten die Gläser, die die Mutter trocknete, und ein Windstoß warf trappelnden Regen an die grauen Scheiben.

Der kleine Junge sah mit stillen Augen auf seine Hand, die kaum merklich dem Fellchen zustrebte – – –

2.)
Plötzlich schrie der Reiter an der Spitze des Zuges heiser auf, hob sich noch einmal spähend in den Bügeln, und galoppierte, das Pferd herumreißend, wiegend nach hinten. »Endlich scheint das Waldland zu kommen;« sagte er müde zu dem straffen ältlichen Mann, der in der Mitte des Zuges auf seinen Gewehrträger einschalt, »wie ein leichter Dunststreifen liegt es über der Steppe.«

Der kalte nadelfeine Regen peitschte die Leiber der Träger und rann in dünnen Bächen dem Alten vom Tropenhelm, der den Kirangosi aufmerksam anhörte und dann kurz fragte : »Wie lange noch, Francis ?« Der schob wägend die Unterlippe vor und schätzte : »Sechs Stunden. – Vielleicht auch zehn !«, worauf der Alte nur mit kaltem Kopfnicken antwortete »Also vorwärts !« Und wieder kroch der endlose Zug durch die windpfeifende Savanne.

Auf einmal waren Lachen da, flach und vom Regen getupft, der Boden quoll und federte bei jedem Schritt. Aus einer breiten grauen Wolke fuhren gurgelnd Wind und Wasser, bis die nackten schmutzigen Rücken der Träger schauderten.

Erst nach Stunden schlich die Dämmerung ein; aber da sahen es alle : die finstere dichte Mauer am Horizont, dunkelgrün und massig. Das war das Waldland, von dem sie an der Küste gehört hatten. Nun erst begann eigentlich die Entdeckungsreise.

Lasten wurden abgeworfen, Gestrüpp und Buschwerk zusammengetragen und bald schwelten sieben, acht Lagerfeuer in der nassen Luft. Nun wurde es lebhafter; die platten schwarzen Gesichter begannen, weiße Zähne zu zeigen. Plappern lief rings um dampfende Kessel.

Ein fröstelnder Mond ging durch jagende Wolken, bleich lag die Steppe um die verknisternden Feuer. Eine einsame Wache tappte müde im Kreis. Die Nacht war still und verschlossen, wie eine alte graue Zinnschale. Plötzlich hielt der Posten inne und lauschte; zuerst war nur das Wispern des eigenen Blutes im Ohr, wie süßes einförmiges Regenrauschen. Aber dann kam es wieder aus der Ferne, leise und nur dem Sehnsüchtigen hörbar : der tickende Schall einer Trommel. Ganz leise : tum, tum, tum, tum....

Meilenweit mochten sie sitzen, auf einem flachen Felsen im Wald, beim umtanzten bunten Feuer, ein heller Fleck in der Schwärze.

Ganz leise : tum, tum, tum....

3.) Es war fast ganz dunkel geworden; aber die Mutter zündete aus Sparsamkeit erst spät das (...)licht an, wenn der Vater vom »Dienst« kam. So waren sie allein mit dem schönen Feuerschein; der kleine Junge sah die breiten roten Lichtflächen sich an den Wänden hinaufschwingen und wieder ducken, als wische eine Hand darüber.

Auf den beiden Brettern über dem alten Kindertisch, dem Herd gegenüber, standen die Teller in langer Reihe; einige mit spärlichen blauen Blümchen, alle bestoßen und verschrammt. Er sah, wie sie mit heilig unregelmäßigen Pausen als helle volle Scheiben in der leeren Luft hingen und dann bis auf einige glimmende Pünktchen sich wieder in Dämmerung auflösten.

Er lehnte sich für kurze Zeit zurück an den graubraunen Sofaüberzug, und blickte an der altmodisch hohen Rückenlehne hinauf und hinunter. Bei Licht, wenn die kurzhaarige, an vielen Stellen abgeschabte Plüschwand mit wilden Schatten dastand, nahm er manchmal zwei oder drei Stecknadeln und ein kleinfingerlanges Endchen Zwirn, und begann, unten, wo Sitz und Lehne zusammenstießen, anfangend, die Nadeln emporwandern zu lassen. Bald war man mitten in der unsäglichen Bergwelt verloren; im donnernden Geröll, unter überhängenden Wänden, an denen klatschend das schwere Seil schwankte.

Wind ging mit Geschrei ums Haus, und im Herd sangen unbekannte hohe und tiefe Stimmen, die sich gelassen und schwermütig aus den Tiefen der Nacht unverständliche Zeichen gaben. Es war von einer erkältenden Einsamkeit, die völlige Fremdheit dieser höflichen und undeutbaren Rufe zu hören, und zu wissen, daß nicht einmal Ablehnung oder Verschlossenheit darin mitschwang, sondern daß man dem feierlich hallenden Schrei dieser Wesen gleichgültig und ganz unbekannt war.

Über dem Stuhl am Ofen, auf dem die Mutter saß, begann die Uhr ein leises Schnurren und schlug dann viele Male hintereinander; glitzernd sank die leicht zitternde dünne Messingkette ein Stück nach unten; dann rauschte wieder die Stille.

Einmal hatte der Vater ein Stück Leuchtpappe mitgebracht, von dem jedes der Kinder ein Blättchen von Spielkartengröße erhalten hatte. Wenn man es lange ans Küchenfenster hielt, und dann schnell damit in den dunklen Korridor lief, strahlte das kleine Rechteck ein gleichmäßiges bläuliches Licht aus. Es war, als sei lautlos ein Fenster in kalte, mondbleiche Raumtiefen aufgegangen.

Daran dachte der Junge, als mit kurzen Unterbrechungen die gedehnten Rufe der Windleute wieder anhoben; das ganze Haus durchgingen sie geschäftig; die feuchte schwarze Luft schlugen sie wie Mäntel um sich, und schritten eilig über die kühlen Dächer, schwangen sich durch die Kamine, stiegen auf und gingen an den dunklen Giebeln.

Der kleine Junge wachte angespannt; es war immer das gleiche Befremden, ob er diesem Schallen lauschte, oder vor der Wasserwelt seines winzigen Aquariums saß.

Eine zeitlang hatte er so das gaukelnde Feuerspiel nicht beachtet; aber nun erhellte es minutenlang schon mit kräftigem Licht die Küche. Er richtete sich leise auf, und wieder lag vor ihm das Fellchen, von feinsten Schatten überhuscht, mit seinen gefiederten Küsten und zierlichen Seen, um die der Abendsonnenduft wob.

Die Mutter hatte sich das Haar gewaschen, und saß schläfrig am Herd, um es zu trocknen. Auch die Uhr schwenkte unhörbar das blinkende Pendel; es war ganz still geworden.

Da kam aus unsäglicher Ferne tief und schwingend noch einmal ein Ruf, wie das Lied des Wächters in der Windstadt.

Er mußte mit dem Kopf sehr dicht an das Fellchen herangehen – – –

4.) Er war selbst schuld gewesen; warum hatte er sich von dem anderen Zuge getrennt, um auf eine mittagsheiße Waldlichtung hinauszusehen, in der ein paar runde Hütten standen.

Nun irrte er schon den zweiten Tag in der lieblichen Wildnis umher, durch Wald und säuselnde Büsche, und schon wieder begann es Abend zu werden. Die Sonne stand bereits tief hinter den Wäldern, und am hellen Himmel errötete weißes, zärtliches Gewölk. Der Wald war licht und schön geworden und die schlanken Stämme standen wie mit Kupfer beschlagen auf dem bebuschten Boden. Ein feiner Wind kam aus der zart getönten Höhe, und alle Sträucher und Kräuter zeigten spielerisch und fröhlich die hellgrauen Unterseiten ihrer Blätter. Es raschelte und rauschte überall wie behende Erlenblätter im windigen Sommer-Park.

Er schritt über eine schon tauige kleine Wiese den leichtabfallenden Hang hinunter, bog um eine Waldecke, und blieb überrascht stehen. Vor ihm kräuselte sich im kalten Abendwinde das breite Band eines nach Westen ziehenden Stromes.

Zu seiner Rechten standen in geringer Entfernung die spitzen Giebel einer kleinen Fischersiedlung schwarz vor dem bunten Himmel, und zwischen den dunklen kühlen Büschen erfunkelte ein rotes, munteres Feuer.

Am Ufer lagen Nachen; elf, zwölf Stück. Er löste behutsam den kleinsten, stieg hinein, und ruderte kräftig der Mitte des Stromes zu. Hier zog er die Riemen ein, und lehnte sich zurück, während das Boot stetig weiter trieb.

Die Ufer lagen wie schwarze Streifen um das abendliche Lichterspiel in der weiten Wölbung des Himmels. Fern über der Flußscheibe entstand Schwatzen und gelbes Gelächter; noch einmal strahlte das Feuer wie ein Rubin in den Rauschebüschen am anderen Ufer.

Fische sprangen in der Abendkühle aus dem verfunkelnden Wasser, von Tropfen wie von silbernen Kugeln umspielt; ihre Leiber glänzten im Widerschein der sinkenden Sonne wie helles Gold und glatte grüne Seide; blau wie mit Schuppen aus Aquamarin, und hellrot wie alter kühler Wein.

Ein kaum spürbarer Duft kam aus dem wohlriechenden Holze des Nachens. Der Strom war ganz rein und nur von den winzigen Wellchen der tanzenden Fische geschmückt.

Unaufhaltsam und stetig zog der Kahn in dem immer reineren Farbenspiele des Abends. Seltsame Menschen traten, oft nach stundenlanger Einsamkeit, aus den Wäldern ans Ufer; ein Mädchen, das schweigend Wasser in seinen Krug schöpfe und stumm sich wieder verlor. Oder ein Fischer, der seine Netze in dem stillen goldblauen Wasser wusch.

Männer standen am Strom und bliesen auf gedrehten rosigen Muschelhörnern in die grüne klare Luft; Wild trat ans rasige Ufer und sah mit vergoldeten Augen, in denen der ganze Himmel sich spiegelte, dem Kahne nach.

Immer breiter wurde der Strom; immer wundersamer die Farben im Abend. Der Nachen trieb mitten auf die ins Meer sinkende Sonne zu, immer weiter und weiter, bis kein Menschenauge ihn mehr erreichte. –

5.) Vor der Korridortür wurden Schritte laut, näherten sich, und hart schnarrte die alte blecherne Klingel; der Vater kam.

Der Kleine rutschte eilig vom Sofa herab und tappte der Türe zu; man erwartete es von ihm, das wußte er, daß er ihm öffnete, und so ging er gehorsam, obgleich der Vater ihm zu erwachsen und männlich riechend war.

In der Tür saßen einfache trübe Scheiben aus Preßglas, aber wenn man das Auge ganz nahe daran brachte, sah man, daß das Licht im Hause unzählig viel kleine Strahlen hindurch schoß, so daß es war, als ginge man im Inneren eines hohlen Diamanten.

Er öffnete und machte eine seiner putzigen Verbeugungen, der Vater hob ihn hoch, und er lachte gefällig und zweifelnd. Drinnen, hörte er, zündete die Mutter das Licht an, und als sie eintraten, lag die Küche schon in harter unbarmherziger Beleuchtung, mit scharfen Schatten, grell da.

Auch die Schwester fand sich zum Abendbrot ein. Der Vater erzählte von seinem Ärger im Polizeidienst, böse und schmutzige lächerliche Sachen, über die der Kleine höflich hinweghörte. Die Schwester plauderte vornehm und tat ganz erwachsen, so sehr, daß man lachen mußte. Aber der Kleine lachte nicht einmal : er liebte die Erwachsenen nicht; da war zum Beispiel der Vater, der sehr viel zauberhafte Dinge wußte, von feuerspeienden Bergen, von Chinesen und von Sternen. Einmal hatte er dem Jungen ein Märchenspiel vorgelesen, von einer bösen aber schönen Zauberprinzessin, und er hatte es dreimal lesen müssen, im erregten Atmen des Kleinen.

Aber da war immer etwas Störendes; er hätte es nicht genau benennen können, aber er fühlte es deutlich : man war allein. So aß er sein Stückchen Brot voller Unbehagen in dem lauten Kreise, und als ihm die Schwester mit der Schule drohte, in die er nächstes Jahr gehen mußte, tat er, als ob er ängstlich und ehrerbietig zuhöre und schwieg weiter. Das war Etwas, von dem er nichts wußte, aber sicher mußte es etwas sehr Störendes und Unangenehmes sein.

Er war froh, als er in sein weißes Drahtbettchen gebracht wurde. Hier war es dunkel und still, und er schlief bald seinen leichten, nur lose traumdurchwölkten Schlaf.

Als er am nächsten Morgen erwachte, hatte er das Fellchen vergessen. Auch hätte er es nicht mehr gefunden; denn es war von der ordnungsliebenden Mutter längst verräumt oder verbrannt worden.

Er dachte auch nicht weiter daran; denn neben dem Herd hatte er gerade etwas Anderes entdeckt : –

– . –

Sie hob mit selig geweiteten Augen den Kopf, und die feinen roten Lippen bebten ein wenig, aber in dem gleichen Augenblick hörten sie auf der Treppe die Schritte der Mütter, und auch Eva Wolf setzte sich gerade und mit unbewegtem Gesicht in ihrem Stuhle zurecht.

»Nun«, rief Frau Wolf, in der Tür stehend, »ist Euch die Zeit vergangen ? – und ich habe aus dem Treibhaus ein ganzes Körbchen voll Waldmeister bekommen, Eva, sieh einmal : die pflanz' ich gleich nachher ein.« Das Mädchen sah höflich auf die armen grünen Pflänzchen, die schwächlich und ängstlich die Blätter hingen; dann wandte sie sich noch einmal zu den Büchern und hörte mit inniger Freude, wie der Blinde mit gerunzelter Stirn sagte : »Ihr sollt doch nicht immer alles ausreißen –«, dann verstummte er und sah sich hilflos, wie um Zustimmung bittend, nach seiner Gefährtin um.

Sie gab ihm schnell eine kleine kalte Hand, die sich einen Herzschlag lang in seinen Fingern versteckte, und sagte ruhig : »Ich danke Ihnen, Herr Flick, – ich glaube, ich habe sehr viel gelernt –« Ein ‹Auf Wiedersehen› brachte sie nicht über die Lippen; denn zu schwer war es ihr schon gefallen, überhaupt zu kommen; was mußte er denn von ihr denken ?! und sie sann nach, wie sie ihn noch rasch kränken könne, damit er wisse, wie gleichgültig er ihr eigentlich sei; genau so sehr wie sie ihm, dachte sie trotzig und unsicher, und hätte doch am liebsten – »Auf Wiedersehen !« hörte sie sich nun dennoch im allgemeinen Abschiednehmen mechanisch sagen, murmelte aber das letzte Wort so unverständlich, daß es ihr selbst ganz anders klang.

Er stand am Fenster und drückte leer und gewissenhaft die Stirn an die kalte Scheibe, als könne er ihr noch nachsehen; hörte die Stimmen rufend nahe vor dem Hause, und der lange gleichmütige Blick, mit dem das Mädchen die Fenster streifte, ehe sie unnahbar die Augen schloß, und nach den Blättern in ihrem Schoß fühlte, drang nicht durch sein Dunkel.

Während er noch stand und eilfertig an merkwürdig heran huschende und nichtssagende Dinge denken mußte, war es ihm plötzlich, als stehe jemand hinter ihm im Zimmer. Er fuhr herum und warf sich einen Schritt nach vorn, aber schon hörte er eine klangvolle fast frauenhaft hohe Stimme höflich fragen : »Habe ich die Ehre mit Herrn Flick – ?!« Er vermochte nicht gleich zu antworten, da er sich erst von dem Schrecken erholen mußte, und der Unglaublichkeit, keinen der Schritte gehört zu haben; aber er faßte sich rasch, zumal, da er in dem anderen freundlichen Gruß, die Stimme des Kleinen von gestern früh zu erkennen glaubte; »Herr Brucker – ?« fragte er gespannt. »Ja, ja – 'türlich« antwortete ein feines Stimmchen selbstbewußt, »hihi – ja, Herr Flick, ich habe da einmal den Bekannten mitgebracht; wissen Sie – den Arzt, den ich erwähnte ! – Ja !«

Flick stand bewegungslos, und die Gedanken rasten in seiner Seele; es gelang dem Fremden natürlich nicht – nein ! – aber wenn es ihm gelang – !? Sie würde sich von ihm abwenden; ganz sicher. Aber wenn er um sie dienen würde, ganz scheu, und nur den Kopf auf ihre Füße legen dürfte. Und sie könnten dann zusammen arbeiten; und er würde sie wie eine Blume in den Händen tragen – oh, er war stark ! Aber sie würde ihn nicht mehr wollen, seine Gestalt straffte sich : kam sie jetzt nur aus Mitleid zu ihm ? Das wollte er nicht; aber sein Herz widersprach ihm flehend : besser Mitleid, als ganz ohne sie sein ! –

Er hörte die Fremden in unbekannter Sprache mit einander sprechen, wobei ihm war, als schauten sie sich wohlgefällig in dem Raume um; dann fühlte er, wie ihm eine ruhige feste Hand einen Stuhl ans Fenster schob, und ihn, den unschlüssig Widerstrebenden, darauf niederdrückte. »Öffnen Sie die Augen recht weit,« ordnete die unwiderstehliche Stimme an, und er hob verkrampft den Kopf. Einige Minuten lang lagen die schmalen Finger wie Marmorstreifen um seine pochenden Schläfen; sein Haupt wurde ein paarmal sorgsam hin und her gewendet; dann fühlte er, wie der Fremde ihm leicht ein Lid anhob und sich ganz dicht über ihn beugte. »Ja –« hörte er ihn gelassen vor sich hin murmeln, »– Brucker – sieh hier ! –« Dann besprachen sich die Beiden wieder lebhaft miteinander; bis Flick stockend ihr Gespräch unterbrach : »Herr Leonhard – ?!«. »Ja ?«, kam die Antwort so schnell und eindringlich, daß der Blinde erst von Neuem Mut fassen mußte, »– wissen Sie ein Mittel gegen Lähmung ?«, fragte er plötzlich sinnlos und unpassend, aber der Angeredete erwiderte nicht gleich. Er mochte das Bild auf dem Schreibtisch gesehen haben, und Flick hörte das Rascheln des Papieres, als er es zur Hand nahm. »Oh !« machte der Fremde verwundert, »ach so, ja – Sie sind ja Herr Flick – aber ist das nicht die junge Dame, welche eben unten vorbeigetragen wurde – hm ! – Ja, natürlich ! Auch gegen Lähmung gibt es allerlei – – aber zu Ihnen. Ich habe Sie untersucht, und ich muß Ihnen sagen, daß –« er stockte einen Augenblick, aber wie ein Mann, der sich noch einmal mit Besonnenheit Alles vor Augen hält, ehe er sein Urteil spricht, »– ja ! Es sind mehr als 80 Prozent Aussicht, daß ich Ihnen helfen kann – es ist noch hell und gutes Licht; wenn Sie einverstanden sind, nehme ich sogleich den Eingriff vor – können Sie Schmerzen ertragen ? – Ich hätte meine Instrumente bei mir ?!«

Flick saß wie ein Träumender auf dem harten Stuhle, und nickte einmal kurz und verzweifelt; er fühlte, wie Herr Brucker hinter ihn trat und seinen Kopf fest mit den kleinen Fäustchen an die hohe Lehne drückte. Auf seinem Schreibtisch klangen hell und stählern lange feine Geräte, deren Bedeutung er nicht kannte, und der Raum begann sich leicht und spielerisch um ihn zu drehen. »Wasser« sagte es sachlich; »Gut festhalten« sagte es. Dann fühlte er wieder sehnige unerschütterliche Hände auf seiner Stirn, und die eherne Stimme sagte : »Sie müssen ganz ruhig sein; bewegen Sie sich nicht! –« Während jener noch sprach, fühlte Flick einen feinen schneidenden Schmerz im rechten Auge, und gleich darauf war es ihm, als fahre reißend eine glühende Kohle über den Augapfel. Er spannte die Hände um die Lehne des Stuhles, daß das Holz stöhnte und sich zu biegen begann, aber schon zog die verzehrende Glut über das andere Auge, und ein leises Stöhnen brach aus dem verzerrten Munde.

Er fühlte noch, wie kühle Tücher sich um seine Stirn legten, immer eins um das andere, immer weicher und dichter, bis ihm vor dem umschleierten Schmerz die Sinne zu schwinden begannen. Er hörte von weiter Ferne eine Stimme, die aus großen Höhen zu kommen schien, aus sonnigen blauen und strahlenden Höhen; es war, als sprächen Fels und Wald und wiegende Flut und das unwandelbare Weltall, verheißend und kündend :

»Alle Landschaften haben
sich mit Blau erfüllt –«

Der Blinde taumelte von dem schwindenden Stuhle auf und griff mit der Hand in die silberne Luft; das ganze Zimmer schwang, der knospende Boden, die sternige Decke, die blühenden Wände : unnennbar war die Stimme :

»Weite Geschwader Wolken,
weiße Segel dicht –«

Da brach er in die Knie; hart schlug sein Kopf auf eine heranrasende Kante; dann sang einförmig und tief samtene Schwärze.

6.)

Als er am nächsten Morgen erwachte, lag er noch auf seinem kargen Bett, und hörte die aufgeregte Stimme der Mutter, welche, die Hände zusammenschlagend, ängstlich rief : »Hans, was war Dir denn nur gestern Abend ? – Ich habe nur die zwei Herren aus dem Hause kommen sehen, die mich artig grüßten, aber gesagt haben sie nichts. – Und Du lagst oben, halb auf dem Boden, halb an den Sessel gelehnt, und hattest die dicke Binde um die Augen – rede doch schon ! –«

Er richtete sich langsam auf und mühte sich ein Lachen ab : »Es ist weiter gar nichts –« erwiderte er mit einer Ruhe, die ihm selbst gut gelungen erschien, »ich habe mir die Binde selbst umgelegt, weil mir die Augen weh taten; – ja – und das Andere, daß ich –« er zögerte verlegen und männlich, »daß ich hingefallen bin – ich kann es mir nur so erklären, daß ich ausglitt, und mir den Kopf irgendwo angeschlagen habe !« Er wandte der Mutter lebhaft und befriedigt das Gesicht zu; aber sie schüttelte unzufrieden und zweifelnd den Kopf und meinte : »Du mußt Dir mehr aufpassen – das ist ja das erste Mal – und mach Dir doch die Binde ab, oder hast Du noch Kopfschmerzen ?« Er nickte eifrig, daß es ihm gelungen war, sie abzulenken, und bat : »So, nun laß mich aufstehen – ich werde auch ganz vorsichtig sein –.« Dann bestürzten ihn die Erinnerungen des gestrigen Tages, und er hörte sich kalt und wegwerfend fragen : »– und ?! – was haben die Wolfs noch gesagt ? – War es recht so ?« Frau Barbara sah ihn erstaunt von der Seite an, und mußte fast heimlich über seine errötende Verschwiegenheit lächeln, »nun ja !« sagte sie, und ihr gelang die Teilnahmslosigkeit doch wesentlich besser, »ich habe auch nicht weiter gefragt – der Waldmeister hat die Else ganz entzückt, und erst mein neues Spargelbeet. Hinten bei der Regentonne, weißt Du ?! – die Eva schien ein bißchen müde; denn sie schloß immer die Augen und lächelte wie im Schlaf – soll sie wiederkommen ?« Der Angriff kam so plötzlich und wuchtig, daß Hans sich erst mühsam sammeln mußte, und nur ein aufsteigender Zorn kam ihm zu Hilfe, er preßte die Lippen aufeinander und sein Gesicht wurde so hart, daß die Mutter wieder in Zweifel verfiel und, ohne seine Antwort abzuwarten, das Zimmer verließ.

Der Blinde warf hastig die Kleider um sich, und nahm dann seine gewohnte Tagesarbeit auf. Die Augen schmerzten ihn noch ungemein, aber doch viel weniger als gestern, so daß er seinem Freunde Niebelschütz, der auf ein paar Minuten hereinschaute, fröhlich zu antworten vermochte.

Der Alte war ganz erfüllt von dem Schauspiel, welches er am vergangenen Abend im ‹Globe-Theatre› gesehen hatte; »Hans !« rief er immer wieder in wehmütiger Freude aus, »Hans, daß Du das nicht sehen konntest – ach, ich kann heute noch gar keine klare Beschreibung davon geben, es war, als sähe man in eine weite Landschaft – und diese Schauspielkunst ! – denke Dir nur, als ich einmal in der Pause mich umsehe, wer sitzt doch ganz versteckt hinten; hinter einem Balken : – Kauff! – Na, ich werde ihn schön hänseln, wenn ich ihn heute treffe; er schimpft doch immer so auf die ‹Komödianten› ! – Vielleicht ist er doch noch zu retten – so, Hans, übermorgen komme ich wieder; dann sollst Du eine funkelnagelneue Beschreibung des Spieles hören, aber ich fürchte, ich gehe heute Abend schon wieder hin – ach, Hans ! –«, er unterbrach sich trübe und sah den Jüngeren teilnehmend an; dann brummte er ein verlegenes »Wiedersehen, Hans; Wiedersehen !« und sprang polternd, um nicht weich zu werden, hinaus.

So verging der Tag; der Blinde war noch immer zu ratlos und zu voll von Erlebnissen, um ruhig denken zu können. Sein Zusammensein mit Eva erschien ihm bald als ferner Traum, bald als verwirrendste Nähe, und oft lag sein Kopf auf den wenigen Bänden, welche sie in den geliebten Händen gehalten hatte.

Gegen Abend wurde es kalt, und er hörte, wie zuweilen Schneeflocken weich an das breite Fenster tupften. Er wanderte und strich beiläufig mit der Hand über die Sessellehne; draußen, hinter der düsteren Mauer, begann es aufs Neue munter zu werden, mit lieblichen Schreien und heller bunter Märchenmusik.

Da ging wiederum die Haustür, Schritte stiegen, und mit kurzem Gruß trat Herr Leonhard in den stillen Raum. »Nun, Herr Flick«, hob er rasch und munter an, »Kommen Sie – nein, hierher – ach, danke; ich sehe schon die Lichter ! – setzen Sie sich nur, so –«; der Blinde fühlte, wie er sicher und fest die Binde abwickelte, und nur vor der letzten Schlinge ganz leicht zögerte : »Lassen Sie die Augen geschlossen –« sagte er eindringlich, und tat einen raschen Schritt fort und wieder heran, »– so – öffnen ! –«

Flick zögerte einen langen schweren Augenblick, aber er hörte das warme verstehende Lachen des Mannes, und hob die Lider. Sogleich legte sich eine schützende Hand über seine Augen, und die andere hielt den Aufbäumenden wie eine erzene Klammer in den Stuhl gedrückt. »Die Augen schließen !«, kam es befriedigt und fast lachend, wieder legte sich die Binde, diesmal schon leichter und dünner, um Flicks Schläfen. Noch einmal begann der Fremde : »Morgen ! – vielleicht !« Mehr zu sagen war nicht nötig; dann schwang wieder die Tür gutmütig brummend und halblaut, und so schwanden die leichten Tritte.

Er saß noch immer in seinem Stuhle, und sah :

Er sah einen goldenen klaren Kerzenschein an dunkelbrauner Holztäfelung, matte blitzende Goldranken kletterten wie wilder Wein an alten Bücherwänden, und vor ihm stand eine hohe feste Gestalt, schlank in der gleißenden weißen Seide und dem strahlenden meerblauen Umhange.

Geduckt erhob er sich, als stemme er unsägliche Lasten in den steigenden Himmel; seine Gestalt reckte sich über den stürzenden Fesseln, und aus der mächtigen Brust strömte ein Schrei, daß die Mutter unten entsetzt die Tür aufwarf und die Stiegen hinaufflog.

Er warf den Kopf in den Nacken, daß ein ferner unsichtbarer Himmel sieghaft dröhnend über sein Gesicht zu stürzen schien; aber er schwieg auf alle Fragen, schon wieder betroffen einer Anderen gedenkend, die still und gequält in einem Stühlchen saß und vor sich hinstarren mochte.

Nur einmal wendete er ihr das Gesicht zu und bat : »Kommt – Frau Wolf wieder einmal her ?« Frau Barbara, halb erschreckt, halb listig beruhigt, atmete ein wenig auf und sagte leichthin : »ich muß morgen ohnedies zu ihr gehen, natürlich werde ich einmal fragen !« Dann stieg sie wieder kopfschüttelnd hinab, und lauschte unten andächtig und fast noch ungläubig der Stimme, die oben, unsäglich verschämt und zaghaft, wie ein erwachender Vogel zu schlagen begann. Aber bald dehnte sie sich und wuchs und schwang wie ein Glockenmund, daß das Haus fast zu eng wurde für das stürmische Gebraus. »Hans !« rief sie einmal hinauf, schüchtern und glücklich, doch nur ein Lachen kam so gewaltig und leicht aus der Höhe, als sprängen schmetternde Silberkugeln die alten Stiegen hinab; da trippelte sie zufrieden und geschäftig von dannen.

Er schlief in dieser Nacht lange aber untief; zu unruhig war der Geist und die Träume zu stürmisch und wechselnd. Zuweilen lag er stundenlang wach und versuchte die Stolze zu versöhnen; wie eine Feder wollte er sie in den Händen tragen, aber sie wandte sich leidvoll und verschlossen von ihm, dem zu Glücklichen, ab; schwarz lag um sie der Abgrund und unerbittlich. Erst am Vormittag erhob er sich, vergrübelt und wortkarg, und hörte auf den Stimmenstreit in seinem Innern, während die Stunden langsam vertropften. Spät – in dem Zimmer wob schon wieder die Dämmerung – kam die Mutter aus der Stadt zurück, sah vorsichtig in die Schatten und rief tupfend : »Du, Hans !« Er wandte schnell den Kopf, und sie fuhr halblaut fort : »Wir bekommen morgen Besuch; Frau Wolf und auch Eva – hm !« Sie drückte leise die Tür wieder zu, und hörte, wie drinnen ein unruhiger Schritt einförmig zu wandern begann.

Als sie durch den stillen Hausflur ging, und prüfend hier und dort die großen Vorratsschränke öffnete, klang es auf einmal wie das Scharren von vielen Füßen vor dem Tor; sie öffnete neugierig und sah in den letzten Abendlichtern vier Herren wartend zu den Fenstern hinaufschauen. Sie erinnerte sich dunkel, zumindest zwei davon schon einmal gesehen zu haben – ach ja, an jenem Morgen, wo Niebelschütz so verstört angelaufen kam – und, als die Fremden höflich nach Herrn Flick fragten, wies sie ihnen artig und unter neugierigen Worten den Weg nach oben.

Der Blinde hatte die Tür weit geöffnet, sich selbst aber tief in die heimliche Trübe zurückgezogen, und trat nun erst mit so schwer schlagendem Herzen heran, daß ihm war, als halle der klopfende Schlag hörbar von den Wänden wieder.

»Nun, Herr Flick –« hörte er die Stimme Leonhards in ruhiger Heiterkeit, »ich werde Sie sogleich meinen Freunden vorstellen können – Brucker !« warf er kopfschüttelnd dazwischen : »die Bücher könnt ihr auch nachher zusammen ansehen, komm' nur !« Während er sprach, arbeiteten seine Hände schon wieder so rasch und geschickt, daß in wenigen Sekunden die Binde von den weit geöffneten Augen Flick's fiel. Einmal schloß er verstohlen und fingerschnell die Lider, um den Fremden nicht durch Unglauben zu kränken : aber das Bild blieb !

Er sah um sich den vertrauten Raum seiner Jünglingsjahre, fest und klar, und um ihn drängten sich freudig lachend und händeschüttelnd vier Männer, die er sofort nach der Beschreibung des Försters wieder erkannte, auch den Arzt und Maler – er trat, hastig eine Entschuldigung stammelnd, und über seine Unhöflichkeit errötend, zu seinem Schreibtisch, ergriff das gehütete Blatt und wandte es mit stockendem Herzen um. Er schaute in ein junges klares Gesicht, ihr Gesicht, mit den stillen Mädchenaugen und dem dunklen Haar – er zuckte zusammen, und sah, daß Leonhard zu ihm getreten war, und ihm ernsthaft über die Schulter schaute. Ihre Blicke begegneten einander, und der hohe Fremde neigte, alles Ungefragte bestätigend, langsam den schmalen kühnen Blondkopf mit der mächtigen hellen Stirn und den tiefblauen Augensonnen. Flick ergriff stumm und zitternd die allmächtigen Hände des Unbekannten, der lächelnd ihren Druck mit so prüfender Kraft erwiderte, daß es dem Sehenden war, als schließe sich Stahl um Stahl.

Er wollte eben den Mund öffnen, aber Leonhard strich ihm nur leicht und gütig über die Schultern, und in dem gleichen Augenblick fühlte er sich vorsichtig am Gürtel gezupft. Als er sich, verwirrt und glücklich den Kopf wiegend, umwandte, sah er neben sich ein winziges graues Männchen, welches ihm eifrig und erfreut lachend zunickte, und mit gar lustigem Stimmchen rief : »Nun soll es an ein Studieren ! – Und den Sir Thomas Browne bring' ich auch gleich morgen her – hihi !« Er rieb sich geschäftig die Händchen, und sprang dabei so munter von einem Beinchen aufs andere, daß selbst der ernste Herr Harnisch klingend zu lachen begann. Der Kleine sah sich verdutzt um : »Ach, Ihr !« rief er dann lustig wegwerfend, »als wenn ihr euch nicht eben so freutet, daß –«, er legte das Köpfchen auf die Seite, und fragte vertraulich an Flick hinauf : »Können wir dann auch einmal dero Bibliothek konsiderieren ? –« »Ja, gewiß –« antwortete Jener verwirrt und strahlend; er schob seine wenigen Stühle den Gästen hin, die aber dankend zurückwinkten und sich dafür neugierig in dem Zimmer umsahen. »Ach, ich vergesse ja –« rief Flick, sprang zu dem kleinen Leuchter auf dem Wandbrett und sah andächtig in die aufkeimende Flamme. »– das Licht ! –«, hörte er die schöne hohe Stimme Leonhards hinter sich, und Alle sahen stumm und ergriffen auf den Mann, der mit goldenem Gesicht vor dem glückhaft wogenden Gestrahle stand.

Dann sprudelten auch schon die Fragen des Kleinen um ihn her; und er griff in alle Reihen, sie wieder grüßend und erkennend, die Freunde der Jugend, und es war, als drängten sich die Bändchen wispernd und in seliger Erlösung um ihn. Sie sahen die braunen Kupfertäflein und die wichtigen roten und schwarzen Titelblätter; es rief und erzählte aus allen Ecken, und Herr Brucker stand begeistert mit den Ärmchen fechtend vor den bunten Büchern, und es war dem staunend den schier allwissenden Kleinen betrachtenden Flick, als schlügen sie ebenso tüchtig wie Dieser mit den Fäustchen aus und dienerten ihm lustig zu.

»Apollonius de Thyane,« murmelte das Männchen geschäftig, »ah, das ist die neue Berliner Edition, 1775, mit den Noten von Charles Blount – hier der Lucas ! Dachte mir's !«, und er drohte kichernd und verständnisvoll dem hellen Würfelchen, welches vorsichtig um den Germanum Adlerhold herumlugte, und sich sogleich ertappt wieder zurückzog – »Laplace, Lacaille – ach, der Herr Brockes ! Trefflich, trefflich !« er reckte sich auf den Zehen in die nächste Reihe, und sah sich dabei amüsiert nach dem feinen Kichern um, welches aus acht pergamentenen faustdicken Bändchen aus dem linken Fach kam : »Ist wohl der Brucker – ?«. fragte er listig, und reckte ein flinkes Händchen hinüber, worauf das erste der pausbäckigen Kerlchen sogleich kopfüber hineinpurzelte und sogleich dienstfertig das Titelblättchen wies. Flick kniete, liebevoll das lederne Röckchen streichelnd, neben dem Kleinen, sodaß sich Jener vor Rührung und inniger Freude zwinkernd fortwandte, und das spitze Näschen sofort in den Nils Klim steckte. »Was ist denn das hier ?« fragte er schnell, auf eine kleine gesondert stehende Gruppe einfacher grauer Leinenrücken von verschiedener Größe deutend, »es steht gar kein Name darauf – ?« Flick errötete hastig und schob die starken Hefte verlegen hin und her : »Ach, es ist – nur so – ich habe sie vollgeschrieben. Es ist nichts weiter. – Aber hier, der alte Pausanias, 1610, mit Anmerkungen von Lessing. Und die Quartausgabe der Astrée. Und der Don Quijote von 1641 –« fuhr er so ungeschickt ablenkend fort, daß sich Herr Brucker sogleich unter vergnügtem Lachen eine Notiz in sein Merkbüchlein machen mußte, dann aber wieder eifrig in den schönen festen Quartanten blätterte.

Auch die Anderen schlugen die großen reinlichen Seiten in schweren Bilderbänden um, und einmal sah Flick zu seinem Erstaunen, wie Leonhard, unwillig die Luft ausstoßend, seinen Silberstift aus der Tasche zog, und auf einer der Wiedergaben italiänischer Meister ein paar Linien korrigierte; da die Tafeln in alphabetischer Reihenfolge des Namens angeordnet waren, konnte er aus den umgeschlagenen Seiten schätzen, daß es sich um einen der mittleren Buchstaben handeln müsse, und war sicher, das Blatt wieder zu finden. Nach einer Weile fühlte er eine Hand auf seiner Schulter, und Herr Wilhelmi fragte, angeregt in eine Ecke deutend : »Ach, Herr Flick – es ist ja Berufsinteresse, deshalb entschuldigen Sie wohl – könnte ich wohl einmal den Kasten dort hinten näher sehen; ich glaube –«. Flick erhob sich verlegen und bat : »Es lohnt sich wirklich nicht, Herr Wilhelmi, – es ist ja nur so eine heimliche – aber ich zeige es Ihnen gleich –«.

Er ging unter den aufmerksamen Blicken der Besucher zu einem verhangenen Kistchen, stellte es auf seinen Schreibtisch in der Ecke und nahm die verhüllende Decke herab. »Hm – !«, machte Wilhelmi nachdenklich und sah seine Freunde der Reihe nach an.

Es war ein ärmliches Theaterchen, noch unvollendet, welches Flick, mit damals schon versagenden Augen, sich zu bauen begonnen hatte. Kleine, rot ausgeschlagene Logen wölbten sich zu beiden Seiten der Bühne heraus, und die Seiten- und Rückwände waren noch nicht viel über eine einfache Brettchenwand hinausgekommen. »Ich wollte –« begann Flick leise, aber er schwieg gleich wieder beschämt, und sah mit gesenktem Kopf auf den festen rohen Teppich.

Eine Weile blieb es still unter ihnen, dann trat Wilhelmi vorsichtig an das betrübt wartende Kistchen heran, und strich mit der schmalen Hand liebevoll über das mühselig geglättete Holz.

Es war fast dunkel geworden; nur der Wind rauschte leise an den Fenstern, und über den schwarzen Gebäudeumrissen der Stadt schien es hell zu werden. Das Licht hatte sich fast ganz in Flamme gewandelt, und nur ein schwacher bläulicher Schein glomm noch an der verschatteten

Wand. Der Fremde war unhörbar zurückgetreten, und sah sinnend in die Ecke, sie Alle schwiegen und schauten.

Über die Bühne huschte ein immer stärker werdender Glanz, wie von Kerzen hinter ziehender Seide; ein leichter Nebel zerstäubte vor dem erstrahlenden Licht, und in dem lackschwarz schimmernden Rahmen lag eine tiefe Landschaft. Es war eine weite öde Heide, mit dürrem bräunlichem Gesträuch und verstreuten großen Felsblöcken darauf. Von weitem kam ein leises Murren, wie von einer fernen Brandung, und im Vordergrunde lag unter einem grauen dicken Mäntelchen eine plumpe geknäulte Gestalt.

Von rechts tappten derbe Schrittchen an, ein Seemannslied wurde derb gepfiffen, ein lustiges Männchen mit verdächtig gerötetem Gesicht wankte, eine rindene Behelfsflasche in der Hand, herbei, und sah sich tiefsinnig und umständlich um. Nachdem es sich bedeutend hinter dem Ohr gekratzt, und eine Weile, fast das Gleichgewicht missend, entrüstet und schier beleidigt in den regnerischen Himmel gestarrt hatte, nahm es einen tiefen Schluck, schüttelte sich genießerisch und begann, breitbeinig und die Hand zur größeren Sicherheit in die Hüfte gestemmt, nachdenklich sämtliche Naturerscheinungen zu beanstanden : »Here is neither bush nor shrub to bear off any weather at all –« hörten die Zuschauer den trutzigen Kleinen maulen, »– and another storm brewing; I hear it sing i'the wind –«, wirklich hatte sich der Wind bedeutend verstärkt; düstergraue Wolkenschatten flogen über die Szene, ein zierliches Unwetter zog auf, und in der sich verschleiernden Ferne fuhr schon ein feines goldenes Blitzgestänge hernieder.

Trinculo stolperte auf flinken Beinchen an ein dürres Gestrüpp, wandte sich verächtlich wieder von dem keinen Schutz bietenden leeren Gezweige ab, und wies mit bedeutend tickendem Fingerchen nach oben : »– yond same black cloud – yond huge one –« machte er sich umständlich klar, »– looks like a foul bombard, that is to shed his liquor –«. Wieder kam Blitz und Donner aus der Ferne, und ein dicker platzender Tropfen stäubte vor den Füßen des Männleins auf.

Flick hatte sich wie ein Träumender vorgebeugt, und war immer näher an das wundersame Schauspiel herangetreten; jetzt bog er den Kopf herum und starrte Herrn Wilhelmi an, der lächelnd und mit verschränkten Armen dem schwankenden Trinculo zugeschaut hatte : »So sollte es sein, ja ?« fragte er gutmütig, richtete sich aber plötzlich rasch auf, sah auf seine vornehme doppelschalige Uhr, und rief, zu seinen Freunden gewandt : »Aber – haben wir uns verplaudert : die Vorstellung ! Herr Flick : Nein, nicht danken : so bleiben !! das ist's ! – Hoffentlich besuchen Sie uns bald einmal !« Er bot dem noch immer nicht wieder ganz Verwirklichten die Hand, die Andern folgten seinem Beispiel, und nach wenigen Sekunden stand Flick allein im Zimmer.

Seine Mutter kam neugierig die Treppe heraufgetrippelt, wechselte mit ein paar raschen Griffen das Licht aus, und fragte dabei lebhaft über die Achsel : »Du, wer war denn das ? Ich hab' sie doch schon draußen bei den Komödianten gesehen – ? –« Er blickte die ältliche Frau, die er seit langen Monaten zum erstenmal wieder sah, verloren an, und nickte mit hellen Augen : »Es sind sehr kluge Leute –« sagte er langsam, »und ich bin ihnen Dank schuldig – ach!« Er ging mit gemachter Unbeholfenheit zu seinem Stuhle, während sich doch seine Glieder nach sicheren weiten Schritten sehnten, und wartete, bis das Licht verlosch, dann sprang er zum Fenster und lehnte sich weit hinaus.

Draußen stand die kühle liebliche Nacht mit wenigen glitzernden Sternen darin, und der helle Mond ging behaglich in einem Nebelmäntelchen über den fernen Dächern. Er sah den Mond und die feinen ziehenden Wolken mit den körnigen Silberrändern, und trank den kalten brausenden Wind wie Quellwasser. Um die Ecke des Hauses kam ein leichter gelber Schein, und er hätte gleich hinunter laufen mögen in den bunten Reigen, aber als er an Eva dachte, schloß er leise das Fenster und wartete.

Die Nacht war lang und schwer; oft tastete er sich aus dem Gewölk düsterer Träume, und entzündete angstvoll das Licht, aber immer sah er aufs Neue in dem tapferen Goldscheinchen den Tisch und die Bücher, und schlief wieder lächelnd ein, um nach kurzer Zeit erneut aufzustöhnen. Erst gegen Morgen befiel ihn ein tiefer guter Schlaf :

Es war ihm, als blättere er in alten Büchern mit schönen kolorierten Kupfern, und verfolgte liebevoll die feinen gefiederten Schattierungen der breitrandigen Blätter; lächelnd kostete er hier vom guten Text, und bestaunte in anderen Bänden fremde, nie gesehene Schrift. Ein Wort blitzte auf, fufluns, rankte sich traumgeschwind über die ganze Seite, fufluns, versteckte sich, kaum noch erkennbar, in zärtliche Rätselranken, fufluns, bis er endlich die Seite umschlagend das neckende Buchstabenspiel zerbrach. Allmählich wurden die Bilder bunter in vollen, gemäldeartigen Farben, auf großen Bogen, die er sorgsam mit beiden Händen wandte, bis er endlich, unter reichem fremdem Glücksgefühl seiner strömenden Seele, das letzte der sinnschweren Nachtbilder aufschlug, und, sich darüber beugend, es lange betrachtete.

Er sah in eine klare schöne Landschaft, deren Beleuchtung eben aus dem späten Nachmittag in den Abend übergehen mochte. Auf einer Wiese, deren volles kurzes Gras eben erst geschnitten sein konnte, stand im Freien ein einfach und stark gefügter Eichentisch, an dem ein Mann, sich von wenigen Papieren aufrichtend, über die reine dunkelnde Landfläche hinsah. Er hatte ein schönes, nachdenkliches Gesicht mit hoher Stirn und edel geformtem Munde, und Hans wußte, daß es ein schwedischer Dichter sein müsse. Er sah nach dem Titel des Bildes und las am unteren weißen Rande »Der Abend des Dalkarln«; dann richtete er wieder den Blick auf den sinnenden Mann, und sah, wie hinter ihm, zwischen einer zierlich tosenden Pappelreihe und dem rauschenden Strome viele seltsame Gestalten hervortraten, meist einfaches Landvolk, Knechte und Mägde in ihren mildfarbigen fließenden Gewändern, und dem Herrn Geschenke darboten. Reife schlanke Garben und gerippte dunkelrote Früchte, einen Zweig mit silbergrauem schwirrendem Laube, und eine federnde tiefgrüne Kugel tropfender Wasserpflanzen. Besonders fiel ihm ein ältlicher Knecht in weichem gelbem Lederkittel auf, der in den Händen einen silbernen gekrümmten Fisch hob, der sich schnalzend bog und nach dem nahen Fluß verlangte. Nur einige schmale festumrissene Wolken zogen langsam im tief verblauenden Himmel, und erleuchteten mit ihrem Widerschein das schöne versunkene Gesicht des also Erntenden.

Lange sah Hans in die brüderlich nahen und vertrauten Züge des Sinnenden, während die Farben in der fließenden Dämmerung immer tiefer und satter funkelten, bis die Nebel über den Strom zu ziehen begannen und ein guter grauer Schleier alle Umrisse verwogte. –

Gegen elf Uhr weckte ihn das Klopfen der Mutter. Er öffnete die Augen, und sah den Raum im strahlenden Sonnenlicht liegen; durch die gehäkelte Gardine fielen goldene Fäden, auf dem kleinen Brucker regte sich gleich eine ganze Reihe von Sonnenwirbeln, und ein brauner schwanker Ast hielt vergnügt dicke glänzende Knospen in den Strahlenstrom.

Er lag ganz still, atmete leicht und fliehend, und : »Die Sonne«, dachte er andächtig und hob behutsam eine Hand in den gegitterten Schein. Noch nie hatte das Ankleiden so lange gedauert; denn er unterbrach sich alle Minuten, und sah zweifelnd aus dem Fenster oder tippte kindlich und selig mit dem Finger an Duodezbändchen. Dann hielt es ihn nicht länger; er nahm den Jöcher aus dem Regal und las der Reihe nach ein Dutzend der meisterlichen Biographien, und strich über seine Augen und blätterte wieder, bis die Mutter zum Mittagsmahl rief.

Dann begann er das Zimmer herzurichten, stellte die Stühle in den schönsten Winkeln auf, und hob kosend und in seltsamen Gedanken das Theaterkistchen wieder in die Ecke, wobei er sich fest vornahm, es nun bald aufs Prächtigste zu vollenden. Oft sprang er zum Schreibtisch, nahm die Zeichnung Leonhards in beide Hände, und sah lange in die spröden Augen; einmal wagte er auch das Blatt ganz schnell an die Lippen zu drücken, dann sah er sich erschrocken um und drehte vorsichtig die alte schöne Sanduhr.

Gegen vier Uhr endlich setzte er sich gehorsam und befriedigt in seinen Sessel, aber lächelnd fiel ihm ein, daß ja jetzt Alles einfacher sei, und er stellte sich hinter dem durchbrochenen Vorhang auf, so daß er stets den Wiesenweg im Auge behielt. Schon von weitem konnte er die kleine Gruppe erkennen; Frau Wolf schob ohne sonderliche Mühe den leichten Rollstuhl, in welchem Eva saß und ermüdet und verschämt ob der vielen neugierigen Blicke die Augen geschlossen hatte. Er trat erbleichend zurück; einen Herzschlag lang schwankte er, ob er sich verstecken müsse vor der Armen, Betrogenen; dann griff er besinnungslos nach seinem Federmesser, um es sich etwa in die Augen – aber es war zu spät. Seine Mutter stieß munter die Tür auf, und er konnte gerade noch den klingenden Stahl auf den Tisch zurückwerfen. Er schloß mit brennendem Gesicht die Augen, während er den Gästen eine kalte zitternde Hand bot und krampfhaft ein paar gleichgültige Worte zusammensuchte, die er ihnen armselig und verstreut vorstammelte. Dann fiel die Tür zusammen; sie waren allein.

Er stand schlank und bebend an der Täfelung der Wand und preßte die heißen Handflächen gegen das gute glatte Holz. Dann öffnete er verzweifelt die Augen und sah den leichten gelben Stuhl, und die feine Gestalt darin. Sie trug ein einfaches dunkles Kleidchen mit weichen bunten Seidenärmeln, die sich eng um die dünnen Handgelenke schlossen; er fragte tonlos und ergeben : »Wo sind Sie – ?«

Sie sah ihn scheu und glücklich an; dann lächelte sie, daß ihm das Herz verging und breitete ängstlich und in schüchterner Schelmerei die Arme : »Hier bin ich.« sagte sie leise. Sein Kopf schlug hart gegen die Wand; dann riß er sich los und preßte sein Gesicht in die silbernen Hände des erstarrenden Mädchens. Er kniete vor ihrem Stuhle und hielt die Arme um das federnde Rohr gespannt, als werde ihm alles entrissen; er hob den Kopf und sah in das blasse verstörte Gesicht der Prinzessin, und fühlte schon ihre fliehenden Hände nicht mehr, »DU – !«, bat er mit zuckendem Munde, aber sie schob ihn langsam zurück, bis er sich in unnennbarer Bitternis erheben mußte und tot die Arme sinken ließ.

Da tat das Mädchen etwas Seltsames; mit flatternden Fingern schlug sie die schwere dunkle Decke von ihrem Schoße zurück, zögerte noch einen Augenblick, erhob sich, und tat einen leichten Schritt von ihm fort.

Sekundenlang starrte er auf das Wunder, dann war er mit einem Sprunge bei ihr, und nahm die Federleichte in seine Hände. Sie stemmte die gestreckten Arme abwehrend gegen seine Schultern, aber als sie in sein funkelndes Gesicht geschaut hatte, gab ihr Widerstand zögernd und langsam nach. Sie griff schüchtern und verwirrt in sein langes blondes Haar, zauste es aber schon nach wenigen Augenblicken verlegen und verspielt, und drückte endlich das dunkle Köpfchen, noch immer völlig überrascht, an seine Schulter. Er legte beide Hände fest um ihre Schläfen und sah ihr in die schimmernden Augen : »Du,« fragte sie flüsternd, »bist Du nicht –« sie zögerte ein Wenig und hauchte undeutlich das schreckliche Wort »– blind - ?«. »Nicht mehr !« schüttelte er strahlend den Kopf; dann faßte er sie behutsam und ängstlich an den Händen : »– aber Du !« rief er und sah sie erschreckt an.

»Ach ja - !« sagte sie trotzig und versuchte, sich loszumachen, aber als es ihr halb gelingen wollte, unterließ sie es doch lieber, »– nein, ich –«, sie sah, wie er verzaubert in ihre Märchenaugen versank, und hielt den Atem an : so sehr gehörte er ihr ! »Du – Liebster ! Meine, Du – Ganz mein – !!« flüsterte sie tonlos. Dann hörten sie es unten im Hause rumoren und ließen sich erschreckt aus den Armen. »Nein – ach, ich dürfte es ja gar nicht sagen – Du mußt wegsehen –«; er kniete vor ihr und hatte der Sitzenden den Kopf in den Schoß gebettet, und sie strich fein und glückhaft ungläubig über sein Haar und die Augen, und wurde mutiger und legte noch unbeholfen und hingegeben ihr heißes Gesichtchen hinzu. Endlich rief sie : »Ich war doch gar nicht krank – ich hab' doch nur vor allen Leuten so getan –«, und als er aufzuckte und in anbrechendem Verstehen zu ihr aufschaute, legte sie, tödlich gefangen die Hände über sein Gesicht; dann wurde sie plötzlich ganz ernst und wisperte schwer mit großen abirrenden Augen : »– Ich konnte nicht mehr. – Du ! – und war doch so gering und ärmlich – Du ! Liebster !« Er sprach zu ihren klammernden Fingern, zu ihren suchenden Lippen, zu ihrem streichelnden Haar : »– und ich ging irre vor Sehnsucht ! – So sehr hast Du gerufen ?! – Du !«. Er hob ihr das dürstende Gesicht wie eine offene silberne Kammer entgegen, in die sie für immer einging.

Dann rissen sie sich empor und lachten und schluchzten miteinander; von fern kam eine erstrahlende Musik, wie aus einem glücklichen hohen Lande, von einem reisenden Stern. Er atmete ein, daß sie sich erschrocken und stolz an seine sich mächtig dehnende Brust klammerte; dann warf er den Kopf in den Nacken, und sie schwang mit in dem singenden Schrei, der wie eine Flamme aus ihm lohte. Unten fuhren sie erschreckt auf, und flogen die Stufen empor, rissen auch mit fliegenden Händen die Tür auf und sahen.

Die Erste, welche sich faßte, war Frau Else; sie lehnte sich erschöpft an den Türrahmen, flog aber gleich mit einem Schrei auf die Beiden zu, und rief, in die Hände schlagend : »Eva – was – aber, Herr Flick !« Hans trat eilig und hoch aufgerichtet auf die ältliche Frau zu : »Frau Wolf,« bat er bewegt – »Mutter – ich habe – ich bin vor einigen Tagen von einem berühmten Arzt geheilt worden – auch Eva – !« Er verstummte verlegen und runzelte besorgt nachdenkend die Stirn; dann fügte er unbeholfen hinzu : »wir möchten auch gern – zusammenbleiben – ja !« Erleichtert zog er das Mädchen behutsam an der Hand zu sich, und drückte ermutigend die feinen Finger.

Die Mütter schauten sich ratlos um; sie schüttelten wie betäubt die Köpfe; dann sagte Frau Barbara schwach : »ich muß – ich muß mich setzen !«. Und sie tat es.

Dann sahen sich die beiden Paare stumm und kompliziert an; Hans und Eva schon ein wenig ungeduldig, denn was ging ihnen nicht für Zeit verloren. »Also Du – Ihr seid – gesund –«, fragte Frau Else, zu überwältigt um sinnreicher zu denken, und erst langsam das doch schon Selbstverständliche verarbeitend. »Zusammenbleiben –« wiederholte Frau Barbara mechanisch und nickte sinnlos dem geschnitzten Büchermännchen zu, welches, entrüstet über so viel Gravitation, ein abschätziges Gesichtchen schnitt, und vergnügt kichernd seinem Brüderchen zuwinkte : jetzt würde ein Leben angehen – oh, man hätte gleich ein Steinchen werfen mögen !

Sie standen noch nebeneinander und seufzten verstohlen, während ihre Hände sich ineinanderschlangen, und doch noch so viel zu tun hatten.

Plötzlich hörte man von fern, aus der Stadt herüber, einen trefflichen Böllerschuß, und Frau Barbara fuhr schreiend auf – »ach so –« sagte sie dann aufatmend, »es ist wohl nur dieser – der verrückte Maskenzug, an dem auch die Komödianten teilnehmen wollten –«, fügte sie zu ihrer Freundin gewandt hinzu, welche sich auch erlöst in die Wirklichkeit zurücknickte.

»Ein Maskenzug –« rief Hans lebhaft, und verstohlen die kleine Hand drückend, »den dürfen Wir doch sehen – ich kann ihn ja sehen – ja ?!«, bat er hastig hinüber. »Nun – was denkst Du, Else ? – Seid Ihr denn auch ganz in Ordnung – ach – nun, so lauft –« entschied seine Mutter unschlüssig, und schon verstehend über die Beiden lachend, für die Hans rasch ein paar weite dunkle Mäntel aus der Nebenstube riß, und Eva und sich hineinhüllte. »Ihr müßt aber auch Etwas haben –« erinnerte die praktische Frau Else, »wenigstens Augenlärvchen – hast Du etwas unten – ?«

Sie begaben sich in den flüsternden Hausflur, die Jungen rasch und vor Erwartung ungeduldig, die Alten bedächtig und schmunzelnd; und Frau Flick holte aus einem der groben Schränke ein paar einfache schwarze Mäskchen, welche sich die Beiden gegenseitig, sich hastig und scheu dabei liebkosend, umbanden. – Die Mütter tauschten einen unmerklichen feststellenden Blick, und ein leises Nicken; auch sie verstanden sich ohne Worte.

»Bleibt mir aber hübsch beisammen !« rief Frau Barbara, diebisch ihrer Freundin zuwinkend, den zwei vermummten Gestalten nach, und als Jene sich empört über diese unglaubliche Äußerung noch auf der Schwelle umwandten, zog sie lachend die Freundin in die große Wohnstube, wo sie miteinander gar vernünftig und selbstbewußt manches weitere berieten.

7.

Draußen lag die weite Wiese still in der aufkeimenden Nacht; sie gingen eng nebeneinander den schmalen Fußsteig zur Stadt hinunter und sahen immer wieder nach ihren spitzhütigen Schatten, die vermummt vor ihnen herliefen. Bei einem kleinen Gebüsch blieben sie ängstlich stehen, und umschlangen sich mit rührender Unbeholfenheit : »Zessilein –« dachte er, und sie sah ihn an : »Das Glück !«; dann rankte sie schüchtern die Arme um seinen Nacken, und er drückte sie an sich, daß sie erst bei dem nächsten Böllerschüßchen ertappt auseinanderschraken.

Dann sprangen sie wie Kinder hastig über die flisternden Gräben, ohne doch die eifrigen Hände auseinander zu lassen, und traten tief atmend durch den schmalen langen Spitzbogen des Nordtores. Eine traumschnelle sehnsüchtige Umarmung noch, und sie bürgerten gar ehrbar – ach, niemand wußte es ja – durch die schon zum Marktplatz drängende Menge.

Alles hatte sich heute schalkhaft aufgeputzt, in wunderlicher und närrischer Verkleidung; selbst die Ärmeren, denen ein buntes Tüchlein und eine selbst bemalte pappene Nase ein unkenntliches und groteskes Aussehen gaben, so daß man nur schwer die also Verwandelten erkennen konnte.

Auf dem Markte selbst stand schon eine doppelte Menschenreihe, erwartungsvoll und leicht gedrängt, und Hans hatte Mühe, für sich und

Eva einen schönen Platz auf der Vortreppe beim Gerbermeister Drömer zu erlisten. Sie standen hier fast allein, denn das Volk schob und quirlte lustig einen Schritt vor ihnen; sie sahen erhöht über die summenden schwatzenden Köpfe hinweg, und das Mädchen schmiegte sich behaglich enger an ihn, so daß er leicht seinen Arm um sie legen konnte. Da war es schön warm und sicher.

Auch an den anderen Seiten des Marktes ging es ungemein lebhaft zu, und Hans wies lachend mit den Augen zur Treppe des Rathauses gegenüber, wo, ohne Maske, Niebelschütz mit einem kleinen Jungen an der Hand stand, und sich öfters so ingrimmig nach rückwärts umsah, daß Hans in der kleinen schwarzen Gestalt hinter ihm sofort Julius Kauff erkennen mußte. Dieser war ungemein um eine üppige junge Dame beschäftigt, welche, wohl einen halben Kopf größer als er, sich heißblütig in den dicken Hüften wiegte, was den zierlichen Domino völlig aus der Fassung zu bringen schien.

Sie erröteten für die Beiden, und sahen nach der anderen Seite, an dem sprudelnden Brunnen vorbei, und Eva drückte zärtlich und erstaunt seine Hand : »Du –« flüsterte sie fast erschrocken, »ist das nicht der – natürlich – der Herr Beringer !« Sie lachte hell und silbern wie ein Glöckchen, und Hans, der in die angezeigte Richtung schaute, erblickte eine nahende mächtige Gestalt in einer behäbig fliegenden Purpurtunika. Eingeweihte erkannten den königlichen Mann jedoch verhältnismäßig sicher an der bedeutenden Nase, und auch ein leichter fröhlicher Duft von Burgunder umwehte das majestätisch trabende Stadtoberhaupt, so daß Einige gar devot die Bajazzomützchen und Topfhelme schwenkten.

Der Magister Bäumler als Amor stapfte zärtlich hinter der dicken Witwe Zimmerle her, die in einem weiten Mantel aus verschossenem grünen Sammet beifallheischend durch die Menge ruderte. An ihrer anderen Seite schritt, neidisch sie laut und verzückt anpreisend, ein magerer Apollon; er war jedoch genötigt, um den rechten heroisch schmachtenden Blick heraus zu bringen, ihr den dadurch völlig verdrehten Oberkörper zuzuwenden, während seine weiß bestrumpften Beine hastig nach vorwärts ausgreifen mußten. Er hob, durch die seltene Anstrengung schon völlig erschöpft, beschwörend eine dürre mit Bindfäden bespannte Leier in die Höhe, trat jedoch plötzlich, auf dem mißgünstigen Pflaster ausgleitend, fehl, und verschwand, ein gestürzter Gott, in der Gosse. Als er wieder erstand, schien er von der rauhen Frühlingsnässe schier schwarze Strümpfe anzuhaben, und die Menge lachte schallend auf, während Fabricius mit seinem Kammhelm in eine Nebengasse floh, als wehte ihn der Wind, um eine neue sinnreiche Maske anzulegen.

In diesem Augenblick pummerte von der Stadtmauer her lustig der dritte Schuß, und schon hörte man von der Ecke des »Hirschen« her den Jubel und das erstaunte Geschrei der dort Stehenden : »Sie kommen ! – Sie kommen ! –« schrie es munter und entzückt überall, und Alles hob sich, den Atem verhaltend, auf den Zehen.

Eine helle tüchtige Musik sprang aus der bunten Nacht, und heran marschierte ein ganzer Zug lauter vortrefflich gekleideter, auf blitzenden Pfeifchen und Trommeln spielender Leute, deren Augen ungemein rollten und burrten; sie hatten feuerrote Pluderhosen, goldene klappernde Schühchen, und Jäckchen aus dem feinsten Blau an, und trugen über den pausbackigen Gesichtchen ungemein schön gewickelte Turbane, so daß Beringer ehrfürchtig und betreten flüsterte : »Sollten es wohl gar Mohren sein – ?!«, und selbst der Turmwächter oben stieß erstaunt in sein Horn.

Dann rollte unter dem seligen »Ach« der Zuschauer ein von sechzehn aufs Prächtigste geschmückten Pferden gezogener Wagen heran, wie noch Niemand dergleichen gesehen hatte, und auch Hans und Eva standen verzaubert und eng aneinander gedrückt auf ihrem Treppchen.

Der längliche Wagen hatte die Gestalt und Farben einer weiten Muschel, welche sich hinten leicht und verschnörkelt zu einer spiralig gewundenen rosigen Grotte bog. Ein geisterschönes leises Meerbrausen drang aus dem gleitenden Gewinde, und auf dem schmalen weißen Seidensessel in der Mitte saß ein hoher blonder Mann in seeblauem wogendem Samtgewande, welcher, von der regenbogigen Muschelwölbung beschienen, nachdenklich auf die Menge herablächelte. Die Pferde, in deren breiten Stirnbändern funkelnde Federbüsche staken, sprangen so stolz und mutig, daß Niebelschütz den ritterlich enthusiasmierten Kleinen neben sich mehrmals auf die Schulter heben mußte.

Hinter dem vorüber gaukelnden Wagen rollte eine riesige sich langsam drehende Kugel heran, ohne daß man entdecken konnte, woher ihr diese Bewegung käme. Aus ihrem geheimnisvoll geschäftigen Innern stiegen unaufhörlich die herrlichsten Leuchtkugeln, daß alle Gesichter in dem hellsten roten oder violetten Scheine erglänzten, oder gar zweifarbig beleuchtet schwatzten, in weichem tiefem Grün und wolkigem Braun.

Flinke Jäger schwärmten um sie herum, und schossen aus weiten kurzen Flinten Goldpuder und -plättchen über das jauchzende Volk; einer davon hob schelmisch sein Rohr und zielte so derb auf Niebelschütz, daß jener verdutzt in einer stäubenden Gloriole dastand.

Aber schon schoben vierschrötige blauschürzige Küfer ein ungeheures, grün umranktes Faß heran, aus welchem sie unverdrossen und unermüdlich in flache blinkende Näpfchen ausschenkten, zumal den Ärmsten, die immer auf's Neue bittend und fröhlich heransprangen. Selbst Beringer sog verklärt den wohlvertrauten Duft ein : »Burgunder ! –« sprach er groß und feierlich, und wollte sich eben verschämt dem Faß nähern, als ein artig dienerndes Bürschchen in braver Schenkentracht auf ihn zutrat, und ihm einen so unmäßigen Humpen kredenzte, daß der Dirigens gerührt und bedenklich die breiten Hände um die flutende Höhlung legte und fürstlich in das gar aromatische Gedüft schnüffelte. Dann trank er in langen meisterlichen Zügen, und wischte eine Träne von den Wangen. Er reichte den Kelch zurück, mitten in die blaue Nacht hinein, daß ihn der kichernde Schenk kaum noch haschte, und winkte noch lange dem Faß wie einer Geliebten nach.

Gleich darauf füllte sich der Markt mit raschen blanken Gauklern mit silbernen Pritschen in den Händen, auf deren Kleider strahlenschießende weiße Edelsteine genäht waren, so daß den Zuschauern flugs die Augen tränten. Aus ihren Taschen warfen sie Schokolade und buntes Zuckerwerk über die Reihen, so daß ein gar lustiges Knabbern und Schmausen anhob; auch Hans fing behende zwei Fäuste voll der stärkenden Näschereien und steckte sie in die weiten Taschen seines Mantels.

Mitten durch das silberne Getümmel fuhr ganz langsam ein Wagen, auf dessen kreisrunder Plattform ein Männchen in grauem Mantel und rubinenem Lampenhut stand, und, gewandt hinab- und wieder hinaufspringend, kleine Heftchen aus feinem bunten Papier mit eifrigen Ärmchen in die neugierig zugreifende Menge reichte. Als er sich einmal vergnügt und atemschöpfend umsah, entdeckte er die Beiden auf ihrer Treppe und winkte eifrig hinüber, suchte auch aus einem verborgenem Kistchen ein Buch hervor, und hielt es, flink in die Menge eindringend, auf den Zehenspitzen Hans hin, wobei er die anderen Zulangenden artig auf die Hände schlug, und mit feinem Stimmchen auflachend zurücktrippelte.

Er kam gerade noch zurecht, um mit seinem Gespann Hände klatschend Platz für einen langen Zug schimmernd gerüsteter Ritter und Edelfräulein auf schlanken weißen Zeltern zu machen, hinter welchen geharnischte Reisige mächtig und schmetternd starke abgebrochene Töne bliesen, daß die Menge wirbelnd und ergötzt ob der Pracht außer sich geriet.

Auch die Beiden wurden unwiderstehlich von ihrem Steinchen herabgeschoben, und drängten sich hastig und fest die Hände haltend von dannen; in dem raschen Gestrudel erblickte Hans plötzlich die Gestalt Niebelschützens neben sich, und rief mit verstellter tiefer Stimme : »Kennt Er wohl den Don Cyrillo de Valaro – ?«, dann zog er rasch Eva hinter sich her aus dem Gewühl, den Erstaunenden allein lassend, und plötzlich fanden sie sich, schon das Geschrei nur noch gedämpft aus der bunten Ferne vernehmend, vor dem verschlafenen Stadttor.

Der Mond flimmerte hell auf dem alten Gemäuer, und es war so einsam hier, als läge die übrige Welt wohl hundert Meilen weit weg. Er nahm ihr Gesicht behutsam in beide Hände, und sah in ihre Augen, die dunkel und silbern gerundet im Mondschein glänzten. Sie schritten fest umschlungen durch das stille Torgewölbe, und schlugen wieder den Wiesensteig zurück ein.

Als sie erwachend vor dem lackweißen und samtschwarzen Hause standen, fühlte er, wie sie ihn unmerklich zurückhielt. »Du –« flüsterte sie verlegen und unschuldig – »Du – wollen wir in den Mondscheinwald laufen – gar nicht hinein –«, und sah ihn mit herben, hingegebenen Augen an. Er hob erstrahlend den Kopf und wisperte eifrig, schon im Laufen, »– Du – ja ! – Ich weiß etwas – nein, ich sage es noch nicht – Komm !«

Sie huschten auf Zehenspitzen um die hohen Mauern, und schlichen wie Diebe über einen kleinen Acker, klommen, nur jeder an Unterstützung des Anderen denkend, den winzigen Rain hinan, und verschwanden nach ein paar hundert hastigen Schritten schon unter den ersten Bäumen des Waldes.

Als sie ihre Schritte auf dem weichen unsichtbaren Boden nicht mehr hörten, blieben sie aufatmend stehen, und tasteten schüchtern nach ihren Schultern. »Wo bist Du – !« fragte er; und fühlte wieder die zausenden unermüdlichen Finger in seinem Haar, die ihn liebkosten und sich endlich fest um seinen Nacken schlossen.

Ein leises Knacken ließ sie herumfahren, und sie erkannten mit nun an die Dunkelheit schon gewöhnten Augen, wie drei Igel trippelnd den nächtigen Weg entlang rollten, und sie folgten ihnen, kindlich und sich der kleinen stachligen Leute freuend, bis jene abbogen und einen nur ihnen bekannten unfindbaren Wiesenweg einschlugen.

Er sah prüfend in den mondhellen Wald und die wenigen Sterne am zu hellen Himmel : »Komm – !«, sagte er leise, »wir müssen doch unser Häuschen ansehen – hier müssen wir hinein – !« Sie waren kaum in den immer tiefer werdenden Schatten verschwunden, als Eva ihn hastig am Ärmel zurückzog : »Hörst Du nichts – da !« flüsterte sie ihm ins Ohr. Er spähte durch eine winzige Lücke im Astgewirr auf den nur noch undeutlich erkennbaren Weg, und es war ihm, als vernehme er Schritte in der Ferne.

Er zog das Mädchen ganz dicht an sich und schlug seinen Mantel um sie beide; dann lauschten sie unbeweglich.

Es waren zwei Männer, welche langsam auf dem einsamen Pfade herankamen, aber nach Herzschlägen schon hörte Hans, wie die brummige Stimme Niebelschützens in höchst respektloser Weise seinem Begleiter Vorhaltungen machte : »Natürlich, Kauff –« sagte er giftig, »es ist alles Vorstellung; auch die dicke Edda vom Geflügelhändler, aber eine schöne Vorstellung, was ? Ganz transzendental könnte Einem werden ! – Ach, was ! – Sie sollten sich schämen; das ist's was ich von Ihnen denke ! – Hm, geistreich ! – Haben Sie schon einmal einen geistreichen Schinken gesehen ?! – Aber Sie sollen einen Punsch vorgesetzt bekommen, einen Stahlpunsch, mein Lieber, daß Sie sich selbst für Ihre eigene Vorstellung halten. – Schwänzelt der Mensch um diese – diese heiße Blutwurst herum. – Übrigens –«, unterbrach er sich stirnrunzelnd und höhnisch – »sagten Sie nicht neulich einmal, Sie hätten ein Mädchen irgendwo gesehen – ? – Haben Sie denn überhaupt einen Begriff von –«. Hier fiel Kauff mit leiser Stimme ein, deren Worte man aber nicht verstand, und die Beiden hörten nur noch, wie der Förster aus der Ferne bissig lachte, und sagte : »Sie sind ein Witzbold, mein Lieber ! – Es gibt auch eine Treue gegen nur Geträumtes; und Sie haben ja sogar gesehen ! – Nein, danke ! Ich will gar nicht wissen wo –«, nun kam nur noch der Nachtwind durch den Wald.

Sie warteten vorsichtig noch eine Weile und schritten dann gewandt durch die schlagenden Tannenzweige und das knackende Unterholz. Er hatte den Arm beschützend um sie gelegt, und wehrte mit der anderen Hand die schnellenden Äste von ihrem Köpfchen ab.

Sie kamen über kleine helle Lichtungen, auf denen die Gräser sich leise wiegten, und einmal sahen sie am Rande einer schmalen Wiese einen fernen Lichtschein : »Da wohnt Niebelschütz –« nickte Hans schätzend, »so – jetzt müssen wir durch das Dickicht zur Linken – dann kommt die Anhöhe –«. Sie sahen ein wenig zu dem winzigen gelblichen Lämpchen hinüber und Eva fragte stockend : »Du – Hans ! Können denn Fischer – oder Jäger – vielleicht sogar Gärtner und Bauern – Naturfreunde, Weltfreunde sein – weißt Du ?!« Er verstand sie sofort, und streichelte ihr kühles Haar : »er schießt ja gar nicht Viel selber – nur zur Berichtigung der allzubösen Natur – ich sag Dir's später – und dann muß er uns einmal die Borkenkäfer zeigen, und sein Buch darüber – !«.

»M,« machte sie befriedigt und wuschelte sich an seine Schulter; aber er wickelte sie trotz ihres Widerstrebens ganz in seinen Mantel, und trug die putzig murrende Bürde durch das drahtige Dickicht. Nach wenigen Schritten fühlte sie, wie er mit ihr zu steigen begann, in große Höhen, wie ihr schien; dann hörte sie schon durch den Mantel ein feines Rauschen, und wickelte sich, als er sie wieder auf die Füße gestellt hatte, eilig aus der Hülle.

Sie standen auf einem ganz kleinen Hügelchen am Fuße einer Gruppe mächtiger hoher Bäume, die ihre leise wiegenden Wipfel weit über die Umgebenden erhoben; aber er ließ ihr keine Zeit, sich umzusehen. »Komm – stell' Deine Füße hinein,« sagte er knieend, und hob die Erstaunte, die sich an seinem Kopfe festhielt, stehend auf seine Schultern. »Nun klettre in die Höhlung da – ja ! – ich komme gleich nach !«, rief er hinauf. Sie schwang sich leicht in die dunkle Öffnung, welche sich in dem Baume auftat, fühlte gleich weichspänigen aber festen Boden, und half ihm, ein wenig ängstlich, ebenfalls hinein.

Dann fragte sie in die lachende Dunkelheit : »Du, was ist denn das – ?« Er tastete noch in dem kleinen Raume herum und drückte sie auf ein enges hölzernes Bänkchen, auf welchem sie gerade zusammen Platz hatten. »Ich war noch klein –« sagte er, »– noch kleiner als Du, doch ! – Und da habe ich einmal hier im Walde den hohlen Baum gefunden, und mir eine Wohnung daraus gemacht. – Es tut dem Baume nicht weh; und es ist gerade für uns – aber sieh nur ! draußen !«

Sie lehnten sich, die Köpfe eng aneinander, behaglich aus dem ovalen Fensterchen und blickten hinaus.

Der Mond stand hoch über den glänzenden Wipfeln, und erfüllte die weiten wirren Wälder mit seinem blassen schönen Licht; Nebel traten stumm wie silbernes Wild aus den tiefen Wiesen, und fern am webenden Horizont glänzte ein Flüßchen in der duftigen Helle. Ein Füchslein bellte in großer Ferne die silberschaligen Wolken an; Eva faßte plötzlich fest seinen Arm und zeigte stumm und mit spielenden Fingern auf ein schwarzes verflochtenes Gebüsch, in welchem sich etwas regte. Aus den knisternden Kräutern hüpfte ungemein geschwind ein nachtschwärmendes Eichkätzchen, sah sich nickend um, und führte mit beiden Fäustchen eine schöne aufgesparte Haselnuß zum Mäulchen. Dann ließ es die leichten Schalen fallen, roch an einem dicken grämlichen Pilz, und begann dann mit solcher Behendigkeit an ihrem Baume emporzuklettern, daß sie Mühe hatten, ruhig zu bleiben. Während sie noch unbeweglich saßen und warteten, sahen Beide plötzlich das kluge Köpfchen blitzschnell um die Ecke gucken; dann hörten sie nur noch über sich ein leises Rascheln, als das Tierchen wieder in seinem Kobel verschwand.

»Ach, Du – !« flüsterte sie gläubig, »Das wollte uns sicher begrüßen !«, und er pflichtete mit gewichtigem überzeugtem Kopfnicken bei; dann sagte er streng : »Du hast jetzt Hunger – !«, und zog die Schokolade aus der weiten Tasche. »Ja, Herr Flick !« hauchte sie in spöttischer Schüchternheit, »nach Dir !«, und schob trutzig und geschickt das Köpfchen unter seinem Arm hervor, so daß er in das blasse feine Gesicht sehen mußte.

Nach einer Weile begannen sie zu essen, und Hans, der suchend noch in die anderen Schlupfwinkel des dicken Mantels griff, hielt unversehens das Büchlein des Herrn Brucker in der Hand. »Ach, Du –« sagte er eifrig, »wollen wir es uns ansehen ? – Uns ?!« »Unser Buch – aja !« nickte sie glücklich, und Hans entrollte geschickt das Heftchen.

Auf dem einfachen Einbande standen in schön verschnörkelter gotischer Schrift die Worte ‹Ansichten vom Eilysion›, und er drehte es verwundert hin und her. Dann schlug er das erste Blatt in dem immer heller werdenden Mondlichte auf, und sie sahen in ein tiefes Tal, aus welchem eine mächtige Felsnadel ragte. ‹Der Wolkenstein› las er darunter; »schade –« murmelte er, »man muß es am Tage sehen, es ist doch zu dunkel; aber man sieht jetzt schon, daß es ausgezeichnete Bilder sind – Eilysion ! – Seltsam !«

Sie saßen wieder und flüsterten abgebrochen miteinander; der Wind strich kalt über die Lichtungen heran, und er fühlte, wie Eva neben ihm fröstelte. – »Es ist zu kalt –« meinte er erschreckt und völlig verstört, »ach, bin ich schlecht –« sie murrte, selig über seine Sorge und voll Vorwurf wegen seiner Anklagen. »Wenn Du noch einmal Etwas gegen meinen Hans sagst – !«, schalt sie leise.

Aber er erhob sich, verhängte die Öffnung des Baumes mit seiner Jacke, und faltete ihren Mantel zu einer weichen Decke, welche er über das Bänkchen breitete. Dann bettete er das dunkle flüsternde Köpfchen neben sich, schlug seinen großen Radmantel um sie beide, und fühlte, wie sich das Mädchen warm und vertrauensvoll an ihn schmiegte.

Ein scharfer Mondstrahl fiel hell und grün durch ein Astloch in das rauschende Schlafkämmerchen; der Wind rüttelte leicht an den knarrenden Ästen, und das Füchslein bellte schon weit unten munter in den niedrigen Tännchen und lief behutsam um eine Falle herum.

Gleich darauf lagen sie in tiefem Schlaf. –

Weit drüben öffnete sich ein Fenster im Försterhause und Niebelschütz lehnte sich horchend in den Rahmen : »Ist doch ein seltsamer

Tag heute,« sagte er über die Schulter zu dem Jungen, welcher nachdenklich unter dem gelben Lampenkegel saß, »ich möchte schwören, daß ich einen Fuchs gehört habe – das ist selten in dieser Jahreszeit zur Nacht – hm !« Er drehte die Riegel wieder zusammen, und ließ sich schwerfällig in den Sessel fallen : »Also weiter !« – meinte er überlegend, »ich selbst habe ja den Lukas nicht; Hans wohl – eine amüsante Geschichte –«, und Kauff berichtete aus dem deutschen Merkur weiter, wie der geheimnisvolle Derwisch dem alten französischen Reisenden von Flamel vorgeschwatzt hatte, und sah, wie der Alte mit schier erschrecktem Stirnrunzeln erstarrte. Als er seinen Bericht beendet hatte, war eine zeitlang Stille im Zimmer; Dann fragte Niebelschütz scheinbar gleichmütig, »– und wie hieß die Stadt, wo sich die Ewigen treffen sollten – ?«. »Brussa,« erwiderte Kauff erstaunt, »oder aber doch ein Dorf bei Brussa – was ist Ihnen denn, Niebelschütz ! Um Himmelswillen ! –« Er goß rasch ein Glas voll Wein und reichte es dem zitternden Alten, der abgebrochen nickte, und ins Leere starrte.

Nach einer Weile sagte er heiser : »Danke, Kauff – ! – es ist nichts weiter – setzen Sie sich ruhig wieder – !« Dann erhob er sich mühevoll, ging langsam zu dem mächtigen Schrank, in welchem er lange suchte und brachte ein winziges messingnes Büchschen mit, das er mit stiller Hand auf die weiße Decke stellte.

»Es war vor – 35 Jahren, – 52 – ja; und ich war eben als junger Förster hier eingezogen, so etwa drei, vier Jahre lang. Es war damals ein ungewöhnlich früher und strenger Herbst eingetreten; schon im September stäubte das Laub wie Kupferwolken um die grauen Äste, und auf den Wegen ging man knietief im raschelnden Gestiebe. Morgens waren die Wiesen schon grau vom Reif, abends wehte der Herdrauch aus den trüben Weiten heran, und *Nebeln* begegnete man im stöhnenden Forst ! – solche Winter gibt es jetzt nicht mehr ! –

Es ging gegen Abend und die Wolken türmten sich mächtig und kalt, grau und kraus und bitteren Herbstschnees voll, da traf ich drüben mitten im Grafenschlage einen Mann. Ich war gerade von meinem Reviergange zurückgekommen, und freute mich in dem schneidenden unfreundlichen Wind und dem herrischen Regen auf mein warmes Zimmer und die Bücher.

Er war nicht jung, nicht alt, und unter seinem schon von der Wanderung beschädigten grauen Mantel gut und fest gekleidet; ich war damals noch dümmer und wußte noch nicht, daß man viele Wege gehen muß, auch durch den schlagenden Forst im Herbststurm; auch war sein

Blick, obwohl düster, doch sicher, und ich wollte mir damals noch nicht gern eingestehen, daß viele über uns sind.

So trat ich auf den im pfadlosen fahlen Gestrüpp ruhig Wartenden zu, und fragte mürrisch nach Weg und Namen. Er nannte sich Sehfeld – ich weiß nicht, ob mit Wahrheit – und als Ziel die Nachbarstadt. Ich bereute aber schon meine rauhen Worte, und erbot mich, ihn auf die Waldstraße zu führen; so schritten wir rüstig nebeneinander her, und der Wind schrie wild in den Tannen. Aus den Lichtungen flogen uns einzelne Eisnadeln wie Dolche in die Haut, und der Regen peitschte uns bis auf die Brust.

Als wir an meinem Hause vorbeikamen, schien es mir hart, den Fremden noch stundenlang in der wolfigen Nacht wandern zu sehen, und ich bot ihm Unterkunft bis zum Morgen. Er zögerte wie ein Einsamer oder ein Verfolgter, und erst als ich ihm für seine völlige Sicherheit bürgte, und ihm sagte, daß ich ihn in meinem Walde wohl vor Kaiser und Reich wollte verbergen können, lächelte er leicht und trat ein.

Wir saßen bald beisammen, und sprachen von Dingen : zu alt und wunderlich, um Ihnen geläufig zu sein – Plotinos, Knorr von Rosenroth, Löwenstern, und viele Andere – und er schien Gefallen an meinem Eifer zu finden, obwohl er vielmehr wußte als ich damals – und auch heute !

Ich, ermüdet, ließ ihn endlich allein über den alten Welten sitzen; solches Vertrauen hatte ich gewonnen. – Dort ist noch seine Schrift am Rande, reinlich und tiefsinnig, seitenlang. –

Als ich am Morgen in aller Frühe hereintrat, ihn zu begrüßen, erhob er sich, unermüdet und rüstig, und trat mit mir vor die Tür. Ich wies ihm genau den einsamsten Weg über die Heiden nach Süden, und fragte beim Abschied zaghaft noch einmal ‹wohin ?›. Er drückte mir ernsthaft die Hand, und deutete in den schneegrauen Wald; dann lächelte er so schön und seltsam – bei Hans habe ich es manchmal gesehen; und bei den Fremden – daß ich mich zur Seite wenden mußte. Er flüsterte –«, der Alte stützte sich hart auf den Tisch und sah feindselig zu Kauff hinüber, »wissen Sie – also er sagte ‹nach Brussa !›«.

»Ach so, hier –« er wies auf das gelbe stille Büchschen, »– das habe ich noch vergessen. – Auf dem Tische lag, in einen Bogen Papier eingeschlagen, ein winziges Häufchen eines schweren grauen Pulvers vom Glanze zerstoßenen Glases. Und ein Zettel dabei.«

»Sie, Kauff !« sagte der Förster langsam zwischen den Zähnen, »wissen Sie, was das ist, Mann ?! –« Der Junge war zögernd aufgestanden und setzte zweimal zum Sprechen an; dann fragte er mit spröden Lippen : »Niebelschütz – ich habe allerlei in den letzten Tagen gesehen –

also – Sie meinen, es ist – haben Sie es einmal versucht ?« »Einmal ?« lachte der Alte grell, »zweimal schon, zweimal ! – Nicht etwa um reich zu werden, Kauff, sondern weise !«

Er schabte mit dem dicken gravierten Deckelchen den Inhalt sorgfältig auf ein glattes tannenes Brettchen; es war ein ärmliches winziges Häufchen fettigen Staubes, das im gelben Lampenlicht lag und schlief. »So, Kauff,« sagte er hart, »sehen Sie es sich ruhig an – ist ein verdammt grobes Mittel; und es macht Ihnen alle Schande, daß Sie dessen bedürfen – Wie gern hätte ich es mit Hans geteilt, das Schauspiel; wie hätten seine – nein – Oberon stimmt nicht – aber ich finde es noch; bestimmt !«

Er fachte das Feuer im Ofen an, daß die Flamme singend durch das Rohr schoß, und winkte Kauff heran. »So –« sagte er still, »– ich will es auch noch einmal sehen; denn ich bin alt – kommen Sie, setzen Sie selbst den Tiegel aufs Feuer – es ist nur ein gar einfaches Töpfchen – haben Sie etwas Zinnernes oder Bleiernes bei sich ? – Prächtig; die Denkmünze von der ‹Harmonie› : Symbolisch ! – lassen Sie das Ding ruhig schmelzen, und dann schütten Sie das Pulver darauf, aber behutsam –«

Der Junge stand schwer atmend vor dem wehenden Feuer und schob mit bebender Hand die Schlacke von der glänzenden Oberfläche; dann rieselte der Staub langsam in den schwer blitzenden Bleispiegel.

Sie standen und starrten auf das schlichte Töpfchen; plötzlich packte der Alte ihn schmerzhaft bei der Hand, und wies, unfähig zu sprechen, in die dunkle Höhlung. Aus der stillen Masse drang ein leises Brausen; ein hoher regenbogenfarbiger Schaum erhob sich über den Rand, seidig schillernd in den reinsten Edelsteinfarben.

Der Alte breitete die Arme und brach schluchzend und lachend in die Knie, »– und er mußte gehen, wie ein Dieb in der Nacht ! – Ach, ihr ewigen Dichter und Wunderer – – und unsere Mist=Welt !!«

Langsam erlosch das Flammenmärchen; Stille und Dunkelheit schlichen heran; da stand Niebelschütz langsam auf und wandte sich zu dem Wartenden. »Hier –« sagte er müde, und stürzte in die offenen Hände Kauffs eine kleine goldig glänzende Scheibe; jener zuckte wie ein Erwachender, sprang zur Lampe und ließ das schwere Metall funkeln und spielen, wobei feine rötliche Kristallsternchen an der glatten Oberfläche aufblitzten.

»So –« knurrte der Förster, »– das können Sie nun prüfen und behalten wie Sie wollen – für Hans liegt schon ein Größeres hier, und der bekommt auch das Töpfchen, der weiß es zu würdigen – und nun setzen Sie sich hier in den Lehnstuhl schlafen – ich lese noch ein bißchen; das bekommt auch einmal alles Hans –« murmelte er schon für sich, und trat an seinen Schrank, liebevoll und der Welt entschwindend.

8.)

»So; komm hierher« rief Hans fröhlich und hob die leichte Gestalt über einen gestürzten Baum in die Lichtung,« – nun sieh Dir das an : eben schien noch die Sonne und jetzt – !«

Der Regen fiel wie lustige glitzernde Perlenschnüre an ihren leuchtenden Gesichtern vorüber : auf allen Steinen hüpften prustend und berstend die Sprühkugeln, rollten kichernd kopfüber an den tüchtigen Ästchen entlang, oder sahen behaglich von einer frischgrünen Blattunterlage in den fröhlichen Himmel, an welchem es schon wieder selig und übermütig wirbelte von rauchigem Sonnengold, fliegendem Windblau und flockig zerstäubender Wolkenseide.

Sie sahen andächtig in die Frühlingslichter, und tappten mutig durch den schönen himmlischen Wassersturz.

Pilzfamilien standen ehrbar in der Nadelbräune des Forstes und hielten ihre kleinen roten und kupfernen Hauben und Tellerchen vorsichtig über das Gewirr. Steine lagen wie gestürzte tropfende Silberschalen am Pfade, der in seiner ganzen strahlenden Länge zu erblauen begann.

»Ich glaube, – wir sind auf dem richtigen Wege !,« sagte er.

Ende

Herrn Prof.
George R. Stewart
University of California
U.S.A.

Sehr geehrter Herr Professor !

Ich habe mit großem Interesse den instruktiven Auszug aus Ihrem neuen Buche »Man, an Autobiography«, welchen »Reader's Digest« vom Juli 1947 auf den Seiten 141–176 bringt, durchlesen, und mit tiefem Staunen diese Geschichte der Menschheit nacherlebt.

Mit Recht rühmt ein Ungenannter in seinem kurzen Vorwort die »Originalität Ihrer Schriften«, und daß Sie aus dem alten Thema eine »rattling good story« ohne den üblichen Ballast schwerfälliger Namen und Zahlen gemacht hätten. Hierzulande schreckt man zwar vor dem Ge-rattle in kulturgeschichtlichen Fragen noch immer etwas zurück; desto mehr aber schätzt man Ihre weiterhin garantierte »Sorgfalt, mit der er (d. h. Prof. Stewart) seine Belege ausgewählt hat.«

Zunächst ein Wort hierzu. Langes früheres Studium der Geographie der Alten läßt mich auf dieses Gebiet auch heute noch stets aufmerken. Deshalb war mir Ihre Behauptung (S. 170a) besonders empfindlich und hat mir keine besonders günstige Meinung von Ihrem Wissen oder Ihrer Sorgfalt beigebracht : »Trotz Griechen und Phöniziern waren die Alten im wesentlichen Landratten (landlubbers), ausgesprochene Küstenfahrer. Aber wer am Atlantik wohnte, mußte schon entweder Seefahrer werden oder zu Hause bleiben. Und sie fuhren, und bauten tüchtige Schiffe, und segelten weiter : die Wikinger, Flamen und Engländer, die Hansakaufleute, Bretonen und Portugiesen...« (Ich will das sinnige »entweder – oder« übergehen; »der Löwe brüllt wenn er nicht schweigt«). – Wenn Sie (und Andre) immer wieder die Wikinger preisen, dann denken Sie wahrscheinlich an die erste Entdeckung Amerikas; vergessen aber dabei, daß keiner dieser Seeräuber jemals in direkter Fahrt von Norwegen oder England aus Vinland erreichte, sondern stets über die Zwischenstationen Island und Grönland (die z. B. in Sichtweite voneinander liegen !) : keine dieser Etappen verlangt mehr als allerhöchstens 1000 km Hochseefahrt; die letzte wurde meist unfreiwillig gemacht. – Ich will nicht zur Entschuldigung der Alten anführen, daß in den Meeren, deren Anwohner sie waren – Mittelmeer, schwarzes und rotes Meer – für solche Strecken gar kein Raum gewesen wäre. Sobald sie die Gewässer genügend erkundet hatten, verließen sie natürlich die Ufer, und durchkreuzten regelmäßig die Flut nach allen Richtungen; und von Byzanz nach Phanagoria waren es doch auch schon über 700 km (ich will allerdings nicht unredlich verschweigen, daß auf dieser Route nach den Berichten der Schiffer sich ein Punkt fand, wo der Wissende Kap Kriumetopon im Norden und Karambis im Süden wie einen leichten Dunst ausmachen konnte). – Aber es gibt ein ganz anderes Großbeispiel, nämlich den Indienhandel ! Nachdem Eudoxos zur Zeit des Ptolemaios Euergetes als erster Grieche den Seeweg nach Indien offiziell erschlossen hatte, nahmen die Handelsunternehmungen wahrhaft gigantische Formen an. Ich empfehle Ihnen, die wirklich interessanten »facts« in Ihr Repertoire aufzunehmen : wie man von Alexandria nilaufwärts nach Koptos fuhr, und von dort mit Karawanen nach Berenike am roten Meer zog, wo die Indienflotte mit bis zu 120 (sic !) Großschiffen wartete. Bis Oikilis am Ausgange des roten Meeres war man freilich noch zwangsläufig in Landnähe; aber von da fuhr der Geleitzug im Juli/August mit dem Monsun in 40 Tagen ununterbrochener Hochseefahrt, Herr Professor, 3000 km nach Barygaza, etc, an der Malabarküste; im Dezember wieder zurück. Und diese Fahrt wurde seit dem Schiffer Hippalos jahrhundertelang, Jahr für Jahr mit Großgeleiten betrieben, so daß Plinius den Wert der Güterausfuhr mit 50 Millionen Sesterzen, den der Einfuhr mit 5 Milliarden angeben konnte. Auch die Chryse-Fahrten über den Bengalischen Meerbusen (1300 km Hochseefahrt) gehören hierher; denn die Reisen wurden regelmäßig gemacht, und Ptolemaios spricht davon als einer bekannten Sache. – Niemals ist vor Kolumbus auch nur vereinzelt Ähnliches unternommen worden, von keiner der von Ihnen als überlegen angepriesenen Nationen des Entweder-Oder; und auch Kolumbus selbst ist ja mit Vinlandkenntnissen gestartet. Sie aber stellen denen die Alten als »landlubbers« gegenüber, nicht wahr ?!

Ich mache Ihnen den Vorwurf der Unwissenheit ! –

Nicht, daß ich jede Ihrer Ansichten ablehnte; denn wie Sie richtig bemerken (S. 165a) : »Continual talking is likely to be associated with some thought here and there«, nur sollte man nach dieser Maxime keine Bücher verfertigen, zumal keine kulturgeschichtlichen. Doch ich will Ihnen kein Unrecht tun – in dem ganzen Auszug aus Ihrer Entwicklungsgeschichte der Menschheit kommt nicht einmal das Wort »Kultur« vor; noch mehr : Sie haben auch gar keinen Begriff davon, daß dies das Wichtigste und Auszeichnendste des Menschseins überhaupt sein könnte. (Nur einmal, S. 168a, sprechen Sie in einer Zeile ironisch von solchen, denen ein Gedicht mehr gilt als ein Pflug).

»Civilization«, d.h. nach Ihrer eigenen Definition auf S. 175b »The mass of such things as agriculture, metalworking and social tradition,« (!!!) ist das Ausschlaggebende für Ihren Man, denn das gibt die »control over the outside world« (S. 166b) und das ist Ihnen auch der eigentliche »rough and easy way« (S. 167b), das entscheidende Kriterium, Epochen miteinander zu vergleichen, oder, wie Sie Ihre Methode deutlicher präzisieren, zu »testen«. Dann ist es allerdings ziemlich logisch, wenn Sie (S. 163b) sagen, daß »um 2000 v.C. die Welt einen Zustand erreicht hatte, der sich in den folgenden 3000 Jahren nicht nennenswert mehr veränderte«, und beweisen dies unnötig ausführlich durch die fast gleichen Ackerbau- und Viehzuchtmethoden, Maschinen, Baukunst etc. Seltsamerweise betrachten aber selbst Sie es als allerdings einen Rückschritt, daß inzwischen das babylonische Dezimalsystem verloren gegangen war.

Es war wesentlich mehr verloren gegangen; und ich komme damit zu dem eigentlichen Anlaß meines Briefes.

Denn wie um uns das volle Gewicht Ihres Zivilisationstestes recht handgreiflich zu machen, applizieren Sie ihn (unser »anwenden« gibt Ihr Verfahren nur unvollkommen wieder) mit anerkennenswerter Parteilosigkeit auch auf die Griechen (s. 164a–166a).

Zunächst machen Sie uns die Entstehung hellenischer Kultur unschwer faßlich (S. 164b) : »Not having much regular work to do, they had to pass the time in various ways. Thus the Greek citizens were able to develop art, athletics, and philosophy«. Klingt ganz einleuchtend, wie ? Und so einfach ! – – Nicht wahr : Die Regierenden und Priester der Jahrtausende vor und nach Jenen hatten diese faule Zeit nicht ?! Und die gleichfalls arbeitsscheuen Südseeinsulaner, oder Germanen, oder Klosterinsassen etc., hatten sie auch nicht ?! Und dennoch haben Die alle Künste und Wissenschaften (von Philosophie ganz zu schweigen) nicht nur nicht entwickelt, nicht nur sie gar nicht verstanden, wo sie ihnen begegneten, sondern sogar ihr Bestes getan, sie zu unterdrücken ! (Kultur ist nämlich für gewisse Leute – so 99% – langweilig : wissen Sie das !?) – Wohl braucht der Künstler und Denker Muße; aber umkehrbar ist dieser Satz, ähnlich wie der vom Schwein und der Wurst, nicht.

»Viel Unsinn ist schon über die Griechen im Allgemeinen, und besonders die Perserkriege geschrieben worden. Immer noch wird ernsthaft behauptet : durch ihren Sieg über Persien haben die Griechen die Zivilisation gerettet.« Für den ersten Teil dieser Behauptung gibt Ihr Buch den besten Beleg; ich wage keinen Einwand. Zu dem zweiten Satz habe ich nur zu sagen, daß außer Ihnen noch Niemand – zumindest in

Europa – solch ein Diktum gewagt hat; wir pflegen zu sagen : weil Griechenland nicht unterlag, konnte es jene Kultur entwickeln.....

»Das Hauptunglück der Perser war nämlich nicht, den Griechenkrieg zu verlieren, sondern die Griechen die Geschichte dieses Krieges schreiben und an die Nachwelt weitergeben zu lassen.« Es ist einer Ihrer ständigen Irrtümer, anzunehmen, daß es in jenem Kriege so etwas wie Sieger und Besiegte in unserem Sinne gegeben habe; wohl in den einzelnen Schlachten, ja; aber der Krieg als Ganzes hörte mehr so auf. Kein Friedensschluß beendete ihn; keine Reparationen wurden amtlich gefordert oder gezahlt; keine nennenswerte Grenzveränderung trat ein. Die Griechen hatten sich eines Angriffs erfolgreich erwehrt; sie waren nicht unter persische Herrschaft geraten. – Und daß der Bericht Herodots – er ist ja die Quelle, nicht »die Griechen« – ein Unglück für die Perser gewesen sei, kann nur Jemand sagen, der ihn nie gelesen hat; denn »Was Herodotos von Halikarnassos erkundet, das hat er hier aufgezeichnet, auf daß nicht mit der Zeit vergehe, was von Menschen geschah, noch die großen Wundertaten ruhmlos vergehen, die Hellenen nicht minder als Barbaren vollbracht haben... !« Das war nämlich auch so Etwas, was Ihre »intelligent Egyptians or Babylonians« oder Ihre »in many ways more admirable« Perser von den Griechen hätten lernen können : wie man objektiv und in genialer Gesamtschau Universalgeschichte schreibt, anstatt des engstirnigen und überheblich-verlogenen hölzernen Chronikentons der ägyptischen oder alttestamentarischen Lokalklätschereien.

Nach diesen allgemein einleitenden Feststellungen setzen Sie nun erbarmungslos Ihren »test« an, und – ich übergehe Ihre billigen und dabei nichts weniger als originellen Ausführungen über den Zusammenhang zwischen Quatschen und Denken; Burckhardt hat schon vor Gründung der Universität California über das agorazein wesentlich lesenswertere Betrachtungen hinterlassen – Sie resümieren : »Nirgends in aller Welt ist auch nur eine wichtige Erfindung im Gebrauch, die wir mit Sicherheit den Griechen zuschreiben könnten.« : »Aus all dem ziehe ICH (ich, Prof. G.R. Stewart !) die Folgerung, daß die Griechen die Zivilisation weder schufen, noch retteten, noch nennenswert erneuerten.« Dennoch gestehen Sie den Griechen einige Bedeutung zu »der Meinung halber, welche spätere Völker von ihnen hatten«; denn wenn sie schon nichts erfunden haben, »sie dachten und schwatzten und schrieben's dann auf. Solchergestalt wurden dann noch ihre Fehler wichtig, weil sie spätere Männer anregten, über die gleichen Probleme nachzudenken, und sie vielleicht zu lösen.« Thank You; nun sehen wir, so lange vom präjudicium antiquitatis gehemmten, abendländischen Neurotiker doch endlich einmal klar ! Zwar hatten uns die fliegenden Blätter schon vor Jahrzehnten davon unterrichtet, wie man in Arkansas Wandmalerei treibt; Mark Twain vom Zeitungswesen in Tennessee; und vor Monaten entlas ich mit tiefem Glücksgefühl der New-York-Post, wie man endlich in Cazenovia, NY, für 4–5 Millionen Dollar die so lang entbehrte Fußball-Ruhmeshalle errichten wird (allerdings von den Griechen entlehnt; die setzten ihren Raufern und Luftspringern auch immer Denkmale zu Olympia); aber Ihrem Buch, dieser Bonanza des Unsinns, war es vorbehalten, uns zu informieren, wie man in den US Menschheitsgeschichte lehrt.

Wir pflegten den Griechen bisher kurz Folgendes zuzuschreiben :

1.) daß sie als Erste Geist und Methode abendländischer Forschung entwickelt und geübt haben. Ihnen verdanken wir so wichtige Einzelresultate wie die genaue Messung der Erdkugel, und, daraus resultierend, Karten mit nach Länge und Breite fixierten Objekten – Dinge, die noch wesentlich bedeutsamer waren, als das babylonische Dezimalsystem, und auch von den Späteren vergessen oder unterdrückt wurden; vergleichen Sie nur das christlich-offizielle Terrarium des Kosmas, oder die kreisrunde, auf Jerusalem zentrierte Erdscheibe der Radkarten damit : oh, man hatte schon etwas von der Rotundität der Erde gehört, wie ? – In der Astronomie sind Sternkataloge, geo- und heliozentrisches Weltbild, etc. auch griechische Erfindung; biologische Systeme rühren von ihnen her; könnten Sie diophantische Gleichungen lösen ?

2.) Vergleichen Sie die griechischen Kunstleistungen, Statuen, Tempel, Epen, Dramen usw. selbst mit allen vorhergehenden, gleichzeitigen und späteren Leistungen; größere Männer als wir Beide haben davon geschrieben und geschwärmt.

3.) Philosophie – – nun, soweit sind Sie da drüben noch nicht. –

Wir sind und bleiben der Meinung, daß, dem Stewarttest zum Trotz, unsere gesamte geistige Existenz, wie sie als Ergebnis aus den zwei letzten Kulturwellen, der Renaissance und der Zeit von 1750–1850, hervorgegangen ist, wie diese selbst, auf dem Griechentum beruhte. Sie stellen fest (S. 166a), daß es gar keinen »fall of civilization« jemals gegeben habe, und ich will Ihnen – mit Einschränkungen – beistimmen : aber Sie hatten als Ihr Thema »Man« angegeben, Herr; »Man«, nicht »civilization« !! Die Gleichung zwischen diesen beiden ist allerdings originell und Ihr geistiges Eigentum; aber ich bezweifle, daß Sie deswegen viele Neider finden werden. Es mag beschämend sein, daß Ihre Nation – Edgar Poe ausgenommen – noch keinen Beitrag zur großen Kultur geliefert hat; aber auch diese Zeit wird einmal kommen ! – Allerdings nicht durch Ihr Verdienst. –

Möge Ihre Wasserspülung stets funktionieren :

in aufrichtiger
Verachtung
Arno Schmidt

Herrn
H. J.
(10) G.
J'er Strasse 42

Lieber H. !

Vielen Dank für die Abschrift aus dem Lyncker; es wird mir mehr helfen, als Du zu glauben scheinst, denn ich habe dadurch eine ganze Anzahl neuer Adressen mehr, wo ich anfragen kann. Die meisten der handschriftlichen Nachrichten werden ja leider verbrannt sein; im Laufe meiner Korrespondenz habe ich allmählich ein erschütterndes Bild vom Zustand unserer Archive und Bibliotheken bekommen : verbrannt, ausgelagert, beraubt, in Unordnung, jedenfalls nicht verfügbar – das ist meistens die Antwort. Vor 10 Jahren wäre noch Zeit gewesen; aber da hatte ich keine.

Ich betrachte es zwar nun schon als einen unvermeidlichen Teil meines Schicksalsbündels – zu mir gehörig wie meine Nase, oder mein Fingerabdruck; ich könnts in jedem Paß unter »besondere Merkmale« angeben – daß ich nur unter den niederdrückendsten äußeren Verhältnissen arbeiten können soll : 34–39 als obskurster Kommis, von einer skrupellosen Firma brutal ausgenützt und schändlichst entlohnt; dann 6 Jahre Soldat – Dante war nur ein paar Tage in der Hölle – und nun, wo ich mir das erstemal Zeit erlistet habe, und mir trotz meiner Jahre vielleicht noch ein paar Unsterblichkeiten entwischen könnten, da sitze ich hier, habe meine ganze mühsam zusammengehungerte Bücherei verloren, lebe unter dem Existenzminimum in einem verschimmelten Raum, koche Amorphes in alten Konservenbüchsen, muß vor Unterernährung 18 von 24 Stunden im Bett zubringen – und dann braucht nur noch Jemand sich zu wundern, wie man doch hat einen Leviathan schreiben können; daß einmal Einer (oder Eine) gesagt hätte : »Oh Gott, was muß der Mensch durchgemacht haben, bis er so weit war !« – das ist noch Keinem eingefallen ! – Ich habe wieder einmal mit tiefer Rührung den Anton Reiser, meinen wahren Bruder in Geist und Los, gelesen; es ist das erschütterndste Buch, was ich kenne (und auch mir unnachahmlich; denn ich bin nur noch Zorn und verwilderte Metaphernkraft). Was ist daneben das steifbeinige Gespräche Goethes in den hochfahrend gestückelten Wanderjahren oder den herrschaftlichen Wahlverwandtschaften. – Man sollte in Stockholm, anstatt jedes Jahr immer wieder gerührt ein neues Dutzendgenie zu entdecken, den Nobelpreis lieber einmal zum Neudruck solcher vergessener Bücher verwenden. –

Und Du nennst Somerset-Maugham's »The razor's edge« ein interessantes Buch, und bedankst dich noch bei mir for the gift of the same ?

Ich will Dir genau sagen, was es ist : nämlich ein mühselig zusammengeleimtes Gelumpe aus Boulevardanekdoten, schwitzend mitgeschriebenen Lebensläufen von Halb- und Ganznutten, und bewundernden Bemerkungen über greisende Affen. Zuweilen ist es Zeit, ein verkrampftes Schweinereichen zu wagen : das bringt Leser und beweist einen vorurteilsfreien reifen Geist. Die Nichtigkeiten der vornehmen Welt werden mit jener demütigen Breite behandelt, an der man sogleich auf 1000 Yards den Engländer in der Literatur erkennt. Von Indien und Mystik wird auch stets gern gehört : das gibt Tiefe : man denkt immer, der weiß noch mehr ! Noch wichtiger aber sind die Kleider der Damen, Möbeleinrichtungen, Oberhemden (von Macy), und die Grazie, mit der man eine Teetasse zum Munde führt.

Einfach schreiben ist eine geringere Kunst, als Du denkst, H. Die Pflicht deutlich zu schreiben, hat ja wohl jeder »Schriftsteller« (welch ein hölzerner Sinn liegt in dem Unwort !); bringt er außerdem noch eine Fülle neuer und tiefer Bilder, so ist er ein Dichter; schreibt er dazu von großen Dingen, so ist er ein Genius. (Die Kritik der reinen Vernunft ist ein munteres Beispiel, wie ein sehr bedeutener Stoff durch eine wahre Tollhäuslersprache völlig ruiniert, neutralisiert, worden ist.) Nun wende diese Binsenwahrheiten auf den vorliegenden Unfall an : Es sind krampfhaft aufgeputzte Belanglosigkeiten in heilvoller Normalsprache angebracht, einfach aber geschmacklos. (der mildeste Vergleich ist noch ein Aquarium : ein paar billige Fischlein, Schnecken, höchstens mal 'ne Libellenlarve, und den leicht schleimigen Boden erreichst Du überall mit der Hand, ohne Dir die Manschettenknöpfe naß zu machen). Ich will es nicht sein schlechtestes Buch nennen; denn ich kenne seine andern nicht, aber ein schlechtes Buch ist es auf jeden Fall. – Nebenbei ist er ja schon so berühmt, daß ihm nur noch der Dynamitpreis oder eine Büste fehlt; dann wissen wir es ganz genau, daß es ein großer Mann ist. –

Den Artikel von Hilary St. George Saunders hab ich damals als POW in Brüssel, etwa Ende April, gelesen (es war jedenfalls noch Krieg), wo er befriedigt beschreibt, wie die alliierten LKW-Fahrer die deutschen Menschenfrachten rasend schnell fahren, und dann die Bremsen recht scharf anziehen : das gäbe immer wenigstens ein paar gebrochene Beine ! – Ich könnte die Zeitung wohl noch auftreiben; liegt viel daran ?

(Damals hab ich mich auch, in Ermanglung eines besseren wieder einmal amüsiert über das ganze Alte Testament hergemacht : die alten jüdischen Schnurren, derbfädige Sittenlehre, heiliges Gestammel, pikante Anekdötchen, Kraut und Rüben (Trüffeln auch'n paar dabei !) : aber : welche Geistesverfassung muß Einer haben, um so Etwas für buchstäbliche Äußerungen (oder doch Einbläsereien) eines Gottes zu halten ! –

Dein Rat, auch russisch zu lernen, ist vielleicht gar nützlich; aber zunächst ist mir selbst Karo einfach noch lieber als das schönste Rot oder Pieck mit Vieren. Natürlich weiß ich als echtes Kind meiner Zeit von Rußland nur das, was uns die Schlager lehren, also daß man in Nishnij-Nowgorod weder Kußverbott noch Hungersnott kennen soll (ich glaube es aber nicht; ich habe im POW-Durchgangslager Luthe einen 5000 Mann Transport von Gefangenen aus Rußland mit durchgeschleust – –) Dostojewski kenn' ich ziemlich gut; auch Tolstoi Einiges, ja. –

Falls noch mehr der alten Bekannten auftauchen sollten, berichte doch gleich davon. Hast Du von Thomae mal was gehört ? Oder von Horst Lenz ? Der hat mir immer still imponiert; er war schon damals das, was man einen Charakter nennt, obwohl einfach gefügt – aber das gehört wohl zusammen.

Exzellenter Witz beim Feuerbach : Stirbt der Patient, ist der Arzt schuld; kommt er davon, wars die Madonna !

Schreib bald wieder, und gräm' Dich übers Albertinchen nicht zu sehr : im Goedecke soll auch nichts stehen ! Jetzt bleiben nur noch die Jahresverzeichnisse der Schillerstiftung; aber wo findet man die bei der heutigen Misere ? Nun, ich bekomme langsam, Steinchen für Steinchen, das Material zusammen, obwohl ich mir das Briefporto vom Leibe abhungern muß – na, wer weiß, wozu es gut ist (ich jedenfalls nicht !) –

Viele Grüße auch von Alice. –

Dein : Arno

P.S. : Du klagst, daß Du Dir bei Deiner Arbeit den »Geist des Mittelalters« gar nicht recht vergegenwärtigen könntest ? Da empfehle ich Dir das hiesige evangelische Wochenblatt; neulich war eine lange feinsinnige Betrachtung drin, über das Thema, wie man das Wort Gottes lesen solle : wirklich gut, zum Teil tiefsinnig, und von gotischer Zartheit ! Manches war exzellent formuliert ! – Aber zunächst einmal zu untersuchen, ob er denn nun auch wirklich das Wort Gottes habe – das fiel dem Glasbläser nicht ein ! Voila der Geist des Mittelalters ! Natürlich fehlte es auch nach Art dieser Leute an Drohungen gegen die Skeptiker nicht : da hast Du ihn gleich noch einmal. – : Denn erfunden ist ja nicht von Hitler oder (hiatus in manuscripti) oder im Burenkriege das KZ, sondern von der christlich pervertierten Phantasie der Altväter, und ausprobiert ebenfalls im Schoße der heiligen Kirche, siehe Inquisition. Verlange doch Der jetzt keine Toleranz, Der sie 1000 Jahre lang, als er »an der Macht« war, nicht ausgeübt hat (und wenn sie nur könnten, rissen sie uns heut noch in Stücke !)

P.S. 2. : Sind alle Zeit merkwürdige Leute gewesen, die Frommen : Luthers Schwiegersohn kommt sogar im großen Brehm vor, Säugetiere Bd 2. –

Mensch plus Pferd gleich Zentaur : da lachen sie über die dummen Heiden; aber Mensch plus Vogel : das nennen sie Engel und betens an ! Das Cherubim Ochsen sind, ist bekannt, ja ? – Oder wie Pfarrer L. in A., der das Datum von Fouqués Hochzeit in seinem Kirchenbuch nicht finden konnte, und mir dies mit dem Willen des Herrn erklärte, der scheinbar wünsche, daß das Geheimnis bestehen bleiben sollte ! – Ist nur, weil Du nach dem Geist des Mittelalters fragtest. (Der 9.9. war's nebenbei.)

II.

Wie ein Vierzigjähriger wachliegt und nach seiner Jugend stöhnt... Denn man zünde seine Kerze an beiden Enden an; und werfe eine Handvoll Salz in den Wasserkrug; oder steige früh um 4 in unbekannten Mietshäusern : so ist das Leben.

Nachts schlitzen goldene Messer im Himmel. Regen trabt, trollt, trabt.

Zwanzig Jahre hat man zu lange gelebt; sich für Geld kaufmännisch gebärdet, höflich; in Nichtswürdiges gebissen. Argentoratum, Gradmessungen in der Romsdalskette, englische Tanks beschossen, hinter Stacheldraht geflucht, Autor ist man geworden : zwanzig Jahre zu spät.

Um halb fünf johlt der Zug durch Cordingen; wenn Vehlow den Anzug kauft, reichts wieder zwei Monate; gestern Abend »äußerte« nebenan Senatspräsident a.d. Filsch : » – unser herrlicher Bismarck ! – Ich bin überzeugt : wenn er gewollt hätte, wäre er auch der größte Dichter der Deutschen geworden ! –« 75 Jahre lang hat dies Fossil zufrieden gekaut, sorgfältig, geschluckt; im perlgrauen Maßanzug die unfehlbare Altersstimme mit Anekdoten von »hohen Offizieren« und ihren Burschen (»Erbsen mit General, Herr Speck !« – »Köstlich !« –)

Dabei waren die Wolken wie Brandmale; die wirren Silberketten der Gestirne, scheinwerferdurchfingert; Sterbende griffen sich ins glitzrige Gehirn. Und Offiziere sah ich schon vor Hunger in Abfalltonnen nachschlagen : »Köstlich !« – Von all seinen Gaben hat mir das Schicksal keine so großzügig gewährt, wie Kenntnis dieser »Urphänomene« (natürlich auch weiteren 80 Prozent der Menschheit) : und deswegen ist's endlich wieder einmal nötig, Einiges gegen den Herrn mit dem glücklichen Auge vorzubringen (außerdem hab' ich Alice was zum Geburtstage versprochen.)

Weißt Du, Stifter hab' ich vorgelesen; den beschriebenen Tännling wieder mal; wir haben gebrüllt vor Lachen (Über manche Stellen, z. B. »Er ging an der Milchbäuerin vorüber....« bis ».... abermals Hut und Axt.«) : da kann ich verstehen, warum Hebbel die Geduld mit ihm verlor ! Andrerseits hat er Seiten von unfaßbarer Zartheit, Schönheit, ruhiger Kraft. Und wieder daneben die unglaublichsten Abgeschmacktheiten und Längen. Halt ein blanker stiller (ich kann zwei Zeilen von meinem Manuskript nicht mehr lesen; tintenfestes Papier hab ich nicht.) Könnte viel über ihn sagen. –

Interessante Einzelheiten bei Fouqué über den »großen« Friedrich : wie der im Druck des siebenjährigen Krieges phantastische Projekte entwirft, toll wie der Traum eines Fieberkranken : den Russen will er die Erben Dschingiskhans von hinter her auf den Hals hetzen. Schickt dazu

»hohe Offiziere« (v. Goltz) verkleidet in Asiens Steppen, und, als der Tartar erkrankt, auch noch seinen Leibarzt, Fraise; Geschichten wie aus tausend und einer Nacht. Sie belegen jedenfalls einwandfrei, daß es mit der gerühmten Größe, der angeblich immer klaren hohen Besonnenheit nicht ganz so weit her ist, wie literarische Berufssoldaten uns schon allzuoft haben glauben machen wollen. Na, 's ist keine Schande; als Junge hab' ich mir auch mal vorgestellt, daß ich in der Lotterie gewonnen hätte. Blättre getrost einmal in den »œuvres«, damit Du den richtigen Begriff von seinem geistigen Niveau erhältst : Alles Gedanken aus dritter und vierter Hand ! Glücklicher Stand, dem schon die Kapazität eines Mittelschullehrers zum Prädikat »groß« verhilft ! Hinreißend blöd auch sein Brief an Myller für den Druck des Nibelungenliedes : »Meiner Einsicht nach sind solche nicht einen Schuß Pulver wert, und verdienten nicht, aus dem Staube der Vergessenheit gezogen zu werden. In Meiner Büchersammlung wenigstens würde ich dergleichen elendes Zeug nicht dulden, sondern heraus schmeißen.« (Liegt auf der Züricher Bibliothek unter Glas und Rahmen) –

Sonst nichts Neues; vergiß bitte meine Anfrage nach einem Stadtplan nicht. Sobald ich das von Dir gewünschte...... beschaffen kann, schicke ich es auf Umwegen (Die Postsperre mit den 50 Gramm ist schon ein Wahnsinn, von der Elbe unz an den Rhin..)

Stets Dein : Arno

Karl May's »Ardistan und Dschinnistan« müßte von ihm erhalten bleiben; ist eine beachtenswerte christliche Allegorie, das Buch eines echten Groß-Mystikers. Gerechtigkeit muß sein. Beide wollen wir das Gute; nur faßt er es als Hauptwesenszug Gottes; ich aber als winziges Fremdquantum, das verstärkt, und endlich zum Aufstand gegen den Leviathan eingesetzt werden muß. Kepler und der kleine Fritz sagen praktisch das gleiche Richtige vom Planetensystem; nur weiß der Eine warum und kanns beweisen, der Andre nicht : darum ist mir Kepler lieber. Und wenn der kleine Fritz tolerant sein könnte, wär ich's auch gegen ihn.
So long. A.

An
Uffz.
Werner Murawski
Fp. Nr. 23 567 D

I.

Lieber Werner !
Ich danke Dir für Deinen letzten Brief vom 15.11.; er zeigt mir, daß trotz so vieler entgegenwirkender Einflüsse unser schönes altes Verhältnis noch weiter besteht. –

Über Deinen Entschluß, Offizier werden zu wollen, sage ich nichts mehr; Du weißt, wie ich darüber denke. Leider haben wir uns in den letzten 4 Jahren ja fast gar nicht mehr gesehen, sonst hätte ich es vielleicht noch verhindern können. Die Geschichten vom »roten Halsband« (Herder) waren also umsonst. Nimm mir ein bißchen Enttäuschung nicht übel; ich hatte damals immer wieder unter vorsichtiger Ausnützung meines Vorsprunges von ein Dutzend Jahren versucht, behutsam Geschmack und Liebe an den Wissenschaften in Dir zu wecken, und hatte auch meine rechte Freude daran, wie Du so schön darauf eingingst. Ich hätte Dich später gern in den geistigen Disziplinen tätig gesehen; natürlich, unter Berücksichtigung Deines Temperamentes, in deren unruhigeren und abenteuerlicheren Zweigen, Archäologie, Urkundenforschung u. dgl. – Du würdest wohl Gutes geleistet haben. – Nun, es ist weder meine noch Deine Schuld, wenn es anders geworden ist; aber schade ist's doch und ich fürchte, die Totschlägerei als Kunstwerk wird Dich auf die Dauer nur unvollkommen befriedigen. – Genug hiervon. –

Daß man im Felde nicht sonderlich zum Lesen kommt, hätte ich Dir aus den Latifundien meiner militärischen Bitternisse bereits vorher mitteilen sollen : es ist schon aller Ehren wert, Werner, daß Du's überhaupt versucht hast ! Und noch dazu in tapferster Weise (Wie es dem OA so wohl ansteht) mit Goethe. Das Schönste aber ist, daß Du mir so trutzig offen schreibst : »... selbst er sagt mir nichts an solchen Tagen; man ist wohl einfach nicht mehr aufnahmefähig genug...«; das ist anständig von Dir, Werner, daß Du die Schuld auf Dich nehmen willst; aber es ist nicht nötig. Denn »an solchen Tagen« hört man seine Stimme wirklich besser nicht ! Und Du brauchst ob Deiner Ketzerei nicht zu erschrecken !

Ich gäbe viel darum, wenn wir uns in diesem Augenblick wieder wie früher gegenüber sitzen könnten; denn es ist in Deinem Leben eine der (für jeden Deutschen) wichtigsten Stunden gekommen : die, wo Du »die Wahrheit« über Goethe hören sollst. –

Du erinnerst Dich wohl, daß wir damals – wenn auch selten – mit leuchtenden Augen vom »Sternenglanz und Mondes Überschimmer« lasen, und wie er im 2. Teil des »Faust« neue sprachliche Wege zu gehen versuchte, auf denen dann später die Talentfülle des Expressionismus wieder einmal die Grenzen der Bildkraft weiter hinaus schob. Denke auch an der Tragödie schön geschlossenen ersten Teil; an den mitreißenden Werther, an so manches feine und brausende Gedicht : ein großer Mann ! – Ohne Zweifel !

Ich habe Dir damals nur diese eine Seite gezeigt; zeigen können; Du bist inzwischen um fast 5 Jahre älter geworden, hast Vieles gelernt, Manches erlebt, vor allem wohl auch dies Wichtigste : daß man als Knabe und Jüngling nicht voll urteilen kann, weil ganz einfach Wissen und Erfahrung fehlen. Schwung und Glanz der Seele, so unvergänglich und rauschgoldfarben sie jene Altersstufen auch verklären, reichen nicht aus zum Höchsten.

Und indem Du älter wirst, begegnest Du immer häufiger den Urphänomenen unseres, des kleinbürgerlichen, Lebens : Dürftigkeit oder gar Not, Abhängigkeit oder gar Gedrücktheit, Arbeit oder zumeist gar Fron, Krankheit; und immer wieder erbarmungslos hineingemischt : Krieg, Gefahr, Elend, Verlust, Zwang. Und Tod ! (Du wirst nun auch schon viele Tote gesehen haben !) Ich will damit sagen, daß wir, die »Kleinbürger«, 95 Prozent des Universums ausmachen, und daß weiterhin das Dasein dieser zahlenmäßig so überwiegenden Klasse von Gebilden aus den vorher angeführten Gründen nicht lebenswert ist.

Und deshalb kommt bei uns viel eher als bei den ganz wenig »Glücklichen« das Bedürfnis nach Wahrheit, nach der Erkenntnis des eigentlichen Hinter-Grundes dieses Weltmechanismus, der so düster und eisenhart um, in und durch uns rollt. Viel eher, viel eindringlicher, viel rücksichtsloser; viel ehrlicher, viel selbstloser, viel radikaler. Und wiederhole Dir, was ich Dir früher über den Kursus sagte, den jeder Denker durchlaufen muß, wenn er überhaupt von uns gehört werden will : zur Erkenntnis unserer räumlichen Situation : Mathematik, Astronomie, Geographie; zum Überblick über die zeitlichen Verhältnisse : Geologie, Paläontologie, Geschichte; zur Orientierung in seiner Umwelt: rezente Biologie, Physik, Chemie, Kulturgeschichte. Das Ergebnis seiner Studien ist Dir klar; nimm an, daß Du Dich als denkendes Wesen der Sonne nähern könntest, und erschrick vor dem johlenden Flammencyklopen; denke an die Infusionszahlen gequälter, zerfallner, gestorbener Dinge; gestern sah ich einen Heringsschwarm im Fjord : wie sie Körper an Körper vorwärts jagten, unter ihnen, hinter ihnen, kauten Großfische an ihnen; ein Katzenhai fraß wahnsinnig, erbrach Alles in Stücken; füllte sich wieder mit Höllengier, erbrach, fraß, erbrach (es hat mir in den Händen gezuckt, Gott zu zerreißen; und klaffte sein Maul über tausend Spiralnebel, ich spränge ihn an !).

Andererseits sehen wir, in einigen merkwürdigsten Individuen, wie »das Glück« sich zuweilen fast zu verkörpern scheint, manchmal auf Jahre, auch wohl für ein ganzes Leben : Alexander, Sulla, Napoleon. (Suche selbst Beispiele; Werner Murawski und Arno Schmidt sind jedenfalls keine.)

Aber Goethe !

Und die Folgerung ist sehr einfach : solche dämonisch isolierten Wesen können natürlich unsere »Wahrheit« nicht brauchen, wollen sie nicht einmal kennen; sondern nur bewußt und mit der ganzen Fülle ihrer meist gewaltigen Individualität ihr Lebensstück genießen.

Ich führe das Beispiel jetzt aus !

Goethe. – Die Welt war Glück, war positiv : er hatte es ja erlebt und erlebte es noch täglich; er hatte wie ein Sultan (Schach Gebal – weißt Du noch ?) den Beweis in Händen. Wer unglücklich war, gequält war, hatte also Unrecht (Kleist, Grabbe, Hoffmann, etc.); noch mehr : er war wohl irgendwie schuldig, verdächtig, gezeichnet, zu meiden ! Er war instinktiv »objektiv«, ein Wesen der Oberfläche; jede Tiefe erspürte er sogleich als feindlich-unheimlich, und kehrte um, mit all dem brutalen Egoismus, mit dem er die Falschheit (Verlogenheit) seiner Weltkonzeption um jeden Preis schützte; deshalb lehnte er auch die Beschäftigung mit den fundamentalen Problemen des Seins überhaupt ab (nach dem Rezept »Das Unerforschliche ruhig verehren«). Er wollte nicht Wahrheit, sondern persönliche Sicherung : »Was Euch das Innre stört, sollt Ihr nicht leiden !« (»sollt«, was für eine Formulierung !); das aber ist die Methode des Vogel Strauß ins »bedeutend Allgemeine« gewendet. Denn er ist gar nicht bis an die Grenzen gegangen, welche seiner Zeit der Wissenschaft und der Philosophie erreichbar waren : die Astronomie z. B. war ihm unerträglich; wenn er von Lichtjahren und Unendlichkeit hörte, da war es ihm, als müsse er unsinnig werden; Mathematik – das war auch so eine böse Lücke : mühselig hat er es als Vierzigjähriger noch bis zu den Anfangsgründen der Trigonometrie gebracht (sic !!) – und denke an Plato : nemo geometriae ignatus intrato – obwohl er von Gauß sogar schon Einiges von den nichteuklidischen Geometrien hätte hören können. Schopenhauers »Welt als W.u.V.« las er auch; aber was er zu

Adele darüber urteilte, läßt Einen unwillkürlich zurücktreten : ist je etwas – ja, Sinnärmeres – darüber geäußert worden ? – Was muß das für ein Mensch sein, der sieht, wie ein Tier das andere fressen will, und dabei entzückt ruft : »Was für ein köstliches abgemessenes Ding ist doch ein Lebendiges ? Wie wahr ! Wie seiend !«. (Da lob' ich mir den Don Sylvio; wenn's auch gerade mal keine Fee war !).

Viel zu früh (und wie gern !) hat er philosophisch resigniert, um sich desto eher und beruhigter dem vollen »tüchtigen« Leben widmen zu können. Zur Feststellung : »Nach oben ist die Aussicht uns verrannt...« hatte er sich gar kein Recht erworben ! Urangst hatte er, Werner, nichts weiter ! Goethe, das ist die Angst vor dem Weltall, dem Leid der Kreatur, dem Tode, also (unerbittlich !) : das ist die Flucht vor der Wahrheit. Daher letzten Endes sein majestätisch getarnter Abscheu vor den »krankhaften Sujets« in der Literatur (leider verstand er eben nur Alles darunter, was ihm »das Innre störte«). Und erinnere Dich des unheimlichen Faktums (bei Eckermann) daß Niemand vom »Tode« seines Sohnes August reden durfte; er sagte nur hastig zu Ottilie, und wenns sonst erwähnt wurde : er kommt nicht wieder – – da greifst Du's mit Händen !! –

Du wirst vielleicht eifrige Goetheaner auch von ihm als Wissenschaftler schwärmen hören; dies ist einer ihrer liebenswürdigen und verzeihlichen Wunschirrtümer, und Du siehst den Unterschied ja auch sogleich, wenn Du Goethe mit wirklichen Gelehrten seiner Zeit vergleichst : Gauß, Schopenhauer, Mannert, Grimm, Humboldt, Cuvier, Herschel, etc. – Seine naturwissenschaftliche Tätigkeit war immer nur topographisch (objektiv) und das dilettantisch geheime (museale) Ergötzen an der bunten tonischen Oberfläche; wahre Wissenschaft aber grenzt allenthalben an den Leviathan, und da hätte er sogleich die »glücklichen Augen« fest zu gemacht. Vergegenwärtige Dir hier auch die Farbenlehre mit der Polemik gegen Newton – das Mißverständnis ist heute bekannt genug; aber der Haß ging ja soweit, daß man sogar die Spektrallinien leugnete (was ja auch Schopenhauers Schandfleck ist und bleibt, der bekanntlich vollkommen unvernünftig wurde, wenn darauf die Rede kam). Oder seine uns ganz unbegreiflichen alttestamentarischen Betrachtungen (Wahrheit und Dichtung), die noch völlig im Geiste der mosaischen Theologie des 17. Jahrhunderts befangen sind; vor allem wie unschuldig er noch im Alter über den Quellenwert dachte, naiv und kritiklos, wie ein liebenswürdiges Kind. (Man kann eben einfach nicht Alles sein, und die »Universalgenies« sind nur in frühen Zeiten möglich, wo der Wissensvorrat noch so gering ist, daß fast jeder Schritt Neuland erschließt. – Ein Polyhistor ist ein Anderes; erreichbar; und jeder Autor muß danach streben !)

Und man kann ja nur schmunzeln, wie er 1830 mit Eckermann die effektvolle Komödie aufführt : Alle sprechen von der Julirevolution, und auch der alte Schalk erregt sich kunstvoll ausweichend mit, bis er endlich anbringen kann, daß er ja die Cuvierfehde meine ! Und Eckermann – grün und mit Federn, wie Heine sagte – hält das bedeutende Faktum sogleich ehrfürchtig fest. Und die edle Einfalt der Idolatoren beiderseits der Ilm verehrt's noch heute. –

Wind kommt über'n Fjord; es ist Mitternacht geworden. Ich habe im letzten Jahre interessantes Material über terrestrische Refraktion gesammelt, so gut es bei dem ewigen Großalarm und den erbärmlichen Instrumenten möglich war; vielleicht können wir einmal zusammen eine umfassende Untersuchung anstellen : der Gegenstand ist mir ungemein wichtig geworden, da ich eine neue Methode der Ortsbestimmung – rechnerischer Rückwärtseinschnitt über nur 2 (!) Hochpunkte – entwickelt habe. (Besser : entwickeln mußte; denn in diesem unglaublich verzwickten Gelände muß man meist schon glücklich sein, wenn man nur 2 TP's sieht). Habe aber schon exzellente Erfolge damit gehabt, obwohl die Rechnung sehr kompliziert ist. –

Nun, Näheres von all dem, wenn wir uns wieder sehen !

Schreib bald wieder !

Arno

II.

Lieber Werner!

Seit Monaten hat mich keine Nachricht mehr von Dir erreicht: unruhig bin ich darüber. Und ich will deshalb schon antworten – als ob –

Ich glaube, daß wir über Goethe als Gelehrten und Denker ziemlich einig sind; dennoch könnte ich mir vorstellen, daß das faszinierende Bild des Menschen Goethe Dein Urteil noch immer fälscht. Es ist eben wirklich nichts schwerer, als sich von alten Begriffen und Denkweisen loszumachen (hier liegt der Hauptwert von Revolutionen und Ketzern!), und Götter verdanken ihre Größe nur der Kritiklosigkeit der Gläubigen.

Als einleitende Feststellung zunächst dies:

Bei G. (wie z. B. auch bei F. etc.) die vollkommene Verkennung der Tatsache, daß sie nur eine ganz kleine, vom Glück verwöhnte, Minorität ausmachen, die durchaus nicht gebildeter oder feinfühliger oder begabter als das eigentliche »Volk« ist, deshalb mit den schon mehrfach erwähnten 95% der Wesen fast nichts gemeinsames hat, und bei Vernünftigen (Unverblendeten) nur auf Gleichgültigkeit, oder, besser noch, auf kalte Ablehnung stoßen kann, weil sie es eben, trotz großer Gaben, versäumt (oder absichtlich vermieden) hat, das allgemeine Los des Kreatoriums zu teilen, und uns ehrwürdig zu werden, wie z. B. Anton Reiser (der literarisch ein Hochland für sich ist).

Ein Zitat: »Ich mag mit Bürgern und Bauern nichts zu tun haben, wenn ich ihnen nicht geradezu befehlen kann –«: G. schrieb und dichtete späterhin nur noch im Geiste der vornehmen adligen und reichen Welt (vgl. auch sein geradezu widerliches, sehnsüchtig miauendes Loblied auf den begüterten Geburtsadel im Wilhelm Meister!); auch hat er sich dann, wie es ja seinem Werdegange entspricht, ganz egoistisch kalt zu der allen Aristokraten eigenen Ansicht bekannt, daß nur diese zum Genuß aller Art und dem Spielen mit Kunst geboren seien, die Andern dagegen zum Roboten. Natürlich findet er konsequent in den höheren Ständen »höhere, zartere, feinere Verhältnisse« – das kann er den Näherinnen bei Greiff erzählen, die's immer so gern lesen, wenn dann der »Graf kummt!«

Die Wahrheit ist natürlich die: Was <u>wir</u> erlebt haben (auch schon unsere Väter im ersten Weltkriege – ach, schon im dreißigjährigen und in den Perserkriegen!), das wirft G. hoffnungslos hinter uns zurück! Seine ernstesten Probleme sind uns Urleidenden nur Parkettgeflüster; da kann er gar nicht urteilen, wenn Männer reden (und auch unsere Frauen!) Und wirf' nicht ein, daß er doch auch die Campagne in Frankreich – Ja, ja: in der Kutsche! (Nicht wie Musketier Lauckardt: »Da konnte man uns sehn / wie die Zigeuner gehn / halb barfuß und zerrissen / den

Kuhfuß weggeschmissen / die Wagen meist verbrannt / so zogen wir durchs Land –«). Manchmal überfiel ihn freilich unwiderstehlich der perverse Kitzel (»imp of the perverse« hats Poe genannt) : auch mal Kugeln bei Valmy pfeifen hören, eh ? Oder – amüsant bei Franz Horn nachzulesen – wie er Rutern bittet ihm doch mal von der Amputation seines Armes und dem Abhacken der großen Zehe zu erzählen : wie sich da »das Gesicht des lieben bequemen Mannes verzog« ! Ei, ei, ei !!

Daß er zu glücklich war, das ist sein persönliches Pech, welches ihn menschlich verhätschelte, und so für die Nachwelt deklassierte; er kennt nur einen Teil des Lebens und der Welt, und zwar den Kleineren : deswegen hat er der Mehrzahl der Menschen – Uns – wenig zu sagen ! Klingt hart, wie ?! (Und dabei war dies erst der »allgemeine« Teil meiner Einwände !)

Vielleicht ist Dir auch folgende Überlegung neu : Ein junger Mensch, der ja praktisch nichts kennt, als sich selbst und die eigenen Gefühle, muß demzufolge Lyriker sein : Lyrik, das ist die bestrickende Sprache, die bestechendste liebenswürdigste Form des Egoismus. Wenn er aber noch über 30, also wenn er Welt und Wissen hat einigermaßen kennen gelernt, habituell Lyrik produziert, also weiterhin nur sein eignes Seelchen belauscht, dann sei vorsichtig im Verkehr mit ihm. Denn Dichter sein : das heißt in allen Dingen sein (die unter 1000 Mark kosten), mit allen Menschen fühlen (nur den bewußt Vornehmen nicht), in alle Zimmer treten (Antichambres ausgenommen), alle Sprachen sprechen (außer Slang und Sächsisch), alle Wissenschaften durchlaufen (außer Heraldik und rer. pol.) (Und nicht einwenden : G. wäre eben zu feinnervig und mitfühlend dazu gewesen ! Mit der Begründung könnte man dann jeden Schwerverwundeten liegen lassen ! Als »krankhaftes Sujet« !) – Ein greiser Lyriker wäre ein Ungeheuer ! Werner, nimm die Marienbader Elegie zur Hand, und höre den erschütternden Klang des Unvergänglichen : »Ist denn die Welt nicht übrig ? Felsenwände / sind sie nicht mehr gekrönt von heil'gen Schatten ? / Die Ernte : reift sie nicht ? Ein grün Gelände / zieht sich's nicht hin am Fluß durch Busch und Matten ? / Und wölbt sich nicht das Überweltlich Große / Gestaltenreiche, bald Gestaltenlose ?« – Wie schön wäre es, wenn er das zum Tode eines alten Freundes, oder als Trösteinsamkeit einer greisen Gespielin geschrieben hätte ! Aber der Wissende – oh, in scheußlicher Rüstigkeit war der Zahnlose bereit, die um 2 Generationen jüngere Ulrike zu begatten : trotz des geradezu barbarischen Geistes- und Entwicklungsunterschiedes ! Immer höre ich seitdem einen wahrhaft minotaurischen Klang darin : die dröhnende gewölbte Klage des Stiergottes, dem es ein

Opfer entzog! – Lebensweisheit? Nee, Werner; das kann mir der stärkste Goetheaner nicht behaupten!

Seine Rücksichtslosigkeit war empörend: der junge Fouqué steht und plaudert mit Amalie von Helwig; plötzlich tritt ein »älternder Dikasteriant« ein, geht steif und grußlos dazwischen, und das Hoffräulein lächelt sichtlich geehrt (!), während F. begossen seitab schleichen muß. Das ist die eine Seite; die andere siehst Du beim Spaziergange mit Beethoven im Karlsbade, wie G. formvoll katzbuckelnd vor den Fürstlichkeiten an den Wegrand tritt, und B. kalt, die Hände auf dem Rücken, weiter schreitet (stets habe ich mich, volksbewußt, des löblichen Trotzes gegen alles »hochadlige Geschmeiß« – Voß – gefreut! Und wer sich richtig ans Lernen begibt, dem bleibt zum überbürgerlichen Benehmen gar keine Zeit übrig!). Oder wie er sich von Stieler porträtieren läßt, mit dem allerhöchsten Handschreiben Herrn Ludwigs von Bayernland (deutlich sichtbar die Signatur: wenn er wenigstens noch selbstbewußt den Faust genommen hätte; Beethoven wiederum hat die Missa solemnis in der Hand: voilá un homme!); und s'ist ihm tatsächlich nicht zu lächerlich, Eckermann in sein Antwortschreiben huldvoll zur Belehrung Einblick nehmen zu lassen, damit der Arme doch auch einmal erfährt, wie man so vor den Herren zu proskynesieren hat. – Werner: wer verkehrt schon mit einem König, wenn er E.T.A. Hoffmann haben kann! (Und er hätte's haben können!!).

Der Volksmund nennt so Etwas einen Radfahrer, wie? Und in dieser Hinsicht bin ich sehr Volk!

Über jeden Dreck geriet er in bedeutende Ekstase; jeder antiken Hausfront müßten man »ein jahrelanges Studium widmen können« (wörtlich!). Da pries er verhimmelnd »Sakontala«, »chinesische Romane« und Ähnliches, was unseren europäischen Leistungen gegenüber nur als botanisches Kuriosum zu werten ist; aber um ihn: Fouqué, Kleist, Hoffmann, Grabbe, Tieck: das mochte er nicht »anlesen«. »Meier aus Westfalen«, das war ihm ein sehr begabter junger Mensch (siehe den grünen Herrn)! Rührend ist es bei Fouqué zu lesen, wie er dem »alten Dichterkaiser«, wie verlangt, Werk um Werk zuschickt, ohne jemals einer Antwort gewürdigt zu werden; F.'s Frau stirbt – und da teilt er es Goethe lieber nicht mit: denn wiederum keine Antwort zu erhalten, hätte ihn jetzt zu sehr verletzt. Fouqué war immerhin ein Mensch; G. aber so brutal egoistisch, daß es oft fast mein Mitleid mit dem Verkarsteten erregt. Ähnlich geschickt wie Friedrich der Große nutzte auch er den Enthusiasmus des Publikums für sich aus; bis er es endlich sogar riskieren konnte, Zeitgenossen (und Nachwelt!) ein solch übel zusammengestückeltes Gemächt wie den 2. Wilhelm Meister als Roman vorzusetzen, und noch ganz offen zu Eckermann äußern zu wagen durfte, das Publikum möge sehen, wie es damit zurecht komme ! Es gibt ja auch heute noch genügend Narren, die selbst seine mittelmäßigen Werke zu Kanons machen wollen – davon noch später.

Als Letztes : Wir, Werner, wissen, was »Flüchtlinge« sind ! Schließe die Augen und laß Dich von dem Schauer überlaufen ! – – Kannst Du Dir nun vorstellen, daß man dergleichen in Hexametern schildert ? Noch behäbiger und bilderbogenmäßiger ging's wohl nicht : oh, ich hätte ihm Etwas von Flüchtlingen und vom Leviathan erzählen wollen ! Aber da hätte er sich sogleich hastig weggewandt, und was »Erhabenes« gemurmelt; 's hätte ihm sonst »das Innere stören« können ! –

Du hast wiederum viel Ungewohntes hören müssen, Werner; aber Du weißt, ich habe immer, wie Danischmend, gegen die kaltherzigen Buben geeifert. Weißt Du noch, wie wir über das Christentum sprachen, und ich Euch die beiden Legenden zur Entscheidung vorlegte : der Nazarener gab den Seinen reichen Fang, daß sie sogleich die übervollen Boote ans Land ruderten – – Pythagoras erkauft von den Fischern die Beute, während das Netz noch unter Wasser liegt : und läßt die gequälten Tiere frei ! –

In diesem Sinne :

Arno

III

Lieber Werner !

Immer noch kein Lebenszeichen von Dir. – Nun, es sind ja auch erst ein paar Tage vergangen; aber ich möchte den ganzen Anti=Goethe=Komplex rasch loswerden, um mich adäquateren Dingen widmen zu können (d. h. für die wenigen Stundenteile, die mir »zufallen«).

Noch Eins : fühle Dich nicht etwa zu einer Stellungsnahme verpflichtet; das hat Zeit, bis wir uns persönlich wiedersehen – quien sabe ? (Könntest Du noch caer konjugieren ? – Schrecklicher Mensch, was ?!) – Also, avanti :

Das erste Axiom ist für heute : es gibt gar keine »Klassiker«, sondern nur »klassische Werke« (wenn man schon den albernen Begriff weiter behalten will). So ist wohl Faust »klassisch« aber Wilhelm Meisters Wanderjahre eine freche Formschlamperei mit durchschnittlichem Inhalt; und die »Prinzessin Brambilla« ist ein Kunstwerk, und »Hanswursts Hochzeit« und dergleichen, säuische Lappalien, nicht wert der Druckerschwärze. Und ich wiederhole, was ich Euch – Dir und Alice – so oft gesagt habe : es gibt keinen Dichter, der nicht besser nur die Hälfte geschrieben hätte; bei den meisten war ein Viertel schon zu viel. –

Und der zweite Satz lautet : abgesehen von Goethes wissenschaftlich-philosophischen und seelischen Defekten, hatte er als Autor noch den, daß er keinen Roman schreiben konnte. Das ist auch gar keine Schande : Wieland, Poe, Storm, Keller waren völlig unbegabt für's Bühnenspiel, Hoffmann und Stifter für gebundene Rede aller Art, Klopstock hätte sich im Formalen auf Ode, Anekdote und grammatische Gespräche beschränken sollen. Unangenehm für die Nachwelt wird so Etwas aber, wenn der Dichter das selbst nicht merkt, also Wieland sich an der Alceste versucht, Klopstock ein Epos schreibt, und Goethe die Wanderjahre »macht«.

Unter uns Deutschen hat Keiner so tief über die große Prosaform nachgedacht, Keiner so kühn damit experimentiert, Keiner so nachdenkliche Muster aufgestellt, wie Christoph Martin Wieland. Das war ganz natürlich : nur diese Form konnte sowohl die Fülle seiner erdachten und erfahrenen Gestalten, als auch sein umfassendes historisches, literarisches etc. Wissen aufnehmen. Der steifbeinige didaktische Agathon und der preziöse Don Sylvio sind noch ganz im alten Stil; danach aber beginnt er schon (unter manchen Rückfällen – z. B. der redliche Danischmend) die großen Formabenteuer; zunächst zerfällt alles ins anekdotisch zersprochene : die unvergänglichen Abderiten wirbeln über die Agora; und Schach Gebal setzt seine Wahrheit der Dichtung des goldenen Spiegels entgegen. Noch sind manche unhaltbare Längen und Härten, noch gelingt nur zur Hälfte die ungezwungene Entfachung der Theorie; aber schon die nächste Stufe bringt organisch den wichtigsten Fortschritt : das Gespräch. Denn es ist eine grammatische Selbstverständlichkeit, daß auf den Leser psychologisch viel eindringlicher das lebendige Präsens wirkt, als das stille verhaltene Imperfekt; daher auch die Verzauberung durch Lyrik oder das gar noch optisch zwingende Bühnenspiel : diese beiden aber sind, ihrer wetterleuchtend kurzen Wirkungszeit entsprechend, nicht fähig, gewichtigen umfangreichen geistigen Gehalt aufzunehmen; dies kann nur der Roman. Und Wieland erprobt so die erste der hier technisch anwendbaren Präsensmöglichkeiten : Apollonius von Tyana erzählt in kretischer Felsengrotte; und der noch viel zu wenig gewürdigte Peregrinus Proteus setzt sich mit Lucian in elysische Schatten. Und der Greis noch versucht dies Letzte, Schwierigste, den Briefroman, und es gelingt ihm (neben den »Handübungen« des Menander und Krates) das unnachahmliche Großmosaik vom Aristipp und einigen seiner Zeitgenossen. Denn jeden Brief empfängt ja der Leser selbst in stets erneuerter Gegenwart, aus allen Städten und Provinzen Großgriechenlands spricht es zu ihm, schönste Menschlichkeiten erscheinen ins bedeutend Historische gewoben, und organisch die Erörterungen über Anabasis und Symposion. Der Aristipp ist der einzige wahre »historische Roman«, den wir besitzen, das heißt : der uns lebendiges Wissen gibt. Aurum potabile (Du weißt, ich habe eine Schwäche für den Alten aus Osmannstädt). Dies zum Beispiel für Dich, wie sich ein großer Prosaschreiber lebenslang tiefsinnig um seine Ausdrucksmittel bemüht hat ! (Und was könnte ich noch über seine winzigen Epchen sagen !)

Bei Goethe ist der Roman keine Kunstform, sondern eine Rumpelkiste : gewaltsam aneinander gepappte divergente Handlungsfragmente, hineingestreute übel an den Hauptfaden geknüpfte Novellen, Aphorismen, einander widersprechende Erziehungsmaximen, allgemeine Waidsprüchlein (totsicher den ungeeignetsten Personen in den Mund gelegt : was läßt er zum Beispiel das rührende Kind Othilie für onkelhaft weltkundige »Gedankensplitter« in ihr Tagebuch schreiben ! – vom fragwürdigen Wert mancher Bemerkungen noch ganz zu schweigen !) – Das beste Beispiel sind die Wanderjahre : hier hat er so recht die Schubladen ausgekehrt : Quer durch die Eifel sagen wir Soldaten ja, wenn dem Feldkoch wunderlichste Eintöpfe entwischt sind. Vergleiche nur einmal die berüchtigten »Wanderjahre« mit einem der Muster dieser Kunstgattung, z. B. Dickens' »Bleakhaus« oder »Master Humphrey's

Clock«, dann siehst Du den Unterschied ohne sonderliche Erläuterung (daher rührt auch z. B. Poe's, des großen Künstlers, Abneigung gegen Goethe) –

Ich will mir für Dich die Mühe machen, und Dir einige Beispiele aus dem Meister (ML, und MW) und den Wahlverwandtschaften (W) zusammensuchen, obgleich mich solche Arbeiten anstinken.

Zum Formalen : Die Übergänge zwischen den Kapiteln sind oft derart primitiv, daß ein Primaner, der Etwas auf sich hält, sich ihrer schämen würde, z. B.

1) ML I,11 »Es ist nun Zeit, daß wir auch die Väter unserer beiden Freunde näher kennen lernen«, eine noch nacktere und geistlosere Wendung kann man kaum machen !

2) ML I,17 »Dieses und Mehrers wurde noch unter ihnen abgehandelt..«, Plattheiten sind es, Werner, Plattheiten : Faulheit eines diktierenden Schriftstellers, der sich aus dem vornehmen Überdruß ins banal Formelhafte flüchtet.

3) ML V,14 »... und führte ein wunderbares Gespräch mit ihm, das wir aber, um unsere Leser nicht mit unzusammenhängenden Ideen und bänglichen Empfindungen zu quälen, lieber verschweigen als ausführlich mitteilen..« Was soll man zu so einer bequemen Schlußbemerkung sagen ? »Quält« er denn den Leser nicht ohnehin mit diesen ganzen »unzusammenhängenden« Schicksalen ? Und führt er nicht sonst genügend Überfälle, Brände etc. auf, die ja hinreichend »bängliche Empfindungen« wecken könnten ?

4.) ML. V,16 (Dichter Anfang, 's ist mir zu länglich zum Abschreiben) – aber welch elender Schluß ist das wieder ! Wie leicht hätte er mit dem geringsten Aufwande von Erfindungsgabe – ach was sag ich Erfindungsgabe : ein Federzug, so wars geschehen.

5.) MW. II,V ist ja nur noch stichwortartige Inhaltsangabe eines dürftigen Planes.

6.) MW. II,7 dito – ach, es wird mir zu albern; ich bin meine Arbeitskraft ernsteren Gegenständen schuldig, als der Analysis dieses Flickwerkes

Zum Inhalt :

1) Hast Du Dich schon jemals des Lachens über die wahrhaft hintertreppenmäßige Auflösung des Mignon=Kindes enthalten können : der wahnsinnige Harfner Augustin hat sie mit seiner Schwester gezeugt ! Natürlich anschließend die wundersamsten »zufälligen« Zusammentreffen mit Seinem Bruder etc. (Die Geheimbünde nicht zu vergessen). –

Hier sinkt Goethe nun wirklich auf das Niveau der geistlosesten Schauerromane herab, eben »Vulpius' Schwager« !

2.) Seit wann fragt ein junger, zum ersten Male Liebender, »hoffnungsvoll« die Geliebte, »ob er sich nicht Vater glauben dürfe« !!! – Freilich, für Goethe, der von Klein auf hübsch regelmäßig seine Bordelle besuchte (oder, wie er es ausdrückte, »zum Maidlein« ging) ist solche Vorstellungsart recht gemäß, »naiv«, »natürlich«. – Aber die erste Liebe, Werner – Du bist 19 Jahre; und für einen edel gearteten Jüngling gibt es ja zunächst gar nichts Widerlicheres als die Vorstellung der Manipulationen, unter welchen man Vater zu werden pflegt. Die Liebe des Künstlers, Johann Kreislers – still. (Also bewahre Dir diese Reinheit der Gesinnung; wenn möglich, trotz Deiner jetzigen Umgebung, dieser »Schule der Mannheit«, wie sich der Saustall Militär unter anderem auch zu nennen beliebt).

3.) Nebenbei noch die Frage : wer schreibt in einem glühenden Liebesbrief, daß »Einem« während des Schreibens die Augen 2, 3 Mal zugefallen sind« ?

4.) »Es schwindelt mir, es brennt mein Eingeweide (sic !)« – ein metzgermäßiges Bild, und ungemein passend zu dem folgenden »nur wer die Sehnsucht kennt..«, wie ? – Abgeschmackt ist es, Werner; Götzendiener mögen Mist für Gold erklären; es ist Zeit, daß dies einmal aufhört !

5.) »Montan«, »Mittler«, die »Schöne-Gute«. – Wenn Einer schon mit »sprechenden Namen« anfängt ! Damit gesteht man den absoluten Bankerott der Phantasie ein (wie im Mittelalter, wo auch jeder Figur ein Spruchband aus dem Halse hing).

6.) Erziehungsmaxime a) (W, II,7) : »Männer sollten von Jugend auf Uniform tragen, weil sie sich gewöhnen müssen, zusammen zu handeln, sich unter Ihresgleichen zu verlieren, in Masse zu gehorchen...«
Erziehungsmaxime b) (MW, II,3) : »..denn der Uniform sind wir durchaus abgeneigt : sie verdeckt den Charakter und entzieht die Eigenheiten der Kinder...«
Hätte man nur auch ihn nach dieser sauberen Regel a) behandelt : in der Normalarmut aufgewachsen und erzogen; früh das »rote Halsband« umgelegt; und dann so 10 Jahre lang Dreck, Elend und Tod aller Art, vor Allem ohne jede Hoffnung und Aussicht auf Erlösung – oh, da kann ich rot sehen, wenn so Einer noch unverschämt wird : welch typisch bornierte und arrogante Ministerfrechheit, den Massengehorsam zu verlangen, und durch die brutalsten äußeren Mittel schon von Jugend an durchsetzen zu wollen ! Das ist der Standpunkt des späten Goethe=

Schigalew : die Diktatur der Adelselite, der Rest in ameisigen geistigen Schlaf versenkt. – Der rechte Verehrer Goethes findet natürlich a) und b) höchst tief gedacht, und Beides richtig, und überhaupt jedes Mal eine Entschuldigung. Für Uns erübrigt sich eine Erörterung. –

Du kannst die Serie dieser Einzelheiten beliebig lang selbst fortsetzen – der schneidermäßige Einfall einer Prosaübersetzung des Hamlet (wie ehrwürdig stehen hier Tieck und Schlegel gegen ihn da !) – die lachhaften Versuche, aus dem Imperfekt ins Präsens zu wechseln, wenn es dann »bewähcht« werden soll : seine Prosa ist fast keiner Veränderungen im Tempo fähig ! – die »Tüchtigkeit«, die zum Schluß überall sächsisch geschäftig durchbricht (wie Münzner : Lahdies un Schännelmänn, oh Gott, das Kalb !) : wie selbst die artig-unartige Philine nur noch Alles zerschneiden will, und immer eine Schere am Gürtel trägt. – Goethe als Psychologe : kann allenfalls der Titel einer Doktorarbeit sein; aber neben Wirklichen (Dostojewski, Moritz) darf man ihn gar nicht einmal nennen; die sind eine Stufe der Seele höher. Natürlich sind schöne Gedichte und einzelne »bedeutende« Worte darin; aber das hätte sich in einem Werke vom Umfang des »Werther« wesentlich besser ausgenommen !

Der nämlich ist (trotz O. Heuschele und seinem edel schtilisierten Geschwäbele über die Wahlverwandtschaften) das eigentlich wertvolle Stück Goethescher Prosa; »freilich war es ein guter Stoff, und man kann nicht einmal sagen, daß der Dichter Alles daraus gemacht hätte, was darinnen lag; aber doch, der Werther ist gut und wird Dir gefallen.« (Ist ein Zitat; – na, woher ?!). Ansonsten scheinen sich bei Goethe Naturgefühl und Bildkraft, wie so unvergänglich in der Lyrik oder im Faust manifestiert, eben völlig in die gebundene Rede geflüchtet zu haben. –

Und wenn Du mich nun, am Ende, fragst, was denn, meinem Urteil nach, von dieser merkwürdigen Erscheinung für uns menschlich und künstlerisch nahe bleibt, so antworte ich Dir langsam und nachdenklich, was Ludwig Tieck seine gelehrten Gesellschafter auf die meisten Zettel schreiben läßt : »der junge Goethe« ! Und Manche hatten sogar hinzugefügt : »Ehe er Frankfurt verließ« ! Welchem sich anschließt :

Dein : Arno.

Anmerkung : Werner Murawski, geb. 29.11.1924 in Wiesa bei Greiffenberg/Schlesien, der einzige Bruder meiner Frau, fiel am 17.11.1943 bei Smolensk.

Herrn
W. Carl Neumann
Leipzig
Reclamia, div. Nr.

Herr Neumann !

Auf dreierlei Art ist es, daß sich ein redlich Strebender um die leidende Menschheit verdient machen kann : entweder er wird Denker und Forscher, und zieht so schärfer die Grenzlinie zwischen Wahrem und Falschem; oder er predigt und übt Güte, lindert Schmerzen, und beschränkt damit das Böse; oder er wird Künstler und vermehrt so die Summe der Tröstungen. »Denn der Ursprung aller Poesie ist ja das Verlangen nach wilderer Schönheit, nach kristallenerer Gerechtigkeit, nach elfischeren Gebärden und Worten als unser irdenes Gestirn vermag; Poesie selbst ist ja der leidenschaftlich-hilflose Versuch, den seligen Durst zu stillen, und gelingt dies auch nur schmerzhaft unzulänglich, findet dieses Sehnen auch nur einmal karge Erfüllung – wenn es geschieht, wird rauschend solche Seligkeit frei, gegen die jed'anderer menschlicher Aufschwung schlaff und belanglos erscheint. Dann erwacht bei jedem Laut der Leier ein luftiges und nicht stets deutbares Echo, aber erregend ist's und hebt die Seele in Unbetretbarkeiten. Dann, aus jeder musischen Andeutung, spüren wir mit geweiteten Augen Bildermeere und Fabelküsten, und rätseln an bestürzend glühenden Visionen geistiger Schöne hinter dem Schlüsselwort !«

Musik und Bildwerk sind wortlos zugänglich, und bedürfen nicht lokaler Umprägung; aber hilflos steht der philologisch Ungelehrte dem fremdländischen Sprachkunstwerk gegenüber. Und edelster Beruf, reinster Genuß und tiefe Befriedigung muß es einem zwar mittelmäßigen, aber mit selten umfangreichen Spezialkenntnissen auf dem Gebiet der fremden und eigenen Sprache ausgerüsteten rezeptiven Talente sein, dem Größeren durch eine vollendete Übertragung seiner Werke, dem eigenen Volke durch Erschließung einer neuen Quelle zu dienen. Wo diese Kunst in ihrer Vollendung geübt wird, da ist dem redlichen Vermittler der Dank seiner Nation gewiß, und seit Jahrhunderten ehren wir Namen wie Voß und Tieck und Schlegel.

Und es gibt eine andere Reihe, und sie beginnt mit Samuel Gotthold Lange, Pastor zu Laublingen, der einmal Latein gelernt hatte, und auch ein Buch vom Horaz besaß, und viel schön geschnittene Federn und gar weißes Papier. Auch diese Sorte verdient es, unsterblich zu werden, wenn gleich auf eine andere peinlichere Art; und damit auch ihr Kontinuum nicht abreiße, will ich dem Publikum Neumann vorstellen, Neumann aus Leipzig, WC-Neumann, das Übersetzerjuwel Philipp Reclams II, den das Haussprachrohr, das »Universum« zu preisen sich so gewaltig angriff, daß ihm die Backen hätten springen mögen. Denn nachdem Jener schlecht und recht den Darwin in kunstloses Deutsch überschrieben hatte, dachte er, das nun doch einmal erlernte Englisch auch weiterhin kommerziell zu verwerten, und in einer bösen Stunde gelang es ihm, sich davon zu überzeugen, daß er – der uns bisher auf seinem Frachtkahn nur Stoff in derben Ballen zugeführt hatte – wohl auch herrisch strenge Geistergestalt einzuladen vermöchte : er setzte den Melanchlänen POE aus Dschinnistan nach Deutschland über. Ich hob ehrfürchtig den Blick zu dem kühnen Schiffer; denn agressi sunt mare tenebrarum quid in eo esset exploraturi, und bei dem Versuch waren schon Viele gescheitert.

Edgar Allan Poe – Messieurs : wir erheben uns von den Plätzen ! – Wenn man das eine Schock wahrhaft bedeutender Schriftsteller, welches die Menschheit bis jetzt hervorgebracht hat, namentlich aufzählt, dann ist er Einer davon.

Er hat in seinem gewaltigen Essay »Heureka« – unbekannt mit den Leistungen der historischen Emanationstheorien; ohne von den Ergebnissen seines Zeitgenossen Schopenhauer zu wissen; lediglich auf Grund der damaligen spärlichen naturwissenschaftlichen Daten, und seiner wahrhaft übermenschlichen analytischen und divinatorischen Fähigkeiten – das philosophische Groß-Weltbild der kommenden Jahrhunderte skizziert. Er hat unnachahmliche literarische Kritiken geschrieben, meist zwangsläufig an Mediokres angeknüpft, aber sich im Verlaufe der jeweiligen Untersuchung zu allgemeinen Formulierungen von unvergleichlicher sprachlicher und seelischer Schönheit ausweitend (siehe Absatz 1), und die überraschendsten und schärfsten Einzelurteile wagend (siehe letzter Brief). Er hat Erzählungen von solch arabesker Prägnanz der Fabel und so einheitlicher Stimmung geschrieben, daß sie keinem Meisterstück der Weltliteratur weichen. Seine Kunst der Wortwahl, seine Vokalharmonie, seine Instrumentierung der Perioden, sein Satzgeflute, geregelt vom feinsten Ohr, fixiert von der beherrschtesten Hand – Kalligraphie : das ist die einzige Wehr gegen Orkus und Orkan, Tempter and tempest – Bernard Shaw nennt ihn ein »Wunder der Literatur« und »die Nachwelt wird sich weigern zu glauben, daß er zur selben Zivilisation gehört.« – Natürlich gilt auch für ihn, daß er von den 4 Bänden meiner Ingram'schen Ausgabe von 1874 die Hälfte besser nicht geschrieben hätte; aber er war – im Gegensatz zu Goethe, Fouqué usw. – blutarm, und hat überdies dem Editor die Unterscheidung zwischen Probehaltigem und taubem Tagelöhnerwerk nicht sonderlich erschwert, so daß auch der Übersetzer bei der Auswahl nicht fehlgreifen sollte.

Eine Übersetzung der Bücher dieses Trismegistos in unsere Sprache ist vielleicht das kühnste aller Wagnisse, welches die Musen einem höchstbegünstigten, an Herz und Geist ebenbürtigen, poe-tischen Liebling einhauchen, oder die rächenden Erinnyen irgend einem unglücklichen literarischen Gartenzwerg im nächtlichen Alptraum zukekkern können. Es wäre wohl nicht zu viel verlangt, wenn man von dem Unternehmenden alle Fähigkeiten forderte, die auch ein Dichter haben muß – Schöpferdrang und -kraft vielleicht ausgenommen –; daß er panische Übermacht der Phantasie mit scharfem unerbittlichem Geist vereinige; daß er nach langem ehrfürchtig sich mühendem Umgang mit Poe nichts Dunkles mehr in dessen Leben, Bildung, Belesenheit und Sprache für sich finde; daß seine Kenntnis unseres Wortschatzes so ausgedehnt wie möglich sei; und daß er willens wäre, die Arbeit vieler Jahre, vielleicht seines restlichen Lebens, daran zu setzen, wenn er dem Gegenstand auch nur einigermaßen gerecht werden wollte.

So streng war nun freilich Herr Neumann nicht gegen sich; er betrachtete 5 tintige Finger, ein Wörterbuch, und platte Waschhaftigkeit als überflüssig ausreichend, um zwischen Schlaf und Wachen so ein paar hausmacherne Histörchen nachzudahlen. Er hatte außerdem noch einen rührigen Schutzgeist, der mit meiner gesamten Bibliothek auch seine Übersetzung des »Gordon Pym« verloren gehen ließ, zu der ich bereits eine beträchtliche Zahl schlimmer Anmerkungen – betreffend freche Auslassung ganzer Seiten, Mißverständnisse, unverschämte Flüchtigkeiten, ganze Fuder von Sprachlumpereien etc. – gemacht hatte; und er hatte einen bösen Genius, der mich, als ich im Spätherbst 45 als Kriegsgefangener im Munsterlager »weilte«, zum Ersatz in einem grimmig verwanzten Spinde ein Exemplar der »seltsamen Geschichten« finden ließ. Zwar fehlten vorn und hinten je einige 20 Blätter, von unheiligen (oder Kenner- ?) Händen entfernt; aber das Juwel Poe'scher Kunst, der »Untergang des Hauses Usher«, war vollständig erhalten, und dessen Übersetzung birgt ja auf seinen 25 Seiten Materials genug, um mehr als <u>einen</u> literarischen Ruf zu vernichten. –

Es ist das Kennzeichen des Stümpers, daß er dem Meister überlegen ist. Poe legt im Beginn die Worte wie graue Steine zusammen, schwer, zögernd, fügt viele Zeichen der Düsternis aneinander, in langen Gesetzen, um so schon den noch unwissenden Leser unmerklich zu stimmen : »During the whole of a dull, dark and soundless day / in the autumn of the year / when the clouds hung oppressively low in the heavens / I had been passing alone, on horseback / through a singularly dreary tract of country / and at length found myself / as the shades of evening drew on / within view of the melancholy House of Usher«. – Und so händigt uns Herr Neumann die bildschweren Zeilen aus : »Es war ein trüber unfreundlicher Herbsttag Punkt. Grau und schwer hingen die Wolken am Himmel und tiefes Schweigen lag in der Natur Punkt. Den ganzen Tag war ich durch eine ungewöhnlich öde Gegend geritten, und erst als der Abend zu dunkeln begann, gewahrte ich endlich den melancholischen Stammsitz der Usher Punkt.« Abgesehen von dem unerträglich geschäftigen Hopsatakt, den Carlchen durch diese Dreiteilung hineinzubringen gewußt hat, beachte man die edle Schprache und die erlesenen ergreifenden Bilder : »unfreundlich«, so sagte unsre Waschfrau auch, wenn es nieselte; wen ergriffe nicht das beliebte »Schweigen der Natur«, das aus dem »tonlos« des Originals geworden ist; und der Abend kann bei Neumann's nur »dunkeln«, es fällt einem auch unwillkürlich gleich die Lorelei ein, nicht ? Oh, er hat schon den Rat älterer Übersetzer benützt, und dem Volke fleißig »aufs Maul gesehen«; »recesses of mind« sind ihm apart »Falten des Herzens«, »acting upon this idea« heißt »die Probe aufs Exempel machen«, »air of heaven« ist eben die »gewöhnliche« Atmosphäre usw. usw. Seine Banalität ist unerschöpflich :

Poe zeichnet in einer letzten Anspannung der Sprachmöglichkeiten das Gemüt seines Freundes so : »a mind from which darkness, as if an inherent positive quality, poured forth upon all objects of the moral and physical universe in one unceasing radiation of gloom« also »eine Seele, aus welcher wirklich und wirksam gewordene Dunkelheit über alle Objekte seines geistigen und physischen Universums flutete, in einer einzigen nicht enden wollenden schwarzen Strahlung«; und wie erlebt Neumanns Sensorium diese (erst später wieder von der Physik entdeckte) »schwarze Strahlung« ? »Ihm war die Schwermut gleichsam in Fleisch und Blut übergegangen.« Gleichsam. Und »in Fleisch und Blut« ! – Sonst nichts; man sehe selbst auf S. 36 nach !

Poe versucht eins der Bilder Ushers zu schildern, der ihm »Ideen« zu malen schien (nicht »Gedanken«, Herr Neumann; Sie haben wohl an »dumme Ideen« gedacht ?); keine Lichtquelle sah man »yet a flood of intense rays rolled throughout, and bathed the whole in a ghastly and inappropriate splendour« – »das ihm ein ebenso gespenstisches wie rätselhaftes Aussehen verlieh« empfindet Neumann erschauernd nach.

Und wir brechen in ein ebenso amüsiertes wie unbarmherziges Hohnlachen aus; denn sein Gewäsch ist wahrlich nicht »in einen geisterhaft widersinnigen Glanz getaucht«. »Sulphurous lustre« soll »seltsames Licht« heißen; »Übermacht« für »prostrating power« ist recht enttäuschend karg, wo man doch das genau entsprechende »gliederlösend« hätte setzen können; die »wild gossamer texture« von Ushers flutendem Haar ist viel mehr als Ihr gedankenloses »Weichheit und Zartheit« : »als wilde sommerfädige Webe« umfaßt es das Antlitz des Vergeisterten (das Wort kommt zuerst bei Wieland vor). Und wenn Poe »at length drank in the hideous import of his words«, »vernahm« Neumann »erstaunt« (!) was er sagte.

Bücher werden dort gelesen, alte Bände, wie sie seit Jahrhunderten Abseitige und Träumer und Genien entzückt haben : Holbergs unterirdische Reise des Nikolas Klim (Meine alte deutsche Ausgabe von 1753 hab ich mir in die Tasche gesteckt, als ich zum letzten Male vor meinen Büchern stand, und der Russe 5 km vor der Stadt; jetzt ist sie polnisch), Tiecks unvergängliche »Reise ins Blaue hinein« (oh, ich hatte Alles, Alles !), »and there were passages in Pomponius Mela, about the old African Satyrs and Oegipans over which Usher would sit dreaming for hours«; und schon plapperts bauernschlau : »und bei Pomponius Mela fanden sich Stellen von alten afrikanischen Berg- und Waldgeistern, über die Usher stundenlang nachgrübeln konnte«. Da hat sich nun ein Poe gemüht – nur bei Hölderlin noch hat die Aufzählung antiker Namen so langsam edel weitbogigen Pans-Klang – »und da waren Stellen im Pomponius Mela, über die alten Satyrn und Aegipane Africas, über denen Usher sitzen und träumen konnte, stundenlang.«

Aus dem »Mad Trist« des Sir Launcelot Canning liest er Usher vor, und der Ton der alten biedren Abenteure schallt gar holzschnittartig im Gemach : »And Ethelred… (S. 195, Abs. 3)«. Neumann, den ganzen strotzenden Satz sogleich erst einmal drittelnd, und gefühllos, wie es einem Halbbiologen so wohl ansteht, behält den alten Leierton selig bei : »Und Ethelred… (S. 47, Abs. 3)« Die Hütte verwandelt sich sogleich in einen drachenbewachten Palast, und an der Wand hängt ein Schild »with this legend enwritten« oder, wie unser Übersetzer sagt »mit folgender Aufschrift« :

»Who entereth herein, a conqueror hath bin;
Who slayeth the dragon, the shield he shall win !«

Also ein naiver Zweizeiler mit Innenreim, und nicht ganz reizloser

Rhythmik; sogleich verdeutscht man es uns (und wenn auch nicht die Typen, so ist doch wenigstens der Einband der Scharteke errötet) :

»Wer will den Schild des Siegers erringen,
Muß zuvor den Drachen zwingen.«

Nee, Nee, Neumann ! Also so geht es nun doch nicht ! – Ich schlage der Kürze halber vor :

»Allhier trete ein nur ein Sieger allein;
erschlägt er den Drachen, der Schild wird dann sein.«

Das ist doch ganz leidlich, nicht wahr ? – Und was ist das Ihre ?! – – – – Einverstanden !!

Und so sitzen und lesen die Beiden im Sturm; denn die Nacht war zuvor schwül gewesen, und »the dark and tattered draperies, tortured into motion by the breath of a rising tempest, swayed fitfully to and fro upon the walls, and rustled uneasily about the decorations of the bed.« Und Neumann erklärt, dies seien »die dunklen zerschlissenen Vorhänge, die der von einem aufziehenden Gewitter herrührende Luftzug stoßweise hin- und herbewegte, wobei dann auch die Verzierungen meiner Bettstatt unheimlich raschelten.« ! Dabei sind es die Draperien, »die, vom Atem eines aufziehenden Wetters bis zur Regsamkeit gequält, sich unstet an den Wänden bewegten, und ruhelos am Zierwerk der Bettstatt raschelten.« Eine Verzierung bricht sich höchstens Herr Neumann ab, der, abgesehen davon, daß er Poe's Wortarabesken wie üblich geschunden hat, auch zeigt, daß er manchmal aus Flüchtigkeit und Faulheit gar kein Englisch mehr versteht. Denn »beyond this indication of extensive decay« gibt er mit »außer diesen kleinen Anzeichen der Verwitterung« wieder; also genau das Gegenteil von Poe's Aussage. Oder : »for something of this nature I had indeed been prepared, no less by his letter than by reminiscenses…« heißt einfach »Ich war auf etwas derartiges übrigens gefaßt gewesen, weniger (!) auf Grund seines Briefes, als in Erinnerung…«. »Having carefully shaded his lamp…«; er spricht : »nachdem er die Lampe hingestellt hatte…«. Die »tressels«, auf welche der Sarg Madeleines abgestellt wird, werden auch gerade »Gerüste« sein ! »Böcke« sind's, ein Wort, das Ihnen geläufiger sein sollte. »We replaced and screwed down the lid« heißt nicht nur »wir schoben den Sargdeckel wieder zurecht«, sondern er wurde auch noch verschraubt (ohne welches das nachherige »Aufsprengen« des Sarges sinnlos wäre !). Warum lassen Sie einfach zwei Zeilen wissenschaftlicher Anmerkungen über Spallanzani etc. ganz weg ? »Matt fielen die purpurnen Strahlen der untergehenden Sonne durch die vergitterten Scheiben...«; schön, sehr schön : aber woher wissen Sie das ? In meinem Exemplar steht nur : »subtle gleams of encrimsoned light made their way through the trellised panes.« »The discoloration of ages had been great..« = »die Zeit war nicht spurlos an ihm vorübergegangen..«; hätten Sie Ihrer Phantasie doch das Letzte abgerungen, und den »Zahn der Zeit« bemüht, dann hätte man doch ganz befreit darüber lachen können ! »A nose of a delicate Hebrew model, but with a breadth of nostril unusual in similar formations« ist »die gebogene, aber dank ihrer breiten Nüstern nicht jüdische Nase« – – man atmet direkt auf, wie ? Das hätte auch gefehlt, daß die Nase »nach edlem hebräischem Modell« geformt gewesen wäre, und die Nazis standen so dicht vor der Tür (Oder waren sie schon eingetreten ? Ich weiß nicht, wann es Ihnen gelungen ist, Reclam breit zu schlagen.). Zuweilen machen Sie aus 2 Absätzen Poes einen Neumannschen (z. B. Ihre S. 45/46) – wobei das »manschen« tiefe Bedeutung gewinnt. »He hearkened, or apparently hearkened, to the words..« wird in der Eile des Zu-Ende-Treibens : »mit der er meinen Worten lauschte«; das »oder besser : scheinbar lauschte« bleibt kurz weg; er lauscht halt, cela suffit.

Kennen Sie einen »Grasset« ? (S. 41). Ich meine der Mann hieß Jean Baptiste Louis de Gresset, wie Sie, großer Neumann, mit mehrerem im größeren »Meyer« wahrscheinlich hätten finden können. Und, mein Herr vom Tiegel und der Retorte (bestenfalls kommt noch ein Werkstattmikroskop dazu) : was mag denn wohl jenes fatale Wort »porphyrogen« heißen ?

Denn Usher singt – unangenehm für den Übersetzer, zugegeben – eine seiner Improvisationen zur Guitarre, und die Verse lauten »very nearly if not accurately« so (was Sie mit »ungefähr folgendermaßen« wiederzugeben belieben – vielleicht vorsichtshalber, falls was schief gehen sollte, eh ?) :

The haunted Palace.
In the greenest of our valleys,
By good angels tenanted,
Once a fair and stately palace –
Radiant palace – reared its head.
In the monarch Thought's dominion –
It stood there !
Never seraph spread a pinion
Over fabric half so fair.

Banners yellow, glorious, golden,
On its roof did float and flow;
(This – all this – was in the olden
Time long ago)
And every gentle air that dallied
In that sweet day,
Along the ramparts plumed and pallid,
A winged odour went away.

Wanderers in that happy valley
Through two luminous windows saw
Spirits moving musically
To a lute's well-tuned law,
Round about a throne, where sitting
(Porphyrogene !)
In state his glory well befitting,
The ruler of the realm was seen.

And all with pearl and ruby glowing
Was the fair palace door,
Through which came flowing, flowing, flowing,
And sparkling evermore,
A troop of Echoes whose sweet duty
Was but to sing,
In voices of surpassing beauty
The wit and wisdom of their king.

But evil things, in robes of sorrow,
Assailed the monarch's high estate;
(Ah, let us mourn, for never morrow
Shall dawn upon him, desolate !)
And, round about his home, the glory
That blushed and bloomed
Is but a dim-remembered story
Of the old time entombed.

And travellers now within that valley,
Through the red-litten windows, see
Vast forms, that move fantastically
To a discordant melody;
While, like a rapid ghastly river,
Through the pale door,

A hideous throng rush out forever,
And laugh – but smile no more.

Neumanns »verzaubertes Schloß«

In der Täler grünster Welle
Guter Geister liebster Rast –
Hob sein Haupt in Himmelshelle
Einst ein strahlender Palast.
Engel schatteten mit schlanken
Schwingen nie ein stolzer Haus,
Und der König der Gedanken
war der Herr des stolzen Baus.

Und in goldenem Entfalten
Flogen Banner kühn gehißt…
Ach, es war in jener alten
Zeit, die längst erstorben ist.
Sanfte Morgenlüfte neckten
Tändelnd sich vor Tau und Tag
Und beflügelten und weckten
Duft, der um die Wälle lag.

Wandrer, der von stillen Steigen
In erhellte Fenster schaute,
Sah der Geister holden Reigen
Bei Musik und Lied der Laute,
Der in seligem Umfangen
Schwebt' im dunklen Porphyrstein;
Und des Herrschers Blicke drangen
Sieghaft durch die lichten Reihn.

Perlen und Rubinen glühten
An des Schlosses hohem Tor,
Draus wie Duft von schweren Blüten
Strömte süßer Stimmen Chor –
Stimmen, deren jubelnd Tönen
Nur ein einzig Sehnen kennt :
Schönres Echo sein dem schönen
Geist, der sich ihr Herrscher nennt.

Jedoch der dunkle Fürst der Sorgen
Hat jäh gestürzt des Herrschers Macht.

O klage Herz ! Kein neuer Morgen
Je dem Verzweifelten mehr lacht.
Und um sein Reich, das ruhmeshehre,
Von Blüten einst und Glück geweiht,
Raunt düster die Erinnrungsmäre
Aus längst begrabner Zeit.

Und Wandrer, die aus jenem Tale
Durch roterglühte Fenster sehn,
Schaun Geister, seltsam düstre, fahle,
Zu wüstem Mißakkord sich drehn.
Ein wildes, scheußliches Gedränge
Entstürzt dem Tor, des lichter Glanz verdarb,
Gelles Gelächter tönt statt holder Klänge –
Und ach – des Lächelns Süße starb.

Allerdings, Herr Neumann, hier wird wohl Jedem »des Lächelns Süße« absterben, denn bei so Etwas hört nun der Spaß wirklich auf ! –

Die melodische Anlage deutet auf vierfüßige Trochäen als Grundmaß, die aber (nach speziell Poe'scher Theorie; vgl. »The rational of verse«) von, mit feinstem Gefühl angeordneten, scheinbar drei- und sogar zweifüßigen – dazu noch sinnschwer verzögerten, wahrhaft »einsilbigen« – Trochäen unterbrochen werden. Bei Neumann rattert der Schüdderump voll abgemurkster Gedanken und Metaphern seelenlos weiter im immer gleichen, grobschlächtigen Pumpertakt : da zeigen Sie's dem Poe (und uns) mal, was so ein richtiger kompletter Vierfüßler ist ! (In der letzten Strophe gibt er sogar noch einen zu; Goethe hat's in der »Braut von Korinth« ja auch mal gemacht). Und der Unwissenheit und Mißverständnisse ist kein Ende; (denn Neumann ist auch einer von der Sorte, die da glaubt, daß Shakespeare und Cervantes am selben Tage gestorben seien, weils ja so im Lexikon steht; und daß der Groß-Glockner seinen Namen von der Bimmel auf dem Gipfel hat) – »Porphyrogen« – – Porphyr, Porphyr : das kann doch eigentlich nur das bekannte Mineral sein, wie ? So : »Feldspat, Quarz und Glimmer...« Nun, Herr Neumann, Ihre Platidüden sind freilich nicht kaiserlich »im Purpur geboren«, wohl aber stößt die Gose überall auf. Und daß besagter Palast nur 2 Fenster hat, ausgerechnet zwei, Herr ! : ist Ihnen das gar nicht aufgefallen ?! Aber Sie lassen das ja ganz einfach weg; n'importe, oder, wie man jetzt dort sagt, nitschewo. – –

Oh, Edgar Allan Poe, der Du aus dem schönen Anderson'schen Porträtstich auf mich herunter blickst – : ja, das ist dieser »Palast der Gedanken«; das ist das bannergleich wogende Haar um die Zeusstirn; das sind die zwei schimmernden Fenster; ja, Deine Worte meldeten überall Scharfsinn und Weisheit ihres Herrn, und wohl kündeten sie dem Ehrfürchtigen, daß Dein Haupt, ushergleich, göttlich gefährdet im unerbittlichen Raum schwanke. –

Das Neumannsche Oberstübchen zu besingen wäre allerdings ungleich vergnüglicher, halb Affenhaus, halb Kaffeeklatsch; und statt »porphyrogen« bietet sich sogleich zwanglos das ja gleichfalls byzantinisch belegbare »Kopronymos« an. –

Um Ihnen jede Flucht in's »Kritisieren und besser machen« abzuschneiden, lege ich eine eigene Übersetzung des »House of Usher« bei, die mir beileibe noch kein Genüge tut; aber im Vergleich mit Ihrem Gewäsch allerdings ein wahres ergon Hephaistoy ist.

Viele Grüße an Pastor Lange :

Schmidt

Anmerkung für künftige Kritikbeflissene : ich erkläre hiermit feierlich an Eides statt, daß ich von den Fehlern und Mißverständnissen nur die groben, von den Plattheiten nur ein Zwanzigstel gerügt habe. Da N. (außer dem Gordon Pym) noch gut ein Dutzend anderer Geschichten transkribiert hat, die wahrscheinlich dem Usher nicht im Geringsten nachstehen, vielleicht ihn gar noch übertreffen mögen, ist noch reichlich Material für Invektiven vorhanden. Ich habe meine Schuldigkeit getan.

Der Untergang des Hauses Usher
von
Edgar Allan Poe
übersetzt von Arno Schmidt.

Son cœur est un luth suspendu;
Sitôt qu'on le touche il rèsonne.
De Béranger

Durch einen starren, düsteren und tonlosen ganzen Tag, tief im Herbst des Jahres, war ich allein unter dem bedrückend lastenden Wolkenhimmel in einem ungewöhnlich öden Strich Landes dahingeritten, und fand mich nun endlich, in den schon heraufziehenden Abendschatten, angesichts des trüben Stammsitzes der Usher. Ich weiß nicht, wie es kam – aber bereits beim ersten flüchtigen Anblick des Bauwerkes beschlich ein Gefühl untragbarer Düsternis meinen Geist. Ich muß untragbar sagen; denn der Eindruck wurde durch keine jener halb-angenehmen und poetischen Empfindungen gemildert, mit welchen das Gemüt sonst im Allgemeinen selbst die ernstesten Naturbilder von Verlassenheit und Grauen aufnimmt. Ich blickte auf die Szenerie vor mir – das kahle Haus in den kargen Linien der umgebenden Landschaft – die rauhen Mauern – die blicklosen Fensteraugen – die spärlichen Binsenbüschel – und die wenigen bleichen Stümpfe verstorbener Bäume – mit so verödeter Seele, daß ich kein irdisches Gefühl passender damit vergleichen kann, als die Ernüchterung des Opiumrauchers – das bittere Abgleiten in den Alltag – die schlimme Entschleierung. Da war etwas feines Eisiges, vor dem das Herz sank und verelendete – eine unerlöste Traurigkeit befiel die Gedanken, daß auch ein gewaltsames Anspornen der Phantasie nichts dem Erhabenen Ähnliches erzwingen konnte. Was war es nur – und ich verhielt grübelnd – was machte mich eigentlich so hilflos bei der Betrachtung dieses Hauses Usher ? Das Geheimnis blieb mir unlösbar; noch konnte ich ernstlich des Schattenvolks Herr werden, das sich um mich Nachdenkenden drängte. Ich mußte mich mit dem unbefriedigenden Ergebnis bescheiden, daß es eben zweifellos Zusammenstellungen von ganz einfachen Naturgebilden gibt, die uns so mächtig zu beeinflussen vermögen, obwohl die Begründung dieses Einflusses unsere analytischen Fähigkeiten übersteigt. Ich überlegte, daß vielleicht schon eine andere Anordnung der Einzeldinge, der Bildbestandteile, genügen möchte, den trübseligen Eindruck zu mildern oder gar ganz aufzuheben; ich gab diesem Einfall nach, lenkte mein Pferd an den abschüssigen Rand der düsterschwarzen Teichscheibe, die faltenlos und glänzend am Hause lag, und sah – aber von noch schärferem Schauer als vorher durchschüttelt – die abgeformten und verkehrten Spiegelgestalten des grauen Röhrichts, und der spukhaften Baumschäfte, und die seelenlosen Fensteraugen.

Dennoch hatte ich mir vorgenommen, in diesem düstren Herrenhause für ein paar Wochen meinen Aufenthalt zu nehmen. Sein Besitzer, Roderick Usher, war in der Knabenzeit einer meiner besten Kameraden gewesen; aber seit unsrer letzten Zusammenkunft waren manche Jahre verstrichen. Ein Brief hatte jedoch vor kurzem mich in einem entfernten Teil des Landes Weilenden erreicht – ein Brief von ihm – dessen wild zudrängende Art nur noch eine persönliche Antwort möglich machte. Die Schrift zeugte von nervöser Erregung. Der Schreiber sprach von akutem körperlichem Unwohl – von Unregelmäßigkeiten im Geistigen die ihn ängsteten – und dem dringenden Bedürfnis, mich, seinen besten, und in der Tat einzigen persönlichen Freund bei sich zu sehen, um in meiner Gegenwart Aufheiterung und Linderung seiner Krankheit zu suchen. Es war die ganze Art, in der all dies, und Vieles mehr, gesagt war – der Herzenston seiner Bitte – der mir nicht zu zögern erlaubte, und so gehorchte ich denn dem, was ich allerdings noch immer als eine recht seltsame Ladung anzusehen geneigt war.

Obgleich wir als Knaben sogar recht intime Gespielen gewesen waren, wußte ich in Wahrheit doch wenig von meinem Freunde. Seine Zurückhaltung war stets außerordentlich und wie angeboren gewesen. Jedoch wußte ich recht gut, daß sich in seinem sehr alten Geschlecht seit undenklicher Zeit eine fremdartige Feinfühligkeit geäußert, und durch lange Jahrhunderte in manch einem wunderlichen Kunstgebilde gestaltet hatte; in letzter Zeit hatte sie sich zu wiederholten Malen in verschwenderischer jedoch verborgener Wohltätigkeit kundgetan, wie auch in einer leidenschaftlichen Hingabe an die Musik, aber fast mehr an deren schwierige wissenschaftliche Grundlagen, als an ihre offenbaren allbekannten Schönheiten. Auch war mir die recht bemerkenswerte Tatsache bekannt geworden, daß der Stamm der Usher, so altehrwürdig er auch war, zu keiner Zeit einen lebenskräftigen Seitensproß hervorgetrieben hatte; mit anderen Worten, daß also, von ganz unbedeutenden und ephemeren Ausnahmen abgesehen, sämtliche Familienmitglieder in direkter Linie voneinander abstammten. Das mochte es auch sein, dachte ich, während ich in Nachdenken versank, über den völligen Einklang im Charakter der Gebäude mit dem der Bewohner, und wie sich beide im Laufe der Jahrhunderte wohl gegenseitig beeinflußt haben mochten –

dieser Mangel einer Seitenlinie war es vielleicht, und die daraus folgende unabänderliche Übertragung von Besitz und Namen vom Vater auf den Sohn, die endlich beide so verschmolzen hatte, daß der ursprüngliche Name des Anwesens in der queren und doppelsinnigen Bezeichnung »das Haus Usher« aufgegangen war – eine Bezeichnung, die im Sprachschatz des Landvolkes beide, das Geschlecht und den Stammsitz, zu umfassen schien.

Ich habe schon gesagt, daß der einzige Effekt meines etwas kindlichen Experimentes – daß ich in den Teich hinabsah – nur gewesen war, den ersten absonderlichen Eindruck zu vertiefen. Zweifellos trug vor allem die Erkenntnis der raschen Zunahme meines Aberglaubens – denn warum soll ich ihn nicht so kennzeichnen – dazu bei, dieses Wachstum noch zu beschleunigen. Denn das ist eben, wie ich längst weiß, das paradoxe Gesetz aller Empfindungen, deren Wurzel der Schrecken ist; und lediglich aus diesem Grunde mochte es gewesen sein, als ich wieder den Blick vom Bild im Pfuhl zum Hause selbst erhob, daß eine ungewöhnliche Vorstellung in mir zu wachsen begann – eine wahrlich so unsinnige Vorstellung, daß ich sie überhaupt nur zum Zeugnis des mächtigen Zwanges erwähne, mit dem diese Sinneseindrücke mich beklemmten. Ich hatte meine Phantasie tatsächlich derart überstеigert, daß ich im Ernst zu glauben anfing, um das ganze Haus und seine nächste Umgebung lagere eine sonderliche nur ihm eigene Atmosphäre – ein Dunstkreis, völlig fremd der Himmelsluft, aber den Baumleichen entquollen und dem Mauergrau und der schweigenden Lache – ein pesthaftes und mystisches Gedämpf, trüb, schlaff, kaum erkennbar und bleifarben.

Ich schüttelte von mir, was nur ein Traum gewesen sein konnte, und prüfte nun näher den realen Anblick des Gebäudes. Der Haupteindruck war der einer ungewöhnlichen Altertümlichkeit. Die Jahrhunderte hatten ihm fast alle Farbe genommen. Zarter Mauerschwamm überzog es ganz und hing als feines verworrenes Gespinst von den Dachrinnen. Doch wurde durch all das nicht etwa der Eindruck außergewöhnlicher Baufälligkeit erweckt. Kein Teil des Mauerwerks war verfallen, aber irgendwie schien hier ein krasser Widerspruch zwischen der immer noch lückenlosen Oberfläche und der bröckligen Beschaffenheit des Einzelsteines. Das erinnerte mich auffallend an die trügerische Gesundheit alten Holzwerks, das lange Jahre in irgendeinem verlassenen Gewölbe verrottet ist, von jedem äußeren Luftzug ungestört. Außer dieser einen Andeutung auf weitgehenden Verfall jedoch, wies der Bau kaum Male beginnender Zerstörung auf. Vielleicht hätte ein besonders sorgfältiger

Beschauer noch einen kaum wahrnehmbaren Riß entdeckt, der unter dem Dach der Frontseite begann, im Zickzack an der Mauer herunterlief und sich schließlich im finsteren Wasser des Teiches verlor.

Während dieser Beobachtungen ritt ich auf dem kurzen Steig zum Hause. Ein Knecht übernahm mein Pferd, und ich betrat die gotisch gewölbte Halle. Ein schweigender Diener mit unhörbarem Schritt führte mich von da durch viel dämmernde und verwinkelte Korridore zu dem Studio seines Herrn. Vieles, was ich auf diesem Wege sah, nährte wiederum, ich weiß nicht wie, die schwebenden Empfindungen, von denen ich schon gesprochen habe. Obgleich die Dinge um mich – das Schnitzwerk an den Decken, die gedunkelten Wandbehänge, die Ebenholzschwärze des Fußbodens und die phantastisch gehäuften alten Waffen, die bei meinem Schritte klirrten, doch Dinge waren, die ich ebenso oder doch ähnlich von Kindheit auf kannte – obgleich ich gar nicht zögerte, mir zuzugeben, wie vertraut mir dergleichen war – ich wunderte mich doch immer wieder, welch ungekannte Gefühle solch gewohnte Gebilde mir erweckten. Auf einer der Treppen begegnete ich dem Hausarzt. Sein Gesicht trug, wie mich bedünkte, teils den Ausdruck von niedriger Pfiffigkeit, teils schien es ratlos. Er grüßte mich wie betreten und ging weiter. Dann öffnete der Diener eine Tür und meldete mich seinem Herrn.

Ich befand mich in einem sehr großen und hohen Zimmer. Die spitzbogigen Fenster waren lang und schmal, und lagen so hoch über dem schwarzeichenen Fußboden, daß sie von innen wohl unzugänglich sein mußten. Mattes karminrotes Licht kam durch die vergitterten Scheiben, und machte wenigstens die größeren Gegenstände leidlich erkennbar; doch suchte der Blick vergebens in die entfernteren Winkel des Raumes oder die krausen Tiefen der Deckenwölbungen zu dringen. Dunkle Draperien hingen an den Wänden. Die ganze Einrichtung wirkte kostbar, unbehaglich, uralt und verschlissen. Viele Bücher und Musikinstrumente lagen umher, aber auch sie gaben dem Raum kein Leben. Ich spürte die Sorge beim bloßen Atmen. Ein Ausdruck ernster, tiefer und unlösbarer Schwermut umhüllte und durchdrang Alles.

Bei meinem Eintritt erhob sich Usher von einem Sofa, auf dem er lang ausgestreckt geruht hatte, und begrüßte mich mit so lebhafter Wärme, daß ich es zuerst nur für übertriebene Artigkeit hielt – für die formelle Höflichkeit des ennuyierten Weltmannes. Ein Blick in sein Gesicht jedoch überzeugte mich von seiner völligen Aufrichtigkeit. Wir setzten uns, und einige Herzschläge lang, während er schwieg, starrte ich auf ihn, halb mitleidig, halb vor ehrfürchtiger Scheu. Wahrlich, nie noch hatte sich jemand in so kurzer Zeit so schrecklich verändert wie Roderick Usher. Nur schwer konnte ich mich überreden, daß diese bleiche Gestalt da vor mir der Gespiele meiner frühen Knabenjahre sein sollte. Zwar war das Gepräge seines Kopfes schon immer eindrucksvoll gewesen. Die Leichenblässe der Haut; ein Auge, groß, feucht und unvergleichlich leuchtend; Lippen, zwar schmal und sehr blaß, aber von unsäglich schönem Schwunge; die Nase nach edlem hebräischen Modell, doch von einer bei diesen Formen ungewöhnlichen Breite der Nüstern; ein fein gebildetes aber wenig vorspringendes Kinn, das von Mangel an Willenskraft sprach; Haar von gespinsthafter Weiche und Feinheit; all diese Einzelmerkmale ergaben im Verein mit einer ungewöhnlichen Verbreiterung der Schläfenregion ein Antlitz, das man nicht leicht vergaß. Und nun, in der bloßen Übersteigerung des eigentümlichen Charakters dieser Einzelzüge, und des Ausdrucks, der wie immer von ihnen ausging, lag so viel Verändertes, daß ich zuweilen zweifelte zu wem ich sprach. Die nun geisterhafte Blässe der Haut und der unirdische Glanz des Auges schreckten mich fast mit Ehrfurcht. Auch das seidige Haar hatte ungehindert wuchern dürfen, und wie es in wilder, sommerfädiger Zartheit sein Antlitz mehr umflutete als umfaßte, konnte ich seinen arabesken Ausdruck selbst mit Mühe nicht mehr mit dem hergebrachten Bilde vom Menschen vereinigen.

Im Gebaren meines Freundes fiel mir sogleich etwas Abgerissenes – Widerspruchsvolles auf; und ich erkannte bald die Ursache davon in ständigen schwächlichen und flüchtigen Anläufen, ein gewohnheitsmäßiges Zittern – eine übermäßige nervöse Erregung zu unterdrücken. Auf etwas der Art war ich übrigens gefaßt gewesen; sowohl seines Briefes wegen als auch in Erinnerung an gewisse Wesenszüge schon des Knaben, und durch Folgerungen aus seiner ganzen körperlichen und geistigen Beschaffenheit. Seine Gebärde war wechselnd lebhaft und dumpf. Die Stimme konnte unversehens umschlagen, von einem schwankenden Zittern (wenn die Lebensgeister völlig abwesend schienen) zu jener gedrängten Energie – jener abrupten, wuchtigen, uneiligen und gewölbten Formung der Laute – jener bleiernen, ausgewogenen und völlig kehlig modulierten Aussprache, wie man sie beim Gewohnheitstrinker oder dem unheilbaren Opiumraucher in den Stadien höchster Erregung findet.

So also sprach er nun von dem Zweck meines Besuches, von seinem sehnlichen Wunsch mich zu sehen und von der wohltätigen Wirkung, die er davon erhoffte. Eine Zeitlang erläuterte er mir die vermutliche Art seines Leidens. Es sei, sagte er, ein konstitutionelles, ein Familienübel, und eines, für das ein Heilmittel zu finden er verzweifele – eine bloße Nervenangelegenheit, fügte er sofort hinzu, die zweifelsohne bald vorübergehen werde. Sie äußere sich in einem Schwarm unnatürlicher Empfindnisse. Einige davon, über die er sich näher ausließ, interessierten und verwirrten mich besonders, obgleich vielleicht auch die Ausdrücke und die ganze Art des Berichtes so mächtig wirkten. Er litt schwer unter einer krankhaften Verfeinerung der Sinnesorgane; nur die mildesten Speisen waren noch erträglich; er konnte nur Gewänder aus ganz bestimmten Stoffen tragen; jede Art Blumenduft wirkte bedrückend; selbst schwaches Licht marterte seine Augen; und es gab nur ganz besondere Töne, und auch diese nur aus Saiteninstrumenten, die ihn nicht mit Entsetzen erfüllten.

Geradezu sklavisch unterworfen aber fand ich ihn einem anormalen Schrecken. »Ich vergehe«, sagte er, »ich muß vergehen an dieser unseligen Torheit. So – so und nicht anders werde ich zugrunde gehen. Ich fürchte die künftigen Ereignisse; nicht sie selbst, aber ihre Folgen. Mir graut vor dem bloßen Gedanken an jedes, und sei es das trivialste Ereignis, das in dieser unerträglichen Erregung der Seele auf mich einwirken könnte. Ich fürchte nicht etwa die Gefahr selbst, nur ihre letzte Wirkung – das Grauen. Und in diesem wehrlosen – diesem erbarmenswerten Zustand – fühle ich, daß früher oder später der Augenblick kommen wird, wo ich Verstand und Leben zugleich verliere, im Ringen mit dem grimmen Phantom : Furcht.«

Zwischendurch, und aus abgerissenen und wie verhüllten Worten, entdeckte ich einen weiteren kennzeichnenden Zug seiner Geistesverfassung. Es verfolgten ihn abergläubische Vorstellungen betreffend das Gebäude, das er bewohnte und seit manchem Jahr nicht mehr zu verlassen gewagt hatte – eines Einflusses halber, von dessen selbst erdachter Macht er hier in zu schattenhaften Ausdrücken sprach, als daß ich sie verständlich wiedergeben könnte – ein Einfluß, den einige Eigentümlichkeiten in der bloßen Gestalt und dem Stoff des Stammhauses, dank ihrer lang erduldeten Einwirkung über seinen Geist erlangt hätten – ein Effekt, den das rein Körperliche der grauen Mauern und Zinnen zusammen mit dem düsteren Teich in den sie alle hinabstarrten, endlich auf seine geistige Existenz ausgeübt hätte.

Er gab jedoch, wenn auch zögernd, zu, daß Vieles von dieser ihn so peinigenden Schwermut, sich auch auf eine natürlichere und wesentlich greifbarere Ursache zurückführen lasse – auf die ernstliche und langwierige Erkrankung – ja, auf die ersichtlich nahe bevorstehende Auflösung – einer zärtlich geliebten Schwester – seiner einzigen

Gefährtin seit vielen Jahren – seiner einzigen und letzten Verwandten hier auf Erden. »Ihr Ableben« sagte er mit einer Bitterkeit, die ich nie vergessen werde, »würde ihn (ihn den Hoffnungslosen und Zerbrechlichen) als letzten aus dem alten Stamm der Usher zurücklassen.« Während er noch sprach, schritt Lady Madeline (so war ihr Name) langsam im Hintergrunde des Gemaches vorüber und verschwand, ohne meine Anwesenheit bemerkt zu haben. Ich betrachtete sie mit tiefstem Befremden, und nicht frei von Furcht – und doch war es mir unmöglich diesen Eindruck zu begründen. Wie Erstarrung legte es sich über mich, als mein Auge ihrem entschwindenden Schreiten folgte. Als endlich eine Tür hinter ihr ins Schloß fiel, suchte mein rascher Blick unwillkürlich die Züge des Bruders – er jedoch hatte sein Gesicht in den Händen vergraben, und ich sah nur dies, daß eine weit ungewöhnlichere Blässe die abgezehrten Finger überzogen hatte und heiße Tränen hindurch perlten.

Das Leiden der Lady Madeline hatte seit langem der Kunst ihrer Ärzte gespottet. Beständige Apathie, allmählich fortschreitende Abzehrung, und häufige obgleich flüchtige Anfälle von teilweise kataleptischem Charakter, lautete die ungewöhnliche Diagnose. Bisher war sie standhaft gegen die Krankheit angegangen, und hatte sich von ihr nicht endgültig ans Bett fesseln lassen; aber an diesem Tage meiner Ankunft, im hereinbrechenden Abend, unterlag sie (wie ihr Bruder mir zur Nacht in unsäglicher Erregung mitteilte) der gliederlösenden Macht der Zerstörerin; und ich wußte nun, daß dieser mir flüchtig gewährte Anblick ihrer Gestalt wahrscheinlich auch der letzte sein würde – daß ich die Lady, zumindest als Lebende, nicht mehr schauen würde.

In den folgenden Tagen erwähnten weder Usher noch ich ihren Namen mehr; und während dieser Zeit war ich ernstlich bemüht die Schwermut meines Freundes zu lindern. Wir lasen und malten zusammen, oder ich lauschte wie im Traum den wilden Improvisationen seiner klingenden Guitarre. Und nun, da eine immer wachsende Vertraulichkeit mir stets rückhaltsloser die Tiefen seines Geistes erschloß, erkannte ich umso schmerzlicher die Unzulänglichkeit aller Bemühungen, eine Seele aufzuheitern, aus welcher wirklich und wirksam gewordene Dunkelheit über alle Objekte seines geistigen und physischen Universums flutete, in einer einzigen nicht endenwollenden schwarzen Strahlung.

Immer werde ich mich der vielen feierlichen Stunden erinnern, die ich so, allein mit dem Herrn des Hauses Usher, verbrachte. Und doch würde mir jeder Versuch scheitern, den exakten Charakter unserer

Studien oder Beschäftigungen anzudeuten, in die er mich einhüllte oder hineinlockte. Eine überhöhte und sehr krankhafte Geistigkeit warf schwefligen Glanz über alles. Seine langen improvisierten Klagen werden mir immerdar im Ohre klingen. Unter anderem hält mein Gedächtnis eine Umkehrung und Erweiterung der wilden Klänge von von Webers letztem Walzer noch schmerzhaft deutlich fest. Von den Gemälden, in denen seine glasklare Phantasie sich verrankte, und die Strich um Strich in Unbetretbarkeiten hineinwuchsen, die mich umso mehr erschauern ließen, als ich nicht wußte, worüber – von diesen Gemälden (so lebhaft mir ihre Bilder auch vor Augen stehen) würde ich vergebens mehr als nur eine kleine Anzahl, deren Gegenstand möglicherweise noch im Ausdrucksbereich bloßer geschriebener Worte liegt, zu verdeutlichen suchen. Durch die gänzliche äußerste Einfachheit, die Unverhülltheit der Absicht, fesselte und verschüchterte er den Beschauer. Wenn je ein Sterblicher Ideen malte, so war es Roderick Usher. Mich wenigstens – in der damaligen Umgebung – erfüllten die reinen Abstraktionen, die der Hypochonder auf seine Leinwand bannte, mit tiefer unbeschreiblicher Ehrfurcht, die ich, auch nicht nur andeutungsweise, später bei Betrachtung der glühenden aber allzu konkreten Träumereien Fuselis empfunden habe.

Eine der erdachten Phantasmagorien meines Freundes, die nicht völlig so vom Geiste der Abstraktion durchtränkt war, mag, obgleich unzulänglich, durch Worte angedeutet werden. Das kleine Bild zeigte das Innere eines unermeßlich langen rechtwinkligen Gewölbes oder Tunnels, mit niedrigen Seitenwänden, glatt, weiß und durch nichts, kein Relief, unterbrochen. Gewisse Einzelheiten der Zeichnung erweckten den Eindruck, daß dieser Höhlengang in großen Tiefen unter der Oberfläche der Erde liege. Kein Ausweg aus ihm war irgendwo zu entdecken, und keine Fackel oder andere künstliche Lichtquelle wahrnehmbar, und dennoch war er von hellem Gestrahl durchflutet, welches das Ganze in geisterhaft widersinnigen Glanz tauchte.

Ich habe vorhin von dem krankhaften Zustand der Gehörnerven des Leidenden gesprochen, der ihm jede Musik, mit Ausnahme bestimmter Klänge von Saiteninstrumenten, unerträglich machte. Vielleicht war es gerade diese selbstgewählte Beschränkung nur auf die Guitarre, was seinem Vortrag hauptsächlich so phantastischen Charakter gab. Aber die glühende Leichtigkeit seiner Impromptus konnte daraus allein nicht erklärt werden. Klänge und Worte seiner wilden Phantasien (denn nicht selten begleitete er sich selbst mit freien Weisen) können nur das Ergebnis jener intensiven geistigen Gesammeltheit und Konzentration gewesen sein, die ich vorhin als nur den seltenen Augenblicken höchster künstlerischer Schöpfererregtheit eigen, erwähnt habe. Eine dieser Rhapsodien blieb mir besonders im Gedächtnis. Vielleicht war ihr Eindruck auf mich damals umso mächtiger, weil mir der verhüllte Doppelsinn zum erstenmale zu verraten schien, wie bewußt Usher selbst seinen elfischen Verstand auf seinem Throne wanken fühlte. Die Verse, die er »Das Geisterschloß« überschrieb, lauteten fast genau, wenn nicht wörtlich, so :

In dem grünsten unsrer Täler,
guter Engel stete Rast,
hob sein Haupt – schön, ohne Fehler –
einst ein strahlender Palast.
Wo Fürst Geist befiehlt den Dingen
ragte er;
nie noch schirmten Seraphsschwingen
ein Gebild nur halb so hehr.

Stolze Banner wogten golden,
fluteten vom Dache frei,
(dies – all dies – war in der holden
Zeit, lang vorbei);
da kosten Melodien helle
die süße Luft,
die an dem Federschmuck der Wälle
hinauszog, ein beschwingter Duft.

Wandrer sahn vom Pfad im Haine
durch zwei Fenster dort im Saal
Geister musisch gehn, wie eine
Laute klingend es befahl,
rund um einen Thron wo prächtig,
porphyrogen,
geschmückt nach seinem Range mächtig,
der Herr des Reiches war zu sehn.

Von Perlen und Rubinen glutend
war des Palastes Tor,
und stets kam flutend, flutend, flutend
hervor ein Schimmerchor
von Echos, deren süße Pflichten,

in Näh' und Fern
mit Zauberstimmen zu berichten
Scharfsinn und Weisheit ihres Herrn.

Doch schlimmes Volk, Gewandt wie Sorgen,
befiel den hohen Fürsten dann; :
Ah, laßt uns klagen ! Denn kein Morgen
bricht dem Verzweifelten mehr an !
Das hohe Haus, die goldnen Tage,
das Blütenrot,
sind nur noch trüb-verschollne Sage,
die Zeit ist lang schon tot.

Und wer nun reist auf jenen Wegen,
sieht durch der Fenster rot Geglüh
Gebilde sich phantastisch regen
zu einer schrillen Melodie;
und durch das fahle Tor stürzt schwellend
ein Spukvolk her,
auf immer fort; und lachen gellend –
doch lächeln nimmer mehr.

Ich erinnere mich noch wohl, daß uns diese Ballade auf Gedankengänge brachte, in deren Verlauf sich eine Überzeugung Ushers offenbarte, die ich nicht so sehr ihrer Neuheit wegen erwähne (denn andere haben ähnlich gedacht; Watson, Dr. Percival, Spellanzani, und vor allem der Bischof von Llandaff – siehe »Chemical Essays« Bd. v.), als um der Hartnäckigkeit willen, mit der er sie behauptete. Diese Ansicht sprach, in ihrer hergebrachten Formulierung, von der Beseeltheit der Pflanzenwelt. In seiner abwegigen Einbildungskraft jedoch hatte die Hypothese kühneren Charakter angenommen, und griff bedingt sogar in anorganische Reiche ein. Seine unbedingte Hingabe an diesen Glauben und dessen ganzen Umfang kann ich mit Worten nicht widergeben. Jedoch hing er, wie schon angedeutet, mit den grauen Steinen des Hauses seiner Väter zusammen. In diesem Fall, gab er an, seien die Voraussetzungen für die Beseeltheit durch die Methode der Anordnung der Steine erfüllt worden – sowohl durch die Art ihrer Verteilung, als auch durch den vielen Mauerschwamm, der sie überzog, und die toten Bäume, die dies umringten – vor allem aber durch das lange ungestörte Nebeneinander all dieser Dinge, und ihre Verdopplung durch die reglosen Wasser des Teiches. Der Beweis – für die Tatsache der Beseeltheit – sei erkennbar, sagte er (und bei diesen Worten fuhr ich auf) in der langsamen oder sicheren Bildung einer eigenen Lufthülle um Wasser und Gemäuer. Die Folgen zeigten sich, wie er hinzufügte, in jenem schleichenden, aber unabwendlichen und furchtbaren Einfluß, der seit Jahrhunderten das Geschick seines Geschlechtes geformt habe, und der nun auch ihn zu dem mache – was ich sähe. Solche Ansichten bedürfen keines Kommentars, und ich gebe auch keinen.

Unsere Bücher – die Bücher die seit Jahren keine geringe Rolle in der Geisteswelt des Kranken gespielt hatten – waren, wie zu erwarten, ein völliger phantastischer Einklang. Wir vertieften uns gemeinsam in Werke wie »Vert=vert et Chartreuse« von Gresset; Machiavellis »Belphegor«, »Himmel und Hölle« von Swedenborg; »Die unterirdische Reise des Nicholas Klim« von Holberg; die Chiromantien von Robert Flud, Jean d'Indaginé und De la Chambre; Tiecks »Reise ins Blaue hinein« und den »Sonnenstaat« des Thomas Campanella. Ein Lieblingsbuch war eine Ausgabe in Klein-Oktav des »Directorium Inquisitorum« des Dominikaners Eymeric de Gironne; und da waren Stellen im Pomponius Mela, über die alten Satyrn und Ögipane Afrikas, über denen Usher sitzen und träumen konnte, stundenlang. Das höchste Entzücken fand er jedoch in einem äußerst seltenen und merkwürdigen gotischen Quartband – dem Manual einer verschollenen Kirche – den Vigiliae mortuorum secundum Chorum Ecclesiae Maguntinae.

Ich mußte an das phantastische Ritual dieses Buches und dessen möglichen Einfluß auf den Hypochonder denken, als er mir eines Abends, nach der abrupten Mitteilung, daß Lady Madeline nicht mehr sei, seine Absicht eröffnete, ihren Leichnam für die 14 Tage bis zur endgültigen Beisetzung in einem der zahlreichen Gewölbe der Grundmauern des Hauses aufzubahren. Den Grund, den er für dies eigenartige Vorhaben angab, fühlte ich mich jedoch nicht zu diskutieren berechtigt. Der Bruder war (wie er mir sagte) zu diesem Entschluß geführt worden einmal in Anbetracht des ungewöhnlichen Krankheitscharakters der Abgeschiedenen, und der eifrigen und zudringlichen Fragen seitens ihrer Ärzte, als auch wegen der entfernten und ungeschützten Lage der Familiengruft. Ich kann nicht leugnen, wenn ich mir den verdächtigen Gesichtsausdruck des Mannes dem ich damals am Tag meiner Ankunft auf der Treppe begegnet war, wieder vergegenwärtigte, mochte ich mich dem nicht widersetzen, was ich allenfalls als eine harmlose und keinesfalls unnatürliche Vorsichtsmaßnahme ansah.

Auf Ushers Bitte war ich selbst ihm bei Ausführung der vorläufigen Bestattung behilflich. Nachdem der Körper eingesargt worden war, trugen wir zwei allein ihn an seine Ruhestätte. Das Gewölbe in dem wir ihn absetzten (und das so lange verschlossen gewesen war, daß unsere Fackeln, die in der Stickluft fast erloschen, uns kaum die nächste Umgebung zeigten) war klein, dumpfig und ganz ohne Lichtöffnungen, und lag in großen Tiefen gerade unter jenem Flügel des Gebäudes, in dem sich mein Schlafzimmer befand. In fernen Lehnszeiten hatte es offensichtlich als Kerker schlimmster Art gedient, und in späteren Tagen als Aufbewahrungsort für Pulver oder andere feuergefährliche Stoffe; denn ein Teil des Fußbodens sowie das ganze Innere des langen Bogenganges durch den wir hineingelangten war sorgfältig mit Kupfer ausgekleidet. Auch die schwere massive Eisentür war gleichermaßen geschützt worden. Ihr ungeheures Gewicht erzeugte ein ungewöhnlich durchdringendes Kreischen wie sie sich in ihren Angeln drehte.

Nachdem wir unsere traurige Bürde an diesem Ort des Schreckens auf Böcke abgestellt hatten, schoben wir den noch nicht zugeschraubten Deckel des Sarges halb zur Seite, und betrachteten das Antlitz der Bewohnerin. Eine frappierende Ähnlichkeit zwischen Bruder und Schwester fiel mir nun zum ersten Male auf, und Usher, der meine Gedanken erraten mochte, murmelte ein paar Worte, denen ich entnahm, daß die Verstorbene und er Zwillinge gewesen waren, und daß stets die innigste unerklärlichste Seelengemeinschaft zwischen ihnen bestanden hatte. Unsere Blicke ruhten jedoch nicht lange auf der Toten – denn wir konnten sie nicht ohne Scheu betrachten. Das Leiden, das die Lady so in der Blüte ihrer Jugend aufs Totenbett gestreckt hatte, ließ, wie alle diese ausgesprochen kataleptischen Krankheiten, wie zum Hohn auf Brust und Antlitz eine zarte Röte zurück, und auf den Lippen jenes seltsam verhaltene Lächeln, das im Tode so grauenhaft wirkt. Wir schlossen und verschraubten den Deckel, verwahrten die eiserne Tür, und suchten mühsam unseren Weg in die kaum weniger düsteren Gemächer oben im Hause.

Und nun, da ein paar Tage bitteren Grams verflossen waren, trat eine merkliche Änderung im Charakter der seelischen Erkrankung meines Freundes ein. Seine bisherige Lebensweise war dahingeschwunden. Die gewohnten Beschäftigungen wurden vernachlässigt oder vergessen. Er wanderte von Zimmer zu Zimmer mit hastigem, ungleichem und ziellosem Schritt. Die Blässe seines Antlitzes hatte, wenn möglich, einen noch geisterhafteren Ton angenommen – aber der Glanz des Auges war völlig erloschen. Die sonst zuweilen gehörte Rauhheit der Stimme war nicht mehr, dafür kennzeichnete sie nun ein dauerndes hohes Beben, wie von äußerstem Grauen. Manchmal gab es wirklich

Augenblicke, wo ich dachte, sein ständig aufgeregter Geist arbeite sich mit irgendeinem bedrückenden Geheimnis ab, und er ringe nach dem nötigen Mut, es auszusprechen. Zu anderen Zeiten wieder mußte ich alles für die bloßen unberechenbaren Launen eines Irren halten; denn ich sah ihn stundenlang mit der Miene tiefster Aufmerksamkeit ins Leere starren, als lausche er irgendeinem eingebildeten Geräusch. Es war kein Wunder, daß mich sein Zustand entsetzte – daß er mich ansteckte. Ich fühlte, wie mir langsam und allzugewiß seine phantastischen aber zwingenden Wahngebilde näher kamen.

Besonders erfuhr ich die ganze Macht solcher Einbildungen, als ich am siebenten oder achten Tage, nachdem wir Lady Madeline ins Gewölbe geschafft hatten, spät in der Nacht zur Ruhe ging. Kein Schlaf nahte meinem Lager – während Stunde um Stunde verrann. Ich versuchte gewaltsam die Nervosität, die mich beherrschte, wegzudenken. Ich nahm mir vor zu glauben, daß an dem Meisten wenn nicht gar an allem was ich fühlte, der verwirrende Einfluß der düsteren Zimmereinrichtung schuld sei – die dunklen und zerschlissenen Draperien, die, vom Atem eines aufziehenden Wetters bis zur Regsamkeit gequält, sich unstet an den Wänden bewegten, und ruhelos am Zierwerk der Bettstatt raschelten. Aber meine Anstrengungen blieben fruchtlos. Ein ununterdrückbares Zittern befiel allmählich meinen ganzen Körper, und zuletzt lag ganz sinnlose Angst mir wie ein Alp auf der Brust. Ich schüttelte ihn keuchend und mit Gewalt ab, richtete mich in den Kissen auf und lauschte, wie ich angespannt in die dichte Finsternis des Zimmers starrte – ich weiß nicht warum, aber ein instinktives Gefühl zwang mich – auf ein leises und undeutliches Geräusch, das mit langen Abständen, jedesmal wenn der Sturm abflaute, von irgendwoher kam. Von durchdringendem, unerträglichem obgleich unerklärlichem Grauen übermannt, warf ich in Hast meine Kleider um (denn ich fühlte, daß ich diese Nacht ohne Schlaf bleiben würde) und versuchte mich von meinem kläglichen Zustand zu befreien, indem ich rasch im Gemach auf- und ab schritt.

Ich war erst ein paarmal hin und her gegangen, als ein leichter Schritt auf der angrenzenden Treppe mich aufhorchen ließ. Ich erkannte ihn sofort als den Ushers. Gleich darauf klopfte er leicht an meine Tür, und trat ein, eine Lampe in der Hand. Sein Gesicht war wie gewöhnlich leichenblaß – aber diesmal war eine Art irrer Fröhlichkeit in seinen Augen – etwas zweifellos hysterisches in seinem ganzen Benehmen. Sein Aussehen erschreckte mich – aber alles war ja der so lang erduldeten Einsamkeit vorzuziehen, und so begrüßte ich seine Gegenwart sogar mit einem Gefühl der Erleichterung.

»Und Du hast es nicht gesehen ?« fragte er unvermittelt, nachdem er einige Augenblicke schweigend um sich gestarrt hatte, »Du hast es also nicht gesehen? – Aber warte ! Gleich.« Mit diesen Worten hastete er, nachdem er sorgsam seine Lampe abgedunkelt hatte, zu einem der Fenster und stieß es auf, mitten in den Sturm hinein.

Die rasende Wut der Böe warf uns fast um. Es war wirklich eine stürmische aber schaurigschöne Nacht, und eigen fremdartig dazu voll Schrecknis und Schönheit. Ein Wirbelsturm tobte anscheinend in der Nachbarschaft; denn die Windrichtung änderte sich oft und ungestüm; und trotz der Schwere des Gewölks (das schier auf die Zinnen des Hauses zu drücken schien) sahen wir es von allen Seiten wie lebendig gegeneinander anjagen, ohne daß es sich je zu zerstreuen schien.

Ich sagte, daß wir trotz der außergewöhnlichen Schwere des Gewölks dies sahen – obgleich weder Mond noch Sterne schienen – noch Blitze zuckten. Aber die Unterfläche der riesigen wogenden Dunstmassen, und die irdischen Gegenstände dicht um uns erglommen im unnatürlichen Licht einer schwach leuchtenden und deutlich sichtbaren gasigen Ausdünstung die mantlig das Haus einhüllte.

»Du sollst – Du darfst das nicht sehen !«, sagte ich schaudernd zu Usher, indem ich ihn mit sanfter Gewalt vom Fenster weg zu einem Sitz hinzog. »Was Dich an diesen Erscheinungen so verstört sind bloße und gar nicht seltene elektrische Phänomene, oder es sind etwa auch die giftigen Miasmen des Teiches an dem Spuk schuld. Wir wollen das Fenster schließen; die Luft ist kalt und schädlich für Dich. Hier ist eins deiner Lieblingsbücher. Ich lese vor, und Du hörst zu; und so wollen wir diese schreckliche Nacht zusammen herumbringen.«

Der alte Band den ich zur Hand genommen hatte war der »Mad Trist« des Sir Launcelot Canning, aber ich hatte es mehr aus Scherz als im Ernst als ein Lieblingsbuch Ushers bezeichnet; denn in Wahrheit konnte es in all seiner ungefügen und phantasiearmen Weitschweifigkeit für das luftige und geisterhafte Wesen des Freundes wenig Anziehendes haben. Immerhin war es als einziges Buch gerade zur Hand, und ich nährte eine schwache Hoffnung, daß die Erregung die jetzt in dem Hypochonder arbeitete, sich etwa gerade durch das Übermaß an Narrheit lösen könnte, das ich ihm vortragen würde (denn die Geschichte der Geisteskrankheiten ist voll von ähnlichen Anomalien). Hätte ich nach der wilden verkrampften Lebhaftigkeit mit der er den Worten der Geschichte lauschte, oder scheinbar lauschte, urteilen dürfen, so hätte ich mich allerdings zum Erfolg meines Kunstgriffs beglückwünschen können.

Ich war gerade bei jener wohlbekannten Stelle des Buches angekommen, wo Ethelred, der Held des Trist, nachdem er im Guten vergeblich versucht hat, Einlaß in die Klause des Eremiten zu erlangen, dazu übergeht, gewaltsam den Eintritt zu versuchen. Wie man sich erinnern wird, lauten nun die Worte der Erzählung wie folgt :

»Und Ethelred, der von Natur tapferen Herzens war, und dazu durch die Tüchtigkeit des Weins, den er getrunken hatte, machtvoll ganz und gar, versäumte sich nicht länger in Verhandlungen mit dem Eremiten, der fürwahr gar eigensinnig und boshaft war, sondern, da er den Regen auf seinen Schultern fühlte und das aufziehende Wetter scheute, hob er unverzüglich seinen Streitkolben, und machte mit raschen Schlägen Raum in den Türplanken für seine beerzte Hand; und nun zog er so machtvoll, und ruckte und splitterte und riß auseinander, daß das Krachen des dürren und hohl berstenden Holzes im ganzen Forst dröhnte und widerhallte.«

Am Ende dieses Satzes fuhr ich auf und hielt einen Herzschlag lang inne; denn es schien mir (obgleich ich sofort schloß, daß meine aufgepeitschte Phantasie mich getäuscht habe) daß aus irgend einem sehr entlegenen Teil des Gebäudes etwas undeutlich an mein Ohr drang, was in seiner völligen Ähnlichkeit geradezu das Echo (obgleich allerdings ein ersticktes und dumpfes) des ungemein krachenden und reißenden Geräusches hätte sein können, das Sir Launcelot so sonderlich beschreibt. Zweifellos war es das Zusammentreffen allein, das mich so hatte aufhorchen lassen; denn bei all dem Klappern der Fenster untermischt mit dem gewöhnlichen Lärm des sich immer noch steigernden Sturmes, hatte das Geräusch an sich nichts, was mich hätte besonders ablenken oder verstören können. Ich fuhr also fort:

»Als aber der wackre Recke Ethelred in die Tür trat, war er erzürnt und erstaunt zugleich, keine Spur mehr des tückischen Einsiedels zu finden; sondern an seiner Statt einen Drachen schuppigen und greulichen Gebarens und feuriger Zunge, der vor einem goldenen Palast mit silbernem Fußboden Wache hielt; und an der Wand dort hing ein Schild aus schimmerndem Erz mit dieser eingegrabenen Kunde –

‹Allhier trete ein nur ein Sieger allein;
erschlägt er den Drachen, der Schild wird dann sein.›

Und Ethelred erhob seinen Kolben und schlug auf das Haupt des Drachens, der vor ihm zusammenbrach, und seinen giftigen Atem verhauchte, in einem so abscheulichen und rauhen Schrei, der so durchdringend war, daß Ethelred hätte die Ohren mit den Händen gegen das fürchterliche Getön verhalten mögen, dergleichen niemals zuvor erhört worden war.«

Wiederum hielt ich plötzlich inne und diesmal mit einem Gefühl wilder Bestürzung – denn es gab gar keinen Zweifel, daß ich in diesem Augenblick wirklich (obgleich ich unmöglich sagen konnte woher) einen zwar gedämpften und anscheinend fernen Ton vernahm, aber scharf, langgezogen und ungewöhnlich kreischend und knirschend – genau so wie ich mir im Geist das unnatürliche Drachengeschrei von dem der Dichter erzählt, ausgemalt hatte.

Obwohl durch den Eintritt dieses zweiten und erstaunlichen Zusammentreffens von tausend widerstreitenden Gefühlen, unter denen Verwunderung und höchster Schreck vorherrschten, bestürmt, behielt ich doch noch Geistesgegenwart genug, um durch keinerlei Bemerkung die nervöse Empfindlichkeit meines Gefährten zu erregen. Ich war durchaus nicht überzeugt, daß auch er die fraglichen Laute vernommen hatte, obgleich in den letzten paar Minuten zweifellos eine merkwürdige Änderung in seinem Benehmen eingetreten war. Zuerst hatten wir uns gegenüber gesessen, aber nach und nach hatte er seinen Stuhl so gerückt, daß er mit dem Gesicht zur Zimmertür saß; so konnte ich seine Züge nur zum Teil wahrnehmen, aber ich sah, daß seine Lippen bebten, als murmele er Unhörbares. Sein Kopf war auf die Brust gesunken, aber ein flüchtiger Blick auf das weit und starr geöffnete Auge in seinem Profil, verriet mir, daß er nicht schlief. Dem widersprach auch, daß sich sein Körper bewegte – denn er wiegte sich mit sanftem, aber anhaltendem und gleichförmigem Schwung hin und her. Dies alles prägte sich mir blitzschnell ein, ich nahm den Bericht Sir Launcelots, und las :

»Und nun, da der Recke der furchtbaren Wut des Drachen entronnen war, und des ehernen Schildes gedachte dessen Bezauberung er lösen wollte, räumte er den Leichnam aus seinem Wege, und schritt kühn über das silberne Pflaster des Schlosses, dahin, wo der Schild an der Wand hing; der wahrlich wartete nicht bis er völlig heran war, sondern fiel zu seinen Füßen auf den Silberestrich mit mächtig großem und erschrecklichem Gedröhn.«

Kaum waren die Worte aus meinem Munde, da – als sei diesen Augenblick wahrhaftig ein erzener Schild auf einen silbernen Estrich niedergestürzt – vernahm ich deutlich einen hohlen, metallisch klangvollen aber offenbar gedämpften Widerhall. Völlig verstört sprang ich auf, aber Usher ließ sich in seiner gemessen schaukelnden Bewegung nicht stören. Ich stürzte zum Stuhl, in dem er saß. Die Augen starrten geradeaus und das ganze Gesicht war von steinerner Starrheit. Aber als ich ihm die Hand auf die Schulter legte, durchlief ein heftiger Schauer seine ganze Gestalt; ein kränkliches Lächeln bebte um seine Lippen, und ich sah ihn, als ahne er meine Anwesenheit nicht, halblaut wie überstürzt vor sich hin murmeln. Als ich mich dicht zu ihm beugte, faßte ich endlich die scheußliche Bedeutung seiner Worte :

»Ich es nicht hören ? – ja, ich höre es, und habe es gehört. Lange – lange – lange – minutenlang, stundenlang, tagelang habe ich's gehört – aber ich wagte nicht – oh, ich elendes Geschöpf, das ich bin – ich wagte nicht – wagte doch nicht zu sprechen ! Wir haben sie lebend in die Gruft gesenkt ! Sagte ich nicht, meine Sinne seien scharf ? So wisse denn, daß ich ihre ersten schwachen Bewegungen im hohlen Sarge hörte. Hörte – vor vielen, vielen Tagen – aber ich wagte nicht – wagte doch nicht zu sprechen ! Und heut – zur Nacht – Ethelred – ha ! ha ! – da barst des Einsiedels Tür, und da schrie der Drache im Tod, und der Schild erdröhnte ! – sage doch gleich : da zerriß der Sarg, und die Kerkertür schrie aus eisernen Angeln, und sie müht sich heran durch die kupfernen Gewölbe. O, wo soll ich hin ? Denn wird sie nicht gleich hier sein ? Eilt sie nicht mir meine Überstürzung vorzuwerfen ? War das nicht ihr Schritt auf den Stufen ? Ist das nicht schon der schwere, entsetzliche Schlag ihres Herzens ? Wahnwitziger !« Wild sprang er hier auf und kreischte seine Silben heraus, als gebe er in der Aufregung seinen Geist auf : »Wahnwitziger ! Ich sage Dir, sie steht jetzt vor der Tür !«

Als sei durch die übermenschliche Spannung des Aufschreis Geistergewalt entbunden – so öffnete ungesäumt das schwere alte Türgetäfel, auf das er deutete, die gewaltigen ebenhölzernen Kiefer. Es war nur die Wucht der rasenden Böe – aber da draußen vor der Tür stand wirklich die hohe verhüllte Gestalt der Lady Madeline of Usher. Blut war auf ihren weißen Gewändern, und Spuren verzweifelter Anstrengung überall auf dem abgezehrten Körper. Einen Herzschlag lang stand sie bebend und schwankend auf der Schwelle – dann, mit leisem Gestöhn, schlug sie nach vorn, an ihren Bruder, und riß ihn, in ihrem heftigen und nunmehr endgültigen Todeskampf, mit sich zu Boden, eine Leiche, ein Opfer des Grauens, wie er geahnt hatte.

Wie gejagt floh ich den Raum und dieses Haus. Der Sturm ging noch immer in aller Wut um, als ich mich auf dem alten Pfad wieder fand. Plötzlich fiel Wildlicht grell über den Weg, und ich fuhr herum um zu sehen woher der seltsame Schimmer ausging, denn hinter mir war nur das hohe Haus und sein Schatten. Die Strahlung kam vom blutrot versinkenden Vollmond, der nun hell durch den damals kaum sichtbaren Riß schien, der, wie gesagt, im Zickzack vom Dach bis zum Grund lief.

Während ich starrte, klaffte der Riß immer weiter; rasend fauchte ein Windstoß heran; das volle Rund des Gestirns brach auf einmal hervor; mein Kopf schwindelte als die mächtigen Mauern zerbarsten; da scholl ein langer verworrener Donnerruf, wie die Stimme von tausend Wassern, und der unergründlich dunkle Teich zu meinen Füßen schloß sich schweigend und finster über den Trümmern des Hauses Usher.

S.H. Herrn
F. G. Klopstock, Superintendent.
Schul-Pforta
bei Naumburg/Saale.

Sehr geehrter Herr !

Anbei den Messias zurück.

Ihr
Arno Schmidt

Herrn
Major Georg Freiherrn von Vega
ad Rhen. sup.
1794

»... äußerste Sorgfalt....
... mit der nämlichen Sorgfalt und Genauigkeit....
... auf das Genaueste durchgesehen...
... bis keine fehlerhaften Stellen mehr entdeckt werden konnten...
... alles geleistet haben, was menschliche Kräfte bei einem so mühevollen und kostspieligen Werk vermögen...
... Es ist zwar nicht wahrscheinlich,.. daß bei der Herausgabe dieses Werkes irgend eine fehlerhafte Stelle sei übersehen worden...«

G. Vega, Thesaurus logarithmorum completus, Leipzig 1794 in der Weidmannischen Buchhandlung, Vorrede Ss. VII und VIII.

Herr Major !
Mit welchen Gefühlen ich dieses Buch in die Hand nahm, wird jedem Einsichtigen verständlich sein : das Fundament der, nächst der Buchdruckerkunst und der Luftschiffahrt, wichtigsten Erfindung der Neueren war endlich unverrückbar fixiert. –

Und im Geiste sah ich die Schar der in jenen verflossenen Jahrhunderten erschienenen Tafeln, – von den vierzehnstelligen Fragmenten des ehrwürdigen Henry Briggs bis zu Callet's gallischgeschwätziger Oberflächlichkeit – sah die unermüdliche Mönchsarbeit der großen Rechner, die, von der verständnislosen Menge belächelt, und selbst von den Fachmathematikern hochmütig als bloße mechanische Handlanger bezeichnet, ihr rätselvoll den Zahlen verschwistertes Leben an die mühevolle Feststellung jener unumstößlichen Wahrheiten setzen.

Und ich gedachte fernerhin des immer merkwürdigen Umstandes, daß, trotz der klassischen Einfachheit der Aufgabe, bisher noch keine völlig fehlerfreie Tafel hergestellt werden konnte; sodaß die Schwierigkeiten bei der Handhabung einer so großen Menge von Zahlen entweder stets die Sorgfalt und Ausdauer des Herausgebers überwogen haben, oder aber die Arbeitsfähigkeit, das intellektuelle Volumen, eines Einzelnen, auf der jetzigen geistigen Entwicklungsstufe der Menschheit, hierfür nicht zureicht. Wohl aber müßte eine befriedigende Lösung der Tätigkeit einer Gruppe von Rechnern möglich sein, die, vor äußerer Not gesichert, ihre Energie und Aufmerksamkeit unter kluger und verantwortungsbewußter Leitung für einige Jahre zu solchem Unternehmen vereinigten.

Zwar genügen für die Ansprüche des täglichen Lebens und der Technik Rechenschieber (-walzen) oder Logarithmen mit 4, höchstens 5, Stellen, und nur scharfe geodätische oder astronomische Rechnungen verlangen 6 oder 7 Dezimalen; aber eben diese werden durch Abkürzung aus den zehnstelligen Tafeln erhalten, die demnach als Grundlagen hierfür, wie auch für die Berechnung jeder anderen neuen hochstelligen Hilfstabelle unerläßlich sind, also die eigentlichen Fundamente aller Logarithmik darstellen. Eine noch höhere Stellenzahl würde entweder den Umfang des Buches unbehilflich machen, oder die Schnelligkeit und Bequemlichkeit der Benützung unmäßig erschweren, ohne dennoch von größerem Nutzen zu sein. In Erkenntnis dieser Tatsachen hatte schon Adrian Vlack 1628 und 1633 seine beiden zehnstelligen Tafelwerke herausgegeben, die aber einerseits im Laufe der Zeit ungemein rar, fast unzugänglich, geworden sind, andrerseits eine Unzahl von Druckfehlern und Fehlern der Endziffer aufweisen, und zudem weder Anleitung noch Hilfsmittel für das Arbeiten mit zweiten Differenzen geben, deren Berücksichtigung ja bei solcher Stellenzahl, und solange keine bessere Tafelanordnung erfunden wird, unvermeidlich ist.

Hier war also eine Gelegenheit, eine wahre Lücke der Wissenschaft auszufüllen, und gleichzeitig das unvollkommene Werk des Alten von allen Irrtümern zu reinigen, neue ingeniöse und exakte Rechenhilfen zu entwerfen und untadelige Gebrauchsanweisungen beizufügen. Solch eine unschätzbare Leistung macht dann den Namen des Gelehrten, der sie verläßlich vollbrachte, bei allen Denkenden seiner Zeit und der folgenden Jahrhunderte ehrwürdig, und noch der späte Enkel, der sorgsam die vergilbten Seiten des kostbaren Folianten wendet, gedenkt dankbar des Redlichen. –

Unter solchen Betrachtungen las ich Ihre Vorrede zum Thesaurus Logarithmorum, und fand alle Vorbedingungen erfüllt : die Schar der Mathematikbeflissenen, vor Brotsorgen geschützt, unter einheitlicher Leitung eingesetzt, und das oftmals ruhig und zuversichtlich ausgesprochene Bewußtsein, das Menschenmögliche an Sorgfalt und Genauigkeit geleistet zu haben.... –

Lediglich beim Arbeiten mit Ihrer Tafel fand ich auf S. 76 den log 31653, welcher nicht, wie Sie angeben, auf ...776, sondern auf ...778 endet, also falsch ist ! Weitere Fehler der Endziffer haben die log 20866, 21245, 21749, 21795, 22016, 22877, 23274, 28680, 31001, 37310, 48980,

49409, 51606, 54040, 70031, 70032, 70040 (und also auch überall die entsprechenden ersten Differenzen). Hierdurch mißtrauisch geworden, entschloß ich mich zu systematischer Untersuchung ausgewählter Seiten, und fand z. B. die geradezu empörende Tatsache, daß auf den SS. 306–309 von den dort abgedruckten eintausend Logarithmen 281 Fehler von 1–2 Einheiten der letzten Dezimale aufweisen. Zweihunderteinundachtzig ! (Liste kann auf Verlangen von mir angefordert werden). Sie belehren mich zwar (Vorrede S. VIII), daß solche Dinge »unbedeutende Kleinigkeiten« seien, aber ich sehe diese Begründung trotzdem nicht für recht zureichend an; es hätte ja bei Ihnen gestanden, uns mit einer nur neunstelligen Tafel zu beschenken, oder hätten Sie etwa auch da noch das Recht auf großzügige Behandlung der Endziffer beansprucht ?

Ich erlaube mir besonders, S. 172 zu erwähnen, wo es ebenfalls »zu falschen Rechnungen Anlaß geben könnte« (Vorrede S. VIII) – und mir aufs Unangenehmste gegeben hat ! – daß die neben dem Numerus 5984 stehenden, nach links ausgerückten ersten drei Ziffern 777 eine Zeile tiefer gehören, und die Mantissen von 59842, ...43 und ...44 einen Asteriskus erhalten müssen. Auf S. 308 endet der log nat pi nicht auf 343 sondern 342; ein gleichermaßen unnötiger Fehler.

Noch wesentlich lebhafter wird es im zweiten Teil, dem »Magnus canon Logarithmorum trigonometricus«, wo die »unbedeutenden Kleinigkeiten« gleich in Schwärmen auftreten. Man beginne die Nachprüfung vorn (S. 312), hinten (S. 629) oder irgendwo in der Mitte : überall kann man soviel Fehler feststellen, als man Zeit und Öl aufzuwenden Muße hat – ich spreche dieses Urteil nicht leichtfertig, sondern nach sorgfältiger Prüfung aus !

Auf S. 312 sind u. a. falsch : log tan 3″; log sin : 2″, 4″, 5″, 6″, 9″..; dann log cos : 14″, 15″, 16″, 19″, 24″, 27″, 28″, 29″, 43″, 45″, 53″, 55″, 1′14″, 1′22″, 1′24″, 1′26″, 1′27″, 1′28″, 1′29″, 1′30″, 1′32″, 1′33″, 1′34, 1′36″, 1′37″, 1′40″ – – gibt es etwas Tolleres, als diese log cos-Serie, die nicht etwa mit dem letzten gerügten Werte endet, sondern die ich nur aus Überdruß dort abbrach ?! – Es sind weiterhin falsch : log sin : 20′, 40′, 7°, 8°, 9°, 12°, 14°, 16°, 18°, 22°; log cos : 6°, 9°, 10°, 11°; log tan : 20′, 1°58′3″, 7°, 8°, 10°, 11°, 12°, 45°10′, 45°20′ (und natürlich die korrespondierenden Werte für log ctg), wobei ich um keinen Preis diese zufällig erhaltene Liste als vollständig bezeichnen möchte !

Log tan 45° ist ausnahmsweise richtig; es wäre auch originell gewesen, hier einen Fehler zu machen; der log sin 45° = log cos 45° = log 1/2 mal $\sqrt{2}$ überstieg aber wahrscheinlich schon wieder die »menschlichen Kräfte« (Endziffer 2, nicht 3 !). Auf S. 623 unten lassen Sie log tan 46° mit »8«, auf S. 624 oben denselben Wert munter mit »9« enden; ähnliches gilt für die log der Zahlen 558, 863, 869, welche Sie auf S. 4 (bzw. 5) anders angeben, als im Canon log. vulg. – »äußerste Sorgfalt«, wie gesagt. – Die Endziffer ist also überall hoffnungslos fragwürdig, und stets mit Vorsicht zu benützen.

Am sichersten aber erkennt man die Akribie der vereinigten k. und k. Mathematikbeflissenen an solchen Stellen, wo es sich um einfache Vervielfältigung von Fundamentalgrößen handelt, z. B. SS. 634 und 635. Gibt es simplere Operationen, als arc 1°, arc 1′, arc 1″ zu berechnen und diese Größen getreulich mit 2, 3 usw. bis 360 (bzw. nur 60) zu multiplizieren ? Man sollte es denken; zumal noch mit den volltönenden Worten der Vorrede im Ohr. Aber sieht man es den reinlichen Seiten an, daß z. B. arc 71°–88° und arc 247°–264° – »bis«, jawohl, Herr Major, nicht etwa »und« !! – um je eine Einheit der letzten Stelle zu klein sind ? Und ebenso arc 14″, 17″, 36″, 39″, 58″, 3′, 11′, 18′, 26′, 33′, 41′, 48′ und 56′. Aber ich will aussprechen, woran es liegt, meine Herren Rechner : Unzuverlässigkeit ! Das ists ! – Bei einem »gemeinen Soldaten« würde man es Liederlichkeit nennen, wie ? –

In einer Atempause ein kleines Zwischenspiel.

Der Thes. Log. gibt auf den SS. 6–309 PP-Täfelchen zur Erleichterung der Interpolation beim Rechnen mit 7-stelligen Logarithmen (auch für S. 2 und 630 gilt die Anmerkung). Ich wähle beliebig S. 237, wo Sie 1 · 5,5 auf 6; 3 · 5,5 = 16,5 auf 17; 5 · 5,5 = 27,5 auf 28 usw. abgerundet, oder, genauer, aufgerundet, also erhöht, haben. Sie halten den Benützer also für naiv genug, mit Ihnen zu glauben, daß bei einer »glatten 5« = 50 000... am Ende einer Zahl, die vorhergehende jederzeit um 1 erhöht werden müsse. Die einfache Mechanik der Abrundung ist also dem renommierten Tafelkonstrukteur und Verfasser der »Vorlesungen über die Mathematik« noch nie des Überdenkens wert gewesen. Ich empfehle Ihnen daher, bei einer evtl. Neuauflage das Folgende (beileibe nicht Neue !) schicklich einzurücken :

Zahlen wie 1,0; 2,0 usw. bieten der Abrundung kein Problem; es sind eben ganze Zahlen. Anders ist es bei 1,1, wo die 0,1 abgeworfen wird – man stelle sich vor, daß diese bei 1,9 wieder aufgenommen wird ! Ebenso ergänzen einander die Wertepaare 1,2 und 1,8; 1,3 und 1,7; 1,4 und 1,6; in jedem ersten Falle wird der Dezimalbruch abgeworfen, im zweiten hinzugefügt, sodaß sich zwischen 1,0 und 2,0 also 4 sich gegenseitig ausgleichende Zahlenpaare finden. Isoliert und für sich allein steht die 1,5; in der ganzen Reihe der mit 1,.... beginnenden Zahlen ist für sie kein Ausgleich; sie stets zu erhöhen ist aber falsch, und heißt die

Anzahl der aufzurundenden Werte willkürlich um Eins vergrößern; denn 4 Werten, die den folgenden Dezimalbruch abwerfen, stehen nun 5 gegenüber, die erhöhen, wodurch numerische Ergebnisse verfälscht werden. – Zur Probe addiere man alle Zahlen von 0,0 bis 9,9=495; dann runde man alle Werte auf Vega'sche Manier und addiere, so erhält man 500. Der Ausgleich der 1,5 kann natürlich nur über den nächsten ähnlich isolierten Wert 0,5 erfolgen, und zwar mache man sich für den Rest seines Lebens zur unverbrüchlichen Regel : bei Auftreten einer »glatten 5« als Endziffer, die vorhergehende Zahl stets auf die zunächst liegende ungerade Zahl zu führen, d. h. 0,5 auf 1, und 1,5 ebenfalls auf 1; 2,5 und 3,5 auf 3 usw., so erfolgt der korrekte Ausgleich automatisch, und das obige Beispiel, nach diesem einzig richtigen Abrundungsverfahren berechnet, ergibt auch korrekt : 495. (Man kann sich natürlich auch angewöhnen, stets auf die nächste gerade Zahl zu führen; das ist gleichgültig, und lediglich Sache des Charakters; nur muß man den solchermaßen einmal gefaßten Grundsatz dann auch konsequent beibehalten). – Nun sind Sie auch in diese »erhabenen Lehren« eingeweiht (Einl. S. XXIX), Herr Vega, nicht wahr ? – Als wieviel Fehler rechnen Sie das ? (Er will nämlich einen Goldgulden für jeden zahlen !)

Sicelides musae paulo majora canamus ....

Vlack hat für die Berücksichtigung der zweiten Differenzen (D") keine Anweisungen; der Thes. Log. gibt sie für den trigonometrischen Teil auf S. 630, wo sich die Formeln in zwei Abteilungen ordnen. Ich betrachte die schwerfälligen Gleichungen der 2. Abteilung, in Verbindung mit der Vorschrift S. XXV, nämlich stets den nächst kleineren Logarithmus zur Bestimmung von n" zu wählen.

Herr Vega berechne zunächst für uns nach seiner Methode log cos 87°43'25"= 8.599 0095 622 –10; und nun mache man sich den Scherz, ihm diesen – nebenbei korrekten – Wert als log cos x=T zu geben, und ihn das Umgekehrte ausführen, nämlich nach seiner Formel II der 2. Abteilung den Winkel x bestimmen zu lassen.

Und Sie, Herr Major, rechnen also : nächst kleinerer log=log cos 87°43'30"=8.598 7446 455 –10; Differenz zu T=2 649 167; 1/10 D' – 1/2 (10 – n) 1/100 D"=529 510,2; n also gleich 264 9167 : 529 510,2=5,003052; gemäß S. XXV,2 wird n subtrahiert, also x=87°43'24,996948". Obwohl bei einer zehnstelligen Tafel noch die letzte Dezimale korrekt sein müßte, differiert der Winkel also um nicht weniger als 0,003052" – – ich weiß, Herr von Vega : eine unbedeutende Kleinigkeit; denn so genau mißt der beste Theodolith nicht. Aber eine zehnstellige Tafel rechnet leider so genau !! Und was ist die Erklärung für Ihre beiden verschiedenen

Ergebnisse ? Ihre Formeln II und IV der zweiten Abteilung sind falsch, ganz einfach falsch ! Und hier ist der Beweis : Um diese Formeln der 2. Abteilung zu erhalten, setzten Sie für die linke Seite der Formeln I–IV der ersten Abteilung einfach T, und lösten nun umgekehrt nach n″ auf, in den Fällen I und III korrekt; Fall II und IV aber sind falsch. Sie setzen z. B.

(1) log cos (p + n) = T = log cos p – n [1/10 D′ – 1/2(10–n)1/100 D″] = log cos p – n · F und formen um :

(2) n = (T-log cos p) / F

nun ist aber in Wahrheit log cos p nicht der »nächst kleinere log«, sondern der nächst größere (denn log cos p ist größer als log cos (p + n) = T); und eine korrekte Umformung von (1) ergibt auch gar nicht Ihr (2), sondern :

(3) n″ = (log cos p – T) / F (und eine entsprechende Ableitung gilt auch für den Cotangens.).

Es ist also stets der Logarithmus des nächst kleineren Winkelwertes (eben von p !) zur Rechnung zu wählen. Ihr Fehler ist demnach, daß log cos p und log ctg p in den Gleichungen der 2. Abteilung gar nicht gleich den gedankenlos ebenso benannten Größen der 1. Abteilung sind (Oder umgekehrt; wie Sie wollen) ! Also ist jeder Winkel, der nach Ihrer Formel II und IV bestimmt wird, falsch; d. h. 25% aller möglichen Fälle !! Und daß also seit 150 Jahren alle mit dem Thes. Log. durchgeführten Rechnungen dieser Art falsch gewesen sind !! – Man mache sich das klar ! –

Wissen Sie, daß Ihnen dann noch Vlack, der gar keine D″ kennt, vorzuziehen ist ? Der hätte nämlich nur den halben Fehler = 0,001526 erhalten.

Und daher schlage man, als Krönung dieses ersten negativen Teiles meiner Kritik, die S. XXVI der Einleitung auf, um hier, in der Reihe der Paradigmata, das Exempel II zu genießen, als Beispiel der »äußersten Sorgfalt« und der »menschlichen Kräfte« des Herausgebers – und kosten wir vorher noch einmal ironisch vom überheblichen Text der S. XXI : »Bei Jedem, der von diesem Werke Gebrauch machen wird, darf ich doch soviel von algebraischen Kenntnissen voraussetzen, daß er diese Formeln lesen kann…«. Dürfen Sie, Herr Major, dürfen Sie ! Wenn wir nur unsrerseits auch Etwas voraussetzen dürften ! –

Und er bestimmt zu log ctg x = 8.535 9710 044 den Winkel x mit 88°1′56,86729″. Aber leider, Herr Baron, ist erstens der log ctg 88°1′57″, den Sie subtrahieren, nicht 8. …. 609, sondern genau 8. … 610 12 – lassen Sie nur : Kleinigkeit, Kleinigkeit – und zweitens haben Sie bedauerlicherweise Ihrer Tafel die D′ aus der falschen Zeile entnommen ! (nicht 613675; die wahre ist 613590) – – macht nichts, es ist ja nur ein Beispiel, wie ? Und drittens rechnen Sie nach Ihrer falschen Formel IV – aber Vlack kennt ja gar keine D″, eh ? – Aber Sie, Sie kennen sie, nicht wahr, Herr Supremo vigiliarum praefecto et professore matheseos etc. – Und das ist das Rechenbeispiel, ausdrücklich vorgesehen zur Instruktion des Benützers in der Königin der Tafeln !!! –

Lasset uns den Schleier christlicher Nächstenliebe dem Zerrbilde vorziehen. – (Das Tollste dabei ist noch, daß sich die 3 Fehler so kombinieren und aufheben, daß fast genau der exakte Wert herauskommt; ein neues Beispiel dafür, daß die Gründe einer Annahme noch wichtiger sind, als diese selbst.)

– . – . – . –

Mit Recht sagt ein Sprichwort : Kritisieren ist leicht; besser machen schwer ! Nun, ich will Ihnen zeigen, daß man mit einiger Mühe viel Besseres hätte leisten können; denn selbst abgesehen von allen Fehlern, abgesehen davon, daß durch die ganze Tafel an Stelle der D′ der siebenstellige Logarithmus dieser D′ hätte angegeben werden sollen, um die langwierige Multiplikation mit ihren vielen Fehlerquellen zu erleichtern, machen Ihre teils falschen, teils korrekt-oberflächlichen, vor allem aber uneinheitlichen Anweisungen für das Arbeiten mit D″ den Gebrauch des wertvollen Buches unmäßig schwerfällig, ja fast abstoßend.

Um der Mechanik des Rechnens willen hätte erst einmal folgender allgemeiner Grundsatz aufgestellt werden müssen : jeder Wert wird zunächst nur mit der ersten Differenz D′ bestimmt, und an diesem vorläufigen angenäherten Ergebnis dann die D″-Korrektur angebracht. So haben Sie es auch in der 1. Abteilung S. 630 und auch im Falle, daß zu einer Zahl der Logarithmus aufzusuchen sei, angegeben; warum aber nicht in den umgekehrten Problemen, wenn der Log gegeben ist ? Da verbessern Sie erst umständlich die D′ und dividieren dann nochmals. –

Ich betrachte die einzelnen Fälle methodisch nacheinander :

1.) Fall : Zahl gegeben; Log gesucht. – Ihr Verfahren ist korrekt und – abgesehen von der logarithmischen Multiplikation von D′ – wohl keiner Verbesserung fähig. Lediglich Ihre Tafel auf S. 2 ist durch die linke Hälfte meines Diagrammes zu ersetzen; die Ablesung erfolgt zumindest eben so schnell und genau, und es wird nur ein Bruchteil des Raumes erfordert. Außerdem braucht D″ auch gar nicht mehr gebildet zu werden, wenn man sich gewöhnt, den linken Diagrammrand, der die zugehörigen Numeri angibt, zu verwenden.

2. Fall : Log gegeben; Zahl gesucht. – Hier geben Sie die Formel S. VIII, der selbst Sie das homerische Beiwort »beschwerlich« beilegen müssen. Sie ist es, da hat der Herr Professor recht; aber es hätte ja bei Ihnen gestanden, alle Beschwerlichkeit zu beseitigen. Ich liefere Ihnen daher den folgenden neuerlichen Beitrag für die »Vorlesungen« :

Es ist $a : (c + d) = (a : c) - (a : c) \cdot (d : c) + (a : c) \cdot (d^2 : c^2) - + \ldots$ ii

worin, wenn d sehr viel kleiner als c ist, bereits die beiden ersten Reihenglieder eine völlig ausreichende Näherung ergeben. Ihre (korrekte !) Formel (0,abcd.. = A gesetzt) heißt :

(1) $(L\text{-}\log n) / [D' + 1/2\, D''(1 - A)] = A$

Man setze im Sinne der oben entwickelten Reihe $D' = c$ und $1/2\, D''\ (1 - A) = d$ und erhält

(2) $A = (L\text{-}\log n) : D' - (L\text{-}\log n) : D'\ [1/2\, D''\ (1 - A) : D']$

oder, da $(L\text{-}\log n) : D'$ angenähert A ist,

(3) $A = (L\text{-}\log n) : D' - [1/2\, D''\ A\ (1 - A)] : D'$

d. h. in dem negativen zweiten Gliede der rechten Seite der Gleichung haben wir nunmehr die D''-Korrektur isoliert; zur weiteren Vereinfachung derselben erinnere man sich, daß in den

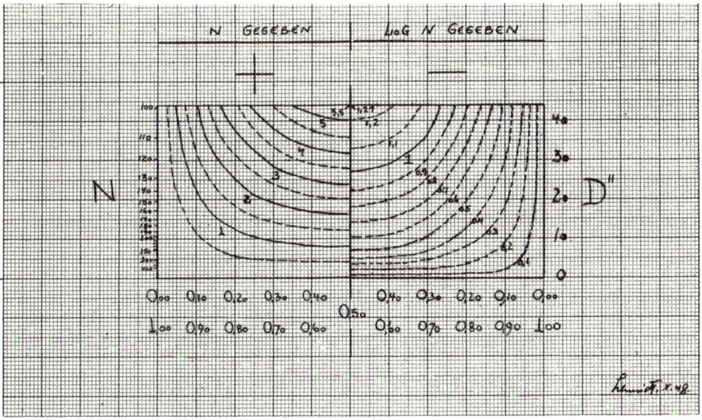

Logarithmen der natürlichen Zahlenreihe $D' = \log(x+1) - \log x = \log(1+1/x)$ oder genähert $1/M \cdot 1/x = \sqrt{1/M} \cdot \sqrt{1/M} \cdot 1/x$ ist; ebenso ergibt sich für D'' der Näherungswert $1/M \cdot 1/x^2 = \sqrt{D''} \cdot \sqrt{D''} = \sqrt{1/M} \cdot 1/x \cdot \sqrt{D''}$; man setze die jeweils letzten Umformungen in (3) ein, so ergibt sich

(4) $[1/2\sqrt{D''} \cdot \sqrt{1/M} \cdot 1/x \cdot A(1-A)] : \sqrt{1/M} \cdot 1/x \cdot \sqrt{1/M} = [\sqrt{D''} \cdot A(1-A)] : 2\sqrt{1/M}$

das heißt, für $1/M = 0{,}434..$ ist die gesuchte D''-Korrektur

(5) $-0{,}760\sqrt{D''}\,A(1-A)$

und nun vermöchte freilich auch Herr Vega eine der S. 2. gegenüberzustellende ähnliche Zahlentafel anzulegen. Ich aber verweise ihn auf die rechte Diagrammhälfte, welche unvergleichlich viel schneller und anschaulicher als jede Tabelle den Korrekturwert in Einheiten der zehnten Stelle angibt.

Und nun rechne man zum Vergleich auf S. XVIII das Beispiel 1; bestimme A gleich mit der ersten Division auf 0,482 388, entnehme dem neuen Diagramm für A=0,48.. und N=105.. den Wert -1,2; d.h. x= 1054 248,2376. –

Nun, Herr Vega, ist das noch »beschwerlich« ? Gehen Sie einen Geschwindigkeitswettstreit, in welchem Sie nach Ihrer weithinschattenden Formel, und ich nach dem Diagramm rechne, ein ? – Oh, was hätte aus dem Thes. Log. in den Händen eines Gewissenhaften und Einsichtigen werden können !! –

Ähnliche Umbildungen sind im trigonometrischen Teil vorzunehmen; die Formeln der Abt. 1 (S. 630) entsprechen ja bereits der Grundforderung, nicht so die der Abteilung 2. Werden sie gemäß der o. a. Reihe umgeformt, so ergibt sich (das in beiden Abteilungen gleichermaßen auftretende Glied $1/200\, n(10-n) = F_n$ gesetzt) für Vorzeichen und Struktur sämtlicher D''-Korrekturen folgende Übersicht :

Funktion	Aufgabe: Abteilung 1 – Log gesucht		Aufgabe: Abteilung 2 – Winkel gesucht		Anmerkung
Sin	+	$F_n \cdot D''$	–	$F_n \cdot 10\, D''/D'$	Die Vorzeichen von tan und ctg gelten jeweils für $T \lesseqgtr 45°$ wobei T der nächstgelegene Tafelwert.
Cos	+		+		
Tan	+ –		– +		
Ctg	– +		– +		

Da in diesem trigonometrischen Teil sehr große D'' auftreten, wird die davon abhängende Korrektur am schnellsten mit dreistelligen Logarithmen bestimmt; einfache Tabellen für log n und log F_n sind unschwer anzulegen (Interessenten erhalten gern nähere Auskunft); zur Bestimmung der noch fehlenden log D″ und log 10 · D″/D′ für einen beliebigen Winkel x bediene man sich der in der folgenden Übersicht angegebenen Formeln :

Funktion	log D″x = 1,00893	log 10 · D″/D′ = 0,68557 −4
Sin	− 2 log sin x	− (log sin x + log cos x)
Cos	− 2 log cos x	wie Sin
Tan u. Ctg	+ log cos 2x	+ log cos 2 x
	− 2(log sin x + log cos x)	− (log sin x + log cos x)

Bei dem vorliegenden Tafelintervall von 10″ sind auf den SS. 418–629 diese Werte für je eine ganze Seite praktisch konstant; d. h. es genügt, wenn man für x den Mittelwert einer Seite wählt. Da außerdem noch log 10D″/D′ für Sin und Cos gleich ist, reicht es aus, wenn man sich z. B. unter S. 450 von links nach rechts folgende 5 Werte nebeneinander schreibt – :

1.) unter die Sin-Spalte: 2.179
2.) unter die Spalte Dif.: 0.286 −3
3.) unter die Cos-Spalte: 1.041
4.) unter die Spalten Tan,
Dif com und Ctg
gemeinsam : 2.146
0.223 −3

Auf den SS. 372–417 bleiben nur noch die Werte für Cos am unteren Seitenrand stehen; die für Sin (die hier schon ohne merklichen Fehler denen für Tan/Ctg gleichgesetzt werden können) werden an die äußeren Blattränder geschrieben, und zwar SS. 384–417 für jede Minute ein Paar (d. h. zehnmal je 2 Werte), auf SS. 372–383 für alle 30″ Eines. – Die Bestimmung all dieser Größen liegt allerdings als einmalige, aber durchaus lohnende Arbeit jedem Benützer ob, obwohl Sie, Herr Major, oder einer Ihrer Helfershelfer sie uns bei einiger Intelligenz gut hätten ersparen können; besonders empfindlich ist auch hier wieder, daß gedankenlos D′ anstelle des siebenstelligen Log D′ abgedruckt worden ist.

Rasch noch ein Beispiel, um die Überlegenheit der entwickelten Methode über die Ihrige zu beweisen; ich wähle Ihre Nr. 1 auf S. XXV. Gemeinsam mit Ihnen führe ich noch die erste Division aus; dann aber fahre ich so fort :

log 10D″/D′ =0.078 −2	(fertig dem unteren Rand der S. 373 zu entnehmen)
log Fn =0.083 −1	(fertig der log Fn-Tabelle zu entnehmen)
logD″-Korr. =0.161 −3	(numerische Bestimmung vermittels der kleinen dreistelligen log.-Tafel; Vorzeichen
D″-Korr. =−0,00145	aus der o. a. Übersicht)

n=4,11183 − 0,00145=4.11038; Sie dürften in der gleichen Zeit kaum Ihren Verbesserungswert für D′= + 184,3 bestimmt haben, ganz zu schweigen von der nun beginnenden männermordenden zweiten numerischen Division. –

In jeder Logarithmentafel bietet eine immer wiederkehrende Schwierigkeit die rasche Bestimmung der Logarithmen extremer Winkel; es wird also ohnehin Niemand erwarten, daß Sie nun gerade hier Nennenswertes geleistet hätten. Den Log Sin bestimmen Sie über die natürlichen Werte dieser Funktion; den log cos durch Interpolation aus der Tafel; log tan und ctg, indem Sie in edler Einfalt Log Sin – log cos bilden : ein Geheimnis behalten Sie für sich : gesetzt, es sei der log tan eines sehr kleinen Winkels, so um 10′, gegeben – wie finden Sie dann diesen Winkel ? Vorsichtshalber rühren Sie an solch ein häkliges Problem gar nicht; denn da wäre der Widersinn Ihrer Anweisungen geradezu ruchbar geworden ! – Ich schlage hierfür die einheitlichen (der S/T-Methode der siebenstelligen Tafeln angeglichenen) in den »Rechengrundsätzen für extreme Winkelbereiche« formelhaft angegebenen Verfahren vor, welches für Sin etwa gleich schnell mit Vega arbeitet; für Tan/Ctg wesentlich schneller ist; für Cos ist natürlich der Thesaurus zu verwenden (ich habe die Konstanten hierfür lediglich der Vollständigkeit halber mit aufgeführt). Die Umwandlung von Grad in Minuten und Sekunden geschieht mit Hilfe des eingeschalteten kleinen Täfelchens. –

Zuweilen tritt das Bedürfnis auf, den Logarithmus einer trigonometrischen Funktion möglichst rasch unmittelbar – d. h. ohne daß der zugehörige Winkel von Interesse wäre – in den Log einer anderen Funktion zu verwandeln. Die für solche Transformationen gültigen Gleichungen gibt die letzte der aufgenommenen Übersichten. Ich gebe ein Beispiel :

Gegeben : log tan (p + n)=9.541 0811 918 −10; dann sind

1.) p (was aber nicht abgelesen zu werden braucht) 19°10′0″

2.) L=log tan (p + n) – log tan p=0.000 0206 050

3.) log L=0.313 9726 −5

4.) $\log L + \log \cos^2 p = 0.313\,9726 - 5 + 19.950\,4660 - 20$
$= 0.264\,4386 - 5$

5.) Numerus hierzu $= 0{,}000\,0183\,839 = N$

6.) $\log \sin p + N = 9.516\,2936\,025 - 10 + 0.000\,0183\,839 =$

7.) $\log \sin (p+n) = 9.516\,3119\,864 - 10$

Dieser Wert weicht trotz des verwendeten Näherungswertes $\cos^2 p$ von dem Wahren selbst in der zehnten Dezimale noch nicht ab; auch in allen anderen Fällen können die entsprechenden gleichartigen Vereinfachungen benutzt werden. –

.–.–.–.–.–.–.

»Durchlaufen hab' ich die furchtbare Bahn...« (Klopstock; und jeder Messiasleser fühlt mit ihm). Und was wird das abschließende Urteil über den Thesaurus Logarithmorum in seiner vorliegenden Gestalt sein ?

Wir danken dem Verleger, daß er die gewiß erheblichen Kosten beim Druck eines so wertvollen und dabei nur geringen Absatz versprechenden Buches nicht gescheut hat, welches selbst trotz seiner jetzigen unzulänglichen Bildung nach Anbringung der von mir vorgeschlagenen Verbesserungen dem denkenden Benutzer ein wahrer Schatz – ein rechter Thesaurus – sein kann. Was aber Sie, Herr von Vega, als Gelehrten betrachtet, betrifft, so bleibt, nachdem man die Verstimmung über den Charlatanston der Vorrede überwunden hat, nur noch ein Gelächter.

Armer Thesaurus Logarithmorum ! – Nach jahrhundertelanger Vernachlässigung in die Hände eines solchen uniformierten Schwadroneurs zu fallen ! – Und indem ich dich behutsam beiseitelege folgt dir »der Blick, mit welchem ein Freund der Kunst die gestümmelte Bildsäule eines Praxiteles ansieht, mit etwas von dem zürnenden Verdruß untermischt, womit dieser Liebhaber den Goten ansehen würde, der sie gestümmelt hätte« (Wieland, »Goldener Spiegel«).

Ich kann den Wunsch nicht unterdrücken, daß, wenn einst – vielleicht nach abermals 150 Jahren, wenn ich längst tot bin – ein neuer begünstigter Herausgeber sich gefunden hat, ihm neben anderen besseren Schriften auch dieser Brief zu Händen kommen möge. –

Was aber soll ich Ihnen, Herr Vega wünschen ? Die Unsterblichkeit haben Sie sich verschäkert – gut, es ist heute der 21. August, und ich bin wohlwollend gestimmt gegen alles Entfernte : möge Ihnen dieser Brief nie zu Gesichte kommen – –

Arno Schmidt

An die
Rowohlt Verlag GMBH
(24a) Hamburg 1
Rathausstraße 27 II

Sehr geehrter Herr !

Ich erlaube mir, Ihnen das beiliegend näher bezeichnete Buch zum Druck anzubieten (das fertige Manuskript steht jederzeit zu Ihrer Verfügung). Es enthält eine Kritik nicht nur der gegenwärtigen Situation, sondern der Fragwürdigkeit des menschlichen Lebens im Allgemeinen. Die Fabel geht auf einen Traum aus den Morgenstunden der Nacht vom 23. zum 24.12.1944 zurück – ich lag damals noch als Rekonvaleszent mit angebrochenem Fuß in einem kleinen norwegischen Krankenrevier – welcher ein merkwürdig geschlossenes Geschehen zeigte.

Über dem ganzen Buch würde ein düsteres Licht liegen, entsprechend meiner durchaus pessimistischen Grundstimmung : wie würde jener Wanderer durch die endlosen wimmelnden Straßen der Riesenstadt gehen, in allen Spiegeln das vervielfältigte Leid sehen – Erinnerungen an de Quincey's Opiumgänge und Piranesi's »Träume« (daher der sonst willkürlich gewählte Name des phantastischen Reisenden) – aber schon genug der Worte : wäre die Zeit günstiger, so hätte es Ihnen schon weit früher vorgelegen; aber zu günstigerer Zeit wäre der Plan zu diesem Buche gar nicht gefaßt worden, auch wären dem Verfasser dergleichen höllische Reisen auch in Träumen erspart geblieben. – Ich bitte um Ihre baldige – hoffentlich günstige – Entscheidung.

Ihr : Arno Schmidt

Achamoth

oder

Gespräche der Verdammten,

das ist

gründliche und wahrhafftige Beschreybung der Reise, so Giovanni Battista Piranesi, napolitanischer Schiffer, in autumno des Jahres 1731 nach

Weilaghiri, der Höllenstadt,

gethan,

enthaltend eine ausführliche Darstellung von Land und Leuten, deren Sitten (vielmehr Unsitten), seltsam höllischen Gebräuchen, Institutionen, auch absonderliche und mitleidswürdige Qualen, sowie die merkwürdigen Dialogen, welche besagter G.B.P. zu unterschiedlichen Malen unter großen Gefahren für Leib und Seele daselbst geführt oder belauschet; Alles nach

dessem eigenen oft beeideten Bericht,

so er am Abend des 11. Maii anno domini 1738 und der darauf folgenden mondhellen Nacht auf der Piazza di Pesci zu Napoli in Gegenwart der seit langem dort ansässigen Herren doct.utr.jur. Markmann und Volquardts, des reisenden past.emerit. Stegmann aus Dresden, sowie des Autors und einer großen Menge Volkes aller Stände in italiänischer Zunge abgeleget,

zu sonderbahrer Belehrung und geistlicher Befestigung

des teilnehmenden publico sorgfältig ins Teutsche übergetragen

durch

Arno Schmidt

Herrn
Dr. Walter Ziesemer
Berlin-Leipzig-Wien-Stuttgart
Bongs goldenes Klassikerheim

(Weiter zu geben an Hans Kasten, Bremer Liebhaber; Joseph Kürschner etc.etc.)

Herr Doktor ! (Nichts von »sehr geehrt«; könnt's nicht verantworten !)
Manchmal – – in einer funkelnden Stunde; und die ästhetischen Eckensteher schlafen seit hundert Jahren : oh, es muß geistiger Mai sein; Wind, abendlicher, kommt entgegen wie ein schlanker Knabe mit Lampen in den Händen, und man kann Menschen zeichnen und Dinge, Alles, wie Meindert Hobbema – kennen Sie die »Allee von Middelharnis« ? – –

Manchmal – – drüben in der literarischen Bauhütte nieten sie Daten und kulturhistorisches Gewölle aneinander; aber der Pfad führt unten, an Westermann's Teichen vorbei, und dann den Landweg nach Borg (wo Frau Hinz die Magermilch gegen Marken verkauft), wo die Birkenschleier wehen, wie der von Frau Minnetrost – . Alearda; Illinor; Undine (die war aus Minden : wissen Sie das ?) – –

Manchmal – – (Einmal !!) – hat Einer die Gelegenheit seines Lebens, vor der einem rechten Kerl das ganze Herz aufgehen müßte : schreibt da der Verlag Bong, man solle eine Fouqué-Auswahl herausgeben. »Einleiten«; »bevorworten«; »ein Lebensbild schreiben«; endlich einmal etwas zum »Zauberring« sagen, oder zum »Alethes« (den haben Sie nicht gekannt ! Kein Wort dagegen ! Und halten Sie Hände und Wortöffnung ruhig, sonst werd' ich jetzt schon grob !)

Ich will noch weiter nichts sagen, wenn Einer aus Geldmangel oder Ungunst der Zeit (wie ich !) keine sonderlich neuen Quellen erschließen kann; aber daß er fleißig und redlich alle leicht zugänglichen benützt : das ist ja wohl eine nicht mehr als billige Forderung ! Kein Mensch hätte verlangt, daß Sie uns eine bedeutende Lebensbeschreibung geben, (die vielleicht auch bei der säkularen Vernachlässigung des Gegenstandes gar nicht mehr möglich ist); aber einen möglichst reichhaltigen biographischen Grundriß wären Sie uns schuldig gewesen, den Sie auch zu Ihrer ruhigen, geordneten, satten Zeit (1910 : das muß sich Einer mal vorstellen !) mit ganz wenig Mühe und Mitteln im Bruchteil eines Jahres hätten liefern können. Ein völlig unbearbeiteter Gegenstand ! Und tausend Seiten des excellentesten Papieres zur »Ver«-fügung ! –

Zumindest müßten Sie ja Alles gelesen haben, was F. je schrieb; aber selbst diese primitivste Voraussetzung blieb unerfüllt ! Und das arme ehrliche, betrogene Volk zollt natürlich Ihrem Titel und Ihrer Arbeit immer noch Hochachtung; die denken : ein Doktor ?! : Das ist ein gebildeter Mann; der hat was geleistet ! – Die Ehrfurcht vor allem »Gedruckten«; die edle Einfalt des Volkes, welches glaubt, daß Jeder sich ehrlich bemüht habe, der »gedruckt« wird. Und solche Schmierfinken wie Sie bringen Uns, die Redlichen, um dieses schöne Vertrauensverhältnis !! So daß man errötend in die erwartungsvollen Gesichter lern- und wißbegieriger Handwerker oder Jünglinge sehen muß, und ihnen bekennen, daß es eben leider so viele Literaturjobber gibt, wie Sie, oder diesen Herrn Hans Kasten, der 1930 die bisher unbekannte Autobiographie Fouqué's von 1828 herausgab (aber wie !) und sie mit Anmerkungen begleitete (aber was für welchen !). Oder jener Joseph Kürschner, der F's Leben seinerzeit für die »Allgemeine deutsche Biographie« zusammensudelte; oder die vielen Tagelöhner der Konversationslexika; oder Wilhelm Pfeiffer, der 1902 in Heidelberg an Fouqué »zum Ritter« wurde – mit denen reichen Sie sich nur die tintigen Hände ! Und solchen Menschen wird von ihren impotenten akademischen Vorgesetzten dann die Doktorwürde erteilt – es ist ein trauriges Bild, welches an diesem einzigen Fall entrollt werden kann ! –

Aber zum Nachweis selbst ! (Und schlagen Sie den Zopf nur schon immer nach vorn – »Mir ist was wild zumut«; Sigurd, 6. Abenteure). Und ich zitiere zwanglos, in der kunstlosen Reihenfolge, wie sie der Herr selbst gegeben hat.

Den geistigen Grundbesitz eines Historiseurs erkennt man unfehlbar an zwei Zeichen : an dem was er schreibt (Fehler !), und dem, was er nicht schreibt (Lücken !); die Summe dieser Beiden nennen Sie »Lebensbild«, und beziffern sie gelehrt mit römischen Zahlen; das ist in diesem Fall besonders untadelig, weil damit auch für den einfachen Mann Ihr Eingemachtes deutlich von den Fouqué'schen Dichtungen unterschieden wird. –

Wir wollen uns noch einmal kurz vor Augen rufen, was man so zu einer biographischen Skizze Alles brauchte. – Da ist zunächst das Exakte : Namen und Daten. Stammbäume der eigenen und verwandten Familien. Wann ist Der gestorben, wann Jener. Kann ich, falls nötig, von jedem Tage angeben, wo sich F. damals befand ? Die drei Hauslehrer (Erzieher sind immer wichtig !). Die drei offiziellen Frauen (sind auch wichtig, oh !), und SIE, die eine Inoffizielle, 15 Jahre war sie damals, 1795 in Minden, hoho, wir wollen sie Elisabeth nennen : das ist die Allerwichtigste ! –

Wie ist es mit seinen Büchern ? Kennt man da Alles, was er schrieb ? (Wie kann man denn sonst eine »Auswahl« treffen ? – Herr Ziesemer : wie konnten Sie denn Ihre Auswahl treffen ?!! –). Auch seine ungedruckten Manuskripte müßte man lesen : 300 Briefe besaß damals allein die Handschriftenabteilung der preußischen Staatsbibliothek ! (Jetzt sind sie »ausgelagert«; »nicht verfügbar«; »wahrscheinlich verbrannt«; wehe ! – Damals konnte Herr Ziesemer nicht kopieren; jetzt tut's meine Schwägerin Erna Sandmann, im ungeheizten Lesesaal, halb verhungert, 78 Pfund wiegt sie noch : Messieurs : wir erheben uns von den Plätzen ! …)

Und merkwürdigste Menschen »kommen vor«, sind verflochten, gehen mit rätselhaften Gebärden vorbei, oh Christian von Massenbach, lehnen die gefaltete Stirn gegen den Eichenstamm (– und zerren den Mund und feixen über Ziesemer).

Ja, ja : das war eine Gelegenheit ! Und heute, nach 40 Jahren, ist es immer noch Eine; und ich fürchte, wenn ich nach 500 Jahren noch einmal desselbigen Weges fahren sollte – was ich gar nicht schätzen würde; denn ich habe schon jetzt den Hals gestrichen voll – wird es noch immer eine sein. Denn ich habe nicht einmal Geld, um ein paar Postkarten zu schreiben; vielweniger für die sture niedersächsische Landesbibliothek (Hannover, Am Archiv 1), mit ihrer 1.– DM Leihgebühr pro Band, und dem verlangten bürgenden Hausbesitzer (es kann aber auch ein »Konsul« oder ein »Gesandter fremder Staaten« sein; muß doch mal meine Bekannten daraufhin durchgehen !)

Und wie Sie, Herr Ziesemer, diese Chance ausgenützt haben, will ich nun im Einzelnen nachweisen (damit Sie nicht denken, ich könnte nur satirisieren !)

S. IX. : »Seinen Unterricht hatte Friedrich bis dahin von zwei Hauslehrern, Fricke und Sachse, erhalten, ohne daß sie das Herz des Knaben gewinnen oder für Wissenschaften anregen konnten…«

Fouqué selbst sagt zwar (Autobiographie von 1840, S. 8.) : »Sein erster Hauslehrer… gewann ihm das ganze Herz..« und (S. 9) »..Er hieß Fricke…«. Er belegt es auch : durch die artigsten Kindererinnerungen; durch das Vertrauen, mit dem er noch 10 Jahre später keinen Besseren als ihn wußte, um ihm wunderlich seine Berufs-Zwiespältigkeit zu klagen (S. 85 u. 213); und endlich durch die eingehende Schilderung jenes unbewußten Wiedersehens mit dem damaligen Elzer Pfarrherrn, Ende Februar 1797 (S. 201 u. 212–214).

Sie haben also nicht einmal die angeführten Erinnerungen Fouqué's gelesen; oder aber sie nur so gelesen, wie Herren Ihres Gewerbes zu tun pflegen : in fliegender Eile, mit dem Bleistift in der Hand, und nur jede zehnte Seite deutlich ! Und es schreibt sich ja so leicht »Fricke«. Und »Sachse«. Aber jedesmal steht ein Menschenleben dahinter, unwerter Herr Ziesemer ! Der hat nämlich auch die Sonne gesehen ! Und ist im Sommer über dünstende Wiesen gesprungen; und hat den Hut in der Hand IHR nachgetragen; und von Sterbenden das Furchtgeplapper gehört, hölzern und talkig !

Hätten Sie doch einmal die Postkarte nach Eltze drangewagt ! Da wären Sie nämlich auf das erste Problem gestoßen, und der pastor loci hätte Ihnen (wie mir) milde erstaunt mitgeteilt, daß dort niemals ein Fricke amtiert habe : es gibt nämlich 3 Orte dieses Namens im hannöverschen; und der richtige schreibt sich Elze (ohne »t«) und liegt unten bei Gronau; und auch Fouqué schreibt's falsch !

Sie müßten einmal meine Fricke-Akte sehen können : 20 Seiten sind's schon, und ich habe noch nicht alle Auskünfte erhalten ! (Meinen besten Dank, Herr Rump, Stadtarchivar in Peine; Herr Pastor Wörpel in Alfeld; und Herr Superintendent v. Hanffstengel in Elze). Ich bin dabei auf Zusammenhänge gekommen, an die ich nicht im Traume gedacht hätte (was bei mir viel heißen will !). Ich setze voraus, daß Sie die Gräfin d'Aulnoy und ihre Feenmärchen nicht kennen; aber jede Hochschule könnte diese Preisfrage stellen : Was hat die Nuß der Prinzessin Babiole mit dem Amte Coldingen zu tun ? – Na, das ist nichts für Sie. – Zur Sache.

Wilhelm Heinrich Albrecht Fricke wurde am 15.2.1759 in Hildesheim geboren, als das vierte der sieben Kinder des Schusters Johann Konrad Fricke und der – – beinahe hätte ich schon zuviel verraten (für die o. a. Preisfrage nämlich.). Kurzum : er studierte in Halle, (Immatrikulation : 11.10.79) war anschließend 1782 Hauslehrer bei den Fouqué's in Sacrow, wurde gelegentlich einer weihnachtlichen Urlaubsreise nach Hause am 30.12.1782 Conrektor in Peine (einstimmig von 6 Senatoren aus 3 Kandidaten gewählt ! Wollen Sie etwa die Namen und nähere Umstände wissen ? Entzückend die kleine lateinische Rede, mit welcher er am 10.1.1783 ins Amt eingeführt wurde !). Bis 8.1.1784 lehrte er dort, Griechisch und Latein, wurde dann vom Grafen von Kameke als Pastor nach Limmer bei Alfeld berufen (Einführung : 8.2.1784); heiratete dort am 26.2.84 seine Jugendliebe, die um 6 Jahre ältere Johanne Sophie Willerding (die jüngste Tochter des Hildesheimer Münzmeisters, Johann Heinrich W., Sie erinnern sich ? – Ja, ja; desselben, der schon bei Frickes

Geburt Pate gestanden hatte ! Ganz recht !), und hatte mit ihr 6 Kinder (Friedrich Alexander – genannt nach dem Grafen v. K. – geb. 1.12.1784; Dorothea Marie – nach der Schwiegermutter – geb. 17.7.86; Henriette Friederike Juliane, geb. 12.1.1788; Amalie Henriette Caroline, geb. 29.5.89; Elisabeth Henriette Wilhelmine, geb. 10.8.90; und Johanne Sophie Juliane, geb. 22.4.1792 – ich bitte, ständig im Auge zu behalten, daß ich zunächst nur einen Auszug aus meinem Material gebe !). – Am 13.10.88 wurde er – er muß wirklich ein selten liebenswürdiger und tüchtiger Mann gewesen sein – aus 27 Bewerbern zum Pastor diaconus in Elze und Mehle erwählt, und trat dort sein Amt am 14.12.88 an. Seine Frau starb ihm am 25.4.1792. Er selbst folgte ihr, erst 38-jährig, am 24.4.97 und wurde am 27.4., Morgens, daselbst begraben. –

Sehen Sie; das etwa hätten Sie von Fricke wissen müssen, um dann so in einer Zeile (mehr erlaubte ja der Raum nicht, ich weiß) ganz kurz die wichtigsten Daten geben zu können. Was aber wissen Sie ? Gar nichts ! Und was sagen Sie von ihm ? Das Gegenteil der Wahrheit ! – »Doktor« Ziesemer ! –

Dann Sachse ! Von dem gesteht Fouqué, zögernd in seiner Gutmütigkeit, ein, daß er ihm mehr geschadet als genützt habe. Und er hat 6 Jahre lang die Aufsicht über unseren Dichter, und ergo sicherlich nicht unwesentlichen Einfluß auf ihn gehabt. Also auch eine nicht unwichtige Person ! Hans Kasten weiß wenigstens, daß er 1829 gestorben ist; aber Sie... ? –

Hier einige Daten :

Ditherich Arnold Friedrich Sachse wurde am 18.3.1762 in Soest getauft, als Kind des Leopold Ernst S. (geb. 16.4.1720 in Nienburg/Weser; 1751–81 Konrektor am Archigymnasium Soest; heiratet daselbst am 14.11.52) und der Maria Elisabeth Kypke (geb. 7.4.1731 in Soest, als Tochter des Waisenhausinspektors K.). Er lernte erst im Soester Gymnasium, studierte dann Theologie in Halle (Matrikeleintragung vom 31.10.80; und ich danke Herrn Prillwitz, Archivar der Universität). Im Sommer 1783 wird er Hauslehrer bei den Fouqué's erst in Sacrow, dann in Lentzke, bis ihn im August 89 der Herr von Kleist als Pfarrer nach Protzen beruft (sehr bezeichnend die Sachse-Anekdoten der »Chronik des Dorfes Protzen«, die mir Herr Pastor Hoppe daselbst neben anderen wertvollen Einzelheiten gütigst mitteilte). 1791 heiratete er Johanna Friederika Seeger (geb. 1772 in Bechlin; Tochter des dortigen Superintendenten J. Chr. Seeger, 30.4.1739–22.5.1792 – warum ich das für wertvoll halte ? Weil Fouqué nämlich bei der Hochzeit gewesen ist, und sie alle gekannt hat; deswegen !) und hat mit ihr einen Sohn Gustav Friedrich (geb. 30.3.93); jedoch starb die Frau an den Folgen der Entbindung am 3.6. Etwa 1795 heiratete er Caroline Schale (geb. 11.6.68 in Brandenburg), und hatte mit ihr 5 Kinder (Friedrich Wilhelm, geb. 22.4.96; Carl Eduard, geb. 12.11.97; Leopold Ferdinand, geb. 26.3.1800; Caroline Friederike Wilhelmine, geb. 13.4.02 – die am 26.1.1832 Sachses Bruderssohn, den Pastor K.L.M.W. Sachse, 1806–68, heiratete, und schon am 28.12.32 in Werder starb. – und Leopold, geb. 5.11.1804). 1826 erlitt er selbst einen Schlaganfall; mußte am 7.11.1827 auch noch seine zweite Frau begraben, und starb selbst am 9.5.1829 in Protzen, wo er auch beerdigt wurde. – Dies ist wiederum nur das biographische Gerüst; sollte ich jemals in die Lage gesetzt werden, eine ausführliche Lebensbeschreibung Fouqué's verfassen zu können – es ist eine Frage »nur« des Geldes und der Zeit – werde ich Ihnen den Mann noch ganz anders vor Augen stellen.

August Ludwig Hülsen hieß der dritte Hauslehrer (wie Sie ja auch zufällig einmal wissen). Hätten Sie sich mit dem näher beschäftigt, würden Sie auch gleich zu Anfang Ersprießliches entdeckt haben. Selbst die »Allgemeine deutsche Biographie« ist nämlich der Meinung, er sei 1765 in Premnitz geboren worden. Den Tag festzustellen, war bisher auch noch Jeder zu beschäftigt; es ist aber der 2. März (getauft 5.3.; zur Sicherung !). Aber nicht in Premnitz ! (Wo ich mich halb zum Narren gesucht habe). Sein Vater nämlich, Paul Gottfried Hülsen (ein Pastorssohn, geb. 11.10.1719 in Groß-Badegast, heiratete 3.2.50 Joh. Doroth. Stutz, die Tochter des Zerbster Hofbildhauers, Christian Konr. Stutz), war von 1749–68 Rektor in Aken an der Elbe (dann erst wurde er Pfarrer in Premnitz, wo er auch 15.1.1783 starb). Also in Aken ist unser August Ludwig Hülsen geboren (und ich danke bestens Herrn Diakonus Meißner für den Auszug aus dem Geburtsregister der dortigen St. Marien-Kirchgemeinde). – Ja, es ergibt sich so Manches, Großes und Kleines; aber ich komme von Ihnen ab (oder doch nicht ?)

Den Rheinfeldzug tun Sie kurz und kenntnislos ab : schön, man kann nicht Alles wissen; aber Ihr Stoff hieß ja immerhin Fouqué. Sie verraten uns dann auch gleich (S. XI), daß er in Aschersleben »ein heiteres Leben führte und sich bald verheiratete.« (Kein Wort nebenbei von der so äußerst wichtigen »Mindener Erscheinung«; ich komme noch darauf zurück !) – Jedermann würde ja nun eigentlich annehmen; daß Sie uns wenigstens den Namen dieser ersten Frau mitteilen würden, soweit möglich auch ihre Abstammung, und überhaupt who's who. Später (teilen Sie uns noch mit) hat diese Frau dann »seinen Vetter und ehemaligen Spielgefährten Karl in Halle geheiratet«. Zugegeben; stimmt. Aber »Karl« ist wiederum etwas vertraulich karg, finden Sie nicht, Walter ? Allerdings, Fouqué verschweigt bewußt die Namen, und da haben Sie wahrscheinlich gedacht : warum soll ausgerechnet ich mehr wissen, als der selbst ?!

Mit solcher Gesinnung kann man nun zwar allenfalls (wie Ihr Beispiel überflüssig beweist) Doktor werden, aber nicht der Verfasser brauchbarer biographischer Grundrisse. Ein wenig Wissen führt – nicht, wie das Volk annimmt : von Gott weg – sondern geradeswegs zum historischen Roman, so im Stile Walter von Molos und ähnlicher trilogisierender kulturhistorischer Shatterhands : dafür hätten auch Sie gerade so das geistige Federgewicht gehabt. Hätten aufs aparteste die schon so lange schmerzlich gefühlte Lücke zwischen Ganghofer und der Eschstruth ausfüllen können.

Nehmen Sie mir's getrost übel, wenn mir die Galle überläuft : jedes Kind in Aschersleben – und wenn das nicht, dann aber Herr Fr. W. Pollin, Lindenstr. 77, bester der Stadtarchivare – hätte Ihnen sagen können, daß die Dame Marianne von Schubaert hieß, »Über den Steinen« Nr. 5 wohnte, und die Tochter von Fouqué's damaligem Regimentskommandeur (streng zu unterscheiden vom Chef !) Ernst Gottfr. Eberh. v. Sch. (10.11.1744–13.9.1829) war, und seiner Frau Wilhelmine Friederike Ernestine Karoline Freiin von Künsberg (31.12.1756–20.9.1834). Marianne selbst war am 16.6.1778 in Bayreuth geboren, eine lebhafte, mutwillige, auf »Carriere« haltende Offizierstochter, die also nicht zu Fouqué paßte : er hat sie auch zur Hälfte nur aus Trotz wegen des Benehmens der nebligen Mindener Elfe, geheiratet : am 9.9.1796 war die Hochzeit.

Und der »Vetter Karl«, den Marianne später heiratete, hieß Karl von Madai (25.12.1777–20.11.1851); und der Vetter war er, weil Fouqué's Mutter, Louise Marie von Schlegell (14.4.1740–28.11.88; 1.5.1767 hat sie Heinrich Karl d. l. M. F., der Vater des Dichters geheiratet), eine jüngere Schwester hatte, Henriette Charlotte (24.10.1741–24.7.19), die am 11.2.66 den Dr. med. Karl August von Madai (3.8.1739–31.10.16) heiratete. Hätten Sie doch auf ein paar Seiten, vielleicht 2 nur, genealogische Tabellen gegeben; dafür war ausreichend Platz dort, und es wäre Alles so einfach und Übersichtlich geworden. Aber Sie waren halt zu faul.

Jedenfalls, mit dem Vetter Karl ist Marianne dann wohl glücklich geworden; sie haben 4 Kinder gehabt, und sie selbst ist 1862 in Kosten gestorben. – Schön (und gar nicht schwer, Herr Ziesemer ! Ziemlich primitive Arbeit; lediglich eine Frage des Fleißes.)

Fouqué's Regiment (Kürassier-Rgt. Nr. 6., nebenbei) wird dann zur sogenannten Weserarmee kommandiert; er bekommt sein Quartier »in der Nähe von Bückeburg« (S. XI) : warum sagen Sie eigentlich nicht : »in Röcke bei Bückeburg« ? Nimmt doch auch nicht mehr Platz weg und ist exakt, eh ? – Ich werde nie dahinter kommen, wies in Köpfen wie dem Ihrigen aussieht ! – Na, jedenfalls »in diesen ungewissen Tagen erreichte ihn ein Brief von Hause, der den Tod seines Vaters meldete. Fouqué eilte zum Begräbnis nach Lentzke..« (Offenbarung, S. XII) – Bis hierhin hatte ich noch immer gezweifelt, den Kopf geschüttelt, die Querhand vor der Stirn; »so kann ein Wissenschaftler seinen Ruf doch nicht aufs Spiel setzen«, hatte ich mir wieder und wieder gesagt; aber vor dieser Stelle mußte auch der ehrbarste Zweifel kapitulieren. – So, so : Fouqué erhält also die Todesnachricht, und »eilt« nach Lentzke ! Wie natürlich, gelt ?! Haben sich wohl recht hineinversetzt in die Situation; und ich fürchte, Sie haben sich auch gar nichts dabei gedacht, gar keinen Zweifel gehabt, daß es auch mal Anders sein könnte ?! Die Kerze brannte nicht blau, als Sie's niederschrieben ? Kein Familienbild fiel von der Wand ? Kein Geist erschien und hauchte Warnendes ? (Verkehren wohl nicht viel mit Geistern, wie ?) –

Es ist nämlich nur : der Vater starb am 25.1.1798 (Morgens 10 Uhr, an Entkräftung; im Alter von 71 Jahren, 5 Monaten, 10 Tagen – rechnen Sie sich's Geburtsdatum selbst aus – pro vera copia : Herr Pfarrer Peiper, Lentzke). Nun waren ja damals die Straßen schlecht, zugegeben; und der Weg von Bückeburg nach Fehrbellin ist schon ein paar alte Meilen : aber davon werden auch Sie mich nicht überzeugen, daß er deswegen erst Ende Juni 1799 (neunundneunzig !) nach anderthalb Jahren in Lentzke einzutreffen brauchte ! Ja wohl waren die Tage »ungewiß«; denn Fouqué schwankte schicksalhaft zwischen Preußen und Frankreich : vor allem aber waren sie's für Sie; denn Sie haben einfach nicht für nötig gehalten, sich zu informieren, wann denn nun der Vater gestorben, und wann Fouqué bei Hülsen in Lentzke war ! Oh, was war da noch Alles dazwischen ! Wichtig die große Petershagener Revue (31.5.–3.6.99) vor dem Königspaare, wo jene entscheidende Besprechung zwischen dem immer zögernd ratlosen Könige und Haugwitz und dem Herzog von Braunschweig stattfand, die Beide ihn um jeden Preis zum Kriege gegen Napoleon zu überreden suchten; erfahrene Staatsmänner, die den einzig richtigen Moment erkannt hatten. Aber Friedrich Wilhelm mochte halt nicht; und ein König : das war damals schon was ! So nahm er denn sogar Teile der Weserarmee zurück, unter anderen auch die v. Byern Kürassiere. Und gleich darauf bestand Fouqué das merkwürdigste Duell mit Danckelmann. (William, Freiherr von); nicht deswegen merkwürdig, weil Fouqué dabei derb an beiden Armen verwundet wurde, sondern weil D. es ihm bis in die Einzelheiten ein paar Wochen zuvor vorausgesagt hatte, gewarnt durch einen der ihm vertrauten fatidiken Träume – eines mehr jener häufigen Beispiele, die beweisen, daß die Zukunft längst unabänderlich festliegt (vgl. Schopenhauer, »Über die Freiheit des Willens«, und alle Folgerungen, auch meine im »Leviathan«). Mitte Juni 99 rückte das Regiment ab; er selbst blieb zur Heilung noch ein paar Tage in Bückeburg zurück, bis zum Antritt jenes mehrmonatigen großen Heimaturlaubes. Am 29.6. schreibt er schon den ersten Brief aus Lentzke (An Freiherrn von Ulmenstein; schönen Dank, Herr Dr. Michel) : noch ist's ihm wie ein Traum, daß er Bückeburg nicht mehr wiedersehen soll, und seine Frau läßt auch grüßen.

»In dieser und der darauf folgenden Ascherslebener Zeit..« (S. xii). Und wieder stimmt's nicht, trotz des süperben festen Papiers und der klaren Fraktur ! Denn von Lentzke aus ging Fouqué zum Regiment, welches damals in der Gegend Gronau-Elze kantonnierte, und wo er vom Herbst 99 bis Juni 1800 blieb – also immerhin 3/4 Jahre. Aber was ist schuld an diesem Ihrem verantwortungslosen Gefasel ? (Ich will mir die Antwort sparen).

Sehen Sie sich einmal die beigeheftete Karte an : so etwas brauchten wir eigentlich von jedem bedeutenderen Dichter, Wissenschaftler, etc., und stellen Sie sich einen ganzen Atlas in der Art vor ! Wie oft fragt man sich : hat Fouqué eigentlich mal das Meer gesehen ? (Wo er doch so häufig davon schreibt.) Oder : War Wieland in Magdeburg ? Kannte Eichendorff Paris ? Wo ist Stifter überall gewesen ? – Mit einem Blick würde man so die ganze räumliche Erlebnissphäre eines Menschen umfassen können (auf der Rückseite des Kartenblattes könnte wohl ein Porträtlein erscheinen, Stichworte über das nicht darstellbare, und eine ganz knappe Bibliographie, oder dgl.). – »Geographische Biographien« : das wäre eine Gelegenheit für ein paar junge fleißige gewissenhafte Studenten (aber das Fouqué-Blatt behalte ich mir vor, Vorder- und Rückseite !). Jeder bessere Lehrer müßte's haben, der nach einem ganz klaren verläßlichen Leitfaden Storm's Leben der Klasse vortragen will; oder sich selbst noch dafür interessiert, wo denn eigentlich Scheffels Kastell Toblino liegt.

Ein paar Seiten weiter (S. XVIII) – ich bin des Sezierens schier müde – erzählen Sie auf Ihre Weise den Inhalt des »Todesbundes«; der spielt »in den Bergen Schottlands, an den Ufern des Rheins...« Woher wissen Sie denn Das ? Schottland ja, 's wird namentlich erwähnt, o.k.; aber der

Vater Rhein ? Schon möglich, daß Ihre hydrographischen Kenntnisse so begrenzt sind, daß Ihnen, sobald ein Fluß vorbei fließt, nur immer der Rhein einfällt; aber das ist noch kein Beweis, daß nun wirklich jedes Gewässer auch so heißt. Gesetzt den Fall, ich könnte nachweisen, daß es sich im »Todesbund« um die Weser handelt ?! (Wie es denn in der Tat auch so ist.) – Geben Sie doch ja nichts von eigenen Hypothesen ! Sonst geht es Ihnen wieder so, wie mit der Corona (S. XXIII), wo Sie uns umständlich belehren, daß dieses Epos eine »allegorische Darstellung des Kriegsjahres ist« (sic !). »Romuald ist das deutsche Volk«, hihi ! »Corona Napoleon« !! (Ich weiß im Augenblick keinen Laut, der hier zuständig wäre, oder kann ihn doch nicht phonetisch wiedergeben.) Also so lange ist das ein Geheimnis geblieben; keiner von Fouqué's Zeitgenossen hat es gewußt, nicht Apel, Miltitz, Truchseß, Rückert, Keiner ! Und wie raffiniert Fouqué das selbst getarnt hat, nicht ?! Gibt er nicht in seiner Autobiographie (S. 324 ff) heimtückisch ein ganz anderes Motiv an : wie er kurz vorm Ausbruch der Freiheitskriege (lucus a non lucendo) in Berlin die »Hexe« sieht, jenes seltsame alte Gemälde der schönen Frau, »ihre Tracht zwischen dem Europischen und Orientalischen mitten inne, ihr Blick anziehend und abstoßend, herb und mild..«. Und immer wieder treffen ihn die Freunde vor dem Bilde an ! Es zieht ihn »magisch« hin zu ihr : und sie »hat sich nach und nach zur Corona gestaltet, der magischen Heldin meines unter diesem Namen bekannten Rittergedichtes.« Bunt und schwebend gehen die Nebenfiguren aus Shakespears »Sturm« hindurch, Ariel und Alonso, Claribella von Tunis und ihr Ritter Ascanio. Denn abgesehen davon, daß jeder Gesang beginnt und schließt mit ein paar Strophen Reminiszenzen aus dem Jahre 13, ist die »Corona« nichts als ein italiänisch buntes Zauberepos, wie die Ariosts und Tassos; nichts als einer der vielen Ritterromane Fouqué's, nur anstatt in Prosa in kunstvolle Ottavenform gegossen. Ihnen blieb es vorbehalten, darin eine »Allegorie« zu finden (wenn Sie nicht gar noch einen verehrten greisen Professor als Vordermann haben); aber gelesen – verstehen Sie mich recht : so Wort für Wort gelesen – haben Sie die Corona nicht; denn sonst wäre Ihnen selbst bei Ihrem Blödsinn unheimlich geworden : Tarfe ist Napoleon, Corona nicht ! (Auch Hans Kasten liefert bei der Gelegenheit – S. 145 – eine schöne Probe seines Fleißes und Scharfsinns : er dankt Herrn C. G. von Maaßen für die Mitteilung, daß das Epos der Prinzessin Marianne von Hessen-Homburg zugeeignet ist ! Auf den Einfall, daß ein Herausgeber Fouqué's vielleicht mal die Corona aufschlagen, oder gar – horribile dictu – selbst lesen müßte, kommt so ein Mensch scheinbar nicht. Herr des Himmels : in was für Händen ist unsere Literatur !)

Da geben Sie, Herr Ziesemer, (S. xxiv,f) ausführlich den Inhalt des ganz mediokren Novellchens »Der Künstlerbund« an, und fahren dann (S. xxv) wörtlich fort »... Von den in diesen Jahren veröffentlichten Werken seien noch hervorgehoben ...«, und nun folgen blank die Titel von 6 Büchern, als Viertes »Die wunderbaren Begebenheiten des Grafen Alethes von Lindenstein, 1817«. – Ja : da, da liegt's !! Oh, Sie, Sie – Doktor !! An diesem unvergleichlichen Stück Fouqué'scher Kunst sind Sie ganz einfach vorbeigetappt ! Das hatte er nämlich rund 10 Jahre früher geschrieben, zur selben Zeit wie die »Undine«, im Vollbesitz all seiner dichterischen Kräfte, glühend von unvergänglichen Bildern. Der »Alethes«, das ist eins der besten Stücke der deutschen Romantik (dabei völlig vergessen vom undankbaren Volke), und auch viel, viel besser als der »Zauberring« : wo ist der Verleger, der dieses Buch neu druckt ?! (Aber Hjalmar Schachts Erinnerungen; Sartre, Thomas Mann : dafür gibt's Papier genug !)

Und an abschließenden Urteilen (außer Ihrer eigenen belanglosen Meinung) führen Sie wieder einmal den unvermeidlichen Häring an und Eichendorff – Abschrift von Abschrift ! Dabei gibt es seit hundert Jahren eine Stimme von ganz anderem Gewicht; von einem noch ganz anderen Künstler und Kritiker, der von sich sagen konnte : »There lives no man feeling a deeper reverence for genius than myself« (Poe; Crit. on Charles Dickens). Und dieser einzigartige Genius und Allesspürer sagte von Fouqué : »We will here only call to the readers mind .... most especially, the »Sensitive Plant« of Shelley and the »Undine« of de la Motte Fouqué. These two latter poems (for we call them both such) are the finest possible examples of the purely ideal. .... With each note of the lyre is heard a ghostly, and not always a distinct, but an august and soul-exalting echo. In every glimpse of beauty presented we catch, through long and wild vistas, dim bewildering visions of a far more ethereal beauty beyond.« (Crit. on Thomas Moore). »For lesser purposes there are humbler agents. There are puppets enough, able enough, willing enough, to perform in literature the little things.... For one Fouqué there are fifty Molières .....« (Crit. on Charles Lever).

Auf einen Fouqué kommen fünfzig Molières : Das hat schon Viele geärgert. Aber wahr ist's trotzdem; Sehen Sie : das hätten Sie anführen sollen ! Das hätte doch vielleicht Manchen nachdenklich gemacht.

Denken Sie ja nicht, weil ich hier aus Überdruß abbreche, ich hätte ein vollständiges Verzeichnis Ihrer Ignorantien und Absurditäten geliefert – – Sie glauben's nicht ? – Nun, da wollen wir doch noch mal rasch :

S. VIII : »F.'s Vater war von Kindheit an kränklich« – Zwergig und verwachsen war er, durch einen Fall, den er als Säugling vom Arm der Amme getan hatte !

S. IX : Gotters »Medea« führen Sie an; wo aber ist André's »Irrwisch«, der zumindest den gleichen Einfluß auf den Knaben ausgeübt hat ?

S. X : »Zur Einsegnung war er von zwei aufgeklärten Predigern aus Potsdam vorbereitet« worden. – Irrtum : der Eine war der damalige Lentzker Dorfpfarrer Kriele, Daniel Friedrich Kriele – na's führt zu weit.

S. X : Im Winter 1793/94 entschied sich Fouqué's Soldatenberuf »als die Familie zu Potsdam weilte«. – Ist wieder nicht wahr; der Vater z. B. war in Lentzke geblieben !

S. XI : »Noch einmal« wurde Fouqué zur Weserarmee kommandiert – Welche Wendung durch Ziesemers Fügung ! Was heißt hier »noch einmal«, Herr ?! Neu gebildet wurde der Weser-Ems-Kordon damals; Sie haben sich eben auch nicht mit der Geschichte jener Zeit befaßt ! (und F. »nahm« sein Quartier auch nicht bei Bückeburg; als Soldat bekommt man's zugewiesen. Kenne das.)

S. XII : »Im Frühjahr 1802« lernt er in Weimar das erste Mal Goethe kennen. Was hat Sie gehindert zu sagen : im Februar 1802 ? Braucht's mehr Platz ? Aber Sie haben's nur wieder nicht gewußt !

S. XII : »Einen neuen Bund schloß er mit der um 2 Jahre älteren Caroline von Briest« – denken Sie mal : Kürschner sagt in der »Allg. deut. Biogr.« sie sei 1773 geboren, also 4 Jahre älter gewesen. Aber Sie waren wohl schon immer froh, wenn Sie nur überhaupt ein Datum annähernd wußten; es nachzuprüfen ist Ihnen gleich gar nicht eingefallen. Ich habe deswegen an Herrn Pfarrer Haak nach Nennhausen geschrieben, und dieser wackere Mann hat mir nach mühevoller Arbeit – unterstützt von seiner Tochter – viele wertvollste Einzelheiten mitgeteilt, für welche ich ihm gar nicht genug danken kann. Unter anderem auch, daß auf dem Grabstein Carolinens ihr Geburtstag mit dem 7.10.1773 angegeben ist. Hätten Sie auch – wie sagt man doch bei Ihnen : eruieren – können !

(Überhaupt : Nennhausen. Das ist auch bei Hans Kasten (S. 139–141) so ein Kapitel; er beschreibt's, als ob er dort aufgewachsen wäre, so im geübtesten Worpsweder Stil »hohe Bäume beschatten das einsame Grab der Gattin« – so rührend, schlicht : gerade, daß man noch die Tränen zurückhält dabei. Leider erfährt man sonst aber wenig Positives an Namen, Daten etc., und dieses Wenige...... Sagt da Fouqué (S. 113/114), daß nach den drei schweren lähmenden Schlaganfällen im Januar 1818 (die Sie natürlich auch nicht anführen !) der Tod »ein geliebtes Haupt des Hauses traf«, und er damals seinen Essayband »Bilder, Ansichten und Gefühle« zusammenstellte. Und H.K. gibt uns in einer Anmerkung (S. 145) das nötige Licht : August von Briest, der Schwiegervater F.'s, war's der starb – oh, am 7.1.22; Hans Kasten weiß Alles – das Werk »Gefühle, etc.« sei aber schon 1819 erschienen ! Ei, des altklugen Bübchens ! Der arme Fouqué wußte wohl gar nicht mehr, was er so schrieb ? Wäre der Bauernschlaue nur noch ein wenig länger unter den o. a. »hohen Bäumen« herumgewandelt; da wäre er vielleicht auch noch über den Grabstein der Friederike Marie Helene von Briest, geb. von Luck, der zweiten Gemahlin des Herrn Philipp Friedrich August von Briest, also Fouqué's Schwiegermutter, gestürzt, und hätte dann ablesen können, daß Jene am 24.7.1818 gestorben ist – Zauberei, wie ? Und nun paßt Alles auf einmal wieder, ja ?

Ziesemer S. XIII : »Im September 1803« wird dem Paar ein Töchterlein »geschenkt« (Sehr originelle Formulierung nebenbei). – Sehen Sie, das ist wieder ein Fall, wo Sie, sogar noch kürzer, hätten schreiben können : am 13.9.1803...

S. XXI : Beim Jahre 1813 erwähnen Sie »Immer weiter zieht sich der Kreis seiner Freunde, Eichendorff ...... von Miltitz gehörten dazu..« – Wissen Sie, daß er Miltitz schon vom Kürassier-Rgt. Nr. 6. her kannte ? d. h. natürlich wissen Sie's nicht. –

Immerhin geben Sie die wenigen Büchertitel, die Sie anzuführen für gut finden, korrekt an (wahrscheinlich hatten Sie eine leidliche Bibliographie erwischt); da ist Hans Kasten schon großzügiger (S. 129), der Fouqué unbedenklich die Sage von Gunlaugur Drachenzunge und »Kaif dem Skalden« zuschreibt. KAIF ! Holt's mi z'ruck ! – Also zu stinkfaul war der Bube, auch nur nachzusehen, ob F. denn wirklich von einem Kaif gehandelt habe, oder ob der nicht etwa Rafn geheißen haben könnte ! Aber Bücher herausgeben, Nachworte und Anmerkungen zusammenschleudern, gelehrten Wind machen, pfui Teufel – für solche Menschen müßte man wieder den Begriff der »Unehrlichkeit« einführen, wie ihn frühere Jahrhunderte verstanden : daß sie Keiner anfassen mag und sie nur untereinander heiraten dürfen : ein Kasten und eine Ziesemer, hei ! das würde ein Geschlecht literarischer Schinder und Abdecker ergeben ! – Bin ich zu hart ? Muß ich noch S. 140 (H.K.) zitieren, wo er

1833 Fouqué »Albertine Tode, die Erzieherin seiner einzigen Tochter« heiraten läßt ?! Erzieherin, wohlgemerkt !! Wahrscheinlich, weil sie 3 (drei) Jahre jünger war, als die besagte Tochter !? – Still; wir wollen die Hände von ihm lassen, sonst werden wir selbst noch »unehrlich«. –

Ziesemeriana : Zu Ihrer »Auswahl« wäre Manches zu sagen. Statt des ausreichend oft abgedruckten »Zauberringes« hätten Sie den vernachlässigten »Alethes« wählen müssen. »Rose«, 30 Seiten Gedichte, »Aslauga«, hätten weg bleiben können; dafür noch die »Sängerliebe« hinein usw. Eine rechte Auslese aus Fouqué's Schriften – »Gesammelte Werke« wären bei ihm (wie nebenbei bei Niemandem) nicht zu verantworten – d. h. also : eine Auswahl dessen, was von ihm erhalten zu bleiben verdiente, würde ohne weiteres 2 solche Bände füllen; auch drei würden noch verteidigt werden können (zu Auskünften bin ich gern bereit). Zumindest hätten Sie solche Stückchen, die unsern Hasper Fouqué in nuce zeigen (die Kenntnis des köstlichen Spitznamens verdanke ich Handschriften aus dem Besitz eines ausgezeichneten Förderers meiner Arbeit, des Herrn Wolfgang von Hagen, Schloß Babenhausen), wie »die Nordlandshelden im Sandmeere« oder »Adler und Löwe« unbedingt bringen müssen. Nun, das hätte vorausgesetzt, daß Sie sich mit Ihrer Arbeit beschäftigen; Sie haben es da lieber mit Nietzsche gehalten, der neben anderem klingenden Unsinn auch die Ansicht äußert, daß es in großen Dingen genüge, sie gewollt zu haben : ist auch 'ne Einstellung !

Und, da wir gerade von großen Dingen reden (»Zynisch« müsse sowas geschehen, »und mit Unschuld«, ordnet Ihr Gewährsmann an), will ich Ihnen noch Eins verraten : –

Sehen Sie : In jedem Dichterleben begegnet man einmal der »Muse«; meist ist man jung, 17, 18, d.h. noch ohne festes Einkommen (»Zynismus«); wunderbar schüchtern ist man, und Gedichte kann man schreiben – so Etwas gibt es heute nicht mehr. Und so wenig »zynisch« ist dieses Große, daß Wieland sagen konnte : Wer sich in dem Augenblick, da er zum ersten Male die Hand der ersten Geliebten küßt, ein größeres Glück denken kann : der hat nie wahrhaft geliebt ! (Ist der Wieland-Test, ja ? – Nietzsche hat doch wohl recht – –) Meist wird man gar nicht erst näher mit ihr bekannt (was ihr, fürchte ich, später ungemein zu gute kommt); alle möglichen Widerwärtigkeiten drängen sich dazwischen; ein Älterer, Erfahrener (ein Mann von »Gehalt«) gewinnt sie am Ende – – und bei den gewöhnlichen 08/15 Zweibeinern ist das dann außer der gerührten Alt-Herren-Erinnerung Alles. Die Liebe des Künstlers dagegen – aber ich könnte nach ETA Hoffmann doch nichts Besseres mehr darüber sagen; wie SIE dann Gestalt gewinnt in Bild, Lied, Dichtung; procul este profani – ob sie nun Friederike Brion geheißen hat, oder Sophie Guttermann, oder Fanny. Oder Julia Marc. –

Oder Louise von X. aus Minden !! Denn wenn Sie sich die Seiten 170–175 von Fouqué's Lebensgeschichte je aufmerksam eingeprägt hätten, wäre vielleicht sogar Ihnen die »Undine« eingefallen : Wie da Herr Huldbrand von Ringstetten reitet – ach, von Huld hat Fouqué, selbst bereuend, nur zu oft gebrannt; und daß »la Motte« im Altfranzösischen »eine Burgumwallung bedeutet«, also recht eigentlich eine »Ringstätte«, verrät er selbst in der Biographie seines Großvaters (S. 8). Zu allem Überfluß gibt er ihm auch noch die eigenen Wappenfarben, blau und gelb (U, 1. Kap.), und läßt ihn, wie er fast sein ganzes Leben lang auch von sich gedacht hat, als den Letzten seines Stammes sterben (U, 19. Kap.) Marianne-Bertalda hatte er schon vorher flüchtig kennen gelernt, »die Pflegetochter eines der mächtigen Herzoge, die in dieser Gegend wohnen« (U. 4. Kap.) – fragen Sie mal einen Soldaten, ob ihm sein Regimentskommandeur nicht mindestens so wichtig ist, wie ein Herzog ! Aber dann war er erst durch den wilden Wald geritten, als Kriegsmann, so seit März 94; und dort trat eben die Erscheinung der »Elfe« (Leben, S. 171) dazwischen, mit den »Blauaugen« (Leben, S. 173) den »himmelklaren« (Leben, S. 175), wobei man ja sogleich an die »seeblauen Augenhimmel« (U. 2. Kap.) Undinens denkt. Und nun, im Gedicht, tut Fouqué endlich seinem klopfenden Herzen Genüge; in der süßen sonnigen Einsamkeit auf der Seespitze : ach, weit fort sind die Menschen; mit innigem Wohlbehagen sieht er, wie der Waldstrom sich sein Bette breiter und breiter reißt, und die Abgeschiedenheit auf der Insel sich für immer längere Zeit ausdehnt (U. 5. Kap.). Was ihm das Leben versagte, ersetzt ihm schöner, unsterblich, die Phantasie. Wie dann das Menschenkind Marianne Jene verdrängt, »Schritt vor Schritt«, »man könnte dies Alles, weiß der Schreiber, ordentlich ausführen, vielleicht sollte man's auch. Aber das Herz tut ihm dabei allzuweh, denn er hat ähnliche Dinge erlebt, und scheut sich in der Erinnerung noch vor ihrem Schatten« (U. 13. Kap.). – Und da schreibt Wilhelm Pfeiffer in seiner Dissertation »Über Fouqué's Undine«, Heidelberg 1902, : wahrscheinlich denke F. an die Trennung von seiner ersten Gattin !!! Und das sind unsere literarischen Gralshüter ! »Vorüber, ihr Schafe, vorüber....«

Denn »in seltsamer Bilderverwechslung« (Leben, S. 175) kam es F. oftmals vor, »als walte das Unrecht auf meiner Seite, und habe Eloisa über Kränkung zu klagen, nicht aber ich.« (Ebenda). So hat er es dann auch in der Undine gegeben : von ihm gekränkt entschwindet sie ins Unwiederholbare. Aber tot ist sie nicht; das muß Marianne-Bertalda im Schloß an den Quellen des Rhins – Verzeihung, »der Donau« (U. 10. Kap.) – erfahren; sie selbst beschwört durch ihr ganzes Sein und Wesen die »Andere« herauf – immer ist ja Undine nebenher gegangen, schon damals »eines schönen Abends«, »als sie eben bei Sternenschein auf dem mit hohen Bäumen eingefaßten Markte der Reichsstadt umherwandelten« – sehen Sie, Sie haben eben auch nicht, wie ich, mühsam den alten Plan von Aschersleben aus dem Jahre 1800 kopiert : das rächt sich immer.

Herr ! Haben Sie auch völlig begriffen, was Sie da eben gelesen haben ? Das ist gerade so, als wenn Einer die Sesenheimer Pfarrerstochter bei Goethe zum ersten Male »entdeckt«, und ihre Bedeutung gewürdigt hätte ! Denn die Blancheflour im »Zauberring« ist es wieder; aber darüber haben Sie im Nachwort zu der winzigen Ausgabe letzter Hand auch ganz hinweg gelesen ! Ja, <u>das</u> wäre ein Thema für eine Doktorarbeit gewesen : so auf die üblichen 50 Seiten breitgetreten etc. – – Na. –

Auf der Privatskala meiner Schätzung rangieren Sie so ungefähr zwischen Zeller und Häussermann; was das heißt, suchen Sie sich meinethalben aus meinen Sachen zusammen : ich will mit dem Hippalos anderswohin. –

Arno Schmidt

<u>P.S. :</u> Sollte ein wahrhaft bedeutender und patriotischer Verleger zwei- bis dreitausend Oktavseiten an die so höchst notwendige Fouqué-Ausgabe wenden wollen – vielleicht ist es noch Zeit, einen großen deutschen Dichter wieder in unser Bewußtsein zurück zu retten – so erbiete ich mich, die notwendigen Arbeiten zu übernehmen, vor allem die biographische Skizze zu schreiben. –

»Im nächsten Frühjahr wird sein zweites Buch erscheinen. Er nennt es *Die Wundertüte.* Es enthält Essays und Erzählungen. ›Ich will noch nicht zuviel darüber sagen. Es soll eben eine Wundertüte sein.‹« So stand es zwar am 12.11.1950 in der ›Welt am Sonntag‹[1], doch *Arno Schmidts Wundertüte* erscheint erst jetzt, 38 Jahre später, als Erstveröffentlichung aus dem Nachlaß.

Der Entstehung und der Nicht-Publikationsgeschichte von Arno Schmidts »zweitem Buch« soll im Folgenden, soweit heute noch möglich, nachgegangen werden.

Im Herbst 1948, ein halbes Jahr nach der Annahme des *Leviathan* durch den Rowohlt Verlag und ein Jahr vor dessen Erscheinen, arbeitet Arno Schmidt an einem Text, der in Alice Schmidts Tagebuch den Arbeitstitel »Antigoethe« führt.[2] Am 2.10.48 notiert Schmidts Frau : »A Vorarbeiten zum ›Antigoethe‹. Inhalt beisammen, aber Anordnung und Stil machen Schwierigkeiten.«

Die Schwierigkeiten scheinen in den nächsten Tagen noch zu wachsen, denn Arno Schmidt beschließt den Abbruch dieser Arbeit. Tagebuch Alice Schmidt am 17.10.48 : »A möchte gern im schönen Herbstsonnenschein mit mir spazieren gehn. Hätte ich doch das Waschen noch gelassen, da hätten wir zusammen die wunderbaren Herbstlichter bewundern können ! So durchblättert & verbessert A. inzw. seinen ›Rosenroth‹ & sagt mir, er werde nun d. 3 Erz. fertig machen & die Goethe-Sache beiseite stellen. Er ist mit der Leviathan-Form dafür nicht so recht zufrieden, die erlaubte nicht die vielen notwendigen Zitate & Verweisungen, obwohl der Gegensatz : Gefangenenlg. – Goethe doch wunderbar wäre. – Na gut, da kommen eben die reizenden 3 Elementargeistererz.[3] dran ! – Als ich nun eben fertig mit Rob. war, bezog sich der Himmel mit dickem Gewölk in dem die Sonne ganz verschwand. Verstimmt gingen wir Pilze suchen & bald begann es auch

[1] Alexander P. Eismann, *Köpfe der Hansestadt : Arno Schmidt.* Zitiert nach : Hans-Michael Bock u. Thomas Schreiber (Hrsg.), *Über Arno Schmidt II,* Zürich 1987.

[2] Weitere Tagebucheintragungen lassen darauf schließen, daß es sich dabei um das im Nachlaß in Form weniger Seiten und Notizen erhaltene Erzähl-Fragment *Brüssel* handelt, das Schmidts Kriegsgefangenschaft und Gespräche der Kriegsgefangenen über Goethe, Fontane, Somerset Maugham u. a. zum Thema hat.

[3] Schmidt plante wohl, seine drei Erzählungen *Das Haus in der Holetschkagasse* (1941), *Der Garten des Herrn von Rosenroth* (1942) und *Die Fremden* (1942) zu überarbeiten und sie zu einem Buch zusammenzufassen.

zu regnen. Zu Haus setzte ich mich hin, Pilze putzen, mit dem Rücken zu A., der an seinem Schreibtisch saß. Plötzlich rief er auf (sic) : ›ich habs !!‹ sprang auf, stellte sich ans Fenster, einen Fuß aufs Fensterbrett gestellt, den Kopf in die Hand gestützt, der Ellenbogen auf dem Knie ruhend. Er war ganz erregt. Das war 17.05 ! Einige Minuten später erklärte er mir : ›ich habe ein großes Talent Briefe zu schreiben, warum soll ich das nicht ausbauen ?‹ Und ich erfahre um seinen neuen Plan : Einen Band ›gesammelte Briefe‹ an alle mögl. Leute. Nach seinen Andeutungen wird das eine prima Sache werden. Ich bin auch ganz begeistert davon ! Er beginnt auch bereits zu notieren.«

Am 18.10. borgt Frau Schmidt von ihrer Nachbarin Frau Felsch Dantes *Göttliche Komödie*, und Schmidt beginnt mit dem Brief an Dante. Tagebuch Alice Schmidt vom 20.10. : »A steht schon um 7 auf, er könne nicht mehr schlafen & habe eine Menge Einfälle f.d. Brf. Slg. Er arbeitet auch eifrig d. gz. Morgen & liest mir dann, auf meine Bitte, d. Hauptergebnis, den Dante-Brief, vor. Bei den Erwähnungen d. einzelnen furchtbaren Martern in Dante's Inferno hält er sich d. Blätter dicht vors Gesicht. Ich sehe aber doch, daß er weint. Muß dieser Dante ein Reptil gewesen sein !«

Die nächsten Briefe entstehen in rascher Folge (Datierungen nach Alice Schmidts Tagebuch) :

22.10.	Brief an von Tane
24.–27.10.	Brief an W.C. Neumann [4]
27.–29.10.	Brief an George R. Stewart
30.10.–01.11.	Brief an Major Vega

Der Titel für die Briefsammlung fällt Schmidt am 2.11.48 ein : *Arno Schmidts Wundertüte;* er beschließt, *Das Kraulemännchen* (1941) in den Band mit aufzunehmen. Am 4.11. überarbeitet er *Die Fremden* (1942).

Am 6.11. bekommt Schmidt »neue Ideen zum *Alexander*« – Frau Schmidts Formulierung läßt vermuten, daß der Plan als solcher schon länger existiert haben muß; am 7.11. beginnt Arno Schmidt konkrete Vorarbeiten zum *Alexander,* die sich – (immer wieder unterbrochen von Arbeiten zur Fouqué-Biographie) – bis Anfang Dezember hinziehen.

Den ersten Brief an H.J. (=Schmidts Görlitzer Schulfreund Heinz Jerofsky) schreibt Schmidt am 3.12.48; die Vorrede *An den Leser* am 5.12.; die drei »Goethe-Briefe« an Werner Murawski vom 18.–23.12. Am 25.12.

[4] Die dem Brief beiliegende *Usher*-Übersetzung trägt am Schluß die Datierung »25. September 1946, 10 h 57 m«.

»redigiert« Schmidt den Brief an Bremiker – das Datum der Niederschrift hat Alice Schmidt nicht festgehalten. Am 29.12. werden die bis dato fertigen Briefe überarbeitet.

Vom 3.–8.1.49 führt Arno Schmidt die letzten Vorarbeiten zum *Alexander* aus, dessen Niederschrift vom 16.–28.2.49 erfolgt.

Tagebuch Alice Schmidt vom 13.3.49 : »A. arb. a. BSlg. & schreibt Bf. Droysen & einen an Oberhäupter d. 3 Weltmächte d. wie verschlüsselt aussehen soll, A malt aber nur schnell Zahlen & Buchstaben bunt durcheinander. Ein ganz ausgezeichneter Witz !«

Am 17.3. werden *Das Kraulemännchen* und *Der Rebell* (vermutlich von 1941) in *Die Fremden* integriert.

Der Brief an Ziesemer entsteht vom 21.–25.3.; vom 26.–29.3. werden alle Briefe einer nochmaligen Durchsicht unterzogen.

Alice Schmidts Tagebuch gibt keine Daten an für die Briefe an die UNO, an Schnabel, Klopstock und Rowohlt; die Manuskripte selbst sind durchwegs undatiert.

Da Schmidts noch keine Schreibmaschine besitzen, müssen sie für die Reinschrift der *Wundertüte* eine Maschine borgen. Eine Sekretärin stellt ihnen ihre an zwei Wochenenden zur Verfügung. Ohne Pause, im Schichtwechsel, schreiben Arno und Alice Schmidt vom 2.–4.4. und vom 9.–11.4. die *Wundertüte* ab.

Noch am 11.4.49 wird das Typoskript an den Rowohlt Verlag geschickt; vom Begleitbrief hat sich ein handschriftlicher Briefentwurf im Nachlaß erhalten[5] :

»Sehr geehrter Herr Marek.
Gemäß § 12 des am 15.9.1948 mit Ihrem Verlage geschlossenen Vertrages erlaube ich mir, Ihnen das Manuskript eines neuen Buches vorzulegen.

Ich bitte um umgehende Bestätigung des Eingangs der Sendung bei Ihnen, und um möglichst rasche Entscheidung über Ablehnung oder Annahme. – Gut würde das Buch werden ! Da es zum Teil für (oder gegen) die Zeit geschrieben ist, wäre meine erste Bedingung allerdings ein baldiger Abdruck, damit Sie es nicht wieder wie den ›Leviathan‹ anderthalb Jahre auf Eis legen können. –

Hochachtungsvoll
Arno Schmidt«

---

[5] Die Briefe Schmidts an den Rowohlt Verlag wurden zu Beginn der 60er Jahre durch einen Archivbrand im Verlag vernichtet; im Bargfelder Archiv finden sich nur einige wenige Briefentwürfe und Durchschläge.

Der Eingang wird am 13.4. vom Rowohlt-Lektor Kurt Marek mit dem Versprechen einer raschen Entscheidung bestätigt. Am 26.4. schreibt Marek : »Meine Anteilnahme an diesen Prosastücken, Essays und Briefen ist außerordentlich groß.« Er stellt eine Publikation in Aussicht, bezweifelt aber, ob diese in der vorgelegten Fassung erfolgen könne : das eine oder andere sei wohl besser wegzulassen. Näheres könne während eines Besuches Rowohlts bei Schmidt, den er für »in etwa 14 Tagen« in Aussicht stellt, besprochen werden.

Der Besuch wird von Verlagseite mehrfach abgesagt und verschoben, bis Schmidt am 15.8. ultimativ eine Entscheidung fordert : »Betreffend mein neues M.S., die ‹Wundertüte› : Sie haben (oder hätten) es nunmehr in 4 Monaten eingehend prüfen können. Meine Verhältnisse erlauben mir nicht, länger zu warten. Ich erbitte deshalb bis Ende des Monats (August 49) Ihre Entscheidung; 3 Fälle sind möglich : entweder Sie nehmen an, oder lehnen ab, oder berufen mich zur Besprechung von Änderungen. Ein klares ‹Nein› ist mit lieber als weitere 4 Monate.« Am 1.9. antwortet Marek, eine endgültige Entscheidung sei noch nicht getroffen, und lädt Schmidt zu einer Besprechung nach Hamburg ein.

Schmidts sind am 7. und 8.9. in Hamburg, wo Marek ihnen laut Tagebuch Alice Schmidt eröffnet, der Verlag hätte zum Druck der *Wundertüte* vorläufig kein Geld. Folgende Abmachung wird getroffen und von Ernst Rowohlt am 13.9. brieflich bestätigt : Der Verlag zahlt Schmidt vom 1.12.49 an 8 Monate lang einen monatlichen Vorschuß von DM 75,–, der auf spätere Autor- bzw. Übersetzerhonorare anzurechnen ist. Geeignete Teile der *Wundertüte* will der Verlag in Zeitungen oder im Rundfunk als Vorabveröffentlichungen unterzubringen versuchen : »Dabei behalten wir mit bestem Willen die Möglichkeit im Auge, die *Wundertüte* eines Tages auch als Buch herauszubringen.«

Ein Jahr lang geschieht in Sachen *Wundertüte* nichts – auch Vorabdrucke erscheinen nicht. Schmidt schreibt die historische Revue *Massenbach* (die vom Rowohlt Verlag abgelehnt wird : »von kaum zu überbietender Trockenheit«) und den Kurzroman *Brand's Haide* (der vom Verlag mit Skepsis betrachtet wird; eine Ablehnung scheint bevorzustehen).

Am 17.10.50, ein Tag, nachdem Schmidts von amtlichen Stellen eine baldige Umsiedlung in Aussicht gestellt wurde, schreibt Schmidt an den Rowohlt Verlag :

»Den

Wohlgebohrnen, Hoch=Edelgebohrnen, Hoch=Edeln, Vesten, Fürsichtigen, Hoch= und Wohlweisen Herren :

»Willst Du mich noch einmal sehen : Mußt Du auf den Bahnhof gehn !« – d.h. : daß ich mich, der Hetzmeute von Gläubigern, Wintergeistern, Kartoffelrunden etc. zu entgehen, zur Umsiedlung in die französische Zone gemeldet habe (wo ja auch all die restlichen Fouqué-Manuskripte sind !). Sollten Sie, Allergroßmächtigster – und ich schlage die Stirn siebenmal sieben Mal (wessen Stirn ?!) – endlich Gefallen gefunden haben, an »Brand's Haide« : dem besten, was – den Levi ausgenommen – bisher bei Ihnen erschienen ist, so rufen Sie mich bald, ehe ich auf Schwäbisch umschule, und wir uns nicht mehr verständigen können : denn was ich tue, tue ich Gans ! – Ich fliehe tagsüber in Sümpfe und verberge mich in bereiftem Röhricht; denn der Gläubiger sind viele, blutdürstig und zum Äußersten gereizt durch meine schlaffe Schläue und Beharrlichkeit im Insolventen : Könnte nicht der NWDR mit einer winzigen Sendung einspringen; sei es der Alexander, Fouqué, oder Brand's Haide, die dickbesagte, die mir immer besser vorkommt, je mehr ich mich von ihr entferne ?! – Gottes Segen auf all Ihre Bankkonti, teure Männer ! Einsam zieht seine Straße nach Rheinland-Pfalz Ihr

Arno Schmidt.

PS : Das Fahrgeld nach Hamburg zur Abschiedsfeier müßten allerdings *Sie* tragen !«

Am 21.10. schickt Rowohlt telegraphisch das Fahrgeld, Schmidts fahren am 24. mit dem Zug nach Hamburg. Am 25.10.50 wird ein Vertrag über die Veröffentlichung der *Wundertüte* geschlossen – allerdings sollen am Manuskript noch erhebliche Änderungen vorgenommen werden : Die *House of Usher*-Übersetzung und *Die Fremden* sollen gegen *Brand's Haide* ausgetauscht werden, der Rest soll im Einverständnis mit Arno Schmidt vom neuen Rowohlt-Lektor Wolfgang Weyrauch bearbeitet und gekürzt werden.

Wenige Tage darauf wird bekannt, daß Schmidt der *Literaturpreis der Mainzer Akademie der Wissenschaften und der Literatur* verliehen werden soll. Unter Hinweis auf diese Nachricht setzt Ledig-Rowohlt in einem Brief an Schmidt vom 2.11.50 das Erscheinen der *Wundertüte* auf Frühjahr 1951 fest.

Am 22.12. schickt Weyrauch die von ihm redigierte *Wundertüte* mit einigen heute nicht mehr rekonstruierbaren Kürzungsvorschlägen an

Schmidt zurück. Da das Konvolut aber immer noch zu umfangreich sei, bittet er ihn um weitere Kürzungen bzw. Streichungen ganzer Briefe. In einem Brief vom 27.12.50 an Ledig-Rowohlt erklärt sich Schmidt mit Weyrauchs Redaktion einverstanden, nimmt seinerseits die Briefe an Vega und an Rowohlt ganz heraus, kürzt »einen 3. Brief«[6] um mehr als die Hälfte, und schlägt vor :

»Außer dem Text sollte das Buch folgende Beilagen haben : Neben der Titelseite das Porträt des alten Fouqué – wir sprachen damals davon – und darunter ›Der Dichter im letzten Jahre seines Lebens‹. Ich wiederhole nochmals, daß es sich um ein vorzügliches und völlig unbekanntes Bild des großen Romantikers handelt; es wäre – vom faulen Witz ganz abgesehen – eine Literarhistorische Tat, wenn Sie sich zur Veröffentlichung entschließen könnten. – Dann :

Ich habe zu ‹Brands-Haide› zwei Karten (Zeichnungen) gelegt : stets habe ich bisher, in allen stories of fiction, mit neugierigem Bedauern vermißt, daß der Dichter einmal seine räumliche Vision dem Leser vorgelegt hätte. Beim Lesen ist es ja stets so, daß der Leser sich die Szenerie in ein kurioses Eigenland verlegt; sollte es nicht vom größten Wert sein, wenn er auch einmal erführe, wie sich der Poet selbst so die Lokalitäten gedacht hat ?! Jedenfalls ist bei mir der Werdegang jeder meiner Geschichten der, daß ich mir zuerst ganz klar werde über die räumliche Situation meiner Geschöpfe, und jeden Winkel dieser erdachten Welt mit klarsten Dingen ausfülle : nur so kommt ja dann auch die ungewöhnliche Konzentriertheit meiner Prosa zustande. – Ich möchte deshalb die erwähnten beiden Diagramme (und farbig, wie sie sind) gern der Trilogie beigegeben haben.«

Ledig-Rowohlt antwortet am 19.1.51 :

»Sehr verehrter und lieber Meister Schmidt,
Ich bitte um freundliche Nachsicht, dass ich erst heute auf Ihren ausführlichen Brief vom 27.12.50 Bezug nehme. Aber im Anschluss an die Festtage musste ich eine längere Geschäftsreise unternehmen und kehrte an einen mit Korrespondenz überfluteten Schreibtisch zurück. Inzwischen hatte sich bereits Herr Weyrauch freundlicherweise Ihrer im Brief erörterten Details angenommen. Wir haben heute noch einmal ein Stündchen beisammen gesessen und, angeregt von dem nunmehr druckfertig vorliegenden Manuskript, die verschiedensten Gedankenflüge unternommen. Darunter auch einen, der Sie vielleicht zunächst

[6] Gemeint ist vermutlich der dritte Brief an Werner Murawski.

schockiert. Aber Bücher haben ja bekanntlich ihre Schicksale, und ich persönlich bin der Auffassung, dass der Geburt die Existenz vorausgeht. So auch beim Buch. An sich könnte also nun Ihr Manuskript flugs in die Herstellung wandern, sobald wir uns über Format, Schriftbild und Aufmachung klar geworden sind.

Zwei Punkte allerdings bedürfen noch vorheriger Klärung.

1.) der Ziesemer-Brief. Dazu ist folgendes zu sagen : Uns selbst, die wir nicht in dem Masse der Faszination Fouqué's unterliegen, scheint dieser Brief nicht unerlässlich. Im Grunde gehört er eigentlich ja in ein Fouqué-Buch, oder aber auch in eine literarwissenschaftliche Zeitschrift, von denen es freilich – da pflichten wir Ihnen gern bei – kaum wirklich aufgeschlossene und wagemutige geben mag, die sich einer solchen Thematik annehmen würden.
Was die Angriffe auf Ziesemer angehen, so glaube ich, würde uns eine Rechtsbefragung keine Garantie bieten können. Auf der anderen Seite ist ja das eben bei uns erschienene Buch von Kurt Hiller ›Köpfe und Tröpfe‹, das schon im Titel provozierend wirkt und im Text zum Teil äusserst heftige Ausfälle enthält, ein Beispiel dafür, wie weit man sich auf diesem Gebiet pamphletisch vorwagen kann. Nachdem nun inzwischen auch in ›Brand's Haide‹ die Fouqué-Stellen entfallen sind, fehlt dem Brief überdies im Buch die Verbindung zum Ganzen, jedenfalls unserer Auffassung nach.

2.) Dieser Gesichtspunkt wird verstärkt, wenn ich, obschon ich seinerzeit Ihre kuriose Anregung mit meiner Vorliebe am Skurrilen vergnügt aufgriff, heute doch im Grunde dagegen bin, dem Buch das Fouqué-Bild neben dem Titelblatt beizugeben. Ich habe dafür zwei Gründe :
a.) Einmal, Verehrter, sind Sie inzwischen durch einen immerhin legitimen literarischen Preis (ob Sie es nun wollten oder nicht) mit einer Würde ausgezeichnet, die sich mit einem solchen aperçuhaften Scherz vielleicht nicht ganz verträgt, zumindest nicht nach Auffassung eben jener Leser, die nach Ihrem Buch – aufmerksam gemacht durch diese Auszeichnung – greifen werden. Ich kann Ihnen dazu die *erfreuliche* Mitteilung machen, dass der Band bei unseren Vertretern, wenn auch zögernd, so doch schon sichtlich etwas lebhafter bestellt wird als seinerzeit der ›Leviathan‹.
b.) Warum wollen wir uns eigentlich dieses köstlichen literarischen Fundes vorzeitig begeben ? Nur, um einen Scherz anzubringen ? Denn ich bin doch ziemlich davon überzeugt, dass wir eines Tages eine Fouqué-Veröffentlichung von Ihnen unternehmen werden. Da

Sie sich diesem Stoff schon seit langem, und wie ich weiss und Ihrem Brief erneut entnehme, auch zur Zeit aufs lebhafteste widmen, wäre das Fouqué-Bild vielleicht angebrachter bei einer solchen Veröffentlichung.

3!) Und hinter diesem Punkt erlauben Sie mir, ein Ausrufungszeichen zu setzen, denn hier fangen die Verlagsgeister an, an den Grundfesten ihres eigenen Verlagsvorhabens zu rütteln! Über einen sonderbaren Umweg komme ich nämlich zu einem Sie sicherlich ebenso sonderbar anmutenden Vorschlag:

Es handelt sich um die von Ihnen erbetene möglichst farbige Wiedergabe des Lage- und Geländeplanes von ›Brand's Haide‹. Verehrter, lieber Herr Schmidt, diese Farbreproduktion würde besonders bei zwei Blättern, aber auch schon bei einem, die Herstellung des Buches so verteuern, dass der von uns für die ›Wundertüte‹ ins Auge gefasste Ladenpreis von 9 bis 10 DM kaum einzuhalten wäre, der ohnedies durch gesteigerte Papier- und Herstellungskosten bedroht ist, so dass das Buch in Gefahr wäre, für die wirklich interessierten Kreise unerschwinglich zu sein. Ich glaube also bitten zu müssen, zumindest auf diese Reproduktion zu verzichten, zumal die Erzählung selbst Präzision genug hat, um dem Leser den Schauplatz der Handlung evident zu machen.

Soweit gut oder soweit schlecht, werden Sie vielleicht sagen. Nun kommt ein Geständnis: Bei Betrachtung der von Ihnen angefertigten Skizzen kam mir der Gedanke, wie ausgezeichnet sie sich hätten verwenden lassen als Umschlag oder Einband mit darüberstehender Schrift, wenn wir es nur, wie ursprünglich, mit der Veröffentlichung von ›Brand's Haide‹ zu tun hätten. Ich muss sagen, die Lust, die wohl jeder Verleger auch an der Originalität des äusseren Gewandes bei seinen Büchern empfindet, hat mich hier übermannt. Dies ist nun eine Äusserlichkeit, die natürlich nie und nimmer literarisch bestimmend sein könnte. Immerhin steht ja fest, dass ursprünglich ›Brand's Haide‹ vorgesehen war.

Wir haben dann dem grösseren Konvolut gemeinsam den Vorzug gegeben, weil wir glaubten, dass hier eine literarische Curiosa vorläge, die curiöse Bücherliebhaber vielleicht besonders ansprechen würde.

Bei der nochmaligen Sichtung des gesamten Materials und insbesondere unter Berücksichtigung der Ihnen inzwischen zuteil gewordenen Auszeichnung, sind uns nun doch einige Bedenken gekommen, ob Ihnen vor allem für die Zukunft mit der Veröffentlichung des Bandes in der Form der ›Wundertüte‹ gedient wäre.

Wir wären Ihnen dankbar, verehrter, lieber Herr Schmidt, wenn auch Sie einmal diesen Gedankengängen nachsinnen wollen und legen die letzte Entscheidung selbstverständlich in Ihre Hände. Die Frage heisst also : ›Arno Schmidts Wundertüte‹ und Arno Schmidts ›Brand's Haide‹. Während die ›Wundertüte‹ den Reiz des, wie gesagt, Curiosen haben würde, wäre ›Brand's Haide‹ nach dem ›Leviathan‹ die gemässe Fortsetzung einer eigenen Linie wie Sie wohl auch von den um die Literatur ernsthaften Bemühten bei Ihnen gesehen und erwartet werden darf.

Es tut mir leid, wenn ich Sie mit einer so brutalen Fragestellung in einen gewissen Konflikt stürze. Andererseits ist es auch wohl die Aufgabe der Verleger, dem Autor, der sich nicht ohne weiteres von sich selbst distanzieren kann, in solchen diffizilen Fällen noch einmal seine Situation zu analysieren.«

Es folgen 5 Punkte, die nichts mit der *Wundertüte* zu tun haben; der Brief schließt :

»9.) Die ›Wundertüte‹ sowohl als ›Brand's Haide‹ könnte Ende März/Anfang April erscheinen. Sobald wir Ihre Entscheidung zur Hand haben, welcher Weg eingeschlagen werden soll, geht das Manuskript in Satz und Sie erhalten dann laufend Fahnen zur Korrektur.

Ich hoffe, dass dieser Brief mir nicht den letzten Kredit bei Ihnen nimmt. Ihnen und der verehrten Gattin recht herzliche Grüsse von

Ihrem H.M. Ledig-Rowohlt«

Der Brief geht am 24.1.51 bei Schmidts ein; Alice Schmidt beschreibt im Tagebuch die Reaktion ihres Mannes : »A. geht nun ruhelos auf & ab. Der Gedanke hatte bei A. gezündet. Ich selbst war erstaunt, ich dachte bei mir, er würde ohne Weiteres auf der umfangreicheren Wundertüte bestehen. Ließ A. aber ganz allein entscheiden. Es fiel ihm unendlich schwer. Wolltes aber los sein, & entschied sich für Brands Haide. Ganz richtig weiß ich die Beweggründe auch nicht, jedenfalls waren es teils andere, als die von Ledig angegebenen. Irgendwie spielte bei den Überlegungen eine Rolle : das Woherkommen, wie aus den W. Essays ersichtlich, also von welcher Richtung, brauchte dem Publikum doch nicht gleich vorgesetzt zu werden. Vor allem aber : Brands Haide wäre ein Auswuchs an der W., wäre ja auch ursprünglich für sich gedacht gewesen, u. das wäre ja nun erreicht. In W. gehörten Kurzgeschichten.

Um den ›armen Alexander wärs ur schade. Aber der kriegte im evtl. Kosmas sein Gegenstück.‹ – Aber die Wahl wurde natürlich unendlich schwer. Aber er blieb doch bei B.H. Und die Würfel bestätigten diese Wahl. A. schickte dementsprechend Pk an Ro.«

Rowohlt sendet Arno Schmidt das Typoskript der *Wundertüte* am 29.1.51 zurück; von einer Publikation der Briefsammlung ist in Zukunft zwischen Verlag und Autor nicht mehr die Rede.

In den nächsten Jahren nutzt Arno Schmidt seine *Wundertüte* als »Steinbruch« : Einzelne Auszüge werden – in abgeänderter Form – in andere Texte integriert, so etwa die Briefe an Klopstock und Stewart in *Schwarze Spiegel,* der Brief an die UNO in *Aus dem Leben eines Fauns.* Schließlich erscheint 1955 in Max Benses Zeitschrift ›Augenblick‹ der Brief an W. Carl Neumann (ohne Schmidts Usher-Übersetzung) : Der letzte Teil der *Wundertüte,* der zu Lebzeiten Arno Schmidts veröffentlicht wird.

Die vorliegende Edition bringt *Arno Schmidts Wundertüte* in der Textgestalt, in der sie 1949 dem Rowohlt Verlag angeboten worden war; allerdings verzichtet sie im Anschluß an den Droysen-Brief auf eine nur redundante Wiedergabe der leicht zugänglichen Erzählung *Alexander oder Was ist Wahrheit.*

Wo möglich, folgt der Abdruck den Original-Typoskripten Schmidts. Von der Vorrede, dem Brief an die UNO und den ersten 2 Seiten des 3. Briefes an Werner Murawski haben sich nur die handschriftlichen ersten Niederschriften erhalten; es ist nicht auszuschließen, daß in diesen Fällen der Wortlaut der Reinschrift leicht abweichend gewesen ist.

Der Titel *Arno Schmidts Wundertüte* findet sich auf dem Konvolut der handschriftlichen Niederschriften (dort jedoch mit einem im Deutschen unangebrachten Genitiv-Apostroph); die Reihenfolge der Briefe ist durch ein handschriftliches Inhaltsverzeichnis und die Paginierung des Typoskripts festgelegt.

Bernd Rauschenbach

INHALT

ARNO SCHMIDT, geboren am 18.1.1914 in Hamburg-Hamm, gestorben am 3.6.1979 in Celle. Seine Werkausgaben als Editionen der Arno Schmidt Stiftung im Haffmans Verlag.